荆楚帝国

下卷

严家明　严如月　严文珺　著

长江出版传媒
湖北人民出版社

下　卷
八、中兴

楚国大邑宛城，即原来的申邑，在楚灵王时改为宛邑，辖地超过两百里。当任宛令文种，字子禽，二十多岁的年龄，楚国鄢郢人，出身于贵族官宦人家，形体颀长，眉目清朗，鼻正口方，是个典型的"官二代"和"富二代"。别看他年纪轻轻，却满腹经纶，胸有经天纬地的才能和富国强兵的策略。

文种干宛令与后来的庄子干漆园吏一样，有点大材小用，几年之中，只是略一出手，就把个宛邑治理得路不拾遗，夜不闭户，盗贼不起，人民安居乐业。

六十五

自楚秦联军把吴国军队送回老家后，楚国君臣便开始筹划对吴进行反击的对策。

在借用的随国朝堂上，刚刚宣布散朝。中午耀眼的阳光照在大地上，远处的树丛中传来了一阵阵的蝉鸣声，群臣们三三两两地走在丹墀上，一边走一边还在小声地议论着。年轻的楚昭王面色凝重，留下了子西和子期两位兄长，似有重大的事情要与其秘密商议。

楚昭王："自从楚晋弭兵盟会，平分霸权之后，与中原交兵少了，却遭到了吴国的不断侵扰，无岁不有吴师，成为我大楚的心腹之患，造成今日险些亡国的局面。寡人日思夜想，想不出一条有效的反制办法。二位兄长有何高见呀？"

子西："在屈巫父子奔晋、联吴制楚的十几年间，吴人的战力大升；伍子胥奔吴,为报父兄之仇,处处针对楚国,扰得我大楚鸡犬不宁。吾观吴、越两国自从樵李之战后,也如楚、吴一样,势同水火,大有一方吞灭另一方之意。为今之计,只有深结盟友,扶越抗吴,使吴国腹背受敌,才能解除君上的后顾之忧。"

子期:"对!就应该这样做,以其人之道,还治其人之身。"

楚昭王:"好,进攻是最好的防守,我们不能老打被动仗。问题是怎样去扶持呢?"

子西:"越国现在兵微国弱,不是吴国的对手,我们也可以派人到越国去帮助他们强国强军呀!"

子期:"派去的这个人一定要胸怀大志,深通韬略,具有坚强的意志和坚韧不拔的毅力才行。"

楚昭王:"这样的人才很难得,二位兄长有意中的人选吗?"

子西:"微臣已留意多时了,宛令文种就是这样的一个人才。他意志坚强,胸有谋略,有治国才能,把宛邑治理得井井有条。"

子期:"文种是郢都人,祖上有功于楚,担任宛令已有三年,我与他很熟,人很干练。但到人生地不熟的越国去,单打独斗不行,还需要有一个得力的帮手才行,一个篱笆三个桩,一个好汉三个帮呀!"

子西:"对!单丝不成线,独木难成林。宛地英才辈出,就请文令在本地物色一个同气相求的大才,一同前往越国,完成这项特殊的使命。"

楚昭王:"两位兄长的意见很好,寡人当即派密使传诏文种,要他秘密厉行此事,物色好大才后即刻赴越。你们也要注意保守这一机密,任何时候都不得向外人泄露。"

子西、子期:"微臣谨记!"

楚宛邑是在灵王时期由申、吕等邑合并而成的一个通都大邑,楚早期的方城城墙从其北境蜿蜒穿过。宛邑当年向楚廷的贡赋及其地方武装申息劲旅,均在全楚名列前茅,其地位相当于现在的上海市。楚被吴难后,申息劲旅全力守护北境边疆,预防中原诸侯乘机南下。因而此时的宛邑城乡,依然是一派升平景象。大邑首长文种正穿行在宛邑的街市井巷、山野乡村之中,体察民情,拜访贤者。后面远远地跟着的是他的两个随员。

一天,文种正在熙熙攘攘的大街上闲逛,听两位乡民在那里谈天说地。一个说:"城南三户里范公村有个怪人范蠡,昨天跟邻村的一个光棍汉子大打出手,把咱家的一只小鸡也踩死了,真是晦气。"

另一个说:"嗨!别提他了,前天我家小孙子跟邻居家的一个小孩在村头玩耍,这个疯子跑到他们面前学狗叫,把两个小孩吓得够呛。"

文种听后觉得奇怪,便想去见识一下这个怪人。于是停了下来,问两个随从道:"你们听说过咱们这里有个怪人吗?"

"知道啊,这谁不知道?"两个随从齐声答道。

一个说:"此人名叫范蠡,就是咱这宛城三户的人。他爹娘去世早,现在和他哥嫂住在一起生活。"

另一个说:"这个范蠡不务正业,好吃懒做,家里穷得叮当响,吃了上顿没下顿,是个天生的大傻蛋!"

文宛令听说后,便派出一位小吏前去拜望他。小吏跑去找着了蓬头垢面的范蠡,向他问好,说县令大人要找他说话。范蠡白了他一眼,头也不回地走了。

小吏只得回来报告宛令道:"范蠡是个狂人,天生就有这种疯魔病。"

文种笑道:"吾闻士有贤俊之姿者,必有伴狂之讥,内怀独见之明,外有不智之毁。此非是汝等所能知之的。"

说罢,文种也不在街上转悠了,吩咐回府衙,整理礼品车马,他要亲自去宛城三户拜见范蠡。随从不解,心想这个文大人怎么啦!去见一个疯子,还要带上礼品?

文种一行人驾着高车大马,带着礼物来到宛城三户里。听说宛令大人到来,可把地方的里长、亭长这些基层干部给忙坏了,不停地清路引路;老百姓也都扶老携幼地出来想一睹这位青天大老爷的风采。文种让人一律挡驾,径直来到范家茅屋前,呈上礼品。

范氏夫妻质朴口讷,见了文种就要跪拜磕头。文种慌忙扶住,因为范蠡的缘故,竟然不敢受他的子民的礼拜。接着便询问范二先生的所在,范老大连忙呼唤,却不见了老二的踪影。

文种只好放下礼物,怏怏而回。几个小吏暗暗发笑。

却说当天晚上天透黑时,范氏夫妻摸黑坐着,正在说着这个老二太不识抬举,宛令大人到家里来他连见都不见的事。范蠡回来了。

范哥怒道："老二呀！你咋恁般没福气呢！从小不干农活，不做家务，拜鬼谷子先生学阴谋韬略，学得神神道道的，都二十几岁的人了，连个媳妇也娶不上。今天我们范家祖上保佑你，让宛令文大人来请你去，跟着他干个跟班随从，也算是衙门里的人了。你倒好，躲起来不见，好好的机会被你错过了。"

范蠡一声轻笑："我当时就在家里，在咱家屋子后面的池塘里看鱼，没有离开咧，文大人来时我知道。"

范哥一下子张口结舌，说不出话来："你、你、你这不是造孽吗？好不容易来了这么一个机会，你竟然有意错过，躲起来不见！"

范蠡："哥哥不必生气，为弟自有安排。你结婚时的那套齐整的衣服还在吗？明天你借我穿一下，文大人明天一早还会再来的。"

范老大到这时也只能死马当作活马医，随口说道："咱家也就那一套齐整的衣服，你穿就是了。希望你能和文大人好好地谈谈，让他把你带到宛城去，给你一碗饭吃，哥再托人给你保媒成个亲，就算对得起咱死去的爹娘了。"说罢直抹眼泪。

第二天一大早，范老大夫妇早早地下地干活去了。范蠡沐浴漱洗毕，把家里仅有的那套齐整的衣服穿上，正襟危坐在茅屋的厅堂口。

经这一番打扮，再看范蠡，面如冠玉，目若朗星，丰姿俊雅，像变了一个人似的。

不一会儿，门外有人一声咳嗽，说道："宛城文种求见范二先生。"

范蠡连忙把门打开，只见文种青衣小帽，一身便装，正在略略地蜷曲着身子，恭敬地等候在门下。不远处站着他的两位随从。

范蠡连忙上前还礼，文种往前打量了一下范蠡，他的变化似在他的意料之中。二人相视一笑，携手进入屋里，仿佛多年的老友一般，边吃茶边开怀畅叙起来。二人分析天下大势，疾陈霸王之道，探讨怎样夺取天下、治理国家、辅佐君王称霸天下的方式方法，表达携手应对天下大局的志向和理想。

就在这一年，文种身负昭王的重托，怀抱着颠覆吴国的宏图大略，邀请范蠡入越，自此开启了他们的一段独特的可歌可泣的人生道路。

再说越王允常当年因不愿意跟随吴国一起伐楚，在位于今嘉兴西南的樵李被吴军打得大败，并被吴军"大掠而还"后，也在思虑怎样联楚制吴的问题。见有楚国大夫和范贤士来投，心中非常高兴，亲自下殿迎接二位大贤才的到来。

越王允常:"文大夫和范贤士千里来投,如同给敝国送来了春风雨露,寡人今天要与二位开怀畅叙,请不必拘礼,坦陈高见。"

文种:"谢大王!吴国一向专横逞强,为祸四邻,越地沃野千里,物产丰饶,民风强悍,可以压制吴国。吾等今日此来,是要向大王献上制吴七策。"

越王:"那太好了!真是久旱盼来了甘霖呀!寡人不揣冒昧,能请先生介绍一下制吴七策吗?"

文种答道:"这七策的基本思路是利用人的喜厌好恶的'人性'来对付人:一是捐货币,以悦其君臣;二是贵籴粟,以虚其积聚;三是送美女,以惑其心志;四是送巧工良材,使作宫室,以罄其财;五是派谀臣,以乱其谋;六是恶谏臣,以弱其辅;七是积财练兵,以承其弊。"

越王拍手连声叫好!然后问范蠡道:"范贤士何以教我?"

范蠡:"治国之道在于'爱民',对待自己的民众,要利之无害,成之无败,生之无杀,予之无夺,乐之无苦,喜之无怒,而后民气可用矣。"

越王又是一阵连声叫好。当即封二人为越大夫,邀其参与越国的国政。

楚、越关系有着悠远的渊源,早在几十年前,就有一些百越部落加入过楚国的伐吴联军;随着文种、范蠡的到来,经过一段时间的精心治理,越国不断加强了管理和军备,越、楚之间的关系也不断密切。

吴王阖闾自败楚之后,威震中原,自以为万事大吉,乃大治宫室,建长乐宫于城中,筑高台于姑苏山。姑苏山在城西南三十里,一名姑胥山,于胥门外筑有九曲之径,以通山路。在此基础上大兴冶游,春夏则游于城外,秋冬则游于城中,好不快乐逍遥。忽一日,不知怎的记起了越人伐吴之恨,报复之心油然而生;又听说齐与楚互聘使节,怒吼道:"齐、楚通好,是我北方边境的大患!寡人先伐齐,后伐越。"

相国子胥进言道:"互访交聘乃邻国之常事,齐未必会助楚害吴,不可贸然兴兵旅。太子波元妃已丧,未有继室,大王何不遣使求婚于齐?如其不从,伐之未晚。"

阖闾依从,派大夫王孙骆赴齐,为太子波求婚。

时齐景公姜杵臼年纪老迈,志气衰颓,不能自振。宫中只一幼女名少姜,未舍得让其出嫁,锦衣玉食,娇养在家,视为掌上明珠。一次为其过生日,宫内亲友宾客前来祝贺，少姜在自己的房间里挑选衣服，左挑右选，一件又一件，总拿不定主意，半天才走出房门。宾客们见其一身靓丽的穿戴，都看呆了，然后一起拍手打趣地唱道："左一件，右一件，幺姑娘换了十八件。"

少姜此时正值豆蔻年华，含苞待放，齐景公怎能舍得让其远嫁荒蛮之地呢，无奈朝无良臣，边无良将，恐一拒吴命，便兴师来伐，结果如楚国的遭遇一样，祸及满门！大夫黎弥劝景公答应吴国请婚的要求，千万不要激怒吴国。齐景公不得已，只好以小女少姜许吴太子之婚。

王孙骆回复吴王，吴王又遣使纳聘礼于齐，迎齐女少姜归国。齐景公爱女畏吴，两念交迫，涕泪交加，连连叹息道："若平仲、穰苴二人在此，寡人还怕吴国吗？"转而对大夫鲍牧说道："烦卿将少姜护送到吴国。少姜是寡人的爱女，请嘱咐吴王一定要善待。"临行之前，齐景公亲扶少姜登车，送出南门而返。鲍牧奉少姜到吴国后，敬致齐侯之命，吴王当即应允。鲍牧因慕伍子胥之贤，与其深相结纳，不在话下。

却说少姜年幼，不知夫妇之乐，与太子波成婚之后，一心只是想念父母，日夜号泣。太子波再三抚慰，其哀仍不能止，因此抑郁成病。阖闾怜之，乃改造北门城楼，极其华丽，更其名曰望齐门，令少姜日游其上。少姜凭栏北望，不见齐国，悲哀愈甚，其病转重。绝命之前，嘱咐太子波道："妾闻虞山之巅可以望见东海，请将我葬于此地，倘魂魄有知，可以时时望见齐国！"太子波奏闻其父，乃葬少姜于虞山顶上。之后不久，太子波也因思念少姜，一病不起，随少姜而去。

太子波走后，阖闾欲在诸公子中选择可以立储者，意犹未定，召伍员议决。太子波的前妃所生的长子夫差，时年二十六岁，生得英伟帅气，一表人才。闻其祖父阖闾择嗣，乃抢先拜见伍子胥道："吾是大王的嫡孙，今欲立太子，舍吾其谁，烦请相国美言以进。"

伍子胥许之。少顷，阖闾派人召子胥商议立储之事。伍子胥说道："立子以嫡，则乱不生。今太子虽然不禄，还有嫡孙夫差在朝。"

阖闾："吾观夫差愚而不仁，恐怕不能奉吴君之统。"

伍子胥："夫差信以爱人，敦于礼义。父死子代，经有明文，有什么疑虑的呢？"

阖闾："既然如此，寡人就听先生的，请先生对其悉心辅助。"于是便立夫差为太孙。夫差到子胥家中稽首称谢。

阖闾年老性躁,闻越王允常薨,子勾践新立,遂借越在吴伐楚期间侵吴为由,欲趁丧伐越。子胥谏道:"越虽有袭吴之罪,然方有大丧,伐之不祥。宜少待之。"

阖闾不听,留下子胥与太孙夫差守国,自引伯嚭、王孙骆、专毅等,选出精兵三万,出南门望越国进发。

越王勾践亲自督师御敌,命诸稽郢为大将,灵姑浮为先锋,畴无余、胥犴为左右翼,文种、范蠡为随军参谋,与吴兵相遇于槜李之地。

吴、越两军相距十里,各自安营扎寨。各往阵前挑战,不分胜负。阖闾大怒,遂将吴军列阵于山脚下,前面是一大片平畴之地,乃传令军中:"全军毋得妄动,俟越兵懈怠,然后一鼓作气,将其击垮。"

勾践到对面山脚列阵,望见吴阵队伍整齐,戈甲精锐,对诸稽郢说道:"吴师的军阵严整,不可轻敌,必须以计乱之。"乃令大夫畴无余、胥犴督敢死之士,左五百人,各持长枪;右五百人,各持大戟,一声呐喊,杀奔吴营。

吴军阵上全然不理,阵脚都用弓弩手把住,坚如铁壁,一连冲突三次,俱不能入,只得回转。勾践无可奈何。诸稽郢密奏道:"罪人可使也。"

次日越军中密传军令,召集军中所犯死罪者,共三百人,分为三行,俱袒衣横剑于颈,安步直到吴军面前。为首的一人上前致辞道:"吾主越王不自量力,得罪于上国,致使上国前来讨伐。臣等不敢惜命,愿以死代罚越王之罪。"说罢便依次刎颈自杀。

吴兵从未见过如此举动,甚觉奇怪,皆注目而观之,互相传语,不知其所为何故。越军中忽然鸣鼓,号角声大振,畴无余、胥犴率领两队死士,各拥大盾,持短兵器,呼啸而至。吴兵心慌,队伍遂乱。勾践指挥大军狂飙突进,右有诸稽郢,左有灵姑浮,冲开吴阵。王孙骆舍命与诸稽郢相持,灵姑浮奋长戈左冲右突,寻人厮杀,正遇吴王阖闾。灵姑浮挥戈便砍,阖闾往后一闪,刀刃砍中其右足,五个脚趾全被砍下,脚上的鞋子与脚趾一道坠于车下,血流如注。这时吴将专毅带兵杀到,救下了吴王。王孙骆不敢恋战,急急收兵,被越兵趁势掩杀了一阵,死者过半。

吴王因年老体弱,不能忍痛,距离姑苏城七里之地时,大叫一声"痛煞我也"!口吐鲜血而死。伯嚭护丧先行,王孙骆引兵断后,徐徐而返。越兵亦不追赶。

吴太孙夫差迎丧以归，成服嗣位。卜葬于破楚门外的海涌山，发民工穿山为穴，以专诸所用"鱼肠"之剑殉葬，其他剑甲六千副，金玉之玩，充牣其中。既葬，尽杀造墓工人殉葬。三日后，有人望见葬处有一白虎蹲踞其上，因名曰虎丘山，识者以为是埋金之气所现。后来秦始皇派人发掘阖闾之墓，凿山求剑，无所得。其凿处遂成深涧，即今之虎丘剑池。专毅伤重亦死，附葬于山后。

夫差葬其祖父后，立其长子姬友为太子。特派侍者十人轮番站立在庭中，每当自己从此出入经过时，侍者必大声疾呼其名："夫差！你忘记了越王杀你祖父了吗？"夫差便泣而答道："大仇未报，绝不敢忘！"以此来时刻警醒自己。并命伍子胥、伯嚭在太湖训练水兵，又命立射棚于灵岩山训练射箭。等到三年丧期满时报仇雪恨。

夫差除丧已毕，乃祷告于太庙，拜伍子胥为大将，伯嚭为副将，发倾国之兵，从太湖取水道攻越。越王勾践集群臣商议对策。大夫范蠡出班奏道："吴耻丧其君，矢志图报已有三年，同仇敌忾，齐心协力，其势不可当，我们宜敛兵坚守为上。"

大夫文种奏道："以愚之见，莫若卑辞谢罪，向其求和，待其兵退之后再另作良图。"

勾践："二卿言守言和，皆非上策。吴国乃是越国的世仇，他伐而我不战，是长他人的志气，灭自己的威风。"于是便尽起国中丁壮共三万人，迎战于夫椒山下。好一场水战，初开战时，吴兵稍稍退却，越杀伤其军百十人。勾践趋利直进，行至数里，正遇上夫差大军，两下布阵大战。

夫差立于船头，亲自执槌击鼓，以激励将士。忽然北风大起，波涛汹涌，子胥、伯嚭各乘艅艎大舰，顺风扬帆而下，俱用强弓劲弩，箭如飞蝗般射向越军。越兵迎风而战，不能抵敌，大败而走。吴兵分三路追杀。越将灵姑浮舟覆溺水而死，胥犴中箭亦亡。吴兵乘胜追击，杀死越军士卒不计其数。

勾践奔至固城自保，吴兵围之数重，绝其取水之道。夫差沾沾自喜道："不出十日，越兵都要被渴死！"谁知山顶上有一灵泉，泉水中有嘉鱼，勾践命取鱼数百条馈赠吴王，夫差大惊。

勾践留范蠡坚守固城，自帅残兵败将乘机奔往会稽山。点阅甲盾之数，只剩下五千余人。勾践叹道："自先君至于寡人，三十年来，未尝有此败绩！悔不听范、文二大夫之言，以至如此。"

吴兵攻城愈急，子胥扎营于右，伯嚭扎营于左，范蠡一日三次告急，越王大恐。文种献计道："事已急矣！现在前去请和，还有一线希望。"

勾践："吴不许和怎么办？"

文种答道："吴有太宰伯嚭，此人贪财好色，忌功妒能，与伍子胥同朝而志趣不同。吴王畏惧子胥而亲昵伯嚭。吾若私自到太宰之营，结其欢心，与其定成和约，让太宰向吴王进言，吴王肯定听得进去。子胥知道后再出面阻止，已经来不及了。"

勾践："卿见伯太宰，以何物贿赂其心？"

文种答道："军营中缺乏的是女色，若得美女献给伯嚭，伯嚭一定会喜之不尽。"

勾践乃连夜派使臣到越都，命夫人选宫中有姿色者八人，盛其容装，加以白璧二十双，黄金千镒，连夜让文种送到太宰之营求见。

伯嚭初欲拒绝，让人探其来状后，听说有所馈赠，乃将文种召入军帐，伯嚭端坐以待之。文种跪而致辞道："寡君勾践年幼无知，不能奉事大国，以致获罪，今寡君已悔恨无及，愿举国请为吴臣，因担心大王见咎不纳。知太宰以巍巍功德，外为吴之干城，内作王之心腹，寡君特派下臣文种，先叩首于辕门，借重太宰一言，收寡君为属下，不腆之仪，以效微劳。从此之后，越会源源不断地向太宰纳贡。"说完便将贿单呈上。

伯嚭见后犹作色道："越国亡在旦夕，凡越所有，何患不归吴？想以此区区之物收买我吗？"

文种又进言道："越兵虽败，会稽山上尚有精卒五千，堪当一战。战而不捷，将尽焚库藏之积，窜身异国，以助楚王成事，安得尽为吴有耶？即使吴尽有之，然大半归于王宫，太宰同诸将不过瓜分一二。如若太宰主和成功，寡君非委身于大王，实委身于太宰。如春秋贡献，未入王宫，先入宰府，是太宰独擅全越之利，诸将不得参与分肥。"

这一席话，说动了伯嚭之心，不觉点头微笑。文种又指着单上所开的美人道："此八人皆出自越宫，若民间更有美于此者。寡君生还越国之时，当竭力搜求，以备太宰洒扫之数。"

八、中兴

伯嚭起立道:"大夫舍右营而趋吾左营,是以吾无乘危害人之心。吾明日上朝先带大夫见吾王,以决其议。"遂尽收所献,留文种于营中,以叙宾主之礼。

次日早晨,二人一起来到中军,伯嚭先入,备述越王勾践派文种请和之意。夫差勃然怒道:"越与寡人有不共戴天之恨,此时正是报仇之时,怎能允许其求和呢?"

伯嚭答道:"大王不记得孙武之言啦!'兵乃凶器,可暂用而不可持久。'越虽得罪于吴,然其使者已至于吴。其君请为吴臣,其妻请为吴妾,越国之宝器珍玩全部贡于吴宫,所乞于王者,仅存宗祀一线。如此若受越之降,厚利也;赦越之罪,显大王之名也。名利双收,吴自此就可以称霸了。若穷尽兵力以诛越,勾践将焚宗庙,杀妻子,沉金玉于江,率死士五千人,拼死于吴军阵前,这样不会伤到大王的左右吗?与其杀此人,不如得此国更为有利?"

夫差:"现文种何在?"

嚭答道:"现在幕外候宣。"夫差乃命文种入见。

文种膝行向前,将前词重复了一遍。夫差道:"汝君请为臣与妾,能随寡人入吴吗?"

文种稽首道:"既为臣妾,死生在君,敢不服事于左右!"

伯嚭:"勾践夫妇愿来吴国,吴名虽赦越,实已得越,王又何求焉?"夫差乃许其和。

早有人到右营将此事报知了伍子胥。子胥急忙赶到中军,见伯嚭同文种立于王侧。子胥怒气盈面,质问吴王道:"大王已答应与越讲和了吗?"

夫差:"已答应了。"

子胥连声叫喊:"不可!不可!"吓得文种倒退了几步,静听其说。

子胥接着谏道:"越与吴邻,互不两立,若吴不灭越,越必灭吴。若是秦、晋之国,我攻而胜之,得其地,不能居,得其车,不能乘。如攻越而胜之,其地可居,其舟可乘,此社稷之利,不可弃也。况又有先王之大仇,不灭越,何以谢立庭之誓?"

夫差语塞不能对,唯以目视伯嚭。伯嚭上前奏道:"相国之言似是而非。先王建国,水陆并封,吴、越宜水,秦、晋宜陆。若以其地可居,其舟可乘,谓吴、越必不能共存,则秦、晋、齐、鲁皆陆地之国,其地亦可居,其车亦可乘，彼四国者，也要并而为一吗？若谓先王大仇必不可赦，则相国仇楚更甚，何不灭掉楚国而许其请和呢？今越王夫妇皆愿服役于吴，与楚仅纳芈胜更不相同，相国自行忠厚之事，而欲大王居刻薄之名，忠臣不应如此吧！"

夫差面露喜色，对子胥说道："太宰之言有理，相国且退，待越国贡献之日，当分赠财货于汝。"

伍子胥气得面如土色，叹喟道："吾悔不听被离之言，竟与此佞臣共事！"口中恨恨不绝。只得步出幕府，谓大夫王孙雄道："越国十年生聚，十年教训，不过二十年，吴宫将成为沼泽！"王孙雄犹未深信。伍子胥含愤自回右营。

夫差命文种回复越王，再到吴军申谢。夫差问越王夫妇入吴之期，文种答道："寡君蒙大王赦而不诛，将暂假归国，悉敛其玉帛子女，以贡于吴，愿大王稍宽其期限。若负心失信，怎能逃过大王的诛杀呢？"

夫差许诺。遂约定五月中旬，勾践夫妇入吴为臣。派遣王孙雄押解文种同至越国，催促起程。太宰伯嚭屯兵一万于吴山以候，如过期不至，灭越归报。夫差引大军先回。

文种急忙回越报知越王："吴王已经班师，派大夫王孙雄随臣到此，催促大王夫妇起程。吴太宰屯兵于江上，专候我王过江。"越王勾践不觉眼泪双流。

文种道："五月之期紧迫！大王赶快回宫料理国事，如此悲伤于事无补呀！"越王乃收泪回到越都，见市井如故，丁壮萧然，甚有惭色。留王孙雄于馆驿，收拾库藏宝物，装成车辆；又收罗国中美女三百三十人，以三百人送吴王，三十人送太宰。

勾践留恋越国，还未定赴吴日期，王孙雄连连催促。勾践含着泪对群臣说道："寡人承先人的余绪，兢兢业业，不敢怠荒。今夫椒一败，遂至国破家亡，千里去做俘囚。此行有去日，无归日矣！"群臣莫不悲泣。

文种进言道："昔汤被囚于夏台，文王系于羑里，一举而成王；齐桓公奔莒，晋文公奔楚，一举而成霸。此艰苦之境，天之所以开王启霸。王善承天意，自有兴期，何必过度悲伤，自损其志？"勾践于是即日祭祀宗庙。

王孙雄先行一日，勾践与夫人随后进发，群臣皆送至浙江之上。范蠡在固陵备舟迎接越王，文种举觞到越王跟前，朗诵祝词："皇天佑助，前沉后扬。祸为德根，忧为福堂。威人者灭，服从者昌。王虽被难，其后无殃。君臣生离，感动上皇。众夫哀悲，莫不感伤！臣请荐脯，敬酒二觞。"

勾践仰天长叹，举杯垂涕，默默无言。范蠡进言道："臣闻'居不幽者志不广，形不愁者思不远'，古之圣贤，皆遇困厄之难，蒙不赦之耻，请大王放开心怀。"

勾践："昔尧任舜、禹而天下治，虽有洪水，不为大害。寡人今将去越就吴，将越国托付给诸位大夫，大夫何以慰寡人之望呢！"

范蠡对同僚说道："吾闻'主忧臣辱，主辱臣死'，今主上有去国之忧，乃是吾臣之辱，以吾浙东之土，岂无一二豪杰与主上分忧辱吗？"

诸大夫齐声道："吾等唯王命是从！"

勾践："诸位大夫不弃寡人，愿各言其志：谁可以与寡人同难？谁可以守国？"

文种："四境之内，百姓之事，范蠡不如臣；与君周旋，临机应变，臣不如范蠡。"

范蠡："文种自处已审，大王以国事委之，可使耕战足备，百姓亲睦。至于辅危主，忍垢辱，往而必返，与大王复仇者，臣不敢辞。"

于是诸大夫依次自述。太宰苦成："发君之令，明君之德，统烦理剧，使民知分，臣之事也。"

行人曳庸："通使诸侯，解纷释疑，不辱使命，臣之事也。"

司直皓："君错臣谏，举过决疑，直心不挠，不阿亲戚，臣之事也。"

司马诸稽郢："望敌设阵，飞箭扬兵，贪进不退，流血滂滂，臣之事也。"

司农皋如："躬亲抚民，吊死存疾，食不二味，蓄陈储新，臣之事也。"

太史计倪："候天察地，纪历阴阳，福见知吉，妖出知凶，臣之事也。"

勾践感奋激言道："寡人虽入敌国，为吴穷虏，诸位大夫怀德抱术，各显所长，以保社稷，复有何忧！"于是留众大夫守国，独自与范蠡偕行。君臣别于江口，无不流涕。

勾践仰天长叹道："死者，人之所畏，寡人闻死，胸中绝无怵惕。"遂登船而去。送者皆哭拜于江岸下，越王终不回顾。

今日一樽沙际别，何时重见渡江来？

越夫人乃据舷而哭，见乌鹊啄江渚之虾，飞去复来，意甚闲适，乃哭而歌之道："仰飞鸟兮乌鸢，凌玄虚兮翩翩。啄素虾兮饮水，任性情兮往还。风飘飘兮西往，再回返兮何缘？"

越王闻夫人怨歌，心中内恸，强装笑颜，安慰夫人道："寡人的六翮已备，高飞有日，夫人无须多虑多忧！"

六十六

越王既入吴界，先遣范蠡见太宰伯嚭于吴山，复以金帛女子献之。伯嚭问道："文大夫何以不来呢？"

范蠡："只有守好越国，才有财货女子不断地送往上国呀！"伯嚭称是，遂随范蠡来见越王。勾践深谢其庇护之德。伯嚭一力担承，许以返国。勾践之心稍安。

伯嚭引军押送越王，到达姑苏，引入拜见吴王。勾践肉袒伏于阶下，夫人亦随之下跪。范蠡将宝物女子，开单呈献于吴王。勾践再拜稽首道："东海役臣勾践，不自量力，得罪上国。诚蒙厚恩，得保须臾之命，不胜感戴！"

夫差道："寡人若念先君之仇，今日你但无生理！"

勾践再叩首道："臣实当死罪，请大王怜恕！"

时子胥在旁，目若熛火，声如雷霆，乃进言道："飞鸟在青云之上，尚欲弯弓而射之，况近集于庭院呢！勾践为人机险，今为釜中之鱼，故诡词令色，以求免诛。一旦稍微得志，如放虎归山，纵鲸入海，再不能制矣！"

夫差道："孤闻诛降杀服，祸及三世。孤非爱越而不诛，恐见咎于天啊！"

伯嚭："子胥明于一时之计，不知安国之道。吾王之言乃是仁者之言！"

子胥见吴王信伯嚭的佞言，不用其谏言，愤愤而退。夫差接受了越贡之物，令王孙雄于阖闾墓侧筑一石室，将勾践夫妇贬入其中，去其衣冠，蓬首垢衣，责其养马。伯嚭私馈食物，仅不至于饥饿。

吴王每次驾车出游，勾践执马缰步行在车前，吴人皆指着勾践说道："看啦！看啦！此人就是越王，还不如一个奴才哩！"勾践只得低首而过。

忽一日，夫差召见勾践，勾践跪伏在王前，范蠡立之于勾践之后。夫差对范蠡说道："寡人听说'哲妇不嫁败亡之家，名贤不仕灭绝之国'，今勾践无道，国已将亡，尔君臣并为奴仆，羁囚一室，岂不鄙哉！寡人欲赦你之罪，你若能改过自新，弃越归吴，寡人必当重用。不知你意下如何？"

时越王伏地流涕，生怕范蠡弃越归吴。只见范蠡稽首答道："臣闻'亡国

八、中兴

345

之臣,不敢语政;败军之将,不敢言军',臣在越不忠不信,不能辅助越王为善,以致得罪大王。幸大王不加诛戮,得以君臣相保,臣愿足矣,岂敢再望富贵?"

夫差道:"你既不移志向,可仍归石室。"

范蠡:"谨遵大王之命。"夫差起身进入宫中。勾践与范蠡趋入石室。越王穿着佣人衣,戴樵夫头巾,铡草养马。夫人穿无花边的衣裳,着蛮夷的左衽衣襟,汲水除粪洒扫。范蠡拾薪做饭,俱都面目枯槁。夫差经常派人查看,见其君臣力作,绝无一点怨恨之色,终夜亦无愁叹之声,以为其无志思乡,便慢慢地放松了看管。

一日,夫差登姑苏台,望见越王及夫人端坐于马粪之旁,范蠡手拿扫帚立于左,君臣之礼存,夫妇之仪具。夫差对太宰伯嚭说道:"勾践不过是小国之君,夫人不过是一色衰老妇,范蠡不过是一介贫士,虽在困厄之地,却不失君臣夫妇之礼,寡人心甚敬之。"

伯嚭对曰:"不但可敬,亦可怜呀!"

夫差:"诚如太宰之言,寡人目不忍见,倘彼悔过自新,可以赦免吗?"

伯嚭答道:"臣闻'无德不复',大王以圣王之心,哀孤穷之士,加恩于越,越岂无厚报?愿大王早做决断。"

夫差:"可命太史择定吉日,赦勾践归国。"

伯嚭密遣家人于五更时分,将喜信报知勾践。勾践大喜,告于范蠡。范蠡说:"请为我王占卜一下吧。今日戊寅,以卯时闻信,戊为囚日,而卯乃克戊。民谣曰:'天网四张,万物尽伤,祥反为殃。'虽有喜讯,不足为喜。"勾践闻其言,变喜为忧。

却说伍子胥听说吴王将要赦免勾践,急入大殿见吴王道:"昔桀囚汤而不诛,纣囚文王而不杀,天道还返,祸转成福,故桀为汤所放,商为周所灭。今大王既囚勾践而不诛,臣恐夏、殷之患就要到了。"

夫差因子胥之言,又有杀越王之意,使人召之。伯嚭乃先报勾践。勾践大惊,又告于范蠡。范蠡道:"吾王勿惧。吴王囚吾王已经三年,既能忍三年,就不能忍一日吗?去必无恙。"

勾践:"寡人所以隐忍不死,全赖大夫之策呀。"乃入城觐见吴王,等候了三天,吴王没有上朝。伯嚭从宫中出来,奉吴王之命,叫勾践仍归石室。

勾践感到奇怪，问其缘故。伯嚭道："大王惑子胥之言，欲加诛戮，所以相召。适大王感寒疾不能起，吾入宫问疾，对其进言：'禳灾宜作福事。今越王匍匐待诛于阙下，怨苦之气，上干于天。王宜保重，且权放其还石室，待疾愈再说。'大王听某之言，故遣君出城。"勾践感谢不已。

勾践还居石室，忽又三月，听吴王病尚未愈，让范蠡卜其吉凶。蠡布卦已成，答道："吴王不死，至己巳日当减，壬申日必痊愈。愿大王请求问疾，倘得入见，求其粪而尝之，观其颜色，再拜称贺，言病愈之期。吴王至期若愈，必然感激吾王，则赦免可望了。"

勾践垂泪道："寡人虽然不肖，也曾南面为君，奈何要含污忍辱，为人尝泄便呢？"

范蠡答道："昔纣囚西伯侯于羑里，杀其子伯邑考，烹而分食，西伯侯忍痛食子肉。欲成大事者，不矜细行。吴王有妇人之仁，而无丈夫之决。已欲赦越，忽又中变，不如此，何以取其怜悯？"

勾践即日投太宰府中，见伯嚭道："人臣之道，主疾则臣忧。今听说大王抱疴不愈，勾践心里悲忧，寝食不安，愿从太宰问疾，以伸臣子之情。"

伯嚭："君有此美意，敢不转达。"伯嚭入见吴王，曲意言及勾践的相念之情，愿入宫问疾。夫差正在病痛之中，怜其意而应允。

伯嚭引勾践进入寝室，夫差勉强张目看了一眼道："勾践也来看寡人呐？"

勾践叩首奏道："囚臣闻大王龙体失调，如摧肝肺，欲一望颜色。"言未毕，夫差觉得腹胀欲便。勾践道："臣在东海曾事医师，观人泄便，能知病情的变化。"于是便拱立于门下。内侍将马桶靠近床边，扶夫差大便完毕，拿出户外。勾践揭开桶盖，手取其粪，跪而尝之。左右皆掩鼻避开。

勾践复入房内叩首道："囚臣敢再拜贺大王，大王之疾，至三月壬申即可痊愈。"

夫差："汝何以知道？"

勾践："囚臣听医师说：'粪者，谷味也。顺时气则生，逆时气则死。'今囚臣窃尝大王之粪，味苦且酸，正应春夏发生之气，是以知之。"

夫差大悦道："仁者勾践！古今臣子事君父，谁肯尝粪而决疾？"时太宰伯嚭在旁，夫差问道："汝能吗？"

伯嚭摇首道："臣虽甚爱大王，然此事亦不能。"

夫差："不但太宰，虽吾太子亦不能也。"即命勾践道："可离其石室，就便居住，待寡人病好之后，即当放汝回国。"

勾践再拜谢恩而出。自此移居民舍，执牧养之事如故。

夫差的病体果然渐愈，一如勾践所刻之期。因心念其忠，上朝后命置酒于文台之上，召勾践赴宴。勾践佯为不知，仍像从前一样穿着囚服而来。

夫差听说后，即令沐浴，改换衣冠。勾践再三辞谢，方才奉命。更衣入谒，再拜稽首。夫差慌忙扶起，随即发布命令道："越王乃仁德之人，焉可久辱！寡人将解其囚役，免罪放还。今日为越王设北面之坐，群臣均以客礼事之。"说罢乃让其坐在客座，诸大夫皆列坐于两旁。

伍子胥见吴王忘仇让敌，心中愤怒，不肯入座，拂袖而去。

伯嚭道："大王以仁者之心，赦仁者之过。臣闻'同声相和，同气相求'，今日之座，仁者宜留，不仁者宜去。相国刚勇之夫，其不坐，乃是自惭形秽？"

夫差笑道："太宰之言甚为得当。"酒过三巡，范蠡与越王俱起进觞，为吴王祝寿，口中致祝寿辞道："大王恩播阳春。其仁莫比，其德日新。延寿万岁，长保吴国。四海咸承，诸侯宾服。觞酒既升，永受万福！"

吴王大悦，是日尽醉方休。命王孙雄送勾践于客馆，对其说道："三日之内，寡人送汝归国。"

次日早晨，子胥入见吴王道："昨日大王以客礼待仇人，是何道理？勾践内怀虎狼之心，外饰温恭之貌。大王爱片刻之谀，不虑日后之患，弃忠直而听谀言，溺爱小仁而养大仇，譬如置毛于炉炭之上，而幸其不焦；投卵于千钧之下，而望其必全，可能吗？"

吴王不悦道："寡人病卧三月，相国未尝有一言相慰，是相国不忠；不进一物相送，是相国不仁。为人臣不忠不仁，要他何用！越王弃其国家，千里来归寡人，献其财货，愿为奴婢，是其忠心；寡人有疾，亲为尝粪，略无怨恨之意，是其仁义。寡人若徇相国私意，诛此善士，皇天必不佑寡人！"

伍子胥道："大王为何言之相反呢？虎卑其势，将有进击；狸缩其身，欲有所取。越王入臣于吴，以君为奴，怨恨在心，是明摆着的事情；背反人道尝大王之粪，必有巨谋隐匿其中。王若不察，中其奸谋，吴必为其所害呀！"

吴王："相国请勿再谏，寡人之意已决！"

子胥知道谏已无益，抑郁而退。

第三天上午，吴王复命置酒于蛇门之外，亲自送越王出城。群臣皆捧觞饯行，只有子胥不至。夫差对勾践说道："寡人赦君返国，君当念吴之恩，勿记吴之怨。"

勾践稽首说道："大王哀臣孤穷，使得生还故国，当生生世世，竭力报效。苍天在上，可鉴臣心，若勾践负吴，皇天不佑！"

夫差："君子一言为定，君且就行。勉之，勉之！"

勾践再拜跪伏，流涕满面，有依恋不舍之状。夫差亲扶勾践登车，范蠡赶车，夫人亦再拜谢恩，一同登车，往南而去。

勾践回到浙江之上，望见故国山川锦绣，天地再清，不禁感叹道："寡人自以为永辞万民，委骨异域，没有想到还能返国奉祀！"言罢与夫人相向而泣。左右皆感动流泪。

文种早知越王将至，率守国群臣与城中百姓，拜迎于浙水之上，久别逢亲，欢声动地。勾践命范蠡卜日到国，蠡屈指曰："异哉！大王择日，只有来日最吉。王宜疾趋回宫。"于是策马飞车，星夜还都。告庙临朝，自不必叙。

勾践心念会稽之耻，欲立都城于会稽，以此时刻警醒自己，于是便委任范蠡负责营造新城。范蠡观天文，察地理，制定规划，包含会稽山在内。西北立飞翼楼于卧龙山，以象天门；东南伏漏石窦，以象地户。外郭周围，独缺西北，扬言："已臣服于吴，不敢壅塞贡献之道。"实则阴图进取之便。

新城建成后，城中忽然涌出一山，周围数里，其象如龟，天生草木盛茂，有人认得此山，乃是琅琊东武山，不知何故，一夕之间竟飞到这里。范蠡奏道："臣之筑城，上应天象，故天降'昆仑'，以启吾越之霸业。"

越王大喜，乃称其山为怪山，亦称飞来山，也称龟山。于山巅立灵台，建三层楼，以望灵物。制度具备，勾践自诸暨迁居至此，对范蠡说道："寡人不德，以至失国亡家，身为奴隶。若非司马及诸大夫襄助，焉有今日？"

范蠡："此乃大王之福，非臣等之功。但愿大王时刻勿忘石室之苦，则越国可兴，吴仇可报。"

勾践："敬受教！"于是以文种治国政，以范蠡治军旅，尊贤礼士，敬老恤贫，百姓大悦。

勾践急欲复仇，乃苦身劳心，夜以继日。目倦欲合，则熏以辣蓼；足寒欲缩，则浸以冷水。冬常抱冰，夏还握火；累薪而卧，不用床褥。又悬胆于坐卧之所，饮食起居，必取而尝之。中夜潜泣，泣而复啸，"会稽"二字，不绝于口。

勾践以丧败之余，人口亏减，乃颁布政令：壮者勿娶老妻，老者勿娶少妇；女子十七不嫁，男子二十不娶，其父母俱有罪；孕妇将产，告于官府，派医守候；生男赐以一壶酒、一只犬，生女赐以一壶酒、一头猪；生子三人，官养二人，生子二人，官养一人。

国中有死者，勾践必亲自为其哭吊。每次出游，必载饭与羹于后车，遇童子，必哺而啜之，问其姓名。遇到耕种时，躬身秉耒。夫人自织，与民间同劳苦。七年不收民税。食不加肉，衣不重采。只有那赴吴问候之使，无一月不至于吴。又叫男女入山采葛，做黄丝细布，欲献吴王；尚未及进，吴王嘉勾践之顺，使人增其封。于是东至句甬，西至檇李，南至姑蔑，北至平原，纵横八百余里，尽为越壤。

勾践治备葛布十万匹，甘蜜百坛，狐皮五双，晋竹十艘，以答谢封地之礼。夫差大悦，赐越王羽毛之饰。子胥闻之，称疾不朝。

夫差见越已臣服不贰，遂深信伯嚭之言。一日，问伯嚭道："今日四境无事，寡人欲拓宽宫室以自娱，哪里最为恰当？"

伯嚭奏道："吴都之下，崇台胜境，莫若姑苏。然前王所筑，不足以当巨览。大王不如重新改建此台，令其高可望百里，宽可容千人，聚歌童舞女于台上，可以极尽人间之乐。"

夫差点赞，乃悬赏求购大木。

文种听说后，向越王进言道："臣闻'高飞之鸟，死于美食；深泉之鱼，死于芳饵'，今大王志在报复吴国，必先投其所好，然后以制其命。"

勾践："虽能投其所好，但怎能制其命呢？"

文种："臣所进的破吴七术：一捐货币，以悦其君臣；二贵籴粟，以虚其积聚；三遗美女，以惑其心志；四送巧工良材，使作宫室，以罄其财；五派谀臣，以乱其谋；六恶谏臣使其自杀，以弱其辅；七积财练兵，以承其弊。今可用矣。"

勾践："善哉！今日先行何术？"

文种："今吴王方改筑姑苏台，吾王可选取名山神材，奉献给吴王，以一举数得。"

越王派出木工三千余人进山伐木，经年无所得。工人思归，皆有怨望之心，无处发泄，乃歌《木工谣》道："朝采木，暮采木，朝朝暮暮入山曲，穷岩绝壑徒往复。天不生兮地不育，木工造何孽，人世受劳苦？"

每至深夜长歌，闻者凄绝。忽一夜，天生神木一双，大二十围，长五十寻，在山之阳者曰梓木，在山之阴者曰楠木。众木工惊呼道："巍巍神木，世所罕见！"乃竞相奔告越王。群臣皆来庆贺道："大王的精诚感天动地，故使天生神木，以慰大王的衷肠。"

勾践大喜，亲往设祭，而后伐之。加以琢削打磨，用丹青描画上五彩龙蛇。令文种浮江而上，献与吴王道："东海贱臣勾践，赖大王之力，窃为小殿，偶得巨材，不敢自用，以献于大王左右。"

夫差见木材异常，不胜惊喜。子胥谏道："昔夏桀起灵台，商纣起鹿台，穷竭民力，遂致灭亡。勾践欲害吴国，故献此木，大王不要接受。"

夫差："勾践得此良材，不自用而献于寡人，乃是一片好意，奈何弃之？"遂不听其言，将此木用于建姑苏之台。三年聚材，五年方成，高三百丈，广八十四丈，登台望穿二百里。百姓昼夜劳作，劳累饥饿而死者不计其数。

越王闻报，对文种说道："大夫所云'送巧工良材，使作宫室，以罄其财'，此计已行。今崇台之上，必妙选歌舞以充盈其内，非有绝色，不足以侈其心志。请大夫为寡人谋之！"

文种答道："兴亡之数，定于上天。既生神木，何患无美女？若搜求民间，恐惊动人心。臣有一计，可阅尽国中之女子，任王所择。"

勾践："有何妙计？"

文种："愿得大王内侍百人，杂以善相之人，使其挟术遍游国中，得有色者，记其地址，就地选择。'越女天下白'，何患无美人？"

勾践从其计。半年之中，上报的美女何止两千人。勾践再令人复查，得尤美者二人，绘出图形以进。那二人乃是西施和郑旦。

西施是苎萝山下的采薪者之女。其山有东西二村，施姓山民居多。此美女住在西村，故以西施命名。郑旦亦住在西村，与西施相邻而居，自小是闺蜜。西施村边临江，二人每日里相约到江边浣纱，红颜花貌，交相辉映，不啻如并蒂之芙蓉。勾践命范蠡各以百金聘娶，让其服以绮罗之衣，乘以重帷之车，往越都而来。

越人慕美人之名，争相观看，都出郊外迎候，道路为之壅塞。范蠡让西施、郑旦居于别馆，广告于众人道："凡想见美人的，先输金钱一文。"之后设柜收钱，顷刻而满。美人登朱楼，凭栏而立，自下望之，飘飘如天仙漫步于月桂之宫。美人留郊外三日，所得金钱无数，悉收于府库，以充国用。勾践亲自送美人别居于土城，请老师教之以歌舞、举止和应答，待其艺成，然后再送入吴邦。

时越王教习美女三年，技态尽善，饰以珠翠，坐着宝车，所过街衢，香风闻于远近。又以美婢旋波、移光等六人为侍女，派司马范蠡进献给吴王。

夫差自齐回吴，范蠡入见，再拜稽首道："东海贱臣勾践，感大王之恩，不能亲率妻妾，服侍左右，遍搜境内，得善歌舞者二人，使陪臣纳之于王宫，以供洒扫之役。"夫差望着几位花团锦簇的美人，以为是神仙下了凡尘，魂魄俱醉。

子胥谏道："臣闻'夏亡以妹喜，殷亡以妲己，周亡以褒姒'，美色妖姬，乃亡国之物，王不可受！"

夫差道："喜好美色，人心相同。勾践得此美女不自用，而进于寡人，此乃是忠于吴国的表现。相国勿疑。"遂欣然接受。

西施、郑旦二女皆为绝色，夫差左拥右抱，一并宠爱，论妖艳善媚，更推西施。于是西施独夺歌舞之魁，居姑苏之台，擅专房之宠，出入仪仗，拟于王后。

郑旦居于吴宫，妒西施专宠，郁郁不得志，数年花谢而去。夫差哀之，葬于黄茅山，立祠祭祀。

夫差宠幸西施的情意愈来愈浓，令王孙雄特建馆娃宫于灵岩之上，铜沟玉槛，饰以珠玉，为美人游息之所。建响屧廊。屧乃鞋名，凿空廊下之地，将大瓮铺平，覆以厚板，令西施与宫人步屧绕之，铮铮有声，故名响屧。今灵岩寺圆照塔前的小斜廊，即是其旧址。

馆娃宫中馆娃阁，画栋侵云峰顶开。

吴王与西施日日在灵崖山上玩耍，玩花池、玩月池、吴王井，处处风光旖旎。西施或照泉理妆，夫差站在西施的身后为其梳头；或进洞探幽，夫差与西施同坐于此谈天说地；或与美人一道登临山巅，听西施鸣琴于此。

姑苏城南有长洲苑，为游猎之所。又有鱼城养鱼，鸭城畜鸭，鸡陂畜鸡，酒城造酒。吴王常与西施避暑于西洞庭的南湾之内，湾长十余里，三面皆山，独南面如门阙。王曰："此地可以消夏。"因名消夏湾。

馆娃宫中百花开，西施晓上姑苏台。

夫差自得西施，以姑苏台为家，四时随意出游，弦管相逐，流连忘返。只有太宰伯嚭、王孙雄常侍左右。子胥求见，往往推辞不见，以免扫兴。

越王勾践听说吴王宠幸西施，日事游乐，复与文种谋划对吴之策。文种答道："臣闻'国以民为本，民以食为天'，今岁年谷歉收，粟米将贵，大王可以向吴借谷，以救民饥。天若弃吴，吴必答应借谷予我。"

勾践即命文种以重币贿赂伯嚭，让其引见吴王。吴王召见于姑苏台之宫，文种再拜请贷道："越国今年水旱不调，年谷不登，人民饥困。特向大王乞太仓之谷万石，以救目前之饥荒，待明年谷熟，即当奉偿。"

夫差道："越王臣服于吴，越民之饥，即是吴民之饥。吾何爱积谷，而不以救急呢？"

时子胥闻越使至吴，亦随之来到姑苏台，见过吴王，听说许其借谷，复谏道："不可，不可！今日之势，有吴无越，有越无吴。吾观越王的使臣，并无饥困之色，是想以此来空吴之粟。借之不加亲，不借未成仇，大王不如辞掉不借。"

吴王道："勾践因于吾国，行于马前，诸侯无不闻知。今吾复其社稷，恩若再生，越一直贡献不绝，怎么会有背叛之心呢？"

子胥："吾闻越王恤民养士，志在报复吴国。大王又以粟相助，臣恐将会有麋鹿游于姑苏之台呀。"

吴王："勾践业已称臣，哪会有臣下伐君的事儿？"

子胥："商汤伐桀，武王伐纣，难道不是臣伐君？"

伯嚭从旁叱之道："相国出言大不敬，吾王岂能以桀、纣相比？"因奏道："臣闻葵邱之盟，不禁止买卖米谷，为体恤邻国。况越为吾国的贡献之所出，明岁谷熟，责其如数偿还，无损于吴，而有德于越，何乐而不为？"

夫差乃借给越粟万石，对文种说道："寡人逆群臣之议，而输粟于越，年丰必偿，不可失信！"

文种再拜稽首道："大王哀越救人民饥荒，敢不如约。"文种领谷万石，归越。越王大喜，群臣皆呼"万岁"，勾践即以此粟颁赐国中贫民，百姓无不颂其德。

次年，越国大熟。越王问计于文种道："寡人不偿还吴粟，则失信；若偿还吴粟，则损越利吴，如之奈何？"

文种："宜择精粟，蒸熟后还给吴国，吴爱吾粟，用以布种，令其来年无收成。"

越王用其计，以熟谷还吴，如其斗斛之数。吴王叹道："越王真乃诚信之人！"又见其谷粒粗大异常，对伯嚭说道："越地肥沃，其种甚嘉，可散与吾民作谷种。"于是国中皆用越粟种，播下地后不发芽，吴民大饥。夫差还以为是吴越之间的水土不同，不知粟种已被越国蒸熟。文种之计毒哇！

越王见吴国饥困，便欲兴兵伐吴。文种谏道："时候未到，吴国的忠臣还在。"

楚大夫申包胥此时正在越国访问，越王向其请教道："感谢包胥大夫带来贵国的军事援助！人力、物力就是国力，敝国极端珍惜，并努力打下了一定的基础。请问包胥大夫，我们在此基础上还要具备哪些条件，才可跟吴国开战？"

申包胥道："贵国君臣同心，百姓聚力，具备了对吴作战的最重要的基础。在此之上，对于君主和将领来说，战争中的智谋是首要的，其次是仁义和勇敢。如果没有智谋，就不会了解民心的向背，不会分析敌我双方的优势和劣势，不能做出正确的决策；没有仁义，就不会和三军将士同甘苦、共患难，不能够赢得军心，凝成战无不胜的力量；没有勇敢，就不能够果断地排除疑难问题以定大计，从而丧失战机，陷入被动挨打的境地。"

越王答道："善！善！善！吾将全力创造取胜的条件，进一步提升上位者的素质，待时而动！"

继而又问于范蠡道："我们何时可以与吴开战？"

范蠡答道："为时不远！但愿大王进一步抓紧军事训练，提升士卒的战术素质，时时枕戈待旦，以待取胜时机。"

越王："是我们的攻战技术还没有达到要求吗？"

范蠡答道："善战者，必须要有精卒。精卒必须要有多项技击之能，大则剑戟，小则弓弩，非得名师教习，不得尽善。臣访得南林有处女，精于剑戟；又有楚人陈音，善于弓箭。大王可往两处聘请前来。"

越王分派两位使节，持重币前往两处聘请处女和陈音。

单说那处女不知名姓,只知祖上是樊人,生于深林之中,长于无人之野,无师自通,自然工于击刺。越使者来到南林,向其致以越王之命,处女即跟随使者北行。来到山阴道中,遇一白须老翁,立于车前问道:"来者莫非是南林处女么?有何剑术,敢受越王之聘?愿与汝比试比试!"

处女答道:"妾不敢自隐,请前辈指教!"

老翁即挽林内之竹,如摘腐草,欲以刺处女。但见竹竿折断,竹尖俱堕于地。处女随即接住竹尖,以刺老翁。老翁忽然飞身上树,化为白猿,长啸一声而去,使者大吃一惊。

处女来见越王,越王赐坐,问以击刺之道。处女道:"内实精神,外示安逸,见之如妇,夺之似虎。布形候气,与神俱往,捷若腾兔,追形还影,纵横往来,目不及瞬。得吾道者,一人当百,百人当万。大王不信,愿得一试。"

越王命勇士百人,持戟以刺处女。处女连接其戟而投之,越王乃服。让其教习军士,军士受教者三千人。岁余,处女辞归南林。越王再让人前去相请,已不在了。越王对臣民宣示道:"天欲兴越灭吴,派遣神女下凡教授剑术,以助我越国。"

再说楚人陈音以杀人避仇于越,范蠡见其射必中,奏报越王,聘为射师。王问陈音道:"请问什么时候开始有了弓弩?"

陈音答道:"臣听说弩生于弓,弓生于弹,弹生于古代孝子。古代人民朴实,饥食鸟兽,渴饮雾露,死则裹以白茅,投于中野。有孝子不忍见其父母为禽兽所食,故作弹弓以守之。时人为之歌曰:'断竹续竹,飞土逐肉。'至神农皇帝兴,藤为弦,竹木为弧,削木为箭,以立威于四方。有弧父者,生于楚水荆山,生不见父母,自为儿时,习用弓箭,所射必中。以其道传于羿,羿传于逢蒙,逢蒙即楚之先君熊渠,逢蒙传于琴氏。琴氏见诸侯相伐,弓箭不能制服,乃横弓作臂,施设机枢,加之以力,其名曰弩。琴氏传于楚三侯。楚于是世世代代以桃弓棘矢,备御邻国。臣之先人受其道于楚,已历五世,俱深究其技。弩之所向,鸟不及飞,兽不及走。请大王试之!"

越王于是调遣军士三千,让陈音教习于北郊之外,授以连弩之法,三箭连续射击,人不能防。三月尽其巧,吴军战斗力大升。之后陈音病死,越王厚葬于山巅,名其山曰陈音山。

伍子胥闻越王习武之事,乃求见夫差,流涕而言道:"大王信越之臣顺,今越用范蠡，日夜训练士卒，剑戟弓矢之武艺，无不精良。一旦乘吾间隙而入，吾国祸不远啊！"

夫差不纳忠言，反怪伍子胥无事生非。此时他的兴奋点全在北上称霸上，正在大征九郡之兵，准备大举伐齐。

吴兵将发，子胥死谏道："越乃心腹之患；齐为疥癣之疾。今大王兴十万之师，行粮千里，以争疥癣之患，而忘大毒已在腹心。臣恐齐未必胜，而越祸已至呀！"

子胥的一番话如同佛头泼粪，惹得夫差一顿大怒道："寡人发兵在即，老贼故意放出不祥之语，阻挠寡人的称霸大计，该当何罪？"

伯嚭趁机奏道："臣听说子胥上月出使齐国之时，已经将其子伍封托付给了齐国大夫鲍牧收养。此人早就内怀通齐叛吴之心，请大王察之！"

夫差盛怒道："难怪老贼如此阻拦寡人伐齐，原来早已通齐卖吴，怎能容得！"

说罢让人赐子胥以"属镂"之剑。子胥接剑在手，长叹道："大王欲要吾自裁也！"乃赤脚走下台阶，立于中庭，仰天大呼道："天哪！天哪！天哪！昔先王不立夫差，赖吾力争，让汝继位。吾为汝破楚败越，威加诸侯。今汝不用吾言，反赐吾死！吾今日就死，明日越兵即至，掘汝社稷，毁汝家邦！"

伍子胥归家后，嘱咐家人道："吾死之后，可抉吾目悬于东门之上，以观越兵入吴！"说罢，自刎其喉而绝。

使者取剑还报，述其临终之嘱。夫差往视其尸，数落道："伍子胥，汝已死去，还有什么知觉？"说罢乃亲手斩断伍子胥之头，让人置于盘门城楼之上；取其尸，装在用牛皮缝制的鸱夷之器中，令人拖到钱塘江边，投于江水之中。谓其尸体道："日月炙汝骨，鱼鳖食汝肉，汝骨变成灰，看汝还看不看越兵进吾城！"

伍子胥的尸骨被抛入江中之后，随波逐流，依潮水往来激荡。堤岸崩裂。当地越人惧其魂魄，私自捞取上来，埋之于吴山。后世改称其山为胥山。

孙武闻伍子胥被逼自杀，自知吴祸不远，万念俱灰，乃云游四海，不再踏入吴地半步。后不知其所终。

六十七

再说楚王兄子西与子期重入郢郧城,一面收葬平王骸骨,将残破的宗庙社稷用茅草略做修葺;一面派遣申包胥率领云梦舟师到随国去迎接昭王。昭王遂与随君定盟,誓无侵伐。随国君主亲自送昭王登舟返航,一路顺风驰向郢郧。

云梦舟师的船只行至大江之中,昭王在楼船上凭栏四望,但见江水壮阔,白帆点点,沙鸥翔集,中流激浪,想起逃难之时的跋涉之苦,劫难之险,国破之忧,心中五味杂陈,喜极而泣。忽见水面上漂来一物,其大如斗,其色正红,忙令水手将其打捞上来,问群臣此为何物,群臣概莫能识。楚昭王拔出佩剑,将其砍开,内有红瓤似瓜,试尝一口,甘美异常。乃遍赐左右道:"此为无名之果,请各位见识一下,等待博物之士前来辨认。"

不一日,舟师行到云中,昭王叹道:"此是寡人遇盗之处,不可以不识。"乃令泊舟于江岸,命斗辛督民夫筑一小城于云梦之间,以便日后旅行投宿。今云梦县有地名曰楚王城,即是其故址。

子西、子期等乘船到离郢郧五十里地的江面上迎接昭王。君臣交相慰劳。舟师到达郢郧的汉江边,楚昭王下舟登岸,一路上见城外白骨如麻,城内宫阙大半已毁,不觉凄然泪下。遂入宫来见其母孟嬴,母子相向而泣。昭王道:"家国不幸,遭此大难。以至庙社被毁,陵墓受辱,此恨何时可雪?"

孟嬴道:"今日复位,宜先明赏罚,然后抚恤百姓,徐待气力完足,再图恢复可也。"

昭王再拜受教。是日,不敢居寝宫,宿于斋宫。

第二天,昭王与群臣祭告宗庙社稷,省视坟墓,然后升殿,百官称贺。昭王道:"寡人任用非人,几至亡国,若非卿等扶大厦于将倾,焉能重见天日?失国者,寡人之罪;复国者,卿等之功。"诸大夫皆稽首称谢,俱道"大王辛苦,微臣愧不敢当"。

楚昭王亲自到秦营,设宴把盏,慰劳秦将,称赞子蒲、子虎二元帅指挥和临敌的英勇果断,并厚犒其师,欢送大秦将士归国。

连日来楚昭王大会群臣,论功行赏,拜子西为令尹、子期为左尹。以申包胥乞师功大,欲拜为右尹。

八、中兴

申包胥辞谢道:"救国救君于危难之中,乃是为臣的本分;作为一个大国的大夫,不顾颜面,不讲尊严,在他国的朝堂上大放悲声,百般哀求,以至撒泼耍赖的地步,虽说是事出无奈,但毕竟有伤国体,不应当受到鼓励;更何况微臣不能胜任右尹的职位,情愿优游林下,颐养天年。"

楚昭王强留道:"先生劳形疲神,远乞秦师,以定楚国,这个封赏应该你得。"

申包胥依然固辞,楚昭王退而授其为三闾大夫,诏令其整顿宗族秩序,负责对外事务。并下诏旌表其乡里曰"忠臣之门"。改任王孙繇于为右尹,昭王动情地对其说道:"王孙在云中代寡人受戈,寡人永志不忘。"

吴人入郢都时,楚昭王偕臣属逃走,百姓离散,有一个叫蒙谷的士大夫进入大殿,背负着《鸡次之典》渡过汉江,逃于云梦大泽中躲过兵灾。昭王返郢后,五官失法,百姓昏乱;蒙谷献典,五官得法,百姓大治。昭王念蒙谷保存楚法典的大功。封其爵为执圭,赏田六百亩。蒙谷坚辞不受,自奔于磨山之中,隐居长啸,著书立说。

楚昭王还要赏赐一路追随自己的市民屠羊说。屠羊说请使者转告昭王道:"大王失国,吾失屠羊;大王返国,吾亦返回屠羊的岗位。小民的爵禄已经恢复,无须再加另外的赏赐。"

其他有功之臣如沈诸梁、宋木、鬬辛、鬬巢、薳延等,这次一并晋爵封邑。楚昭王还让使者召鬬怀来朝欲赏。

子西进言道:"鬬怀欲行弑逆之事,罪在不赦,怎么能给予赏赐呢?"

昭王道:"鬬怀欲为其父报仇,乃是孝子行径。能为孝子,何难为忠臣?"亦升其爵为大夫。

蓝尹亹求见昭王,昭王想起成臼不肯同载之恨,欲执而诛之,让人对其说道:"尔弃寡人于道路,今敢复来,有何话说?"

蓝尹亹对答道:"囊瓦因弃德树怨,是以败于柏举。大王为何要去效法他呢?成臼之舟与郢都之宫相比较,哪个更安逸?臣之弃王于成臼,是要以此来警戒大王!今日之来,是欲观大王悔悟与否。大王不反省自己失国之非,而记臣下不载之罪,臣死不足惜,所惜的是楚国的宗庙社稷。"

子西奏道:"蓝尹亹的言辞直白,大王宜予赦免,以志不忘前败。"

楚昭王乃允许蓝尹亹入见,恢复其大夫之爵。群臣见昭王度量宽宏,莫不大悦。

忽报昭王夫人在后殿自缢身亡,昭王一阵伤感,亦自责道:"如若不是寡人失国,夫人也不会失身于阖闾,是寡人之责呀!夫人不该自缢身亡。"

时越国与吴国已成水火之势,听说楚昭王复国,特遣使来贺,进其宗室女于昭王,并以"越王勾践剑"作为陪嫁。楚昭王立越姬为继室。越姬甚有贤德,为王所敬重。

昭王念季芈相从患难,欲择良婿嫁之。季芈曰:"女子之义,不近男人。钟建既已背过我,即是我的丈夫,岂敢再嫁他人?"

楚昭王:"钟建的地位不高,才不堪大用,你不觉得委屈吗?"

季芈:"选我所爱,爱我所选。"

楚昭王:"那好,那就祝你们生活幸福,白头偕老!"

季芈:"多谢王兄。"

昭王乃将季芈嫁给钟建,并任钟建为乐尹,称其为司乐大夫。此二人即是《知音》故事中钟子期的先祖。

昭王又思故相孙叔敖显灵庇佑,派人到云中为其立祠祭祀。

令尹子西鉴于郢都残破,住在这血泪涟涟的地方难以让人释怀,且吴人熟悉这里的路径,偷偷摸摸地再来袭击一次也不是什么难事,于是便选择了汉江对岸的上鄀之地筑城建宫,立宗庙社稷,暂迁都到此地居住,名曰新郢,史称鄀郢。同时派工尹到纪南城督促恢复重建工作,使之具有南国第一都会的雄伟气象。

楚昭王置酒于鄀郢新宫,大会群臣,酒宴方酣,乐师扈子恐怕昭王苟安今日之乐,忘记昔日之苦,复蹈平王故辙,乃抱琴于王前,启奏道:"下臣有《穷岫》之曲,愿为大王鼓而吟之。"

昭王:"寡人愿闻。"扈子遂援琴而鼓,婉转而歌,声调凄怨,如诉如泣。

昭王深知琴曲之情,垂涕不已。扈子收琴下阶,昭王遂罢宴。自此早朝晏罢,即很早上朝,很晚下朝,勤于国政,省刑薄敛,养士训武,修复关隘,调派精兵固守。

阖闾之弟夫概听说楚昭王不念旧怨,励精图治,便离开宋国前来投奔。昭王知道其勇壮,将堂溪作为其封邑,号堂溪氏。

子西以祸起唐、蔡,唐已灭而蔡尚存,乃向昭王请求伐蔡报仇。昭王道:

"国事初定，寡人还不敢劳民。"

楚昭王虽然天天都是"早朝晏罢，以告治兵者"，但毕竟是少年心性，时间一长，久静思动，为求一时的欢愉，拟作荆台之游。

左司马子期进言道："大王今天要去荆台游玩，明天还想到洞庭湖、彭蠡湖去游玩，后天还想到猎山、淮河去游玩。这种游玩的乐趣会让人忽视岁月的流逝，游玩的君主也会因此而葬送自己的家国。微臣请大王不要去那里游玩。"

昭王说道："荆台是寡人的领地，在自己的领地上去视察是再正常不过的事情，请你站到一边去。"

令尹子西见状，驾着驷马高车来到楚昭王的面前："今日的荆台之行，不能不去啊！"

楚昭王在车上摸着他的脊背说道："此次荆台之行，我与令尹共同赏乐。"

马车行了十里路后，子西拉住辔头让马车停了下来，对昭王说道："微臣不敢下车，有句话想对大王说一说。"

楚昭王："有话尽管道来。"

子西："微臣听说，身为君王的臣子而效忠君王的人，高官厚禄都不够赏赐的；身为君王的臣子而对君王阿谀奉承的人，残酷的刑罚也不够诛杀的。司马子期是效忠君王的，而微臣则是对大王阿谀奉承的。请大王诛杀微臣，抄没微臣的家产，用来赏赐司马子期。"

昭王问道："令尹的好意寡人明白，汝能让今王不去游玩，后王也会去游玩；你能劝阻今王，难道还能劝阻得了后王吗？"

子西答道："大王千秋万岁之后，将陵墓建在荆台之上，好像还没有出现过在先王的陵墓上载歌载舞的子孙吧！"

楚昭王理屈词穷，只好驾车还宫，再也不想去荆台游玩了。

楚昭王理政时还会考虑到一些伦理道德问题。石奢是楚昭王时的廷理，他为人刚强正直，廉洁奉公，既不阿谀逢迎，也不胆小避事。一次在出行属县的途中，碰到一桩杀人的案件，马上布置三路官差追捕。将杀人凶手缉拿到案后，石奢发现被抓的竟是自己的父亲。按照周朝的礼制，儿子捉拿自己的父亲是忤逆犯上，只好亲自送走了自己的父亲；但放走犯人，又是对朝廷的不忠，归来后便把自己囚禁起来，派人对昭王说："杀人凶犯是我的父亲，若微臣以惩治父亲来树立政绩，这是不孝；若废弃法度纵容犯罪，又是不忠。微臣因此该当死罪。"

楚昭王:"你追捕凶犯而没有抓获,不应该论罪伏法。你还是去治理你的国事吧。"

石奢说:"不偏袒自己父亲,不是孝子;不遵守王法,不是忠臣。大王赦免了我的罪责,是主上的恩惠;服刑而死,则是罪臣应负的责任。"石奢没有听从昭王的命令,自杀而死。

楚太史将到鲁国聘问,临行前,楚昭王嘱咐其带上礼物去拜见孔子,向其请教江上无名之果的来历。

此时孔子的道德学问已在鲁国贵族中疯传,鲁大夫季斯很不服气:"不就是个耍嘴皮子的吗,有什么了不起?今天东说,明天西说,漫天吹牛谁不会?"于是便想找机会揭一揭他的老底。

一天早朝之后,季斯在路上看见了孔子,便让人停下马车,邀请孔子到府上去聚谈,顺便考考他。与孔子谈了大半天,季斯觉得如在江海中遨游,看不到边际,有点坐不住了,起身到内室去更衣。这时一个费邑人前来小声告诉他:"有人打井时得到一个土罐子,里面装有一只羊,不知道是何来历?"

季斯欲试探孔子的学问,嘱其勿言,回到客堂入座后,对孔子说道:"刚才有位费邑人前来报告说,他在打井时从土中得到了一只狗,不知道是何来历?"

孔子道:"以吾看来,此物应该是羊,而不是狗。"

季斯惊问其故。孔子道:"吾闻山之怪曰夔魍魉,水之怪曰龙罔象,土之怪曰羵羊,今打井在土中得到的怪物,必定是羊。"

季斯:"为什么叫羵羊,与普通羊有什么区别吗?"

孔子:"最大的区别是非雌非雄,徒有其形。"

季斯乃召费邑人前来对证,果然是不雌不雄,只有一个羊的外表。季斯佩服得五体投地,惊叹道:"仲尼之学,博大精深,吾不及也。"

此事传到楚地,楚昭王也惊叹不已,正好此时到鲁国聘问的楚太史回朝复命,便与太史谈起了孔子辨羵羊这件事。

楚太史:"鲁国国君也知道了孔子辨羵羊的事,认为孔子是一代大贤,欲安顿鲁国的内外,需要像孔子这样的人才。现在已任命他为中都宰了。"

楚昭王:"太史向孔子请教过寡人渡江时所得之物的事情了吗?"

太史：请教过了，孔子答道，"此物名为萍实，可剖而食之！"

楚昭王："夫子是怎样知道的呢？"

太史："孔子说他曾问津于楚，听过当地小儿所唱的歌谣：'楚王渡江得萍实，大如斗，赤如日，剖而尝之甜如蜜。'是以知道。"

楚昭王："这个萍实可以寻常得到吗？"

太史："孔子曰：'萍者，乃浮泛无根之物，结而成实，虽过千百年亦不容易得到，此乃散而复聚，衰而复兴之兆，可为楚王贺。'"

这番话熨帖入耳，楚昭王听说后，叹服不已。

孔子在鲁国受制于"三桓"，有本事得不到施展，于是就开始周游列国。他先后去过卫国、陈国、蔡国等地，可这些国家同样不给他施展抱负的机会。

楚昭王崇拜孔子，时刻关注着他的动向。这一年，楚昭王得到情报，说大学者孔子正住在蔡国。于是便派人去蔡国拜见孔子，邀请他到楚国来共谋大业。

别看陈国和蔡国都不用孔子，可孔子的能耐他们是知道的，两国的大夫们聚在一起开了个碰头会，不一会儿就得出了一个一致性的结论："孔子是位圣贤，他的批评是有的放矢，切中要害，如果他被楚国聘用，那我们陈国、蔡国就更危险了。"于是决定派兵阻拦孔子，要把他们一行人困在野外，让他们去不成楚国。

孔子一行就这样厄于陈、蔡之间，只能搭个帐篷睡在地上，白天在一棵大树下弹琴讲学，一连几天没有吃上米饭，连野菜也吃完了，好几个人饿昏了过去。

孔子弟子中的子贡出身富商家庭，自己也有经商从政的才能，看到目前的窘境，便拿着自己带来的货物，偷偷地钻出了包围圈，摸到岭下的村庄里去请求村民给换些食物。得到一点米后，让颜回、子路两人在一间土屋的屋檐下煮饭。不料有一块熏黑的灰土掉到了饭中，颜回便把弄脏的饭粒取出来吃了。这一举动碰巧被站在水塘边的子贡看见了。

子贡很不高兴，以为颜回在偷吃。于是便进屋问孔子："仁人志士在困穷的时候也会改变自己的节操吗？"

孔子："改变自己节操的还称得上是仁人志士吗？"

子贡："像颜回这样的人不会改变自己的节操吧？"

孔子:"是的。"

子贡于是便把颜回偷吃米饭的事情告诉了孔子。

孔子:"我相信颜回是仁德之人已经很久了,虽然你这样说,我还是不怀疑他,他那样做或者一定有什么原因吧。你待在这里,我来问问他。"

孔子把颜回叫来说道:"前几天我梦见了祖先,难道祖先是在启发我们、保佑我们吗?你把做好的饭赶快端上来,我要敬献给祖先了。"

颜回:"刚才做饭时有一粒灰尘掉到了饭中,留在饭里不干净;扔掉了又很可惜,于是我就把它给吃掉了。不干净的饭是不能用来祭祀祖宗的。"

孔子:"如果是这样,我也会把它吃掉的。"

颜回出去后,孔子看着子贡和后进来的弟子们,缓缓地说道:"我相信颜回,你们今天也看到了!"弟子们叹服。

"唉!"孔子叹息道:"眼见为实,但不一定是你们想像的那种实,疾风知劲草,事久见人心哪!"

陈、蔡大夫们又开碰头会了,你一句,我一句:"围了这么长的时间,这帮人还没有放弃去楚国的念头,真是王八吃了秤砣啦!""他们没饭吃了还要天天跑到大树下弹琴讲学。""对他们要严加管束,让他们断粮断水,看他们怎么活。""把给他们遮风挡雨的那棵大树也给砍掉,看他们还弹不弹琴,唱不唱歌,讲不讲学。"

孔子知道这些人的不良居心,但只要有人能接受自己的"道",只要有机会实现自己的道德理想,饥饿算得了什么呢?死亡算得了什么呢?于是就更加慷慨激昂地讲学、奏乐、歌唱,以示不要被眼前的困难所吓倒。可弟子们的境界究竟怎么样呢,他们会不会有怨言呢?孔子决定试一试他们。

孔子先找来子路问道:"我们既不是野牛,也不是老虎,却栖息在这荒山野岭之中,难道我的道有什么不对吗?为什么会落到这般地步呢?"

子路一脸怨气地答道:"君子是不会被什么东西所困扰的。想来是先生的仁德积累还不够吧,人们还不信任咱们;想来是先生的智慧还不够吧,人们还不愿意推行咱们的主张。我从前听先生讲过:'做善事的人上天会降福于他,做坏事的人上天会降祸于他。'如今先生积累德行、心怀仁义、推行自己的主张已经有很长时间了,怎么还会遭遇到如此的困厄呢?"

孔子:"由啊,你还不懂啊!我来告诉你。你以为仁德的人就一定会被相信？那么伯夷、叔齐就不会被饿死在首阳山上了；你以为有智慧的人一定会被任用？那么王子比干就不会被剖心了；你以为忠心的人一定会有好报？那么关龙逄就不会被杀了；你以为忠言劝谏一定会被采纳？那么伍子胥就不会被迫自杀了。遇不遇到贤明的君主，是时运的事；自己贤与不贤，是德与才的事。君子学识渊博、深谋远虑而时运不济的人多了去，何止是我呢！

"芝兰生于深林，不因为无人欣赏而不芳香；君子修养身心、培养道德，不因为穷困而改变自己的节操。做得好与坏在于自己，成败得失在于命。晋国重耳的称霸之心，产生于曹卫；越王勾践的称霸之心，产生于会稽。居于下位而无所忧虑的人，是思虑不远；立身处世总想图安逸的人，是志向不大。他们怎能悟透'道'的始终呢？"

子路去了以后，孔子叫来了子贡，又问了他同样的问题。

子贡说："老师的道太博大了，因此天下容不下您，您何不把您的道降低一些呢？"

孔子答道："赐啊，好的农夫会种庄稼，不一定会有收获；好的工匠能做精巧的器物，不一定能满足每个人的心意。君子修养自己的道德学问，创立自己的学说，是等待别人来采纳；而不是修养自己的道德学问，要求别人来采纳。赐啊，这说明你的志向还不够远大，思虑还不够深刻啊！"

子贡去了以后，叫颜回前来，孔子又问了他同样的问题。

颜回说："老师的道太广大了，天下一时容纳不下。虽然如此，您仍然在竭力地推行着自己的主张。世人不用，那是世人的耻辱，不想站在巨人肩膀上的人，永远成不了巨人，您何必为此而忧虑呢？现在不被世人所采纳，更能显示出您是君子。"

孔子听完后高兴地感叹道："你说得真对呀，颜家的好儿郎！假如你有很多的钱，我就来给你当管家。"

孔子的意志力再强大，也不能长期的不吃不喝呀，最后实在没招了，便派出子贡前往楚军驻地城父求救，楚军连夜八百里快骑传报给楚昭王。楚昭王听说后，令城父司马亲自带兵前来迎接孔子一行。孔子这才得以解脱困厄，来到了城父。

经过楚特使与孔子的一番面谈之后，楚昭王确定孔子就是他要找的人才。楚昭王这个人比较爽快，对待孔子不像卫灵公、陈湣公那么若即若离，既然是个人才，那我就要给他应有的待遇，让他长期留在楚国，为楚国的大业效力。于是便决定把楚国的书社之地七百里封给孔子，让他在这里安心地做学问和讲学，推行自己的主张。

可楚昭王忘了，楚国是一个在草莽中生长起来的国家，自创自立，经验主义，厚重少文，不纳客卿，是其固有的历史传统。这种顽固的保守思想在令尹子西的身上表现得尤为突出。

子西与太子建的年龄相差不大，有点亲情，以致被这种亲情迷住了心窍，对怀抱深仇大恨的白公胜毫不设防，封给其大邑还不算，甚至还准备把自己的令尹位置让给他；对外来的人才则是层层设防，极端不信任。他对楚昭王进言道："孔子是个能人，他手下的弟子也都是一等一的高手。大王派去出使诸侯的使者，有像子贡那样的口才的吗？应该是没有的。辅佐大王的重臣中，有像颜回那样才干出众的吗？应该是没有的。大王的武将之中，有像子路那样会带兵而又肯拼命的吗？应该也是没有的。大王的其他手下，有像宰予那样有本事的吗？应该还是没有的。"

楚昭王听到这里一愣，心里犯嘀咕："要是按照你这么说，孔子一行人既然有这么大的本事，那更要留下他们才对呀！"不过他没做声，继续听子西娓娓道来。

子西："当年周天子分封诸侯的时候，是按照公、侯、伯、子、男的等级来封的，我们的先君因为不是龙子龙孙、皇亲国戚，又不在'牧誓'的八国之中，只被封了个子爵，给了五十里蛮夷的土地，被视作是化外之民。现在孔子讲的是三皇五帝的治国之道，要弘扬的是周公的礼法，大王要是重用了他，恐怕楚国现在拥有的数千里土地，很快就不是楚国的了。"

楚昭王还是有点懵，可他隐隐约约地觉得，子西马上要说重点了，就耐心地听他讲下去。

子西："当年周文王在丰城，周武王在镐城，拥有的都是方圆几百里的小地方，最后竟然能称霸天下，让诸侯们尊奉他们为天子。现在孔子这么有本事、有志向，要是得到几百里的封地，再加上手下弟子们的辅佐，这对楚国是祸不是福啊！"

本来是一件吸收新鲜血液的大好事，被子西上纲上线地说成了洪水猛兽。事情到了这一步，楚昭王再也无话可说，只好放下来冷处理一段时间，等到有合适的机会再说。

孔子接到楚国的来讯后有些沮丧，楚人接舆正好此时经过孔子的车旁，有感而发地唱道："凤啊！凤啊！过去的无法挽回，未来的还可以期待。算了吧！现在执政的人都很危险，你还是走吧！"这个接舆也是个怪人，没等孔子和他说上话，就飘然地离去了。孔子一行离开了楚国，再一次回到了卫国。

六十八

楚人生息了八年，基本上平复了吴军攻郢的创伤，楚都也从都郢迁到了大邑栽郢，即纪郢。楚师开始了秋后算账的行动，一步一步地小试锋芒，出兵攻灭了位于今河南项城西边的顿国。该国在吴兵进攻郢都时叛楚附晋，给楚国带来负面效应，楚国出兵将其灭掉，俘虏了其国君顿子牂，贬为庶人，以儆他国效尤。

胡国在吴师进攻楚郢都时趁火打劫，攻掠楚邑，楚昭王出兵将其灭国，俘虏了其国君胡子豹，贬为庶人。

楚与陈、随、许合兵，围攻导吴伐楚的蔡国。令尹子西命役徒在蔡都城外筑垒以备攻城，九天竣工。蔡人大惧，男女分别列队，有序地出城投降。楚昭王从轻发落，迁其国于江、汝之间，将其新居之地称为新蔡。

戎人蛮氏介乎楚晋之间，首鼠两端。楚大夫单浮余率楚师围攻蛮氏，蛮子赤逃到晋国的阴地。楚国派丰、析之军进驻今商县的上雒，准备对其发起钳形攻势，然后派使者对守卫阴地的晋大夫士蔑说道："晋楚订有盟约，应当好恶相同，我们追击蛮子赤，贵国不应庇护。否则，敝国将士将西入武关，联秦伐晋。"

士蔑将此情况报告给赵简子。赵简子对其说道："晋国国内尚未安定下来，不可开罪于楚国，快把戎人交给他们处置。"

士蔑扬言说要给蛮子赤占卜定居用地，诱其前来，将他及五位随从大夫全都逮捕，交给了楚国。

楚人也故意在戎人中扬言要为蛮子赤设置赏邑和帮其立宗庙，引诱其部族前来投靠，然后将其一网打尽，将其一并迁移到楚国的南方去了。

国势初定，楚国开始恢复战前生机，呈现出了一片祥和的气象，各行各业开始走上了正轨，宗教也不例外。楚国本土生长的一位宗教思想家观射父，乃是鄀俘观丁父的后裔，时任楚昭王的太祝，常与楚昭王讨论鬼神问题。一天早朝，昭王向观射父问道："寡人常听说楚人之俗'信巫鬼，重淫祀'，此话怎讲？"

观射父："古者民性纯朴，民神不杂，通过巫祝与神交流，尊卑有序；到九黎、三苗乱世，民神杂糅，人人祭祀，家家自为巫祝，即是所谓的'淫祀'。"

楚昭王："怎样才能恢复民间祭祀的法度？"

观射父："人神分开，巫祝掌祭祀，黎民膜拜即可。"

楚昭王："可采取哪些具体措施？"

观射父："一是规定祭祀对象，即天神、地神、人神，淡化巫鬼；二是减轻祭祀负担，祭求物备，不求丰大，诚以通神，养成良好的社会风气。"

楚昭王称善。

这一年的三月初三，天气晴朗，春光明媚，楚昭王驾车带着越姬和蔡姬到云梦大泽游玩。在众姬的簇拥下，他牵着这两个美人的小手登上了一座高台，极目远眺，云梦大泽的壮丽景色尽收眼底：但见湖泊芦荡逶迤相连，水波荡漾，芦苇摇曳，荷花如霞，水雾弥漫，煞是好看。昭王忍不住地赞叹道："好一个人间的仙境呀！"再低头看看自己怀抱中的两个美人，如花的笑靥胜过出水芙蓉，真个是山美水美人更美呀！这时突然一阵心血来潮，想试探一下美人的心思，便对她们说道："今天的景色美不美？你们快不快活呀？"

二姬答道："景色真美，真是快活极了。"

楚昭王："那你们想不想永远像这样快活呢？"

二姬答道："当然想啦！"

楚昭王："人们常说不求同年同月同日生，但求同年同月同日死，我们这么快乐，这么恩爱，你们愿意和我一起到地下去永远享受这样的快乐和恩爱吗？"

蔡姬心里"嘎嘣"一跳："这糟老头坏得很，你活够了，玩够了，我们的人生才刚刚开始哩，在这样如花似玉的锦绣年华陪你去死，亏你想得出来。"脸上却嫣然一笑，虚以应酬道："大王待臣妾恩重如山，活着的时候臣妾陪伴在大王左右，享尽了荣华富贵；大王千秋万岁之后，臣妾也愿陪伴大王一起到地下的极乐世界去，这是我的福分呀！"

楚昭王听了心花怒放，看到史官站在不远处的藕池边，便对他说道："快记下这样的美事吧。"

越姬却皱着眉头说道："吾听说楚庄王起初也曾沉迷于酒色，不理朝政，但他三年不鸣，一鸣惊人，最后逐鹿中原，称霸天下。如今大王好像也有当年楚庄王沉迷玩乐的劲头，却没有楚庄王一鸣惊人的雄心壮志，政德未修，山河未整，竟糊涂到要我们毫无意义地与你去共死。太后曾经说过，作为王的女人为大王殉葬，是因为尊敬王的政德。吾还没有听说过有人会把生死当作儿戏的。"

楚昭王听完后，觉得越姬说得很有道理；但在感情上还是觉得蔡姬的心与他的心贴得更近一些，于是便渐渐疏远了越姬，对蔡姬越来越宠爱。

公元前489年的春天，吴国看着陈国不顺眼，出兵攻打陈国，楚昭王率军救援陈国，越姬和蔡姬随军伴随在王的左右。

如花美眷，似水流年，春宵苦短，人生易过，花花世界再难舍，可该舍之时也得舍呀！凡是世人都有这一天。

出征时红光满面，意气风发的楚昭王，到了这年十月，在楚吴两军战事处于互有胜负的胶着状态时，突然感染上了恶疾，病势来得异常凶猛。

楚昭王开始并未在意，只是觉得有些怪异，睁眼闭眼都能看到天上的云朵像赤鸟一样，不停地围绕着太阳飞翔，整整地飞了三天三夜才渐渐地散去。

为避免动摇军心，楚昭王只让身边的近臣悄悄地前去将周太史请来卜问吉凶。周太史夜观天象后，认为这是不吉之兆，便对楚昭王进言道："大王的病状怪异且有恶化的趋势，目前别无良策治疗，只能用法术将此病转移到将相的身上，才有可能避开此祸。"

楚昭王："有这个必要吗？"

周太史："有！如果举行禳灾之祭，可以将此病移到令尹、司马的身上。"在一侧焦急万分的令尹、司马也纷纷要求前去为昭王抵挡病灾。

楚昭王摆摆手说道："令尹、司马是寡人的股肱，怎么能把心腹之患移作股肱之患呢？寡人如因有罪而必须受祸，罪在寡人，与他人无涉呀！再说了，如果真的砍掉了寡人的左膀右臂，就算寡人能活下来，不也就是废人一个了吗？"

楚昭王于是拒绝了这个禳灾之祭。

周太史又做了新的占卜,说道:"大王的病患是河神在作祟。如果将大王的病患转到河神身上,大王也就没事了。"

楚昭王道:"三代命祀,祭不越望;江、汉、沮、漳,楚之望也。福祸无门,唯人自召。寡人虽然不德,不可委过于河神。"

这时候,越姬站了出来,深情地望着楚昭王说道:"大王,就让臣妾来替您去挡掉灾祸吧。"

楚昭王道:"当年寡人一时孟浪,对你们说了些不当的话,你当时对寡人的批评是对的!"

越姬道:"当年大王一时沉迷于游乐,臣妾不能答应为你而死。如今你的德行感化了众大臣,也感化了臣妾,为大王的德善仁义献出自己的生命是值得的。忠信之人不违背自己的心愿;奉行道义之人不空谈自己的承诺。当初臣妾没有答应与大王同死,并不代表臣妾不愿意与大王一起去死,但不能为了取悦大王而没有意义地去死。如今臣妾不是为取悦大王而死,而是为了道义赴死!是臣妾心里愿意为大王赴死!"

楚昭王听越姬说完后摇了摇头说道:"当年年轻时的说笑,只是一时兴起的戏言,你和蔡姬都不能把寡人的戏言当真!如果你真的去死,不但对寡人无益,还会亏损寡人的德行。"

孔子后来听人说起楚昭王讲的这一番话后,赞叹道:"楚昭王知大道也!"

楚昭王临终之际,鉴于过去楚灵王特别是楚平王用非常手段争夺王位,给国家造成巨大创伤的惨痛教训,一反过去宗室争夺王位的恶习,想要形成像尧、舜那样互让王位的良好风气。于是便以自己的嫡子年幼为名,要求自己的庶兄子西继承王位,子西坚辞不受。接下来又要自己的庶兄子期继承王位,子期的态度一如子西。最后又要自己的庶弟子闾继承王位,五说五辞后,昭王的态度仍然很坚决。为安慰昭王,子闾假装受命。昭王这才安详地闭上了眼睛。

三位兄弟一商议,均认为昭王通大道,越姬明大义,他们的儿子也不会差到哪里去。于是决定封锁消息,阻绝路口,秘密地选派精干使者回到郢都,将昭王与越女所生之子熊章接到城父,立其为楚王,是为楚惠王。楚师凯旋回国后才为昭王发丧。经过昭王二十多年的励精图治,楚国终于从濒临危亡的大难中复苏过来,国力渐充,威名益著。

六十九

熊章即位后,在子西、子期、子闾三位庶伯的辅助下,按照楚昭王的既定国策,整顿内务,训练军队,兴修水利,发展生产,增强国力。

三位庶伯在辅政的同时,还担任了熊章的保姆和教师的职责。

一次御厨在做凉拌新鲜鱼腥草时,有一条俗称蚂蟥的水蛭混杂在了其间,熊章发现后不但没有像有的人那样大惊小怪,反倒趁人不注意时将其夹起来一口吞进了腹中。过不多久,熊章觉得腹痛难忍,额上的大汗直冒,再也吃不下任何东西了。

令尹子西见状,奇怪地问道:"大王刚才好好的,怎么突然腹痛如此呢?"

楚惠王答道:"寡人食凉拌鱼腥草时发现了一条水蛭,如果将其丢弃在地上而不问其罪,是废法而威不立;如果对此进行问罪责罚,则厨师与监食者依法都要被处死,寡人又于心不忍。于是便趁左右不注意时,将其吞到了自己的肚子里去了。"

子西听完后避席拜贺道:"臣闻天道无亲,唯德是辅。吾王有仁德,上天会奉佑,疾病是伤害不到王体的。"

当天晚上,楚惠王如厕时排出了水蛭,同时也将鼓胀了多年的心腹积块也一并排了出来,顿时觉得浑身上下惬意极了,真是无病一身轻快啊!

楚惠王即位的次年,令尹子西打算兑现诺言,将太子建之子王孙胜即芈胜封为巢大夫,并封一块地给他,以弥补楚平王当年的过失。当时楚惠王的年龄还小,又宅心仁厚,加之大伯子西和另外两位伯伯辅政,他们合计的意见,惠王一般都会应允。只有沈诸梁即子高对此持不同意见。

沈诸梁出自芈室宗族,算是烈士的后代,在其父左司马沈尹戌阵亡后,被楚昭王任命为叶邑县公。

叶公到叶邑上任伊始,就到各处走访勘察,了解当地的风土民情,发现这里存在着严重的水患问题,百姓深受其害。便日思夜想,谋划出了一个兴修东、西二陂,一个拦洪,一个蓄水,防灾和灌溉并举的水利方案。由于竹简不适合描画水利施工图,叶公便不顾娇妻的唠叨,以自家的粉墙作图纸,在上面画沟绘渠。当时的人们迷信龙王能行云布雨,叶公便因势利导,在每个水渠的出水口处画上龙头，让水从龙口中吐出，称其为"水龙头"。

消息传出，前来叶府拜访的客人络绎不绝。客人们参观墙壁上的水利施工图时，因不解其意，以为画的是神龙行云布雨图，大为诧异道："这人人皆知的龙从云，虎从风，叶公画龙却不画云，是何道理？""别看他花的气力不算小，画这么多龙，是敬奉龙还是亵渎龙，还很难说。"后世就此演化出了一个脍炙人口的寓言故事——叶公好龙。

叶公在朝堂上也以敢于直言著称。

令尹子西："太子建之子王孙胜因受平王所累，一路颠沛流离，吃了不少苦头，现在还未封其爵位，也无尺寸之地，靠着别人的施舍过活。都是楚公室的子孙，他落魄于江湖，我们高踞于庙堂，想起来心里就难受。应该封一块地给他，让他也过过好日子。"

沈诸梁提出警告道："王孙胜这些年是吃了不少苦头，可现在人事全非，其心境已非昔时，你感念亲情，他厌恶亲情怎么办？我们可以给其一些必要的帮助，可不宜贸然地重用呀！"

子西："据我的了解，王孙胜这个人自小在艰苦的环境中磨砺出了一些好的行为品性，如诚信、慈爱、刚毅、直率、言谈周密等。"

沈诸梁："还是应该谨慎一些呀！你列举的这些优点，对于一个正常的人来说，确实是难得的做人的好品质；但对于在特殊环境下成长起来的人来说，还要有一个好的思想基础来承载它。如若动机不纯，思想钻了牛角尖，貌似诚信并不一定可信，看似慈爱并不一定仁慈，性格刚强并不一定勇武，直率并不一定是衷心，言谈周密并不一定为善。"

子西："此话怎讲，能实际一些吗？"

沈诸梁："王孙胜的父亲太子建在楚国被难后又被郑君杀害，仇恨的种子如若在王孙胜的心中发了芽，就会导致他胸襟的狭窄。胸襟的狭窄对一个普通人来说倒没有什么；但如若将其放在举足轻重的权力岗位，且面对的同僚都是昔日的仇敌，因其胸襟的狭隘，就不会忘过去的仇怨。当高尚的政德不能改变他的狭隘心态时，他的心中便只剩下了复仇。这样一来，他的慈爱完全可以获得人心，他的诚信完全可以实践他的诺言，他的狡诈完全可以谋划出复仇策略，他的直率完全可以统领众人，他的言语周密完全可以掩盖他的恶行，他的内心邪恶完全可以付诸行动，再加上他的不择手段，那就没有什么不能成功的了。"

子西："自古文人相轻，爱逞口舌之快，没想到叶公这样的国之栋梁，也会在王孙胜的问题上逞口舌之快呀！"

二人言辞不合，不欢而散。

子西不顾他人的反对，强行将王孙胜召到纪郢，封其爵为巢大夫，并在位于今息县东边的白地为其筑城，名曰白公城，因之史称王孙胜为白公胜，其子孙遂以白为氏。

叶公见状，便找了个借口，回到自己的封地去了。

白公胜是由伍子胥一手调教长大的，有能力，有勇气，会打仗，每每想到郑人的杀父之仇，便心潮难平，现在有封地、有兵力，急切地想着到郑国去报仇雪恨。只是碍于伍子胥是自己的恩人，子胥之前已经救郑，且郑又服侍于楚昭王，便不敢冒失，不敢失礼，故隐忍不发。

昭王驾崩后惠王立，白公胜自以为自己是故太子之后，希冀子西召见自己，与其共同秉政。子西竟然不予召见，又不加禄，心中怏怏不乐；直到伍子胥被逼自刎的消息传来，白公胜才摩拳擦掌地大叫道："报复郑国的时候终于等到了！"

楚惠王八年，白公胜派人请示子西道："郑人肆毒于先太子，令尹知道得一清二楚。父仇不报，无以为人。令尹倘若哀先太子无辜被害，请发一旅以讨郑罪，芈胜愿为前驱，死无所恨！"

子西推辞道："新王方立，国是未定，你暂且等待一段时间，我会安排的。"

白公胜乃托言备吴，令心腹家臣石乞筑城练兵，盛备战具兵器。再请示于子西道："愿以私卒为先锋伐郑。"子西答应了，还没有出师，晋赵鞅率军伐郑，郑向楚求救，子西率师救郑，将晋军击退。子西与郑结盟后班师回朝。

白公胜听说这等事情后，恨恨地说道："不伐郑而救郑，令尹简直是欺人太甚！那我就只好先杀令尹，然后再伐郑。"

这一天，白公胜在正在起劲地磨着剑，被司马子期的儿子公子平看到了，上前问道："王孙胜，您为什么要亲自磨剑呢？"

白公胜答道："我是以直爽而著称的，不告诉你实话，又怎能称得上直爽呢？我要杀死你父亲。"

公子平接着就把白公胜的这段话告诉给了令尹子西。

子西满不在乎地说道:"芈胜就像一只鸟蛋,是我用羽翼把他孵大的。在楚国,只要我死了,令尹、司马的职位,不归芈胜还能归谁呢?他一定是在发牢骚吧!"

这番话传到了白公胜的耳朵里,他不但不领情,还愤愤不平地说道:"令尹真是太狂妄了!他要是能得到善终,我白公胜就誓不为人。"

白公胜为了聚集自己的力量,派人到澧阳召集其宗人白善前来议事。

白善对使者说道:"吾若听从白公的召令而乱国,则不忠于君;若是背后去告发你们的反叛行为,则对不起自己的宗族。你们就别难为我了吧!"

之后白善干脆来了个无官一身轻,辞去职务在家中筑圃灌园,终了其身。楚人将其圃起名为"白善将军药圃"。

白公胜听说白善不来,怒吼道:"我无白善,就不能杀令尹了吗?"随即召石乞计议道:"对付令尹子西和司马子期,各用五百人够吗?"

石乞:"不够!市南有一勇士名叫熊宜僚,若得到此人,可以当五百人使用。"

白公胜乃同石乞一道造访于市南,见到了熊宜僚。宜僚大惊道:"王孙贵人,奈何屈身到此鄙地?"

白公道:"白某有一事,欲与壮士商量。"遂告知以杀子西之事。宜僚摇头道:"令尹有功于国,而无仇于僚,宜僚不敢奉命。"

白公大怒,拔剑指着宜僚的喉咙说道:"汝若不答应,吾先杀汝!"宜僚面不改色,从容答对道:"杀一宜僚,如同按死一只蝼蚁,用得着发怒吗?"

白公胜乃投剑于地,叹道:"宜壮士真乃勇士也,吾只是想试一下壮士的胆量!"随即用车将熊宜僚载回,待为上宾,共饮食,同出入。熊宜僚感其恩,遂以自己的身家性命作赌注,为白公所用。

其时正值吴王夫差与晋会盟于黄池之时,司马子期戒饬楚边防部队,加强戒备。

白公胜托言吴兵将谋袭楚,反以兵袭吴边境,颇有掠获。遂夸大其功,只说是"大败吴师,得其铠仗兵器无数,欲亲自到楚廷献捷,以张国威。"

子西不知其计,答应了下来。

白公尽出自己的甲兵,装作虏获兵车百余乘,亲率壮士千余人,押解俘虏入朝献功。

楚惠王登殿受捷，子西、子期侍立一旁。白公胜参见已毕，楚惠王见阶下立着两位好汉，全身披挂，发问道："这两位是谁？"

白公胜答道："此乃臣部下将士石乞、熊宜僚，在这次伐吴战役中立了大功。"

白公胜遂以手招二人。二人举步，方欲升阶，子期喝道："吾王御殿，边臣只许在下面叩头，不得升阶！"

石乞、熊宜僚哪里肯听从，大踏步登阶。子期叫侍卫阻止。熊宜僚用手一拉，侍卫均东倒西歪。二人径入殿中，石乞拔剑来砍子西，熊宜僚拔剑来砍子期。

白公胜大喝道："众将士何不一齐上前，还等着干什么？"殿内外上千壮士齐执兵器，蜂拥而上，见人就抓，谁不服就砍了谁。

白公胜绑住了惠王，不许转动。石乞抓住子西一顿胖揍后，将其捆了起来。文武百官俱皆惊散。

子期素有勇力，遂拔出殿戟，与熊宜僚交战。宜僚弃剑，上前夺子期之戟。子期拾剑，反劈宜僚，中其左肩。宜僚亦刺中子期之腹。二人犹自相持不舍，搅作一团，双双战死于大殿之上。

子西对白公胜说道："汝糊口于吴邦，是我念骨肉之亲，召汝回国，封为公爵，何负于汝，为什么要仇恨于我？"

白公胜："郑杀吾父，汝与郑讲和，汝即郑党。吾为父报仇，哪能顾得上私恩！"

子西长叹一声道："悔不听沈诸梁之言，以致有今日之难！"

白公胜抬手用剑斩下了子西的头颅，陈其尸于朝堂之上。

石乞："不杀掉大王，最终不能成事。"

白公胜："小孩子有什么罪过？废掉就行了。"乃囚惠王于高府，令人看守。

白公胜既杀令尹、司马，欲立子闾为王。子闾不肯，白公胜把刀架在他的脖子上，威逼他答应。

子闾道："汝若是想整顿王室，安定楚国，这是我的愿望，我岂能不听从？如果要专谋私利，颠覆王室，置国家于不顾，那我宁死也不屈服。"

白公胜："楚国之重，天下无有。天将楚国赐予您，您为什么不接受呢？"

王子闾："凡辞天下者，不是轻其利，而是明其德。不当诸侯的人，不是厌恶诸侯的地位，而是保证自己的洁身自好。今若见王位而忘主，是不仁；刀架在脖子上而害怕，是不勇。汝虽告之我以利益，威之我以刀刃，吾也不能违背自己的心愿。"

白公胜再三强迫其接受，子闾均不松口，最后被其杀害。

石乞又劝白公胜自立。白公胜道："分封在各地的县公不少，他们都是有权有势力的人，只有将其全部召来，一个一个地解决了再说。"于是将变兵屯于太庙，作为其起事的大本营。

楚大夫管修乃是管仲之后，不能容忍犯上作乱，率家甲前往太庙攻击白公胜，与之混战了三天，管修兵败被杀。楚宗室的圉公阳乘乱派人深夜将高府土墙掘开了一个地洞，将惠王从高府内背了出来，藏匿在昭夫人的寝宫之中。昭夫人乃是越国王室公主，白公胜还不敢造次前去要人。

叶公沈诸梁听说白公胜之变，悉起叶县劲旅，星夜奔往纪郢而来。到达郊外时，百姓遮道迎接。见叶公未曾戴头盔，惊讶地说道："公为何不戴头盔呢？国人望公之来，如赤子之望父母，万一叛贼的利箭伤害到公，咱们平民百姓还有什么指望呢？"

叶公乃披挂戴盔前进。将进到都城，又遇着一群老百姓前来迎接，见叶公戴着头盔，又惊讶地说道："公为何戴着头盔呢？国人望公之来，如凶年之望谷米，若得见叶公一面，犹死而得生。虽然我们大家都是老弱残幼，但都会为叶公拼力杀敌。为什么要遮住自己的本来面目，使人产生疑虑呢？"

叶公听罢，乃解下头盔，树起"叶"字大旆于车上，威风凛凛地向前开进。箴尹固误听白公胜之召，欲率私属入城，望见大旗上的"叶"字，连忙投向叶公的队伍；兵民望见叶公到来，大开城门，放叶公的队伍进城。

叶公率领军队和国人攻击白公胜固守的太庙，与石乞展开了一场大战。一来二往，石乞兵败，扶白公胜登车，逃往龙山，欲投奔他国。叶公引兵追到，四面鼓噪攻打，白公胜见败局已定，为避免受辱，自缢而死。石乞将其尸体埋葬于山后的隐蔽之处。

叶公兵到，将其四面包抄，众长戟手将石乞围在垓心，石乞动弹不得，被生擒活捉。叶公当场设案询问。

叶公问道:"白公胜现在何处?"

石乞答道:"已经自尽了!"

叶公又问:"尸体埋在何处?"石乞坚不肯言。

叶公命人取来鼎镬,扬火沸汤,置于石乞面前,对他说道:"再不开言,就将汝烹成肉渣!"

石乞自解其衣,笑道:"事成贵为上卿,事不成则就烹,此是当然之理,吾岂是卖死骨而求自免之人?"遂跳入镬中,须臾糜烂。白公胜之尸竟不知所在。

叶公经过十九天的巷战,取得胜利之后,扫清残敌,迎接楚惠王复位。楚惠王留叶公在朝廷执政,将令尹、司马两项要职让其一肩挑,可谓位极人臣。这在楚国的历史上是空前绝后的。

七十

白公胜死后,其妻子佩蓉带儿子白立靠纺织和拾柴火过活,誓不再嫁。越王垂涎佩蓉的美貌,派大夫到白县,以黄金美玉为聘,想要迎娶佩蓉为夫人。佩蓉拒绝道:"妾听闻:'忠臣不事二主,贞女不纳二夫。'不能追随先夫殉情而死,已是不仁;如今要吾改嫁,不是更过分了么?"

越王听到此言,连连赞叹佩蓉的贞烈守节,有情有义,赐予她"楚贞姬"的称号。白立的一支族人在楚声王时迁移到了秦地眉县白家村,出了一个"人屠"白起,得到秦宣太后芈月的提携。此是后话。

纪郢经过这一场动乱,不少宫室毁于兵燹,城墙也需要修缮,形势还不够稳定,还有遭遇袭击的可能性。叶公拥立楚惠王复位后,为了保障惠王的安全,同时也是为了修缮纪郢,便让惠王及其母后搬迁到位于钟祥的郊郢办公。等纪郢修缮完毕后,再接回纪郢生活和主持朝政。

为了填补楚国这一时期的权力真空,叶公有意培养子西长子公孙宁、次子公孙朝及子期长子公孙宽,让他们秉政和出征,培养他们的能力和声望。一年后,纪郢已经修缮完毕,楚惠王及其母后也从郊郢搬回到了纪郢。为了还政于年轻人,叶公主动让贤,退出一身兼任的令尹和司马的职位。在讨论新令尹和新司马的人选时,惠王倾向于让自己的弟弟王子良担任新令尹;叶公鉴于熊围、熊弃疾、囊瓦任令尹的教训,提出王弟不适宜任令尹的问题,这也是楚国最早的规避制度。最终选拔公孙宁任令尹、公孙宽任司马、公孙朝任将军,叶公回叶县继续担任自己的县公。

孔子晚年带着弟子风尘仆仆地"自蔡入叶",见到了叶公,演绎了一段"孔子游叶"和"叶公问政"的文化盛事。

叶公:"先生远道而来,诸梁深感欣慰。叶县地处边鄙,愧无治理良方,还请先生多多赐教呀!"

孔子:"'近者悦,远者来。'为政者首先要赢得民心,能让辖区的人们爱戴、敬佩,让远方的人前来归附,如此的治理就会达到一个理想的状态。"

叶公:"先生的这一为政理想,也正是诸梁心中所向往的,儒家的治国之道与诸梁的为政理想不谋而合呀!中原文化与楚文化同根同源,由此可见一斑。"

孔子:"为政之道,不仅要体现统治者的意志,即依法执政,还要上顺天理,下合人情。"

叶公:"吾乡里有位行事正直的人,是一位品行端正的青年,其父窃了一只羊,官方追查,他证明说有这回事。诸梁看重这样行直道的人,连自己的父亲顺手牵羊的事情都能证一证,其他人的事情就更不待言了。若让这样的风气形成气候,这个地方就好治理了。"

孔子:"'吾乡里的正直者不同于贵地。父为子隐,子为父隐,直在其中矣。'人生天地间,父子亲情是一切社会关系的本源,父亲有了过失,儿子替父亲隐瞒,儿子有了过失,父亲替儿子隐瞒,这其中就包含了正直的道理,即顺应天理,合乎人情。这是我们乡里的正直人士与你们乡里的正直人士不一样的地方。"

叶公:"先生的这一高论超出了诸梁的思想意境。诸梁认为,天道无私,唯德是佑,按先生所言,如果由此发展到人人相互隐瞒,相互包庇,那这个社会还有什么正义和法制可言呢?"

孔子:"吾所说的父子间互相隐瞒,并不是指相互包庇和容忍其所犯的错误,而是让这种错误在不张扬的情况下自行克服掉,这就是看似不直,但却直在其中的道理。父子互证是违背伦理人情的,是不足取的。"

叶公:"那父子之间由此产生狼狈为奸的情形怎么办呢,比如叛逆的事情？"

孔子："这就是错的大与小、隐与显的问题。如果一种错发展到了严重的程度，就会由内到外，由隐到显，想包也包不住，所谓的'布包不住火'，就是这个道理呀！"

通过这个探讨，叶公发现了自己的观点和孔子的观点之间的分歧，便掉过头来对子路说道："你们的老师学识高深莫测，志趣高尚难知，他究竟是怎样的一个人呢？"

子路猝不及防，一时支支吾吾地回答不上来。

孔子："丘也是俗人一个，少年多鄙事，中年以后到处流浪，只是发愤忘食，乐以忘忧，不知老之将至而已。"

二人鼓掌大笑。

就在白公胜叛乱期间，陈国竟乘楚乱，以兵侵楚。

陈、蔡、宋、郑等小国地处楚国北境，别看其块头不大，却是阻挡楚国北进征途上的一块块绊脚石。

面对陈国的背叛，白白折损了自己老爹的楚惠王自然不肯善罢甘休，在其即位的第三年、第四年、第七年，先后三次伐陈，狠狠地打击了陈国的嚣张气焰。

这次陈国袭扰楚国，虽然没有占到什么便宜，但特别恶心人。楚惠王和叶公都很生气，惠王派子西次子公孙朝率军抢收陈国郊外的麦子，陈国军队出城抵抗失败，楚师便乘胜把陈国的都城层层地包围了起来。

陈国连忙向吴国求救，吴国派出军队增援。按照《韩非子》中的记载，在连续十天大雨结束后，吴军星夜行军到陈境想偷袭楚军，看到楚师严阵以待，知道胜利无望，准备向后撤退。

公孙朝决定对撤退的吴军进行猛追猛打。

楚军左史向公孙朝献计道："吴军往返六十里后，必然要休息和饮食，现已行程了三十里，若我军风驰电掣，单程追它三十里，就可以轻松地击败吴军。请现在就派出两支小股部队，从左右两侧对其进行骚扰，逼其尽快撤退，以免其从容地安排伏兵对付我军。"

公孙朝："左史的意见很好，估计吴军已在准备撤退，令左右两军加强攻城的态势，并派出两股小部队对吴军进行骚扰，本将自领中军伺机追击吴军，务必一举将其歼灭。"

众将齐声呼应:"得令!"

吴军果然不堪其扰,迅速往回撤退,当以逸待劳的楚师快速追上疲惫不堪的吴军时,吴军正在埋锅造饭。楚军上前如同砍瓜切菜一般,一阵猛杀猛砍,吴军措手不及,哭爹叫娘,死伤遍野,狼狈逃窜。公孙朝大获全胜后,转身围攻陈城,乘胜一鼓作气攻破了陈城,冲进陈宫,杀了陈湣公,灭掉了陈国。公孙朝因功封武成君。这是陈国第三次,也是其最后一次亡于楚国,楚设陈县对其进行治理。与灵王灭陈,楚平王第二次恢复陈国的时间愣是相隔了半个多世纪。

和陈国一样,蔡国也曾经被楚灵王灭亡,后又被楚平王复国。复国之后,蔡国与楚国一直处于敌对状态。当年蔡国协助吴国灭掉楚国,楚昭王复位后,蔡昭侯为了防止楚国的报复,私自将都城迁到了位于安徽凤台县的州来,史称下蔡。后来蔡昭侯再次朝见吴王,蔡国的大夫们怕蔡昭侯再次私自迁都,就雇刺客杀死了蔡昭侯。经历了迁都、弑君的动荡,蔡国的实力更不如从前了。因其实力不济还自不量力,不断地给楚国制造麻烦,楚惠王便派大司马公孙宽带兵攻灭了蔡国,蔡国国君蔡侯齐逃亡到了吴国,这个打不死的蟑螂小强终于万劫不复了。楚在此地设蔡县对其进行治理。至此才算与八十年前楚灵王时的功绩持平。走过了一大圈弯路,才回到了楚灵王当年的历史原点!

两年后,位于今山东安丘东北的杞国也被楚大将公孙朝带兵将其灭国。杞国是个历史悠久的诸侯国,相传夏朝时就已经有了杞国。西周初年,周公在民间寻找到了夏禹的后裔东楼公,将其分封到杞地,以承继夏禹的国祚。杞是周封的为数不多的公爵国。由于杞国太过弱小,史书上记载很少,留给我们的只有一个"杞人忧天"的成语故事。

七十一

再说夫差杀了令其生厌的伍子胥后,便提拔伯嚭做了相国。还打算继续给越国增加封地,勾践怕引起越国大夫们的不满,谢绝了夫差的好意。表面温顺、无所作为的勾践,背地里却处心积虑,一天加紧一天地谋划着灭掉吴国。夫差全然不把越国的威胁放在心上,意气愈益放纵,行为愈益骄狂,嫌在吴地做王太憋屈,乃发卒数万,筑邗城,穿邗沟,东北通射阳湖,西北让江淮合流,北达于沂,西达于济,便于自己坐着艅艎到处视察和会盟。

太子友知道父王又要去与中原会盟,想好好地劝谏一次,又怕触怒父王,于是便采用了讽谏的办法,自编自演了一段故事,试图感动其父。这天趁夫差闲坐,便对其渲染道:"清早孩儿怀丸持弹,从后园而来,衣履俱湿。"

吴王怪而问道:"为何这般模样,干什么弄的?"

太子友答道:"孩儿适才游览后园,听见秋蝉鸣于高树,上前观看,望见秋蝉趋风长鸣,自以为适得其所,不知螳螂正在枝条上慢慢地向它靠近,欲捕而食之;螳螂一心盯着秋蝉,不知黄雀已等在绿荫间,正欲啄食螳螂;黄雀一心盯着螳螂,不知孩儿已挟弹持弓,欲弹黄雀;孩儿一心盯着黄雀,不知一旁有个空坎,倏地失足堕落。因此衣履俱湿,惹父王笑话。"

吴王夫差:"汝但贪前利,不顾后患,天下之愚,莫甚于此。"

太子友:"这还不算愚,还有比这更愚的哩。鲁承周公之后,有孔子之教,不犯邻国,齐无故伐鲁,以为可以得鲁。不知吴国尽起境内之师,千里攻齐,以为可以得齐。不知越王将遴选死士,出三江之口,入五湖之中,屠我吴国,灭我吴宫。普天之下,还有比这更愚的吗?"

吴王怒道:"此乃伍员的余唾,早已听厌了,听烦了,汝又重新拾将起来讽刺寡人,以阻挠吾的大计。再多言,汝就不是我的儿子!"

太子友悚然辞出。夫差乃让太子友同王子地、王孙弥庸守国,自己亲率国中精兵,由邗沟北上,与齐军决战于艾陵。经过两场大胜,吴军全歼了十万齐军,消灭了姜齐的有生力量,田齐的力量也受到了重创。吴、齐艾陵之战是致使日后以田代齐的重要因素。大胜后的吴王遂约中原诸侯大会于黄池,欲与晋定公争夺盟主之位。

越王勾践听说吴王已经出境,乃与范蠡计议出兵伐吴事宜,只是顾虑兵力不足,欲向楚国申请派兵,即索卒于楚。

范蠡:"大王兵困会稽之时,只剩下精卒五千,就算十年生聚,十年教训,生殖成倍增长,所生后代大都还未成年,原有的少年儿童长成人的也不过一两万人,缺口相当大,此外还有粮草和兵器不足的问题。"

勾践:"从穷越之地出发,兵员、粮草俱不足,必须籍楚之前锋,借楚之粮草,才能摧毁吴王之干戈。"

范蠡："请大王写好国书，吾亲自送达楚廷。"

勾践："范大夫重任在身，派一使者去即可。"

联越灭吴是楚国的国策，昭、惠两代楚王均不遗余力，两国很快达成协议，楚国不但出钱出顾问，还答应借两万兵力给越国，并根据需要直接出兵策应越军。

经过这一番神操作，越王勾践整顿兵马，发水师劲卒二千人，步兵锐士四万人，王卒六千人，从海道通江以袭吴师。越军前部先锋畴无余抢先到达吴都郊外，向吴军挑战，吴军王孙弥庸出战，两人大战了几十个回合，吴将王子地引兵前来夹攻，畴无余马蹶被擒。

次日，勾践大军到达吴都城下。吴太子友欲坚守不出。王孙弥庸道："越人畏吴之心尚在，且远来疲敝，若我们再打胜一仗，越军必会撤走；如若此仗不胜，再守城也不晚。"

太子友惑其言，乃让王孙弥庸出师迎敌，自己率军为其后援。勾践亲立于阵前，督兵交战。吴、越两军前阵的兵锋刚刚相接，范蠡、泄庸率军从两翼呼啸而至，势如暴风骤雨。

吴师的精兵俱已随吴王出征，留守国中的士卒大多训练不足，未习战阵；越师都是历经数年练就的精兵，弓弩剑戟，样样精熟，且范蠡、泄庸又是宿将，战不多时，吴军大败，王孙弥庸为泄庸所杀。太子友陷于越军的包围之中，左冲右突，无路可逃，身中数箭，恐其被俘受辱，自刎身亡。

越兵直逼城下，王子地紧闭城门，一面率民夫上城日夜把守，一面派使者赴黄池向夫差告急。

勾践将水军屯于太湖之中，将陆营屯于胥、阊两门之间，派范蠡焚烧了姑苏之台，大火经月不息。将吴王的艅艎大舟也掳入了太湖之中。吴兵只能干瞪眼，不敢出姑苏城应战。

再说吴王夫差与鲁、卫二君同到黄池，派人请晋定公赴会。晋定公不敢不到。夫差让王孙骆与晋上卿赵鞅议定在盟约上签名的先后次序。

赵鞅道："晋自文公之后，一直是盟主，决不能让吴先签！"

王孙骆："晋祖叔虞，乃成王之弟；吴祖太伯，乃武王之伯祖，尊卑隔绝数辈。况晋虽主盟，事实上是略逊于楚，不论是盟会于宋，还是盟会于虢，均已在楚之下，怎么现在倒要居于吴之上呢？"

于是彼此争论，连日不决。忽传王子地密报至，言道："越兵入吴，杀太子，焚姑苏台，现已围城，形势紧急。"

夫差大惊。伯嚭拔剑砍杀使者，夫差惊问道："汝杀使者是何意呀？"

伯嚭："事情的虚实还不清楚，留下使者会泄露机密，齐、晋若乘危生事，大王怎能顺利地回归吴国？"

夫差："现在吴、晋的位次未定，此报军情又很紧急，吾等是不是不用会盟而归？或是会盟让晋先签而归？"

王孙骆进言道："二者都不可行。不会盟而归，人将窥见我因后方事急而退，将趁机追杀；若会盟让晋先签，以后我们的行止将听命于晋。必求主盟，方保无虞。"

夫差："欲求主盟，计将安出？"

王孙骆密奏道："事在危急，请大王鸣鼓挑战，以夺晋人之气。"

夫差："善！"

吴王是夜出令，中夜士卒皆饱食秣马，衔枚疾驱，去晋军之地才一里，结为方阵，百人为一行，一行建一大旗，百二十行为一方阵。中军皆白车、白旗、白甲、白色箭翎，望之如白茅吐秀，似漫山遍野盛开的白花。吴王亲自仗钺，秉素旗，中阵而立。左军面左，亦百二十行，皆赤车、赤旗、丹甲、红色箭翎，一望若火，宛若天边的红霞，由太宰伯嚭率领。右军面右，亦百二十行，皆黑车、黑旗、玄甲、乌黑箭翎，一望如墨，有如阎罗地府之兵，由王孙骆率领。带甲之士，总共三万六千人。

黎明阵定，吴王亲自执鼓槌鸣鼓，军中万鼓皆鸣，钟声、铃声、金钲、大铃，一齐扣响，三军怒啸，惊天震地。晋军大骇，不知其故，乃派大夫董褐至吴军请命。夫差亲自对答道："周王有旨，命寡人主盟中夏，以弥合诸姬的缺失。今晋君逆命争雄长，拖延不决，寡人恐烦使者往来，亲自听命于藩篱之外，从与不从，决于此日！"

董褐还报晋侯，鲁、卫二君皆在座。董褐私谓赵鞅道："臣观吴王口强而色惨，心中似有大忧，或者越人入其国都乎？若不许其先歃，必逞凶于我；然不可白白退让，必须以其去掉王号为前提。"

赵鞅言于晋侯，派董褐再入吴军，传晋侯之命道："君以王命宣布于诸侯，寡君敢不敬奉！然上国以伯封爵，却自号为吴王，将周室置于何地？君若去掉王号而称公,则唯君命是从。"

夫差以其言为正,乃敛兵收幕,与诸侯相见,称吴公,先歃。晋侯次之,鲁、卫依次受歃。

会盟礼毕,吴师即从江、淮水路返回吴国。一路上不断地接收到姑苏城的告急文书,士卒们已经知道了自己的家国被袭,心胆俱碎,且又远行疲惫不堪,皆无斗志。吴公勉力率众与越相持,吴军大败。夫差惊惧,对伯嚭说道:"相国一直说越必不叛,故听相国之言而放归勾践。事到如今,相国当为寡人向越请和,两不相犯。如若不然,子胥的'属镂'之剑犹在,以此再赐予相国!"

伯嚭无奈,乃造访越师军营,稽首于越王,求赦吴罪,其犒军之礼,悉如越之昔日。

范蠡道:"吴国暂不能灭,请答应其求和要求,给太宰一个人情,吴国自此之后会一蹶不振。"勾践乃答应与吴讲和,班师回国。

七十二

夫差回到馆娃宫,西施盛装出迎,千娇百媚之态,令夫差心花怒放,遂对西施说道:"寡人日夜思念美人,今日相见,如隔三秋!"

西施且贺且谢,为吴公表演了一套新排练的歌舞节目。时值新秋,桐荫正茂,凉风吹至,夫差与西施登台饮酒作乐。渐至夜深,忽然听见三组儿童在反复歌唱。夫差侧耳细听,一组儿童唱道:"苎萝乡,菜花黄,西施十岁没有娘。"二组儿童唱道:"西施女,美娇娘,馆娃宫中伴吴王。"三组儿童唱道:"桐叶冷,吴王醒未醒?梧叶秋,吴王愁更愁。"

夫差心中不爽,教人将群儿抓到宫里,问道:"此歌是何人所教?"

群儿齐声答道:"有一红衣童子,不知从何处来,教我们唱歌,还说要带我们到桃花源去玩。今日已不知去向!"

夫差怒道:"寡人天之所生,神之所使,会有什么忧愁?"欲诛杀众小儿,西施力劝乃止。

伯嚭进言道:"春至而万物喜,秋至而万物悲,此乃天道。大王的悲喜与天同道,天命在身,何虑悲喜?"夫差这才高兴起来。

这一年，越王勾践探听得吴公自越兵退回来之后，以为万事大吉，荒于酒色，不理朝政，国内灾荒连年，民心愁怨，乃趁机尽起境内之兵，大举伐吴。队伍才到郊外，勾践见路上立着一只大蛙，目睁腹胀，似有怒气，便凭轼而起，肃然起敬。左右问道："大王礼敬何事？"

勾践道："寡人见怒蛙如欲斗之士，是以敬之。"

军中皆道："吾王敬及怒蛙，吾等受数年教训，反倒不如蛙吗？"于是交相劝勉，以必死为志。越民各送其子弟于郊境之上，皆泣涕诀别，对其说道："此行不灭吴，不必回来相见！"

勾践又传令军中："父子俱在军中者，父归；兄弟俱在军中者，兄归；有父母无昆弟的独子，归家奉养父母；有疾病不能操持兵器的，给其医药糜粥补养身体。"

军中感激越王的仁爱之德，欢声如雷。大军行到江口，斩违犯军纪的士卒，以申军法，军心肃然。

吴公夫差见越兵再至，亦悉起全国士卒，迎敌于朱方一带的江面上。

楚惠王派遣令尹公孙宁和司马公孙宽率楚师主力伐吴，一直打到今安徽郎溪、江苏高淳一带的桐汭，以策应越军。

此时吴越两军在长江两岸对垒。越师屯于江南，吴师屯于江北。

越王将大军分为左右二阵，范蠡率右军，文种率左军。越王自率王六千人为中阵，准备次日大战于江中。命令左军于黄昏衔枚息鼓，溯江而上五里之地，以待吴兵，至半夜时鸣鼓而进。再令右军衔枚息鼓，溯江而上十里之地，等到左军与敌接战后，右军上前夹攻，一齐擂响震天大鼓，使敌人闻风胆寒。

吴兵睡至半夜，忽闻鼓声震天，知道是越军来袭，仓皇举火，尚未看得明白，远处的鼓声又起，两军相应，向吴军合围而来。夫差大惊，急忙传令分军迎战。

越王却暗地里率领王卒六千人，金鼓不鸣，人不喊叫，趁黑夜直冲吴的中军。此时天色尚未明亮，两军在江中只杀得天昏地暗，吴军慌乱中见自己的前后左右中央尽是越军，肝胆俱裂，不能抵挡，大败而走。

勾践率三军紧紧追赶，到达太湖时，又大战一场，吴军又败。

吴军一连三战三败，名将王子姑曹、胥门巢等俱战死。夫差连夜逃回姑苏城，闭门自守。

勾践从横山即今越来溪进兵。筑一城于胥门之外，称之为越城，将姑苏城围得水泄不通，插翅难飞，吴国君臣在死亡线上挣扎，伯嚭托疾不出。夫差乃令王孙骆肉袒膝行到越军营前，请和于越王道："孤臣夫差之前得罪上国于会稽，夫差不敢逆命，与越王结和约以归。今越王举兵讨伐孤臣，孤臣亦望越王依会稽之例，赦孤臣之罪！"

勾践不忍其言，意欲许和。范蠡道："君王每日很早上朝，很晚退朝，勤于政事，如此奋斗了二十年，绝不可功败垂成！"遂不准其达成和议。

吴使往返越营七次，文种与范蠡坚决不让讲和。遂鸣鼓攻城，吴人不能复战。

文种、范蠡商议后欲毁胥门入城。整军攻到夜半时分，暴风从南门而起，疾雨如注，雷轰电掣，飞石扬沙，快于弓弩。越兵遭袭击者，不死即伤，船索俱解，不能连接。

范蠡、文种情急，乃赤膊冒雨，遥望南门，稽首谢罪。良久，风息雨止。文种、范蠡坐下来打盹，以待天明。忽梦见伍子胥乘白马素车而至，衣冠甚伟，俨如生时。开言道："吾先前知越兵必至，故求置吾头于东门，以观汝之入吴。吴王置吾头于南门，吾忠心未绝，不忍汝从吾的头下进城，故以疾风骤雨击退汝军。然越之灭吴，乃是天定，吾岂能阻止？汝可从东门进城，请勿伤城中百姓。"

二人所梦皆同，乃告之越王，令士卒开渠，自南而东。将及蛇、匠二门之间，忽然太湖水发，自胥门汹涌而来，波涛冲击，竟将姑苏城冲开了一处大穴，有无数大鱼随波涛涌入。范蠡道："此是子胥为我们开道啦！"遂驱兵入城。

夫差闻越兵进城，伯嚭已降，遂同王孙骆及其三子奔上阳山。昼驰夜走，又饥又渴，左右勒下生稻谷，剥壳进献吴公。吴公嚼之，伏地掬沟中之水喝下。

王孙骆："前面有深谷，可以前去暂避。"

夫差："躲得过初一，躲得过十五吗？"乃停止前行，坐在阳山之上。

勾践率千人追至，围之数重。夫差作书，系于箭上，射入越军。士卒拾取呈上，文种与范蠡二人一同开启，见其书上写道："吾闻'狡兔死，良犬烹，敌国破，谋臣亡'，二位大夫何不存吴一线，为自己留一条后路？"

文种亦作书系箭回答道："吴有大过者六：杀忠臣伍子胥，大过一也；以直言杀害谏臣，大过二也；太宰谗佞而听用之，大过三也；齐、晋无罪，数伐其国，大过四也；吴、越同壤而侵伐，大过五也；勾践杀死吴王阖闾，不知报仇，反而纵敌贻患，大过六也。有此六大过，欲免于灭亡，可能吗？昔天以越

八、中兴

赐吴，吴不肯受。今天以吴赐越，越怎么能违背天命呢？"

夫差得书，读至第六款大过，垂泪曰："寡人不诛勾践，忘记先王之仇，为不孝之子，此乃天弃我勾吴呀！"

王孙骆道："臣请再见越王哀恳一次。"

夫差："寡人不愿复国，若许为附庸，世世事越，请予宽待。"

王孙骆至越军，范蠡、文种不让其进门。勾践望见吴使者涕泣而去，意颇怜之，派人对夫差说道："寡人念君昔日之情，请置君于甬东，拨给吴公夫妇五百家，以供君的衣食之费。"

夫差含泪对答道："越君幸而赦吴，吴亦君之外府也。若颠覆社稷，废毁宗庙，而以五百家为臣，孤已经年纪老迈，不能混同于平民之列。人不求人一般大，孤只有去死！"

越使者去后，夫差还不肯自裁："你们上来杀了我吧！"勾践对文种、范蠡说道："二位大夫何不上前去执而诛之？"

文种、范蠡对答道："人臣不敢加诛于君上，请大王自己去发布命令：天诛当行，不可久待。"

勾践乃仗"步光"之剑，立于军前，使人告之吴王："世无万岁之君，人总有一死，何必要等到吾师加刃于吴公呢？"

夫差乃叹息数声，四顾张望，哭诉道："吾杀忠臣伍子胥，今自悔晚矣！"哭罢对左右说道："如果逝者有知，吾无面目见伍子胥于地下！吾死后，必盖重罗三幅，以遮吾面！"言罢，拔佩剑自刎而亡。

王孙骆解衣以覆吴公之尸，即以丝织腰带自缢于吴公身旁。勾践命以侯礼葬夫差于阳山，号令军士每人负土一筐，不一会儿就堆成大冢。将其三子流放于龙尾山，后人名其里为吴山里。

七十三

再说越王进入姑苏城，据吴王之宫，百官称贺。伯嚭亦在其列，恃其旧日周旋之恩，面有得意之色。勾践对伯嚭说道："先生是吴国的太宰，寡人不敢慢待先生；汝君现已高卧阳山，先生何不追随而去？"

伯嚭惭而退。勾践令力士将其执而杀之，继而灭其家。并对群臣宣称道：

"吾以此酬报子胥的忠良!"

勾践抚定吴民,乃率师北渡江、淮,与齐、晋、宋、鲁诸侯会于舒州,派使臣致贡于周朝。时周敬王已崩,太子姬仁嗣位,是为周元王。周元王使人赐勾践衮冕、圭璧、彤弓、弧矢,命之为东方之霸。勾践受命,诸侯全都派人致贺。

其时楚已灭陈国,亦遣使赴越访问。勾践割淮上之地与楚国,割泗水之东与鲁国,以吴所侵宋地归宋国。诸侯悦服,尊越为霸。越王回到吴国,派人筑贺台于会稽,以盖昔日被辱之耻。置酒吴宫文台之上,与群臣为乐,命乐工作《伐吴》之曲,乐师弹琴唱道:"吾王神武逞兵威,征伐无道灭吴国。"

大夫文种、范蠡交相致辞。文种:"天谴伐吴报子胥,君明将勇下姑苏,一战开疆千余里。"范蠡:"恢宏功业显天威,赏无所吝罚不违,君臣同乐酒满杯。"

台上群臣大悦而笑,只有勾践面无喜色。范蠡私下叹道:"越王不想归功于臣下,疑忌的苗头已现呐!"

次日早朝,范蠡向越王辞行:"臣闻主辱臣死。大王昔日受辱于会稽之时,臣所以不死,欲隐忍以成就大王之功。今吴国已经灭亡,大王若能免去臣下的会稽之诛,臣愿乞归骸骨,以终老于江湖。"

越王恻然,泣下沾衣,动情地说道:"寡人赖先生之力,才有今日,方欲报答,奈何要弃寡人而去呢?留下则与先生共享国祚,去则将汝妻子俱戮!"

范蠡:"臣虽宜死,但妻子何罪?生死由大王处置,臣不顾矣。"遂去意已决。只有一件,西施乃人间尤物,虽为越国立了大功,仍被视为"红颜祸水",留下要么被国夫人所害,要么倾国误主,只好如此这般了。是夜,范蠡携西施出齐女之门,乘扁舟,涉三江,泛五湖,寄情于山水之中。至今齐门外有地名曰蠡口,即范蠡昔日涉三江之处。

次日,越王派人召回范蠡,范蠡已经走远了。越王倏忽变色,对文种说道:"可以追上范蠡吗?"

文种答道:"范蠡有鬼神莫测之机,已追不上了。"

文种走出大殿,有人送给他一封书信,拆开观看,见是范蠡亲笔所书。其书曰:"兄不记得吴公之言'狡兔死,走狗烹;敌国破,谋臣亡'了吗?越王为人,长颈鸟喙,忍辱妒功;可以共患难,不可以共安乐。兄今不去,祸必不远哪!"

文种看罢怏怏不乐,欲召见送书之人,已不知此人去向。

越王念范蠡之功,收养其妻子,封以百里之地;召良工以黄金铸成范蠡之像,置于座侧,以示与之形影不离。

范蠡自五湖入海后,漂泊萍踪,三年一晃而过。派人来会稽取回妻子,安家于齐地,化名为鸱夷子皮,仕齐为上卿。不久弃官隐居于陶山,买进卖出,以余补缺,做长途贩运生意,获利万金,自号陶朱公。后人所传《致富奇书》,即是陶朱公的遗作。

勾践不行灭吴之赏,与旧臣日渐疏远,相见益稀。计倪佯狂辞职,曳庸等大都告老还乡。文种心念范蠡之言,想归楚,又没有得到楚王的诏令,只好称疾不朝。肖小之辈趁机对其造谣中伤道:"文种自以为功大赏薄,心怀怨望,故不上朝。"

越王素知文种之才能,以为灭吴之后无处所用,恐其一旦作乱,无人可制,加之越与楚的裂痕已深。欲除之,又无其名。

忽一日,越王到文种的家中探视文种的疾病,文种佯为病状迎王入内。越王解剑坐下,对其说道:"寡人听说:'志士不忧其身之死,而忧其道之不行。'先生所献破吴七术,寡人只用了三术,吴国即被寡人破灭;现在还剩下四术,先生打算在何处使用呢?"

文种对答:"臣不知所用。"

越王:"愿先生以剩下四术,为吴国先王策划于地下,可以吗?"言毕,即坐乘舆而去。留下佩剑于座上。

文种取而视之,见剑匣上有"属镂"二字,这不就是夫差赐给子胥的自刎之剑吗?勾践的用意再明白不过呀!遂仰天长叹道:"古人云:'大功不赏,大德不报。'范蠡之言用心良苦,怎奈文种身负楚王的特殊使命,身不由己呀!今吴已灭,吾志已酬,百世而下,吾将与子胥同在,又何恨哉!"遂伏剑而死。

越王知道文种已死,大喜过望,遂葬文种于卧龙山,后人名其山为种山。葬后一年,海水大发,文种之冢忽然崩裂,有人见子胥同文种前后逐浪而去。今钱塘江上的海潮重叠,前为子胥,后乃文种,惊天动地,蔚为大观!

越国灭吴后,"豪士死,锐卒尽,大甲伤",损失不算小。在楚国扶植越国灭吴的同时,为了策应吴国的正面战场,楚国的东扩脚步一直没有停过。为了分到更多的吴国遗产，越国摆出一副想借楚国的力量继续北进、欲与晋国争霸的势头。楚国看出了越国是在虚张声势，不去争霸，继续帮助越军扫荡吴地，吞并了大部分的吴国故土。盛怒之下的勾践想和楚国决裂，却尴尬地发现自己的实力不够，只好心有不甘地认了怂。

七十四

自楚越盟军灭亡吴国之后，越国无力统治黄淮地区，楚惠王时期的楚国援越之兵便占领了淮河中上游大部分地区，勾践和他的后继者北上经营空间不断缩小。随着齐国在田氏上台后的实力上升，越国在北方的经营更为困难，加之内讧不断，先后有三代国君连续死于宫廷内乱，鲜血染红了越国王宫。

有一位即将继位的越国太子，看着自己的父王在内讧中被杀得血肉模糊的尸体，吓得六神无主。在即将开始的登基大典中，太子逃出了王宫、躲进了一个山洞中，不敢再当越王！

太子一逃，越人都成了无头苍蝇，急忙四处寻找。最终，太子的行踪还是被发现了。越人聚集到山洞之外，想将太子接回王宫。可太子早已成了惊弓之鸟，说什么也不敢走出山洞。越人实在没招了，只得在山洞外烧起了艾蒿叶子，向山洞里猛灌浓烟。被浓烟熏得受不了的太子被迫走了出来。越人如获至宝，立刻一拥而上，将他扶上了马车。

在上车时，太子抓着马车上的攀引绳，就是不肯上车，口里不住地哀号道："列位大人啊！你们为何就不能放我一马呢？"

这哪里是像是去做越王，简直就像赴刑场！

内讧之下，越国变得更加虚弱，又被迫把首都从今连云港的琅琊迁回到苏南平原的吴国故地姑苏。越国早期位于宁绍平原的核心领土已经脱离了北迁的越国，由勾践的其他后裔自行统治。

就在越王迁都的这一年，鲁哀公到越国借兵讨伐三桓，却被三桓反杀，最后死于越国。楚国趁着鲁国的内乱，派武城君公孙朝一举将楚国版图向东扩展到了泗上，截断了鲁、越联结，紧紧地压制着越国北上的势头。

公元前477年，巴国进犯楚国，包围位于今襄阳的鄾地。楚令尹公孙宁与吴由于、蔿固在鄾地大败巴国军队。楚、巴鄾地之战的第二年，越国出兵攻打楚国，楚惠王令公子庆、公孙宽率军追击越军，追至冥地时没有赶上越军。同年秋天，楚惠王为报复越国，派叶公沈诸梁率军攻打东夷，大军由叶县直驱今江西吉安，然后向南迁回到了位于今宁波、台州、温州一带的三夷地区，与三夷黎庶在位于今浙江滨海的敖地结盟，自此楚国的势力发展到了东海。

楚惠王吸取了吴师入郢、楚昭王狼狈出逃的教训，也在寻找办法，想打造一个以王族为中心的分封制度，让分封国各负其责，拱卫王室。公孙宁因功被封在位于今河南与商密一带的析邑，成为楚国历史上的第一个封君。之后楚惠王又不断地分封了十三位邑君。据《江汉论坛》编辑部何浩、刘彬徽先生的统计，楚国在战国时期先后分封了五十四位邑君。这种分封制在现在看来是导致楚制不能与秦制抗衡的一种人为的制度缺陷，在当时却被认为是向中原文明靠近的一种归化行为。

楚惠王也非常重视军工建设，吸收优秀的工建人才。公元前450年，著名的工建大师公输般即鲁班，被楚惠王从鲁国聘任到楚国，担任楚国大夫，开始帮助楚国制造兵器。经过艰苦的探索和试验，发明了一系列的攻防装备，如攻城的云梯、观察敌情的巢车、填壕车、投石车，以及遮挡箭石的木幔等。其中还特别是发明了专门应对吴越舟师的"钩强之备"，即在楚国战船上设置一种钩枪，敌船如果进攻就会被枪刺穿，如果后退就会被钩划破。越楚灭吴之后，善于水战的越军面对楚国强大的钩强之备也无能为力，接连败退，渐渐失去对江北、淮北的控制能力。

与陈、蔡、郑这些墙头草不同，宋国一向以殷裔公爵自况，不服楚国的"假王"地位，在楚国的国势强大时，能顺水推舟做一些牵线搭桥的好事，如组织弭兵之会；对楚平王之后一落千丈的楚国，则对其不屑一顾，宋楚关系趋向紧张。楚惠王得知越国施恩于宋国，划给了其大片土地，当即命令公输般制造云梯，用以攻打宋国。

公输般经过潜心钻研，将云梯改造成了凌空而立的攻城利器。他与墨子的攻防模拟推演战，即是其在楚地留下的一段佳话。

墨子生长于鲁阳，是我国第一位工匠出身的思想家，提出了"兼爱""非攻""尚贤""节用""节葬"等思想主张。他不仅仅是一个优秀的木匠，还精通皮革加工、制陶、轮车等工艺。他给弟子们上课，也常用各种工匠的技艺来打比方。在墨家学派的著作《墨经》中，他举证的各种工匠技艺，涉及"为衣"即缝纫、"举针"即刺绣、"楦履"即制鞋、"铄金"即冶金、"为甲"即造铠甲、"垒石"即建筑、"车梯"即木工等诸多方面。

墨子学派的成员都是各方面的能工巧匠,他们平常从事生产劳动、发明创造,也从事教学和学术探讨,一旦发生了战争,这些能工巧匠又都是难得的军工技术人才。《史记》中说墨子"善守御",指的就是这一点。《墨子》中详细地讲述了墨家制造各种军事器械的过程和技术。

这一年,墨子南游楚国,来见楚惠王,向楚惠王献书。由于惠王对书中的一些思想观点不太感冒,对墨子也不十分热情,推说自己精力不济退朝,只让大夫穆贺与墨子接谈。

穆贺对墨子说道:"你的主张确实很好,但君王是天下的大王,你是一个普通的庶民,要大王采纳一个庶民的主张,恐怕有点悬!"

墨子回答道:"只要它是行之有效的,就应该采纳。就像草药一样,草的根茎天子吃下去了,也会治疗他的疾病,怎么能够说因为它是草根而拒绝吃它呢?现在农民缴纳租税给贵族,贵族酿美酒、做祭品,用来祭祀上帝鬼神,上帝鬼神难道会说这是贱人劳动的果实而不去享用吗?"

楚国的鲁阳公即鲁阳文君听到大夫穆贺的这番复述后,自认为是醍醐灌顶,次日早朝时便对楚惠王说道:"墨子是北方的圣人啊,您不亲自接见他,如此轻贤慢士,天下的士子都会因此而寒心的。"

这几句话说得楚惠王如梦方醒,连忙让鲁阳文君把墨子召回来,给予上宾礼仪的待遇,甚至许诺封给墨子500里的土地。墨子恪守自己的家风,未接受楚王的慷慨馈赠。

楚惠王五十年,公输般为楚国打造好了一批云梯等攻城器具,楚国厉兵秣马,准备攻打宋国。

墨子此时正在家乡讲学,听到这个消息后,没有任何人委派,完全是个"自干五",只是基于自己的兼爱、非攻的社会理想,便从鲁国出发,日夜兼程,走了十天十夜,鞋都磨破了,才到达郢都,见到了公输般。

公输般:"先生这么远赶来,有何见教呀?"

墨子:"北方有一个人欺侮了我,我希望能借助鲁师兄的力量去杀了他。"

公输般听后不高兴地说道:"你为什么要借我的刀子去杀人呢?"

墨子:"我奉送给您十斤黄金的报酬行吗?"

公输般："我坚守自己的道义，决不为了牟利而去胡乱杀人。"

墨子起身拜了两拜说道："请师兄让我来解说这件事情吧！我在北方听说你在制造云梯，将要用它来攻打宋国。宋国有什么罪过呢？楚国的土地富余而人口不足，牺牲不足的人口去争夺多余的土地，不能说是明智的；宋国没有罪过却去攻打它，不能说是仁义的；知道这个道理而不去对楚王进行劝阻，不能说是忠君的；劝阻没有成功，不能说是坚强的。你崇尚仁义不肯帮我杀死欺负我的一个人，却要为楚国攻打宋国而杀死很多的人，这能叫作明白事理吗？"

公输般被说服了："你说的话有道理。"

墨子："既然你认同我说的道理，那为什么不去停止你的计划呢？"

公输般："不行！我已经向楚王说了这件事情了。"

墨子："那你能把我引荐给楚王吗？"

公输般："可以！"

墨子拜见了楚惠王，对他说道："外臣想先请大王猜一个谜语。臣下见到这样的一个人，舍弃他自己的华美的彩车，去偷窃邻居的破车；舍弃自己的绫罗绸缎，去偷窃邻居的粗布短衣；舍弃自己的美味佳肴，去偷窃邻居的糟糠。——请问这是一个什么样的人呢？"

楚惠王答道："这一定是一个患有偷窃癖的人。"

墨子接着说道："楚国地方五千里；宋国地方不过五百里，这好像是装饰华美的车子同破车的差距。楚云梦大泽的犀兕麋鹿满之，江汉的鱼鳖鼋鼍为天下富，宋连野鸡、兔子、鲫鱼都少得可怜，此犹美味佳肴与糟糠的差距。楚有长松、文梓、楠木、樟木，宋无长木，此犹绫罗绸缎与粗布短衣的差距。大王以堂堂大国的王师而去攻打区区的弱宋，与以上的差距同类，貌似也患了偷窃癖。外臣认为大王不值得这样做哇！"

楚惠王："说得好啊！说得好！只是公输般已为寡人修造好了云梯，寡人必须要拿下宋国。"

墨子："有云梯也不一定能打赢，不信请大王召见公输般，吾与他来个攻防演练，看究竟谁能赢。"

楚惠王："很好！很好！让寡人也见识一下你们的本事。"

于是墨子解下衣带，用衣带当作城墙，用木片当作守城器械。公输般每采用一种方法攻城，墨子就用一种方法守城。一个用云梯攻城，一个就用带火的箭烧云梯；一个用撞车撞城门，一个就用檑木滚石砸撞车；一个用大盾顶在头上攀城头，一个就用火油往下面泼；一个用抛石机抛石头，一个就用弓弩远程射击抛石的人；一个用地道，一个用烟熏。公输般用了九套攻法，把攻城的方法都使完了，可墨子还有好些守城的高招没有使出来。公输般呆住了，但心里头还是不服气，于是就甩出了最后的撒手锏，神秘莫测地说道："我想出了对付你的办法了，不过现在我不说。"

墨子微微一笑，说道："我知道你想出了怎样的办法来对付我，不过我现在也不说。"

楚惠王听两人说话像打哑谜一样，弄得莫名其妙，惊问其中的缘故。

墨子说道："公输先生的意思，不过是要杀掉我。以为杀掉了我，宋国就没有能人了，他就可以顺利地攻城了。可是我已经派了我的弟子禽滑厘等三百多人，拿着我的守城器械，在宋国的城头上等待着楚国入侵了。即便杀了我，也不能杀尽我的弟子，杀尽宋国所有的抵御者啊！"

楚惠王站起来说道："好啊！好啊！寡人听先生之言，如雷贯耳，决定撤销攻打宋国的计划了！"

墨子从楚国胜利归来，走到宋国的城门口，天阴下着雨，想到闾门里去避一下雨。守闾门的人却不接纳他，他也没有因为自己有大功于宋而流露出丝毫的不快。什么是圣人的风范？就是这样建大功于无形的人啊！

之后，墨子又进一步拜访了公输般。

公输般问道："我除了制造攻城利器之外，还制造了水战兵器钩镶即钩强，你的道义有'钩镶'之利吗？"

墨子答道："我所用的道义之'钩镶'要强过你的水战之'钩镶'，因为我以爱为钩，以恭敬为镶。不用爱钩就不会亲，不用恭敬推拒就容易轻慢，不亲与轻慢就会很快地离散。所以，互相爱，互相恭敬，才能互相有利。而你用钩来阻止别人，别人也会用钩来阻止你；你用镶来推拒人，人家也会用镶来推拒你。互相钩，互相推拒，如此互相残害，最后大家一起玩完。所以，我的道义的钩、镶，要胜过你的水战的钩、镶。"

二人击掌大笑道："彩！彩！彩！"

七十五

叶公功成身退,其知雄守雌的理念对公孙宽也产生了较大的影响。公孙宽战功卓著后,也主动地请辞司马一职。楚惠王要把从鲁国手中夺取的位于今河南开封一带的战略要地梁邑即大梁封给他。公孙宽又退而求其次,要了鲁阳之地。《国语》对此作了记载。

楚惠王:"司马既然执意要退位,寡人也只好依从。司马的英勇善战举世无匹,寡人欲将战略要地大梁封给你,不知司马的意下如何呀?"

公孙宽推辞道:"梁邑险要且在边境,就怕兵戈逼迫,逼迫则会产生二心。只要是盈而不逼,憾而不贰者,臣便能终老天年。若不然,臣即使能得到上天的眷顾全身善终,犹惧子孙以梁地之险行不法之事,而断绝臣的祭祀。"

楚惠王:"司马仁厚,不忘子孙,思报楚国,敢不从司马之意。"公孙宽遂被封为鲁阳公。

鲁阳公上任后,大力整顿楚、韩边境,为此与韩国结怨,韩国派大军进犯鲁阳边境。鲁阳公率军迎敌,旌旗猎猎,杀声四起,战斗非常激烈,双方互不退让,战事呈胶着状态。鲁阳公愈战愈勇,眼看红日即将西沉,一时兴起,挥动长戈,掷向落日。这时奇迹出现了:四周顿时举起了密密麻麻的火把,烈焰腾空,映红了天际,仿佛是红日定在了天上一样,照得大地如同白昼。此即是由现实上升到神话的"鲁阳公挥戈回日"的壮举。

这些打着火把的神兵天将原来都是鲁阳的百姓,他们受到了鲁阳君和鲁阳夫人誓死卫国行为的鼓舞,一传十,十传百,一个个端着长杆、锄头、铁锹、钉耙助战,喊声震天,向韩军冲杀了过来。韩军见鲁阳军民如此神武,顿时吓得屁滚尿流,士气锐减,败阵逃去。鲁阳军民奋力追杀了九十里,取得了空前的战果。此后韩军再也不敢入侵鲁阳,甚至连牛马跑到鲁阳境内都不敢去找。

相传鲁阳公与韩军激战时,鲁阳夫人怀抱着儿子在远处观战;日暮时分,战旗倒下人未归,鲁阳夫人以为丈夫战败身亡,也悲壮地抱着儿子跳崖身亡。至今河南鲁阳县境内,还留下了一系列关于鲁阳夫人跳崖的地名故事。

邹衍吹笛寒谷暖,鲁阳挥戈暮景回。

陈、郑、蔡、鲁等诸小国,都是楚国北进必须搬开的绊脚石,在陈、蔡、鲁等解决之后，就剩下一个郑国，必须要将其搬开，晚搬不如早搬。

鲁阳君决定为朝廷分忧，将以鲁阳的力量攻下郑国，扫清楚军北上的障碍。以"自干五"著称的墨子听到这个消息后，又故技重演，自己出奔到鲁阳来阻止他。

墨子对鲁阳公说道："现在假若鲁阳四境之内，大城攻打小城，大家族攻伐小家族，杀害那里的人民，掠夺人家的牛马、狗猪、布帛、米粮、货物、钱财，那会怎么样呢？"

鲁阳公："鲁阳四境之内都是我的臣民。现在如果大城攻打小城，大家族攻伐小家族，掠夺人家的货物、钱财，那么我必定要重重地处罚他们。"

墨子："上天兼有天下，也就像您具有鲁四境之地一样。现在您举兵将要攻打郑国，上天的诛伐难道就不会到来吗？"

鲁阳公："先生为什么要阻止我进攻郑国呢？我进攻郑国，是顺应了上天的意志。郑国人数代残杀他们的君主，上天降给他们惩罚，使之三年不顺利。我将要帮助上天对它进行诛伐。"

墨子："郑国人数代残杀他们的君主，上天已经给了他们惩罚，让他们三年不顺利。这个惩罚已经够了！现在您又举兵将要攻打郑国，列出理由说：'我进攻郑国，是顺应了上天的意志。'好比这里有一个父亲，他的儿子凶暴、强横，不成器，这个父亲鞭打了他一顿。而邻居家的父亲，也举起木棒要打他，说：'我打他，是顺应了他父亲的意志。'这难道还不荒谬吗！"

鲁阳公："你说的这话对也不对，反对双重惩罚是对的。但如果这个父亲是个偏爱或软弱的父亲，其儿子又很强横和不肖，他根本没法教训他，那怎么办？"

墨子："当一个父亲管不了自己的儿子时，父亲愿意让别人来代为惩罚，是另一回事。在现实生活中，没有哪个国家愿意让别的国家来干涉自己的事务的。进攻别的国家，杀害它的人民，掠取它的牛、马、粟、米、货、财，把这些事书写在竹、帛上，镂刻在金、石上，铭记在钟、鼎上，传给后世子孙，说'谁的战果都没有我多'。照这样的逻辑，如果有些下等的黎庶，也进攻他的邻家，杀害邻家的人口，掠取邻家的狗、猪、食、粮、衣服、被子，也书写在竹帛上，铭记在席子、食器上，传给后世子孙，说'战果没有人比我多'！难道可以吗？"

鲁阳公:"不可以!先生的这些言辞还是有道理的。如果用你的观点来衡量过去人们认可的一些事情,就不一定非要那样不可,汝真是个常有理呀!我答应先生,鲁阳取消这次伐郑行动。"

这一时期,楚与北方的战事有所消停,与南方的局部地区的冲突还在继续。叶公沈诸梁晚年,还从方城带兵打到了位于今江西吉安的敖邑,包抄越国的后路;驻鄂渚的鄂郢舟师也几次与越国舟师鏖战于长江的急流之中,均为一路凯歌戴月还。经历过伍子胥、白公胜两次大劫难洗礼的楚国,终于走出了危机,"天下莫敢以兵南乡"。

七十六

楚国的气候温暖湿润,楚国的山水绚丽多姿,楚国的民性淳朴浪漫。在位于今钟祥市的楚国陪都郊郢,发生了这样一则令人神往的故事。

楚陪都钟祥古称石城,石城沧浪渡口桃花村,有一个朴实善良的卢公,人称卢船叔,在汉江上靠摆渡为生,妻子芈氏女在村中植桑种桃,算是一个和睦的小康之家。

楚惠王四十年的一个风清月朗的晚上,楚国著名的歌舞艺术家莫愁女,就降生在桃花村头紧靠沧浪渡口的卢船叔家中。她刚生下地时,不停地啼哭,卢船叔抱着她,哄着她,摇摇晃晃地走来走去,均不见效,直哭到声音嘶哑了还在哭。这时卢妻接过孩子,放在自己的怀里,轻轻地边拍边说道:"莫哭、莫哭,莫悲、莫悲,莫愁、莫愁!"听到"莫愁"二字,婴儿的哭声竟然一下子就停止了。卢船叔于是便将她取名为莫愁。"金雀玉搔头,生来唤莫愁。"

莫愁女自小帮助母亲采桃花、摘桃子,跟村中的姐妹们在碧波荡漾的沧浪湖中采菱摘莲,跟父亲一起在汉江上摆渡,给乡亲们端茶倒水,唱歌逗乐,练就了一副好的身板和灵活的身段。她有一副津甜清脆的嗓子,郢中的诸般俗曲,她一学就会,每天在渡口系船的白雪崖上,对着江波放声歌唱,百灵鸟、喜鹊、八哥、锦鸡在她的身边和鸣,好似百鸟朝凤。

莫愁女的邻居王襄哥长莫愁两岁,两人从小耳鬓厮磨,青梅竹马,两小无猜。王襄哥生得筋骨强壮,相貌堂堂,不仅劳动好,武功也好,经常帮助莫愁家里干活,在村里村外的活动场所,处处护着莫愁。莫愁偷偷地爱着王襄哥,这天她把王襄哥约出来，塞给了他一个包袱，里面包着她自己一针一线做的一双鞋袜和一方绣了鸳鸯的手帕，然后跑开了。按照鄀中的风俗，这是少女送给少男的爱情信物。两人就此订下了百年之好，只等到合适的年龄完婚。

莫愁长到十四五岁时，出落得如同沧浪湖中的一朵芙蓉花，肤如凝脂，白里透红；纤纤细腰，亭亭玉立；靥靥酒窝，笑缀缨唇；行动如风送彩云，声音如含金漱玉。

这一年，楚中著名琴师刘涓子和歌唱家杜丽娘来到郊鄀，在沧浪过渡时发现了莫愁女，惊叹她的身姿容貌和歌舞天赋，把她带到郊鄀的楚行宫里教她学习琴艺和歌舞。其间学唱了《楚人歌》《子文歌》《接舆歌》《沧浪歌》《竹枝歌》等。莫愁女将古传高曲融入民间的楚辞声乐中，完成了《阳春》《白雪》《下里》《巴人》《阳阿》《薤露》《采薇歌》《麦秀歌》等民间乐诗的入歌传唱。曲罢曾教善才服，妆成每被秋娘妒。其华彩风姿，别说古代的歌女，就是当代的周旋、邓丽君、毛阿敏都难以望其项背。

八、中兴

莫愁学成后，刘涓子和杜丽娘带着她到纪鄀西苑门前的国人大舞台献唱，刘涓子操琴，杜丽娘敲鼓板和唱。楚都国人对音乐的喜爱不亚于后世的维也纳人，听说来了名角，四面八方的观众蜂拥而至，顷刻间聚集了不下万人。莫愁女袅袅婷婷地步入舞台中央，台下掌声震天，欢声雷动。莫愁女轻启朱唇，开始唱《下里》《巴人》，跟着她唱的观众有几千人，势如汉江潮涌；接着唱《阳阿》《薤露》，跟着她唱的观众也有几百人，有如松风过岗；再后唱《阳春》《白雪》，能跟着她唱的观众便只有几十个人，有如和风细雨。最后夹杂运用流动的徵声歌唱时，能跟着她应和的观众只有几个人，有如激情内敛。虽然越到后来，越是曲高和寡，可观众的心绪随着曲调的变化，越来越昂扬奔放，一步一步地到达了顶点。

莫愁女的歌舞声誉传进了楚王宫苑，楚惠王的太子熊中听得出了神，世上竟有这样的尤物，真的还是假的？

这熊中也算是倒了血霉，摊上了个特别能活的爹，在位五十多年还红光满面，没有任何要走的迹象。眼看自己都四十出头的人了，还接不上班。于是就慢慢地放松了对自己的严格要求，转向喜欢声色犬马，好排场，好音乐，更好女色，人称"熊三好"。他爹也对他无可奈何。

这天下午，熊中带着几个精悍的保镖，到南苑门前的国人大舞台看演出。

当莫愁女盛装出场时，那靓丽的长相，那甜美的歌喉，那妙曼的舞姿，把个熊中迷得三魂去了两魂，恨不得马上就跑到台上去将她抱入怀里。几个保镖也跃跃欲试，想上前去带人。但这毕竟是在自家的大门口，王家的体面还是要的。熊中于是便狠狠地瞪了保镖们一眼。等到演出结束时，熊中命人把刘涓子、杜丽娘请了过来，告知他们今晚就收拾行装，随宫甲进宫去演出。

刘涓子一行进宫之后，加入了东宫的乐舞队"桃花班"。莫愁女以自己清越的歌喉，精湛的表演艺术，很快就大出风头。

熊中和东宫的一班帮闲士人，三天一小宴，五天一大宴，天天要桃花班歌舞助兴，莫愁女天天累得像死狗一样。

这天晚宴散场后，宫甲让莫愁女留下来陪太子说话。熊中喝得有点迷糊不清，一边问起莫愁女的家世，一边就想动手动脚。莫愁女告诉他自己已经有了夫婿，熊中一下子就酒醒了大半。按芈氏宗族的家规，宗室男子不能纳有夫之妇，更不能强行苟且之事，违者，三闾大夫的家法是问。

熊中惊愕了一会儿，马上就回过神来，告诉莫愁女，只要她不说出自己有夫婿的事，在这深宫大院，别人也不会知道；且今晚只要从了他，明天，不，今晚就封她为太子妃，以后就是王后娘娘，享不尽的荣华富贵。

莫愁女向熊中叙说了她与王襄哥的真挚情感，表达了非他不嫁的坚定信念，求太子成人之美。熊中的心中虽然略有所动，但放不下眼前的这个绝色美人，还是想要上前相强。莫愁女拔出随身携带的剪刀，叫他不要上前，如若不然，顷刻间便血洒宫帷。

此时熊中的酒完全醒了，他还没有碰到过这样刚烈的女子，马上说道："不必如此！不必如此！"

莫愁女："那你要答应放我出宫。"

熊中迟疑了一下，说道："既然如此，你走吧！但为了你的安全，还是让刘涓子、杜丽娘跟随着你。哪天你想通了，东宫的大门永远对你敞开着。"

熊中的好事未成，便将一股无名之火转移到了王襄哥的身上，一气之下，便派人到桃花村将王襄哥打上了征兵名册，让其三日后随军开拔到扬州。

莫愁女听说她的王襄哥被放逐到扬州的消息，悲愤欲绝，整整哭了一个晚上，眼睛都哭红肿了。郢中距扬州千里之遥，王襄哥此去即是生离死别啊！古曲《莫愁乐》记述了莫愁女汉江泪别王襄哥的悲痛情景："闻哥下扬州，相送楚山头。探手抱腰看，江水断不流！"

　　雪浪滔滔的汉江水，流不尽莫愁女的离别愁，她目送王襄哥远去的身影，万恨袭来，在白雪崖上纵身一跃，跳进了汉江，一个浪花打来，将她冲向了远方。刘涓子、杜丽娘一把没有拉住。

　　唐代女诗人鱼玄机在其《过鄂州》的诗中，对此表达了自己的感叹之情："莫愁魂逐清江去，空使行人万首诗。"

　　人们为了纪念莫愁，便把桃花村改名为莫愁村，把沧浪湖改名为莫愁湖，把她系船的白雪崖下的矶头渡，改称为莫愁渡。屈原《九歌·少司命》中写道："悲莫悲兮分别离，乐莫乐兮新相知。"

　　莫愁女其实没有死，她被汉江渔翁祁老丈从江涛中救了起来。莫愁女拜了渔翁为干爹，在渔翁祁老丈的帮助下，经过千辛万苦，终于找到了她的王襄哥。

　　王襄哥被放逐到扬州后，加入了当地的邑兵，由于他的武艺高强，作战勇猛，由百卒之长的卒长一直晋升到了邑师将军，成为邑公王子显的爱将。当莫愁女千里迢迢找到军营时，两人抱头痛哭。邑公王子显了解到了他们的遭遇之后，对其兄熊中当年的做法颇有微词，亲自为两人主婚，让其最终配为佳偶。有情人历经磨难，终成眷属。苦尽甘来之时，两人相拥而泣，洞房之夜倾诉衷肠。婚后王襄哥申请去职为民，王子显发给其盘缠，亲自送其到扬子江边码头，依依惜别。

　　莫愁女和王襄哥离开军营后泛舟江湖，足无定踪。晚年隐居在鄂邑的白浒山中，靠打鱼、砍樵和熬制白浒山上盐泉中的食盐过活，夫妇恩爱，养儿育女，含饴弄孙，真正地回到了民间。

　　楚歌《下里》《巴人》和《阳春》《白雪》成为千古绝唱，对后世的歌赋传唱产生了深远的影响。

　　与莫愁无缘的熊中在宫中又等了几年，待到楚惠王执政五十七个春秋的那年驾崩，才登上了王位，是为楚简王，因其继位时已老大不小了，又被人们称作柬大王。

　　楚简王憋了这么多年，早就想露一手了。即位不久，龙椅还没有坐热，就与令尹子春、司马子位临祠占卜无恙后，亲自率军征伐莒国。

　　莒国地处齐鲁大地的南部，在徐、泗之北。莒人多食芋，其地也称为芋地,公族嬴姓,子爵,是东夷中的小强,齐桓公登基前曾到此国避过难。自楚惠王灭蔡亡杞之后,楚国进一步东扩已经是箭在弦上。楚简王的战略意图很明显:只要占领了莒国,便可将楚国东北部的地盘连成一大片,使之成为与北方大国齐、鲁较量的前哨阵地。楚国此次灭莒之战应对的不仅仅是莒国,还有背后的齐、鲁势力,是一场旷日持久的硬仗,最终以围点打援、巧置伏兵的方式,打败了齐、鲁援军,攻占了莒城。

莒传"三十世为楚所灭"后,楚在莒国故地建立了莒县,以芈姓公族的莫敖阳为县公。莫敖阳曾率县师平定了鲁公室内乱。楚驻军黄池、雍丘时,晋国的魏斯、赵浣、韩启章率师包围黄池,楚简王命莫敖阳率县师侵晋,夺宜阳,围赤岸,以牵制包围的黄池之地的晋师。魏斯、赵浣、韩启章率师救赤岸,楚师撤围而还,与晋师战于长城,无功而返。莒县的县名一直延续至今。

与此同时,三家分晋后的魏国风头渐起,楚国君臣发现魏国行将成为自己的劲敌,于是便把战略防御的重心转移到了正北面,走上了联秦制晋的老路,即联秦制魏,暂时放了齐、鲁一马。

楚简王十三年,魏与秦争河西;简王十五年,楚伐周而援秦,后因秦、魏罢兵而撤退回国;简王十九年,楚、齐、秦联合伐魏,攻至今陕西洛南的上洛,无功而返。

这年楚简王因看不惯宋公的自以为是,委派令尹子春、司马子位偷袭宋国。选定的路线是悄悄渡过濉河,抄近道直取商丘,以攻其不备,将其一举拿下。

令尹子春、司马子位经过周密的谋划,先派人到濉河边测量好了水的深浅,并在水浅的地方设置了标记,以便楚师在半夜时分沿着这些标记渡过濉河。

可人算不如天算,待到半夜时分,濉河的水位大涨,部队依然按照原来放置的标记过河,刚走了一小半,人员、马匹、物资就蹚进了深水,卷入了漩涡,顿时人仰马翻,一片混乱,像数不清的房屋在倒塌一般。令令尹子春、司马子位急忙命令退兵,这时将士们已被淹死了一千多人,侥幸没死的也无法前进,只好无功而返。

楚简王在位二十四年期间因循守旧,贵族追逐声色犬马,社会风气日显疲态,但仗着前辈留下的"红利",楚国基本上处于安宁、平稳的过渡状态。

"年年岁岁花相似,岁岁年年人不同。"大好时光,如白驹过隙。

九、鼎盛

简王之后，楚国朝堂上封君和权臣间的明争暗斗日趋激烈，外弱内倔的楚王熊当因感受到封君和权臣的裹挟，最早萌发了想改变这一状况的思想情绪，与既得利益者发生了尖锐的冲突。在都城纪郢的一个清风拂面的早晨，熊当端坐在驷马高车上，旌旗猎猎，袍带飘飘，前呼后拥，好不威风。突然间，边道的人群中一左一右跳出了两个精悍的汉子，迅猛地扑向了楚王的车驾，撞倒车驾两旁的侍卫，一齐掣出短剑，似白虹贯日，直向声王的胸膛刺去，顿时血染雕玉之舆。两旁的侍卫回过神来之后，刀剑齐下，将两名刺客剁成了肉泥。

七十七

执政六年的楚王熊当被"盗"杀害的消息传出后，震惊了朝野，令尹子春、司马子位、大夫屈宜臼、阳城君、旭城君等齐聚朝堂，一个个疾言厉色，要追查凶犯的同伙，找出幕后策划者。忙活了十天半月，一无所获，最后将护驾的随员全部斩首了事。

家国不可一日无主，根据熊当生前定下的太子熊疑，令尹、鲁阳公、平夜君、右尹昭之竢、郎庄平君、司马、左右司马、莫敖以及其他主要官员一商议，认为太子熊疑仁孝，有大略，让太子正位为君是正理；另一派以老贵族屈宜臼、阳城君、旭城君为首的一帮人，要拥立熊当的庶长子王子定为君，说王子定年长懂事，能照顾宗亲的利益。魏国也通过外交途径表示，希望能立王子定为君，以改善魏楚的双边关系。

楚都的国人听说一些人要废嫡立庶，坏祖上的规矩，都不干了，他们自发地聚集在王宫门前的广场上，打出横幅，要求立太子为君。最终熊疑胜出，王子定负气出走魏国。并学其祖上熊弃疾走的路子，拜魏君为亲爹，答应给陈、蔡复国，在魏国和陈、蔡等旧贵族的帮助下，起兵向楚国的北部边境进犯，打的旗号是"送王子定回国即位"。魏、楚在边境地区展开了激战，楚平夜君、大夫景之贾、舒子共等战死在疆场。

新王熊疑见众臣对其父王上的谥号是"不生其国"的"声"字，即楚声王，心中异常恼怒，却又无可奈何。种种迹象表明，父王的死，绝非"盗杀"那么简单。更为明显的是，父王死后，朝中众臣似有默契，竟不深究其死因，草草了事。甚至连死人都不放过，还要用"声"的谥号来恶心他一把。

那谁是胆大妄为之人呢？是王子定早有谋划，内通魏国？是老贵族看出了熊当想变法的苗头，怕自己的利益受到损害？或是两者兼而有之？熊疑心中难以判断。

昭、惠"中兴"之后，楚国又恢复了生机，物质财富增长很快，楚国贵族有条件再次骄奢淫逸，故步自封、贪得无厌的风气再一次抬头。楚简王靠吃惠王的老本，风不吹，雨不洒地在王位上待了二十四年，到熊当即位后，多年不断累积的矛盾开始爆发了出来。

楚地地大物博，地形复杂，民风彪悍，盗贼是个老问题，楚昭王流亡汉上时，就碰到过一群盗贼，他们根本就没有什么"王"的概念，大臣告知这是楚昭王，盗贼照砍不误。但像这次这样，在郢都的大街上公然砍死人，且还是警卫森严的一国之君，且又无财货之利，也太过蹊跷了吧！

问题难道出在"大臣太重，封君太众"的事情上？声王生前就曾多次对熊疑感叹过这一问题："楚国一潭死水，毫无生气，国家税收和人口大量被贵族鲸吞，负担都转嫁到了黎庶身上，小民活不下去，不死就只有铤而走险。"

声王能力不强，但绝不是庸碌之君，他在位的六年，一直想解决这个问题，但苦无良法，没有自己信得过的班底，没有智勇双全的人才，要抓不知从何抓起，心有余而力不足，一切努力都是枉然呀！直到他遇难之前的那个晚上，还在绝望地对着夜空高喊道："寡人想要改变楚国暮气沉沉的局面，可路在何方？人才在哪里？苍天啊，苍天，你就开开眼吧！我要人才，我要能扭转局面的人才！傲视群雄的人才啊，你在哪里？"

熊疑即位之时，国内外形势已远非他的曾祖父楚惠王时的情景。最主要的变化是在国内的贵族与国争利的同时，国外的三晋也强大了。

楚悼王二年，三晋联军借护送王子定归国即位的旗号败楚师于今山东巨野县西南的乘丘，三晋的意图其实是要削弱楚的右翼，以解除楚对其左翼的威胁。楚悼王九年，楚国攻打韩国，夺取了今河南登封市西南的负黍。楚悼王十一年，三晋联军前来报复，大败楚师于今河南开封西北的大梁和今河南新郑东北的榆关。这可是两处重要的战略要地呀！其中的大梁后来还成了魏国的都城。楚国眼看招架不住，只得"厚赂于秦"，请求秦国援助。秦国于是出兵攻占了韩国的六邑，三晋转而对付秦国，这样才减轻了楚国的压力。

楚悼王在失败的威胁中探索着富国强兵之路，只有自身的强大，才能在强国的竞争中立于不败之地。早年的魏国从一个卿国迅速成为一个参与"国际竞争"的大国，得益于法家李悝在魏国的变法，而今魏国又因吴起的变法而国势大兴。楚悼王看着眼热，心里也想这样做，并认定这就是未来楚国要走的路，但苦于没有高人的指点和操作。恰好这时吴起在魏国受到猜忌，熊疑勇敢地打破了楚国要职几百年非公室不任的惯例，他要重用吴起，诚邀其对楚国进行变法，期望通过变法这样的途径，来实现自己的富国强兵的梦想。

历史带给这位楚王的是幸运。

吴起是一个集儒、法、兵、史于一身的大学问家，也是一个难得的军政全才。当时信用他的魏文侯魏斯已薨，主丧嗣位的是魏武侯魏击。真的是一朝天子一朝臣呀，这个三家分晋后的第二代魏国君主继位之始就拜了魏国大贵族田文为相国。吴起自西河太守的任上入朝奔丧，自以为对魏国的功劳大，满望拜相，听到的消息却是让坐享其成的贵族田文登上了相位，心中忿然。

这天退朝之时，吴起在朝门外追上了田文，对他施礼后说道："相国知道吴起的功劳吗？吴起请与相国议论一下。"

田文拱手道："愿闻一二。"

吴起："将三军之众，使士卒闻鼓而忘死，为国立功，相国与吴起比较起来怎么样？"

田文："不如。"

吴起："治百官，亲万民，使府库充盈，相国与吴起比较起来怎么样？"

田文："不如。"

九、鼎盛

吴起："守西河而秦兵不敢东犯，韩、赵畏服，相国与吴起比较起来怎么样？"

田文："不如。"

吴起："此三者，相国皆在我之下，所占的位置却在我之上，是什么道理？"

田文："某叨窃上位，诚然可愧。然今日新君嗣统，主少国疑，百姓不亲，大臣未附，某特以先世勋旧，承之肺腑，这是时势使然，现在应该还不是论功讲劳的时候。"

吴起俯首沉思良久道："相国所言亦是，但此位最终将归属于我。"

有内侍听说二人的论功之语后，密报给了魏武侯。武侯见吴起有怨望之心，也对他生出戒备之意。

魏相田文去世后，魏将公叔痤，即向魏惠王推荐商鞅的那个公叔痤，凭其妻子是魏国公主的身份，当上了相国。这个公叔痤有识人之才，却无容人之量，他意识到吴起的厉害，却非常嫉妒他的才能，时刻想着挤走吴起。

公叔痤手下的一个仆人监看出了他的心思，对他说道："让吴起滚蛋是件很容易的事情。"

公叔痤道："此话怎讲？"

仆人监："吴起为人节廉而喜好名誉。相国可以如此这般便能成事。"

第二天早朝时，公叔痤给魏武侯建言道："吴起乃是不世之才，应该多加笼络，以防止他跑到其他的国家去为别人效劳。"

魏武侯："相国所言极是！你认为应该怎样去笼络他呢？"

公叔痤："微臣建议君上将已成年的太夫人的二公主嫁给吴起，以此来试探其心。如果吴起想长期留在魏国，就会欣然接受；如果吴起另有异心，就会断然拒绝。"

魏武侯："此计甚好，孤家的二姑待字闺中，得配吴起这样的盖世英才，才算不虚度此生。"

接着公叔痤便邀请吴起到自己的府上做客，故意让自己的妻子气焰嚣张地轻贱自己，自己则逆来顺受，做出一副驯服奴才的样子。

吴起在一旁看不下去了，便悄悄地问公叔座道："相国一人之下，万人之上，为何如此惧内，这样的日子能过得下去吗？"

公叔痤叹息道:"人家是魏国公主,我能怎么样呢,还不是只有忍气吞声。"

吴起摇头不已。在不久之后的一次朝会中,魏武侯对吴起说道:"吴大夫乃是当世英才,听说你至今还未续妻室,寡人有一御妹,是太夫人最为喜爱的二公主,年方二八,薄有容颜,打算许配你为妻,不知将军意下如何呀?"

吴起听后一愣,与君上联姻,应是一桩美事,可自己是个烈性男儿,没有公叔痤那样的好性子,万一不慎得罪了二姑奶奶,那可是欺君大罪呀!于是就委婉地回奏道:"微臣不才,承蒙君上垂爱,万分感激。只是臣下不善家事,又秉性粗暴,惧怕有负君恩啊!"

魏武侯听出了弦外之音,顿时拉下了脸,一旁的公叔痤则露出了一丝奸笑。

吴起回到家中,觉得此事有些怪异,看看魏武侯和公叔痤最后的神情,思前想后,才知道自己中了公叔痤的诡计。看来在魏国待不下去了,时间一长会有杀身之祸。要避此祸,只有一条路,出奔能与魏国抗衡的楚国,到那里去碰一碰运气。

七十八

楚悼王是一个很有抱负的人,但也跟其父声王一样,没有一个实现他抱负的班底和替他分忧的大臣。屈、景、昭三大贵族都有很大的势力,掌握着一些要职,他们欺压老百姓有办法,但在治理国家、抵御外侮上却没有办法;众多的封君更是不消谈得,大都是一些绣花枕头。悼王一方面羡慕自己的先辈都有贤臣辅助;一方面也在积极寻访和物色人才。正当他热切期盼人才的时候,吴起来到了楚国,如同天上掉下了一个林妹妹,真是喜从天降呀!悼王欣喜若狂,随即用隆重的礼节和最高的规格接待了吴起。

当天晚上,楚悼王就与吴起在大殿上作彻夜长谈。

楚悼王:"寡人素闻先生之贤,愿闻先生富楚强楚之高见。"

吴起:"楚国地方数千里,带甲百余万,应该雄服诸侯,世为盟主;今之所以不能优胜于列国,乃是养兵之道有偏差的缘故。

"养兵之道的要义,先聚其财,后用其力。今不急之官布满朝署,疏远之族糜费公款，而战士仅食升斗之余粟，欲使其捐躯殉国，不是太难了吗？大王欲富国强兵，请纳臣计：汰冗官，斥疏族，将节约的米粟尽储仓廪，以待敢战之士。如此若国威不振，臣请伏妄言之诛！"

楚悼王："先生高论，寡人欣赏之至，寡人将全力以赴，支持先生的变法主张。请先生在明日的朝会上，宣讲自己的变法思想，然后把它形成法律条文，在全国推行。"

吴起："敬谢大王对我的信任，微臣就是肝脑涂地，粉身碎骨，也在所不惜。"

第二天早朝，楚悼王开宗明义，宣布楚国即将变法："天下万事万物，没有一成不变的事情，物久则废，器久则坏，法久则弊。楚国日前与三晋较量处于下风，失去了大梁、榆林两块战略要地，寡人痛定思痛，决定实施富国强兵之策；而要富国强兵，首要在于变法。寡人现在宣布，自即日起，开始进行新法的制定工作，并委任吴起先生主持这一工作。"

一石激起千层浪，群臣议论纷纷。

阳城君："启禀大王，想我大楚立国数百年，兵多将广，攻灭数十国，拓地数千里，不须变法也能打胜仗。"

吴起："好汉不提当年勇。当年筚路蓝缕，以启山林，现在怎么样？当年明法审令，上下一心，励精图治，现在怎么样？若法令不明，赏罚不信，鸣金不停，擂鼓不进，虽有雄兵百万，也是乌合之众，有何用处？"

楚悼王："现在的要害不是变不变的问题，而是怎么变的问题，请大家不要做无谓的争论，先请吴起先生将这次将要变法的缘由和内容和盘托出，然后再议。"

吴起："楚国地大物博，物产丰富，人民勤劳勇敢，具有称雄天下的王霸之资，却外受三晋的挤压，内困体制的阻塞。现在楚国最大的问题是大臣太重，封君太众，豪强与国争利、与民争利，地方发展不足，军民所得甚少。"

屈宜臼："大而不当，危言耸听，量无真招。"

吴起："少安毋躁！吴起拟就了针对以上问题的改革方略，待某一一道来：

"其一，废三代以上没有新功的公族爵禄，停止对疏远贵族的按例供给，将住在国都的旧有显贵迁徙到南方的广虚之地开荒种地，变消费者为生产者；

"其二，罢无能，废无用，裁减不急之官，堵塞私门之请，端正楚国风俗，弘扬社会正气；

"其三，禁绝游说之民，奖励耕战之士，鼓励士民努力耕种，储积粮食，提高黎庶的生活水平，改善军队的粮食供应；

"其四，明法审令，要在强兵，把改革省下来的钱用来供养士兵，砥砺甲士，扩充军备，待时而争利于天下。

"总之一句话，'内修文德，外治武备'。其中如裁减官吏、削减俸禄、发展生产、变更风俗，都是'内修文德'；将节省的经费扩充新军、选将练兵、改二版筑城法为四版筑城法，都是'外治武备'。"

屈宜臼："吴起，你这个夸夸其谈的奸佞小人！你所拟的这些条条款款，都是要损害我们芈姓宗族的利益；楚国是我们祖祖辈辈打下来的江山，我们不得利，谁得利？"

吴起："利有长有短。如果都像你这个老世族这样，不能上报国家，下安黎庶，而是上逼主，下虐民，乃至上下交相争利，为了眼前的利益不顾一切地攫取，把国家置于危险境地。一旦国家亡了，像上次吴兵杀进郢郡那样，首当其冲的即是贵族之家的劫难，身家性命、妻子儿女都难保，还有什么利益可言？"

旭城君："吴起，你鼓吹变法，图谋改变数百年来老祖宗传下的成法，是想乱我楚国，败我楚国，你是个祸害楚国的危险分子！"

吴起针锋相对地回答道："楚国是数百年的老国不假，但已经失去了年轻的活力，如内政不能雷厉风行，外争不能所向披靡。只有实行变法，注入新的活力，国家才能再次强大。现在的天下大势是，强者为王，败者为奴，只有立足于强大，才能争霸争利于天下。因循守旧，故步自封，只会处处挨打，国将不国。你们为了一己私利而不愿国家强大，你们害怕楚国所谓的'乱'而不怕楚国亡！你才是真正的危险分子！"

有两三个贵族在下面愤愤然地议论道："照他的这个变法，我们本来就没有犯法，却要我们去充军，凭什么？"

这个话被悼王听到了。楚悼王驳斥道："这不是要你们去充军，而是让你们去建功立业。充军能给你那么大的一片新领地吗？能让你带走那么多的家财吗？这是让你们到那里去发家致富。你们在那里好好干，不仅可以免税，还可以受奖，既为国家做贡献，也为自己增加收入，过上自在快活的日子，充军能和这相比吗？再说啦，你们若不愿意去实边，还可以到军队中去服役嘛！在军队中立下了军功，不仅可以保住自己的爵禄，还能受到奖励。这可都是你们大展宏图，建功立业的好机会呀！"

阳城君："禀大王，听其言，还要观其行哪！据微臣所知，吴起是个浪荡子，他家原是卫国的豪绅，有万贯家财。为了谋求个一官半职，这个败家子就在卫国的官场上层层打点，把家财败光了不算，还一口气杀死了三十多个人。此人的话绝不能深信。"

吴起："正因为卫国的公室独霸官位，阻绝贤士上升的通道，逼得士人们忍痛上下打点，打点不成还要遭恶俗的挖苦嘲讽，最后只好背井离乡地投靠他国，这不正是我们今天所要改掉的内容吗？今天吴起创导阳光政治，将一切法律条文、行政举措都公之于众，杜绝私门托请，就是吸取了卫国吏治的教训呀！吴起在卫国犯过错，但动因不在吴起。"

旭城君："吴起是个巧舌如簧的骗子！吴起，你瞒得过别人，可瞒不过我，你就是一个地地道道的人渣。你在鲁国因热衷求学，不探望病危的生母，被你的老师曾子革出了师门；齐国大夫田居到鲁国出差，见你有才，嘉你好学，把美丽的爱女许配给你，你为了实现自己的抱负，竟然杀妻求将！你的恶行令人发指，还有脸在这殿堂上谈什么文德，谈什么良俗公序？"

群臣大乱，嚷道："吴起不配为楚臣。""吴起是个道德败坏的伪君子。""吴起是要害我们楚国。""赶走吴起。""少了吴屠夫，楚国照样能杀猪。"

吴起向楚悼王拜了三拜，转身拱手对众臣说道："既然诸位如此不相容，吴起就此告辞！"说罢就往外走。

楚悼王站起来阻拦道："吴先生且住！吴先生不能走！吴先生是当世奇才，人非圣贤，孰能无过？过而能改，善莫大焉！楚国是用先生之才，而非用先生之过。刚才吴先生所述的变法思想和方略，切中楚国的时弊，寡人为之神往，真是久旱盼来了甘霖啊！"

屈宜臼："启禀我王，刚才两位公爷的话说得难听了一点，但我们在大节的问题上，还是应该谨慎一些为好哇！"

楚悼王："什么是大节？在这大争之势，富国强兵，保国安民，利国利家，就是大节，其他的都是鸡毛蒜皮的小节。吴起先生是当世的大才，这本身就是大节。人家礼仪之邦鲁国、与秦楚抗衡的魏国，都能任用吴起取得骄人的成就，我们楚国就这样不如人家？难道我们真是事事不如人的蛮夷吗？"

阳城君、旭城君连忙跪下磕头道："微臣不敢！微臣该死！"

楚悼王："今天寡人把话撂在这里，谁要是阻碍寡人的富国强兵大计，谁就是与寡人为敌。自今日起，吴起就是楚国的令尹，兼任宛邑县令，主持楚国的变法大计，详定官制，选练新军。新法颁布后，先在宛邑试行，取得经验，然后在全楚推广。"

众大臣："大王圣明，微臣等竭力照办。"

楚悼王："这里寡人再强调一遍，吴起所订的法令，就是寡人的法令，谁要是胆敢违抗，杀无赦！"

众大臣："微臣不敢，请大王放心！大王万年，楚国万年！"

七十九

吴起非常感激楚悼王的知遇之恩，决心一展抱负，报效楚国。上任伊始，即大刀阔斧地进行改革，除将在朝堂上宣布的改革举措一一落实之外，还以较大的热情进行改革吏治的工作：禁止百官结党营私，勉励官员奉公守法；制止奸佞之辈用谗言掩盖忠臣的忠心，提倡和鼓励为了"行义"而不顾牺牲个人的名利。同时还大胆提拔和启用了一批有才有识的士人。以此改善了官场的风气，提高了行政效能。

楚悼王非常钦佩吴起的非凡军事才能，把组建和训练新军的全权授予了吴起。

吴起是卓越的兵法理论家和兵法践行者，他的选练新军之法也有自己的独到之处。首先是打破贵族子弟从军的旧框框，在全国招募兵员，选择年轻力壮之士，视其身材和特长分类编队。对其中善于使用戈、矛、戟、殳、弓箭五种兵器、身强力壮、行动敏捷、"志在吞敌"的人，予以提拔重用。之后是进行严格训练，包括单兵技能训练、阵法训练、编队训练以及联络记号训练等。注重运用正确的训练方法："一人学成，教成十人；十人学成，教成百人……万人学成，教成三军。"使楚师三军的军事素质得到迅速的提升，很快便将新军训练成了一支魏武卒式的"发号令而人乐闻，兴师动众而人乐战，交兵接刃而人乐死"的精锐部队——厉甲兵。

除了反复、严格的训练之外,吴起还特别强调纪律和赏罚分明,一切行动听指挥。

一次吴起领兵与秦军作战,两军尚未击鼓交锋,有个叫张勇的士卒克制不住杀敌情绪,不待上级令下,就勇猛地冲向敌阵,杀了两个敌人回到了自己的队列,不少人为其英勇行为喝彩。

吴起此时的心情很矛盾,这是一个多么好的将官苗子啊!可还是不得不下令把这个张勇处斩。

执法军吏上前劝说道:"这个张勇非常勇敢,又很有才干,将军为什么要杀掉他呢?请留下来戴罪立功吧!"

吴起:"张勇的英勇行为虽然令人敬佩,但不按命令行事,触犯军纪,就不得不斩首!"

军吏等无话可说。

最后吴起宣布道:"张勇能英勇杀敌,是个好样的男儿,但他不能按照命令行事,这是大错。如果都这样各行其是,部队就是乌合之众,而乌合之众是不能战胜敌人的。军队不能战胜敌人,每个军人都要遭殃。因此要将其斩首示众,但要加倍抚恤其父母,说他的儿子是为国而死!"

张勇拜谢过吴起,慷慨赴死;众将士莫不敬服。

吴起不仅讲求用刑要严,量罚要准,处罚要及时,更注意重赏。他将军功分为"上功""次功",根据不同军功给予不同奖励。对立有大功的人不仅要升职提拔,增进待遇,对其家属和子女也要予以赏赐,既让为国杀敌立功的士兵感到光荣,还要让他全家感到光荣。在这些措施的激励之下,士卒们莫不竞相鼓励,楚国遂以兵强马壮而雄视天下。

军事超人吴起统帅的楚军在南北战场上所向披靡,首先征服了南方五岭一带的百越部落,将楚国南部的领土,扩展到今湖南和广西交界的苍梧一带,拓展了楚国的大后方;接着又带着精锐的厉甲兵西入秦国,与向楚国挑战的秦师会战于汉中之西。当年在河西以五万魏武卒打败二十五万秦军的吴起又来啦!秦军未战即胆寒,奔走相告,楚厉甲兵一举击败了秦军。

战国初年,对楚国最有威胁的是北面的三晋,特别是魏国,对楚国更是虎视眈眈。楚国在北方的一些土地,如原陈、蔡的一些地方,被他们占去不少,不打败他们,压倒他们,楚国就没有安宁的后方生活。楚悼王一直在寻找合适的机会，机会终于来了。

楚悼王二十年，魏、赵两国为争夺卫国而交战，齐国协助魏国，于是魏、齐、卫联合伐赵，战况激烈，于赵不利。赵在走投无路之下，不远千里到郢都向楚国求救。

在楚国的朝堂上。赵使风尘仆仆地拜见了楚悼王，哭声哭调地说道："外臣拜见大王，敝国寡君特向大王奉上求救书，目前敝国正遭到魏、齐、卫三国的群殴，敬请大王发兵救赵，以救敝国于水火之中。"

楚悼王看过国书后说道："贵使所奏之事寡人已经明了。孙子曰：兵者，国之大事，多算胜，少算不胜。请容寡人与众大臣商议之后，再给你一个答复。贵使远来辛苦，请先到馆驿歇息。"

赵使退下。楚悼王对众位大臣说道："当今之世，魏国是我大楚的劲敌，劲敌不除，寡人寝食难安。这次三晋内讧，给我们创造了一个绝好的机会，众位大夫以为如何呀？"

屈宜臼："微臣认为这是三晋内部的事情，我们只管自己的发展，让他们自己打去。"

太史启先附和道："我们与赵国远隔千里，用不着去管它。"

司马子位："微臣主也张坐山观虎斗，但可以派出一点兵力去观望，如果赵国有取胜的希望，就帮他一把。"

大夫子春："微臣与魏军周旋多年，魏武卒太强悍，赵要取胜很难，若要向赵派兵，看到魏快要取胜时，就赶快把兵撤回来，我军不能去和魏硬拼，以免吃亏。"

吴起力排众议道："臣下认为现在是出兵战胜魏国的最好时机，我们不出兵，魏胜赵后，力量就会更加强大，于我们更加不利；而我们现在出兵，看来是我们在帮赵，实际上是赵在帮我们。现在的楚军已经完全可以打败魏军，如楚厉甲兵比魏武卒更有优势，何况还有赵军帮忙呢！"

屈宜臼："吴起说话未免太狂妄，魏还有齐、卫两国相帮呢，能那么容易取胜吗？"

吴起："齐、卫并不会真正下大力气帮魏，再者他们的力量也不强，只要打败了魏军，他们就会自动撤走。"

楚悼王击节赞叹道："好！好！这个理正，寡人与令尹的主张不谋而合。

现在的关键问题是怎么救赵?"

吴起:"根据现在四国两方作战的态势,如果直接救赵,一是路途遥远,楚军需要长途跋涉,易于疲劳;二是魏军的主力目前都到了赵地,自己国内的兵力相当空虚,不如直接攻取魏国薄弱的地方,魏军必然会回师来救,我们可以选择有利的地形对其进行袭击。这样既可以解赵之围,又可以迅速地取得战果。"

楚悼王:"彩!寡人支持你的围魏救赵。"

楚悼王二十一年,吴起统帅十万大军为救赵奔袭魏国。这一着果然十分灵验,楚军攻势凌厉,眼看魏城不保,前线的魏军只得赶紧撤回,楚、魏两军大战于今河南武陟县西南的州西。楚军穿越位于大梁西北的关塞梁门,驻军位于梁门以北的林中,饮马黄河,切断了魏国河内郡与今夏县西北的魏都安邑的联系。赵国借助楚国的攻势,火攻今河北魏县南的棘蒲,攻克位于今山东冠县南的黄城。楚、赵两国大败魏军。卫军成了缩头乌龟,齐军则赶快撤军回国。这一仗打出了楚军的威风,不仅"并陈、蔡",即收复了楚国北方原陈、蔡被三晋占去的土地,还新拓展了卫国的一些土地。

吴起驻军林中,譬如一把尖刀插进了魏国的心脏,将魏国切成了两半,之后无论是进攻安邑还是进攻大梁,都极为便利,可谓是一剑封喉。这才是真正的王者气势呀!

"围魏救赵"将楚国的战术水平提升到了一个新的高度,楚、赵从此修好,赵不再参与魏、韩的"铁三角"伐楚,像当年晋在楚的身边找到了一个战略支点吴一样,楚在魏的后方也找到了一个牵制魏的战略支点赵。

魏武侯从吴起的"围魏救赵"的大杀招中,彻底看清了楚悼王和吴起的厉害之处,这两人真是个天衣无缝的绝配,如此下去,魏国必定会亡在这两个人的手上,自己等也会死无葬身之地。于是便找来王子定和一名晋御医,要求其谋划出一个"一石二鸟"之计,即订出直接解决掉其中的一个,另一个也跟着完蛋的计策。

还有什么好办法呢?王子定们便琢磨开了。过去声王遭盗杀的一幕不可能再演,楚三军两广都加强了戒备,楚王出宫也做了严格的规定。只能另想他法。

根据王子定提供的情况,悼王身上也有祖上遗传的"心荡"的毛病,晋御医提出可以依据悼王的嗜好,配出一副类似"躁药"的香料方子,要厨师作为菜式的配料与美食混在一起,让悼王天天吃,真好吃,以不断地加重其发躁心荡的病情,待到某一天的一个大喜大悲的刺激,非一命呜呼不可。此即是一个软性暗杀计划,至死都不会引起任何人的怀疑。

之后王子定便派人联络对这次改革极为不满的屈宜臼等人,让其悄悄地按此计划施行。

正当吴起率领楚军在北方战场上所向披靡,横扫中原,取得决定性的胜利,捷报不断地向郢都传来的时候,正如魏武王、王子定所算计的那样,楚悼王的生命也走到了尽头。当最终决战胜利的捷报传来之际,楚悼王因"兴奋过度",突然病逝。

正要乘机大伐四方的吴起在前线接到了噩耗,悲恸不已。他与悼王之间是真正的英雄相知相惜。悼王这一走,楚国的变法也将随之终结。此时吴起如果像以前在鲁国、魏国一样,看到情况不对,便径直卷铺盖走人,至少可以避开杀身之祸。

但吴起没有走,他眷念楚国的变法事业,感激楚悼王圆了他的英雄梦,生命体对他来说,并不是最重要的。于是他义无反顾地选择了回去送楚悼王最后一程。

吴起只身从前线赶回都城,一进王宫大殿,就被屈宜臼等一众贵族围了起来。仇人相见,分外眼红,贵族们抄起家伙就向吴起的头上砸来,想以乱棒将其杀之而后快。吴起是久经战阵,武艺超群的勇将,面对这一众宵小的攻击,浑然不惧,顺手打倒几个人后,一溜小跑进入了楚悼王的灵堂,众贵族仍端弓持箭在后面追赶。吴起被逼大喊道:"群臣乱王!群臣乱王!"这些疯狂的贵族仍未停息,不依不饶地追赶到楚悼王的灵堂门外。

此时楚悼王薨后还未及殡敛,吴起便趴在他的保护神身上,以图躲过这一劫。那些贵族宵小们不敢靠近国君的遗体,可也不想就这么放过吴起,于是便拉弓对其进行远程攻击。一时乱箭穿云,吴起的后背中箭十数支,楚悼王的尸身也不幸"躺箭"五六支。

吴起临死前曾大叫三声:"贵族恨王,箭穿王尸,大逆不道!"

众贵族听到吴起之言后,惧而逃散。太子熊臧嗣位,是为楚肃王。因前线事大,随即任景舍为令尹,让其赶赴讨魏前线,接替吴起的职务。

八十

楚肃王继位的第三天，就召来了其弟熊良夫、东宅公，商议贵族乱王后的善后事宜。

楚肃王："二位王弟，父王驾崩，令尹被害，群臣骚乱，边境无大将，新令尹还没有到达讨魏前线，楚国朝堂处在危机之中。你们看应该如何应对当前的局面？"

熊良夫："好在王兄的大位已定，现在的关键问题是对待父王和吴起改革的看法问题，这个调子定了，才好处理骚乱等其他问题。"

楚肃王："现在朝臣中大多数人对吴起损害公族利益的行为有怨气，可以说是群情激愤，怎样才能既让他们安定下来，又能稳定现在的改革局面？"

东宅公："这可是个两难的问题！"

楚肃王："目前主要办法有两个：一个是清算吴起，安抚旧贵族；一个是清算旧贵族，继续改革。王弟是怎样看待这个问题的呢？"

熊良夫："旧贵族势力年深日久，盘根错节，这次改革如果能坚持二十年以上，大家都习惯了这种生活方式，就不会有这么激烈的对抗了。现在才开始两年，抵制的势头正盛，新班子若再按以前那样坚持改革，根本就抵制不住这种情绪的冲击，很可能会翻船。若要解决这个问题，只有来个全盘清算，快刀斩乱麻。"

楚肃王："这个打击面太宽，会血流成河。能不能采取清算吴起的办法呢？这样就只需要处理一两个带头骚乱的就行。"

熊良夫："这要看这次改革是不是真的有利于富国强兵。如果是有利于，那么它的对立面就是不利于。这个问题其实很好区别，我们都看得很清楚：之前三晋来犯，朝廷向封君要粮，他们迟迟不给；调他们的军队作战，不堪一击。之后国家府库充实；军队威严齐整，战无不胜；百姓安居乐业，街头游民几乎绝迹。"

楚肃王："你去过几次宛邑，了解的情况怎样？"

熊良夫："吴起在宛邑所做的示范改革，首先是整顿宛地的吏治，重用和提拔廉洁奉公之士，裁汰庸碌无能之辈，打击贪官污吏。同时推行耕战政策，奖励开垦荒地，发展农业生产，充实府库，使宛地粮饷充足。此外他还创造了一个寓兵于民的制度，即让到了一定年龄的农民忙时务农，闲时进行军事训练，到战时即可拉上前线打仗，使宛地具有充足的兵源。"

楚肃王："难怪吴起带的兵那么能打仗，准备充足呀！看来王弟的意见是倾向于继续改革。那就只好清算老世族了。"

东宅公："就应该清一清他们。"

熊良夫："还有个怎么清的问题。旧贵族现在惶惶不可终日，贸然四处抓人，会造成社会震荡。"

楚肃王："可以先追究吴起粗暴对待老世族之罪，反正是个死尸，就将其五马分尸，让各贵族前去发泄心中的怨气；同时给一些带头闹事的颁重奖，宣布其'除逆'有功；然后鼓动闹事的都去报功领奖，以此摸清各自三族的情况，以利于将其一网打尽。"

东宅公："这些人利令智昏，愚蠢至极，估计都会自投罗网。"

熊良夫："为防止动乱，除两广部队加强王宫警戒外，还要部署三军作好临战准备。"

东宅公："此事宜急不宜迟！"

楚肃王："自今日起，二王弟就是若敖，三王弟是裨将，代表寡人率领中军，将所有参与暴乱的权贵及其三族全部缉拿归案，明正典刑。"

熊良夫、东宅公："谢大王，臣弟唯命是从！"

第二天早朝，楚肃王就把昨天计议的方案向群臣宣布了一遍。贵族们见说要将吴起五马分尸，还要重奖除奸有功人员，一阵骚动之后，当即就有一批人向东宅公报功。第三天一大早，熊良夫、东宅公布置全城戒严后，在大校场的高台上举办了隆重仪式，宣布将吴起五马分尸，为老世族消气，并为三十名"有功贵族"举办了颁奖仪式。会场的气氛非常热烈。紧接着，又有四十二家贵族踊跃报名，要求领奖。大会上又为其补办了颁奖仪式。仪式完毕后，当即解除了全城戒严，以免打草惊蛇。

贵族们一个个弹冠相庆，旭城君也想上前去报名领奖，最后关头克制了一下没有去成。回到家中，大喜之下总觉得有点忐忑不安，细细想来，愈想愈觉得不对头：按楚国的法律，凡用兵器触及王尸的人，一律处死，并罪及三族，怎么还要反过来奖功呢？"不好，这其中有鬼！"于是立即吩咐道："凡亲人和

九、鼎盛

重要亲戚,赶紧坐车出城,向北投奔王子定,若待到晚上全城戒严,就走不了啦!"

郢都这一天的情形特别诡异。白天有一帮人紧张地审核整理自报的"有功贵族"及其三族的人员名单,待到半夜,突然来了一个全城戒严大搜捕,对照名单,七十二家贵族及其三族被一网打尽。这是楚国继清理若敖家族门户之后的第二次大清理,经过审查后被诛杀者不下五千人,只有旭城君一家及少数三族中的株连人员逃脱惩罚。

吴起的变法比商鞅变法早了三十三年,熊疑的英明果断也不亚于嬴渠梁,可惜英年早逝,谥号为楚悼王。

楚国的这次风暴行动震惊了朝野,震动了国内外。国内贵族残余赶紧夹着尾巴做人,周边国家趁势蠢蠢欲动。

楚肃王四年,巴蜀趁机下三峡,夺取楚国位于今湖北松滋的兹方,楚军将其赶出大巴山之外,并在位于今宜昌西的瞿塘峡筑扞关御敌。肃王六年,魏国攻楚,在榆关激战;韩国乘机攻灭郑国,并迁都于新郑。肃王十年,魏国派军队攻占了楚国的鲁阳。肃王在位十一年驾崩,因其无子,其弟若敖熊良夫继承王位,是为楚宣王。

楚悼王和吴起的死,使得一大批旧贵族顷刻消亡,让出了大量的土地和官位,也算是实现了吴起的"开源节流,去旧用新"的政策构想,缓和了国内矛盾,发展了生产。楚肃王、宣王也借助惩罚旧贵族确立了威信,进一步扩大和巩固了王权,中央政令更容易下达到地方,下达到军队。

壮志未酬双被难,苍天不教楚梦圆。

八十一

楚宣王时期,中原各国内部的改革持续进行,对外广辟土地,设关收税,兼并战争异常激烈,形势错综复杂。楚宣王一方面坚持休兵息民,保持实力,不轻易出击;一方面洞察形势,抓住有利时机,攻城略地,开拓疆域。其中的一项重要举措是向西拓展,经过吴师入郢都的教训,熊渠的"先南后北,先两边,后向前"的战略构想又得到了重视,昭、惠时侧重消除吴、越的肘腋之患,宣、威时期开始了对楚西境的争夺。从宣王七年到十一年,楚师连续不断地西侵巴蜀。

当时的"巴蜀"大致包括四川盆地及其附近地区，即今四川中东部和重庆大部及陕南、黔北、鄂西等地。其中东部为巴国，西部为蜀国。经过四年的楚巴战争，楚控制了东至鱼复即今重庆奉节，西至僰道即今四川宜宾，北接汉中即今陕西汉中，南及黔涪即今贵州北的巴国地区。可惜轻视了蜀国，认为其只是一个人畜无害的大白兔。之后楚宣王便把战略重心转向了与北方大国魏与齐的较量。

齐威侯田因齐为缓解与楚日益紧张的关系，派宫廷滑稽大师淳于髡出使楚国，并特意让其带上一只大雁，作为赠送给楚宣王的礼物。淳于髡托着鸟笼，摇摇晃晃地在人流中穿梭，刚出临淄城门，就把大雁给弄飞了。淳于髡只好托着空鸟笼，前来拜见楚宣王，煞有介事地说道："敝国寡君派外臣来向大王献雁，吾从水上经过时，不忍心鸟儿饥渴，放它出来喝水，谁知它竟离我而去了。我当时就想刺腹或刎颈自杀，又担心别人非议大王，因为鸟兽的缘故致使士人自杀。大雁是羽毛类的东西，相似的很多，我想买一个相似的鸟儿来代替，可这是欺骗大王，我不愿做。想要逃到别的国家去，又怕齐、楚两国之间的交往之路从此路断人稀。因此前来服罪，请求大王责罚。"

这番话说得十分巧妙。"不忍心大雁的饥渴，让它出来喝水"，说明淳于髡的仁；"想要刺腹刎颈自杀"，说明淳于髡的勇；"担心别人非议楚王"，说明淳于髡的忠；"不另外买鸟儿来代替"，说明淳于髡的信；"痛心齐、楚两国之间的通使断绝"，说明淳于髡的义；"服罪""请求大王责罚"，说明淳于髡的诚。仁、勇、忠、信、义、诚具备，谁还会去治他的罪呢？

楚宣王："难得你有这片心意，算是一个忠信之人啊！寡人不但不责罚你，还要赏赐予你。"淳于髡于是载厚赏而归。

又一年，楚国发兵攻齐。齐威侯派淳于髡赴赵请求救兵，让其带上齐国赠送的礼品黄金百斤、车马十套。淳于髡仰天大笑，笑得系在官帽上的带子都断了。

齐威侯："先生是嫌礼品少了吗？"

淳于髡："怎么敢呢？"

齐侯："那你笑什么嘞？"

淳于髡："刚才臣下从东方来，看见大路旁有位祭祀的人，拿着一只猪蹄，

九、鼎盛

一杯酒，祷告道：'易旱的高地粮食装满笼，易涝的低田粮食装满车，五谷丰茂，多得家里装不下。'臣下见他拿着的祭品太少而想得到东西太多，所以在笑他呢。"

齐威侯知道这是在含沙射影，便将赠送的物品增加到黄金千镒，白璧十双，车马一百套。淳于髡动身来到赵国。盛情之下，赵侯拨给他精兵十万，战车一千乘救齐。楚国听到这一消息后，连夜撤兵离去了。

淳于髡出使赵国归来后，齐威侯很高兴，召他到后宫饮酒。酒至半酣，威王问道："都说先生能喝酒，又每喝必醉，到底喝多少才醉啊？"

淳于髡回答："臣喝一斗也醉，喝一石也醉。"

齐威侯："先生喝一斗就醉了，怎么还能喝到一石呢？"

淳于髡："在大王跟前喝酒，执法官在旁边，御史在后边，我心怀恐惧，不过一斗就醉了。如果家里来了贵客，我小心地在旁边陪酒，不时起身举杯祝他们长寿，那么喝不到二斗也就醉了。如果朋友故交突然相见，互诉衷情，大概可以喝到五六斗。如果是乡间的盛会，男女杂坐，无拘无束，席间还有六博、投壶等娱乐活动，我心中高兴，喝到七八斗才有两三分醉意。天色已晚，酒席将散，酒杯碰在一起，人们靠在一起，男女同席，鞋子相叠，杯盘散乱，厅堂上的烛光熄灭了，主人留下我而送走别的客人，多情的女子薄衫轻解，让人微微地闻到了一阵体香的味儿，这个时刻，我的心里最欢快，能喝到一石。"

君臣皆大笑而散。

齐派遣滑稽大师淳于髡与楚交结；魏也不甘示弱，派遣幽默多智的大夫江乙出使楚国，最后干脆让其留在楚国，以此牵制楚国的实权派人物昭奚恤。

昭奚恤是纪郢人，被封于今河南正阳县西南的江国故地，亦称江君。是继吴起之后的楚国重臣，敢于直言，在诸侯中颇有声望，留下了诸多事迹。

曾有一次，楚国存储草料的仓库和地窖突然被人纵火焚烧，损失异常惨重。可上上下下查了好几天，始终查不到是谁干的。此时市场上的茅草突然大幅涨价。昭奚恤得知后，立刻命人将那些卖茅草的贩子抓起来审问，果真从中抓到了纵火犯！

楚国郢都曾发生过一件狱案，三年都没能审结完毕。为此，事主特地委托昭奚恤的一位熟人前来打探消息。这位熟人也不好直接问昭奚恤，便假装要买事主的住宅，对昭奚恤说："郢城内方德安的那幢住宅很雅致，我想买下它。"

昭奚恤毫不防备，顺口就答道："这个人不应该有罪，所以他的住宅你是买不到的！"

这位熟人大喜，马上就想离开。

这时昭奚恤看出了端倪，便埋怨这位熟人道："我可以侍奉你，可你为什么要借买房子的事情来试探我呢？"

这位熟人马上否认："我可没有这样做呀！"

昭奚恤答道："我说你买不到这幢房子时，你的脸上却露出了喜色。这不是受人之托是什么？既是受人之托，那个托付你的人一定与这个房子的事件有关系。"

由此再往下追索，此案件的真相随即大白于天下。

这一年，秦国打算发兵讨伐楚国，先派遣使臣来到楚国，声称要看楚国的国宝。如果楚国顺从地拿出来给他看了，就长了秦国的威风；如果不给他看，就要借故来攻打楚国。

楚宣王得到这一消息，让大臣们来商议对策。他问老令尹子春："楚国的国宝，莫过于和氏璧和随侯珠了，这个可以给秦国看吗？"子春也不好表态，只好低着头说不知道。

这时候昭奚恤站出来说："依我看，这些宝物都没有必要拿出来。"

楚宣王听了，觉得很惊讶。昭奚恤就把自己的想法说了出来。楚王连连点头，说："好，就由你来全权负责这件事吧！"

昭奚恤于是回复秦国使者道："楚国愿意向秦国展示国宝，不过要有几天准备的时间。"

秦国使者答应了。昭奚恤利用这几天的时间，在郢都西门内搭建了一座高台，高台正面端正地摆上了楚国前代几位贤臣的巨幅画像，左右两边摆上了两排座席。准备停当后，便邀请秦国使者一行前来观宝。这天，昭奚恤和大司马景舍早早地来到了现场，让三百名精兵排成两列，夹道欢迎秦国使者的到来。

秦使一行到了之后，昭奚恤上前行礼道："尊贵的上国客人，敝国的国宝准备好了，请你们一起到前面的那座高台上去观宝吧！"

秦使依言而行，与楚国官员一左一右排成两列登上高台，分列两边站定之后，楚国司仪大声喊道："请各位先向楚国前代的四位先贤的画像致敬：一鞠躬，二鞠躬，三鞠躬！"

九、鼎盛

然后司仪又向秦国使者高声喊道:"请上国使者上前来观看楚宝!"

秦国使者被这套仪式搞得莫名其妙,不由自主地问道:"贵国的国宝在哪里啊?"

昭奚恤铿锵有力地回答道:"敝国的国宝既不是和氏之璧,也不是随侯之珠,更不是金银财宝,而是上面四位前代贤臣的代表:第一位是昭惠时代的令尹子西,长于内政,理百姓,实仓廪,使民众各得其所;第二位是庄王时的太宗子敖,即令尹孙叔敖,长于外交,化解仇怨,发展友谊,避免兵革之忧;第三位是昭惠时的叶公子高,长于军政,防务边境,巩固边防;第四位是庄王时的大司马公子侧,长于治军,管理军队,操练士兵,英勇善战。至于执行君上的旨意,发扬楚国的光荣传统,保持稳定发展的局面,有我昭奚恤和大司马景舍在此。请上国使者尽情地观看吧!"

秦国使者此时无言以对,尴尬得很。昭奚恤遂一揖而去,留下大司马景舍作陪。

秦国使者回国以后,对秦孝公说道:"楚国以人为宝,敬贤重士。现在他们的贤臣很多,去攻打他们的胜算不大。"

秦相甘龙道:"唯楚有才,名不虚传呐!"

秦孝公摆了摆手说道:"算啦!算啦!咱们还是不去招惹他们吧!"

八十二

楚宣王十七年,昭奚恤被重用为令尹。这年三晋又发生内讧,魏惠侯派大军围攻赵国的首都邯郸!

三晋突发内讧的消息传到郢都,让长期与晋国争霸的楚国上下大为兴奋,不少将士摩拳擦掌,总算等到了一次北上出兵的好机会啦!

楚宣王也很兴奋,赶紧召集群臣前来商议:"过去晋国及之后的三晋一直是我们的对手,现在三晋中的魏、赵两国发生内讧,战端一开,赵国处于弱势状态,肯定会像以前一样,来向我们求援。各位爱卿意下如何呀?"

见宣王启问,令尹昭奚恤首先提出了自己的观点:"我认为大王最好不要去救赵国。魏国实力比赵国强,一定会以势压人,要求赵国割大片的土地给它;赵国不从,反抗的态势必定会更加强烈。这样魏、赵两国必定会两败俱伤,我们坐山观虎斗就行了。"

太史景源:"令尹这一观点,是建立在魏、赵两国实力对等的基础之上的。可当前魏国的实力明显更强,如果没有外力的介入,邯郸之战一定是一边倒,怎么可能会两败俱伤呢?"

大司马景舍接着也提出了自己的反对意见:"令尹以上的说法不太明智。这两个国家的差距摆在那里,如果不救赵国,那魏国就会毫无后顾之忧,赵国的灭亡将会指日可待,怎么可能令赵、魏两败俱伤?当赵国感到自己将要灭亡时,必然会投靠魏国,与魏国联合起来图谋楚国,这样就会成为楚国的大害。依微臣所见,大王不如少出兵去救赵国。有了楚兵作后盾,赵国必然会拼死作战;魏军被赵国的抵抗所激怒,也势必会加强进攻,这样魏、赵两国才有可能两败俱伤。等到秦、齐都出兵攻打魏国之时,楚国就可以坐收渔翁之利了。"

楚宣王:"大司马言之有理,着大司马景舍率领左师出征,令尹昭奚恤率领右师接应,要注意加强配合,把握时机。寡人等待你们得胜还朝的消息。"

景舍、昭奚恤:"微臣领命,大王万年!楚国万年!"

邯郸之战的发展过程果然如景舍所料,魏、赵两败俱伤,楚国趁机攻占了魏国的睢水与古涣水之间的大片土地。

魏国损兵折将,丢失国土,上下躁动,魏惠侯又恨上了楚国:"要不是这个蛮子又跑出来横插一杠子,魏国哪能输得这么惨?这个蛮子以后要是再得寸进尺怎么办?过去有个代理人吴国替我们挡着,现在能不能再找个代理人?哎,有了!来人,给江乙传个信。"

这个江乙五短身材,长相滑稽,是被楚灭国三百多年的西周嬴姓江国后人,安居在魏国,为人幽默多智,曾为魏国的使臣,步吴起的后尘来到楚国,受到先王的尊重,却与吴起的志向不同,专门伺机离间楚国的君臣关系。手握重权、封地在江国故地的令尹昭奚恤,便成为其离间的首选目标。

江乙善于以讲故事的方式给楚王进言献策。这天趁昭奚恤出使齐国不在朝,江乙又给楚宣王讲起了故事:"有个爱狗的人士养了一条恶狗,当着主人的面摇尾乞怜,背着主人的面向井里撒尿。有个邻居看见了,想到主人家里去把这一情况告诉给主人,却被这条狗堵在了大门前撕咬,不让他进门。"

楚宣王:"江先生又在隐喻哪一个人啊!"

江乙神秘地对楚宣王说道："魏国围攻赵国都城邯郸时，楚国如果去进攻魏国都城大梁的话，肯定是可以拿下的。但因昭奚恤收受过魏国所送的宝物，在关键的时刻便没有出手。微臣当时住在魏国，知道昭奚恤受贿的这件事，因此昭奚恤很讨厌微臣，总是不让微臣和大王见面。"

楚宣王："真有这事吗？"

江乙："千真万确！昭奚恤几次阻挠我进宫来见您，就像恶狗堵住大门一样。大王有时也不能明辨是非，对专说好话的人就亲近；对爱指出自己缺点的人就疏远。然而人世间有儿子杀父亲、臣下杀君主的恶人，您却始终不知道。为什么呢？原因就在于您只爱听别人对您的称颂，不爱听别人对您的指责啊！"

楚宣王诚恳地说："先生说得对，寡人今后要注意听取两方面的意见，再做判断！"

江乙想让楚宣王厌恶昭奚恤，但人单力薄，于是就想拉上山阳君为外援。

江乙："我王以文德治楚，歌舞升平，山阳君多才多艺，却有封无业，微臣请加封其领地。"

楚宣王："可以考虑。"

昭奚恤："山阳君无功于楚国，不应当加封其领地。"

楚宣王："也是呀！自吴起强化以'耕战'立国以来，无功不封爵、不受禄；山阳君虽有文采，可既没有战功，也没有戍边垦荒的功劳，加封了山阳君，其他的大臣和公室子弟怎么办？"于是便没有再答应江乙的请求。

这样一来，山阳君就和昭奚恤怼上了，从此便和江乙站在了同一条战线，共同仇视昭奚恤。江乙再也不是一个人"战斗在敌人的心脏了"。

楚宣王有位妃子叫安兰芳，是鄂郢扬越人，不仅姿容靓丽，且知书达礼，深受宣王的宠爱。宫苑里不比寻常人家，一姬受宠百姬妒，安兰芳独享君宠，自然会引起其他嫔妃的不快，尤其是楚宣王的王后秦国夫人，对她更是恨得牙痒痒。单纯的安兰芳对此并无觉察，认为只要自己对大王好就行了。

江乙因为善于逢迎，说话让人感到轻松愉快，经常被楚宣王召进宫里去谈天说地，与安兰芳打过几次照面，将她的情况看在眼里，记在心上，便想拉她一把，让她感激自己，以后好在大王耳边帮他说说话。

一次安兰芳前来给大王和客人送茶，正好宣王出去小解，江乙便趁机对安兰芳说道："看娘娘春风得意的样子，小人有几个问题想请教一下娘娘。"

安兰芳："哦，先生有话请讲。"

江乙："娘娘的祖上是否为楚国立过大功？"

"这倒没有。"安兰芳如实道来。

江乙继续问道："那娘娘您自己为大王或者是为楚国做出过什么贡献？"

安兰芳皱了皱眉头道："我一个妇人能对楚国有什么贡献？我的贡献不就是让大王因为我而快乐吗？"

江乙继续问："那娘娘认为您是凭什么得到现在这样显贵的地位的呢？"

安兰芳听出意思来了，便谦虚地对江乙说道："先生有话就请直说吧，本宫洗耳恭听。"

江乙："娘娘，微臣听说以钱财交结朋友的，一旦钱财用尽，他的所谓朋友便会离他而去。以姿色取悦于人的，一旦人老色衰，她所得到的宠爱也会离她而去。娘娘现在貌美如花，但花无百日红呀，总有一天会容颜衰老。到那个时候，娘娘怎么保证大王会继续宠爱您呢？

"一旦失去了大王的宠爱，娘娘难道还能像现在这样身居显位吗？难道不需要为自己今后的日子做些准备吗？比如得到大王的食邑封赏，以安享晚年并庇护族人？"

安兰芳听罢心头一惊，这些事情确实是她以前想都没有想过的，于是便恭恭敬敬地对江乙施了一礼道："请先生不吝赐教。"

江乙说："小人的主意虽不好听，但应该是管用的。如果有机会，你就对大王说，愿意在大王万年之后为他殉葬。"

安兰芳就此把江乙的主意给记下了，向江乙表示了感谢。之后江乙再几次见到安兰芳时，得知她还没有对楚宣王说这个话，便有些替她着急："这个安兰芳怎么啦！整日陪着大王做这做那，说个事会那么难吗？难道她认为我的意见不合适，不可取？唉！真是宁可为智者拎包，不可向愚者献计啊。"

安兰芳其实不是不上心，而是在等一个合适的机会。皇天不负有心人，这天机会终于来了。这天楚宣王一大早带上安兰芳一行人去云梦泽打猎，打着，打着，突然间，一头受惊的犀牛向楚宣王俯冲过来，众人皆大惊失色。楚宣王却不慌不忙，沉着镇静地举起令旗，用旗语吩咐箭手们一齐向犀牛放箭，犀牛身中数十箭后倒地而亡。

此时的楚宣王非常高兴，脸色中带着满满的自得，转过头来看着吓得花容

九、鼎盛

423

失色的安兰芳，对她说道："爱妃不要怕，历险也是一种乐趣，这次险中取胜，正是行猎的乐趣。唉！哪天寡人万年之后，就再也没有人能给你这样的乐趣喽。"

安兰芳一听，连忙一把抱住楚宣王，泣声说道："大王万年之后，臣妾也想追随大王而去，与大王共穴长眠，永远享受这样的快乐！"

楚宣王听后非常感动，这样有貌有德的女子真难得，决定重赏安兰芳，封安兰芳为安乐夫人，食邑五百户。

这便是安兰芳的聪明之处，江乙的主意当然是好的，但好主意还要用在好的时机上。如果安兰芳直接跟楚宣王去讲"殉葬"之事，即使宣王不忌惮这个葬字，也会感觉到这是故意做作，起不到相应的作用。只能等待一个合适的时机说出此话，既能让人感到真实，又能让人感动。这个时机被她等到了。

以后楚宣王驾崩，安兰芳可以回到自己的封地，不但不需要殉葬，还能成为其领地内说一不二的"女王"。江乙也达到了自己的目的，在王宫中有了内应之后，胆子就更粗了。

楚宣王二十七年，即公元前343年，令尹昭奚恤、大司马景舍率师发起灭了之前被灭国外迁后又造反的陈、蔡公室人员，平淮夷，克高蔡，俘蔡圣侯。此时的昭奚恤也达到了自己人生的巅峰时刻，各国诸侯都在传扬着他的事迹。

这天早朝，楚宣王突然问了群臣一个问题："寡人听说北方的诸侯都畏惧昭奚恤，为什么会有这种情况呢？"

众朝臣听后，无法弄清楚宣王葫芦里卖的什么药，这是要褒奖昭奚恤呢？还是要趁机打压昭奚恤呢？拿不准，一时间竟无言答对。

这时江乙出班拱手答道："大王明鉴，这个话题过于生猛，微臣还是跟您讲一则早年的趣闻吧！"

楚宣王："先生但讲无妨。"

江乙："那微臣就献丑了！从前，神农架的深山老林里，住着一只雄壮的老虎，以百兽为食。这一天，老虎见一只狐狸朝它走来，便招手对狐狸说道：'嗨，狐狸公子，本虎饿啦！快点过来给本虎饱餐一顿吧！'

"狐狸不慌不忙地答道：'小虎子！别看你谁都敢吃，但你动我不得。'

"老虎轻蔑地看了狐狸一眼道：'笑话，就你这小胳膊小腿的，本虎有什么不敢吃的？'

"狐狸明白老虎在想什么,又说道:'本狐是上天派来管理百兽的,你要是把我吃了,不就是违背天命了吗?'

"说到这里,狐狸见老虎闭着眼睛还是不搭理它,便随即抖了一个机灵,煞有介事地说道:'你是不相信我说的话吧?那样,狐王我在前面走,你在后面跟着,让你亲眼看看:百兽是不是怕我;让你见识见识:老子究竟是不是百兽之王!'

"老虎一下子就来了精神,对狐狸说道:'走就走,谁怕谁呀,本虎倒是要看看,你究竟有什么手段,让百兽都怕你?'

"于是两兽一前一后地在森林里的落叶上走着,走着,百兽听到沙沙的脚踏声,抬头见是老虎来了,吓得四处逃窜。狐狸得意地对老虎说道:'看到了没有,是不是眼见为实呀?'

"老虎信以为真,也开始畏惧起狐狸来了,竟不知道狐狸是借用了自己的威势。大王现在拥有地方五千里,带甲百万,却由昭奚恤专权跋扈,那些北方诸侯看似害怕昭奚恤,实际上是在害怕大王的威势呀!"

楚宣王听得津津有味,深以为然。散朝之后,留江乙在后殿用膳,又同他聊起了"人君南面之术"。

江乙先是向楚宣王灌输"制衡术",就此对楚宣王说道:"臣子之间一团和气,久而久之就会结党营私,一致对付高高在上的国君,那样的话,君权就会受到威胁。"

楚宣王点了点头。

江乙一看这个话题得到楚宣王的认可,便继续说道:"大臣之间只有纷争不断,才能起到相互制衡的作用,这时高高在上的国君可以以君权引导一方,或者平衡两方,实现君权的最大功效。臣子之间越爱闹腾,越需要国君,对国君的统治就会越有利。"

楚宣王又点了点头。

江乙一看有门,开始为自己的诋毁和离间行为寻找正当的外衣了:"微臣一向认为,那些喜欢说人好话的未必是君子,喜欢说人坏话的未必是小人。微臣之所以指出昭奚恤的一些问题,并不是要与令尹过不去,而是为了让大王认清那些可能会杀父、弑君的人呀!"

楚宣王对此不置可否,江乙感到有些失望。

江乙在楚宣王面前屡屡中伤昭奚恤,楚宣王也觉得有些蹊跷,便将这些情况告诉了昭奚恤。昭奚恤诚恳地对宣王说道:"臣下早晚侍奉大王,从未懈怠;魏人江乙一意挑拨离间,使臣下感到恐惧。臣不但害怕江乙离间我们君臣,还害怕这些离间我们君臣的事情传开之后,让他国的人信以为真,这样臣下就内外不好做人了。一个局外人都能这样中伤微臣,那些局内人就不会有样学样吗?微臣担心自己不久就要获罪了。"

楚宣王说:"这些事情寡人心里有数,令尹有什么好担心的呢?"

昭奚恤感激宣王对自己的信任,仍然进谏如前。

八十三

楚宣王二十九年,在"桂陵之战""马陵之战"中声名大震的齐国大将田忌,因遭到齐相邹忌的陷害投奔楚国。楚宣王率领群臣到纪郢郊外迎接田忌的到来。

楚宣王:"田将军名震环宇,今日光临敝国,寡人深感荣幸!来,寡人给你介绍一下,今天一同前来迎接大驾的主要人员:这位是魏上卿俞伯牙,这位是魏大夫江乙,这位是令尹昭奚恤,这位是大司马景舍。"

田忌:"久仰!久仰!敝人在齐国时就听闻列位的大名,如雷贯耳,今日一见,果然名不虚传!"

众大臣拱手:"大将军过谦了!"

楚宣王:"田将军,请坐寡人的车驾一道进宫吧!"

田忌俯身拜谢道:"外臣感激大王给予臣下的殊荣!"

大殿灯火辉煌,舞姿婆娑,仙乐飘扬,内侍宫女往来如梭,盛大的欢迎宴会正在进行。

楚宣王:"今天满朝文武欢聚一堂,热烈欢迎田将军的到来!请令尹和大司马为田将军赞功。"

昭奚恤:"田将军以'围魏救赵'的战法,在桂陵之战中大败魏军,射杀名将庞涓,此为一大奇功。"

景舍:"田将军以'减灶增兵'之计,在马陵之战中大败魏军,俘获魏太子申,此为又一大奇功。"

众大臣："彩！"

田忌："这两次大战都是军师孙膑的功劳，感谢令尹、司马的礼赞！"

楚宣王："居功不自傲，大将风度！"

众大臣："彩！"

俞伯牙："外臣出使齐国时，也听说齐王与田将军赛马，将军以自己的局部优势击败了齐王整体优势的故事，令人神往啊！"

田忌："这也是孙膑的主意！伯牙先生精通音律，尤擅理琴，是当世的高才，敝人正要请教呢。"

俞伯牙："惭愧！惭愧！"

楚宣王："寡人也有此意。"

田忌："自周公制礼作乐，乐器有了很大的发展，请问伯牙先生，现在发展到了什么程度呢？"

俞伯牙："已发展到了三大门类，如弦乐器有琴、瑟、筝之分；吹奏乐器有管、笛、芋、笙之别；打击乐器如编钟、编磬等也日臻完善。"

田忌："出现过不少的演奏家吧？"

俞伯牙："是的，自春秋以来，乐器的演奏水平也有了很大的提高，出现了琴、瑟、筑等乐器的独奏家，如师旷、刘涓子、瓠巴等。"

楚宣王："俞先生的琴艺更是高妙绝伦，有伯牙鼓琴而六马仰秣之誉，虽为魏大夫，年少时却在郢都生活，那时我还去听过你的音乐会呢！"

俞伯牙："谢大王还记得微臣！微臣就是纪郢人氏，自小喜爱音乐，拜成连先生学艺，学习古琴三年，掌握了一些演奏技巧，却演奏不出曲调的神韵，不能引起欣赏者的共鸣。成连先生便带我去东海边听海水汹涌、群鸟悲鸣，以领会其中的意蕴。此后即操琴创作了一首拙曲《水仙操》。"

楚宣王："哦！寡人记起来了，是三晋的魏侯听到你的贤名，派人到海边接你到大梁，聘你为上大夫的。楚才晋用的人可真不少啊！"

江乙："是的。可也有晋才楚用的呀！比如我江某。听说伯牙先生这次要借使楚的机会漫游故里？"

楚宣王："好啊！游子悲故乡嘛。今天是个好日子，大才子田忌、俞伯牙、江乙，与敝国的君臣齐聚楚廷，真可谓'群英聚会'呀！今夜不拘君臣之礼，大家开怀畅饮，来个一醉方休！"

九、鼎盛

众大臣:"谢大王!"

楚宣王:"田将军!"

田忌:"微臣在!"

楚宣王:"田将军乃当世大才,不可辱没,寡人封你为江南长沙县君,这可是一大块富庶的鱼米之乡呀!明日将军便可以启程到你的封地去。"

田忌:"谢大王恩典!"

楚宣王:"俞大夫!"

俞伯牙:"微臣在!"

楚宣王:"先生这次漫游故里,乃是人生中的一大乐事,寡人助你黄金百镒,以壮行色!"

俞伯牙:"谢大王恩典!"

楚宣王:"明天早上大家都到东门外与这两位先生钱行吧!"

众大臣:"遵命!大王万年!楚国万年!"

且说伯牙带着黄金彩缎,驾着高车驷马,南下游楚。那纪郢乃是伯牙的桑梓之地,少不得前去看一看坟墓,会一会亲友。之后仍不尽兴,心思故国江山之胜,欲弃车登舟,恣意游览,便雇得大船两只,一正一副,正船单坐本官,副船安顿仆从行李。都是兰舟画桨,锦帐高帆,甚是齐整。

那俞伯牙是个风流才子,故国的江山之胜,正投其怀。真个是张一片风帆,凌千层碧浪,看不尽遥山叠翠,远水澄清呀!不一日,行船到了汉阳大别山的汉江口。

时当八月十五日中秋之夜,月轮正高,忽然一阵狂风浪涌,大雨如注,舟楫不能前进,只好泊于山崖之下。不多时,风平浪静,雨止云开,重现一轮明月。那雨后之月,更显明亮。俞伯牙在船舱中独坐无聊,便命书童焚香泡茶:"待我抚琴一操,以遣情怀。"

书童焚香、泡茶罢,捧琴囊置于案间。伯牙开囊取琴,调弦转轸,而后弹将起来,初为霖雨之操,更造崩山之音。曲犹未终,指下"刮剌"的一声响,琴弦断了一根。伯牙大惊,叫书童前去问船老大:"这船停在什么地方?"

船老大答道:"偶因风雨,停泊于山脚之下,虽然有些草树,并无人家。"

伯牙惊讶道:"若是城郭村庄,或有聪明好学之人,听吾琴声,致琴声忽变,有弦断之异。这荒山野岭,哪会有听琴之人?哦!难道是仇家差来刺客?

或是贼盗候我登舟时劫财?"唤左右道:"与我上崖搜检一番。此人不在柳荫深处,定在芦苇丛中!"

左右领命,聚齐众人,正欲搭跳上崖,忽听得岸上有人答道:"舟中大人不必见疑。小民并非奸盗之流,乃一介樵夫。因打柴归晚,正值骤雨狂风,雨具不能遮蔽,才潜身于岩畔。见大人在舟中操琴,就便听琴。"

伯牙大笑道:"山中打柴之人,也敢称'听琴'二字!此言未知真伪,我也不计较了,你自去吧。"

那人见其如此轻慢,在崖上高声说道:"大人出言不当!岂不闻'十室之邑,必有忠信''门内有君子,门外君子至'?大人若欺负山野中没有听琴之人,那这夜静更深,荒崖之下,也不该有抚琴之客呀!"

伯牙见他出言不俗,或者真是个听琴的亦未可知。便止住左右不要搜检,自己走近舱门,回嗔作喜,款款地问道:"崖上那位君子,既是听琴之人,可知道吾刚才所弹的是何曲呀?"

那人道:"小民若不知道,也就不来听琴了。方才大人所弹的琴曲,乃是孔子对颜回的感叹,谱入琴声,扣人心弦。其词云:'可惜颜回命早亡,教人想来鬓如霜。只因陋巷箪瓢乐……'到这一句,就绝了琴弦,不曾抚出第四句来。小民记得是'留得贤名万古扬'。"

伯牙闻言大喜道:"先生果然不是俗士,只是这隔水隔崖,距离有点远,难以轻松问答。"命左右:"搭跳板,看扶手,请那位先生登舟详谈。"

左右照办,请来人上船。来人果然是个樵夫:头戴斗笠,身披蓑衣,手持尖担,腰插板斧,脚踏草鞋。手下人哪知道言谈好歹,见是樵夫,便下眼相看:"咄!这樵夫下舱之后,见我老爷先叩头,问你什么言语,须小心应答!"

樵夫却是个有意思的,揶揄这些手下人道:"列位无须粗鲁,待我解衣相见。"说罢摘下斗笠,头上是青布包巾;脱了蓑衣,身上是蓝布衫儿;搭膊拴腰,露出葛布下截。不慌不忙地将蓑衣、斗笠、尖担、板斧俱安放在舱门之外,脱下草鞋,去掉泥水,重新穿上,然后步入舱来。

官舱内的公座上灯烛辉煌,伯牙端坐其上,樵夫长揖不跪,朗声道:"小民这厢有礼!"

俞伯牙是魏国上卿,眼界中哪有身着两截的布衣,从座上下来还礼吧,恐失了官体,只得微微地举手道:"贤友免礼,看座。"那樵夫也不谦让,径直

九、鼎盛

坐下。

伯牙见他不告而坐,微有见怪之意,因此不问姓名,也不招呼手下的人看茶。默坐多时,奇怪地问道:"刚才在崖上听琴的,就是你么?"

樵夫答道:"听琴不敢当,在下刚才正栖身崖上!"

伯牙道:"我且问你,既来听琴,必知琴之出处。此琴何人所造?抚它有什么好处?"

正问之时,船老大过来禀话:"风色顺了,月明如昼,可以开船了。"伯牙吩咐:"且慢些开船!"

樵夫道:"承大人下问,小民说话有些啰唆,恐怕耽误大人顺风行船。"

伯牙笑道:"唯恐你不知琴理。若讲得有道理,就是不做官,也不是什么大事,何况还是行路的快慢。"

樵夫:"既然如此,小民方敢漫谈。此话要追溯到上古时期,伏羲氏知道梧桐是树中良材,堪为雅乐,令人采伐。其树高三丈三尺,截为三段。取上一段用手敲击,其声音太清,以其声过轻而放下;取下一段用手敲击,其声音太浑浊,以其声过重而放下;取中间一段用手敲击,其声音清浊相济,轻重相兼。之后将其放到长流水中,浸泡七十二天,取出阴干,然后请高手匠人刘子奇将其制成桐琴。"

伯牙:"此琴何名?"

樵夫道:"此琴上得瑶池的台面,故名曰瑶琴。长三尺六寸一分,前阔八寸,后阔四寸,厚二寸。有金童头、玉女腰、仙人背、龙池、凤沼、玉轸、金徽。那徽有十二,加一中徽,五条弦在上,外按五行:金、木、水、火、土;内按五音:宫、商、角、徵、羽。

"尧舜时此琴为五弦琴,歌《南风》诗,天下大治。后因周文王被囚于羑里,哀其子伯邑考,添弦一根,清幽哀怨,谓之文弦。再后武王伐纣,前歌后舞,添弦一根,激烈昂扬,谓之武弦。先是宫、商、角、徵、羽五弦,后加二弦,称为文武七弦琴。此琴有六忌、七不弹、八绝。"

伯牙:"何为六忌?"

钟子期:"一忌大寒,二忌大暑,三忌大风,四忌大雨,五忌迅雷,六忌大雪。"

伯牙:"何为七不弹?"

樵夫："闻丧者不弹，奏乐不弹，事冗不弹，不净身不弹，衣冠不整不弹，不焚香不弹，不遇知音不弹。"

伯牙："何为八绝？"

樵夫："清、奇、幽、雅、悲、壮、悠、长。此琴抚到尽美尽善之处，啸虎闻而不吼，哀猿听而不啼。此乃雅乐之好处也。"

当时的琴弦不似现在的钢丝弦，晴雨天都能弹；那时的琴弦是用蚕丝捻成的，虽然音质比现代的弦好，但阴雨天返潮，影响声音效果，故而有此不弹之说。

伯牙见樵夫对答如流，对他已不似先前那样随意，便端正地问道："足下既知乐理，当时孔子鼓琴于室中，颜回自外而入，闻琴中有幽沉之声，疑似肃杀之气，怪而问之。孔子曰：'吾适才鼓琴，见猫捕老鼠，想其捕到，又恐其失去。此意遂露于丝桐。'伯牙始知圣门音乐之理，入于微妙。假如下官抚琴，心中有所思念，足下能听得出来吗？"

樵夫道："古人云：'他人有心，予忖度之。'大人试弹一曲，小民随意猜度一下。若猜不着时，大人休得见怪。"

伯牙将断弦重整，沉思半晌，其意在于高山，抚琴一弄。樵夫赞道："美哉洋洋乎，大人之意，志在高山也！"

伯牙不答。又凝神一会儿，将琴再鼓，其意在于流水。樵夫又赞道："美哉汤汤乎，志在流水！"

子期的这两句，正道着了伯牙的心事："峨峨兮若泰山，洋洋兮若江河。"

俞伯牙之后每奏一曲，钟子期便能体会其要旨，道出其情趣。伯牙乃舍琴而叹曰："善哉！善哉！足下听音，直击吾心，吾心无处可逃也！"于是便推琴而起，与钟子期重施宾主之礼，连呼："失敬！失敬！石中也有美玉之藏，若以衣貌取人，岂不误了天下贤士！请问先生高姓大名？"

樵夫欠身答道："小民钟氏名徽，芈姓，贱字子期，是楚乐尹钟建和王姑季芈的后裔。自吴起变法之后，因家父无功于楚，便不再享受贵族的爵禄，带小民一家隐居至此，靠砍樵度日……"

俞伯牙拱手道："子期先生乃音乐世家之后，难怪有如此慧根，失敬，失敬！"

钟子期转问："敢问大人高姓大名？"

伯牙答道:"下官俞瑞,伯氏,仕于魏廷,因访问上国而来。"

子期道:"原来是伯牙大人。"伯牙推子期坐于客位,自己于主座相陪,命书童点茶。喝罢茶,又命书童取酒与子期共酌。

伯牙道:"借此攀话,休嫌怠慢。"子期道:"不敢。"

书童取过瑶琴,二人入席饮酒。伯牙开言又问道:"子期先生的尊居在何处?"

子期答道:"荒居离此处不远,马安山集贤村便是。"

伯牙点头道:"好个集贤村。"又问:"做何营生?"

子期道:"也就是打柴为生。"

伯牙微笑道:"子期先生,下官不该僭言。似先生这等才学抱负,何不求取一个功名,立身于廊庙,垂名于竹帛?为何要困此林泉,混迹渔樵,与草木同朽?窃为先生不值也。"

子期:"实不相瞒,舍间上有年迈双亲,下无手足相辅,采樵度日,以尽父母之余年。虽欲位为三公之尊,亦不忍弃吾一日对双亲的赡养。"

伯牙:"侧身渔樵,奉养父母,尽菽水之欢,乃人子之大孝,愈发难得了。"二人杯酒应答。

子期宠辱无惊,伯牙愈加爱重。又问子期道:"足下青春多少?"

子期:"虚度二十七春。"

伯牙:"下官年长一旬。子期若不见弃,吾愿与汝结为兄弟,以不负这难得的知音契友。"

子期笑道:"大人差矣!大人乃上国名公,钟徽乃穷乡贱子,怎敢仰扳?有辱俯就。"

伯牙:"相识满天下,知音能几人?下官碌碌于风尘,得与高贤结契,实乃生平之万幸。若以富贵贫贱为嫌,视俞瑞为何等人也?"

遂命书童重添炉火,再点上一柱清幽的檀香,就船舱中与钟子期顶礼八拜。伯牙年长为兄,子期为弟,今后兄弟相称,生死不负。拜罢,复命取暖酒再酌。子期让伯牙上坐,伯牙从其言。换了杯箸,子期下席,兄弟相称,彼此谈心叙话。

正是"合意客来心不厌,知音人听话偏长",两人谈论正浓,不觉月淡星稀,东方发白。船上水手起身收拾篷索,准备开船。

子期起身告辞，伯牙捧一杯酒递与子期，握着子期之手感叹道："贤弟，我与你相见何太迟，相别何太早！"

子期闻言，不觉泪珠滴于杯中，一饮而尽之后，斟酒回敬伯牙。二人各有眷恋不舍之意。伯牙道："愚兄余情不尽，意欲留贤弟同行数日，未知可否？"

子期："小弟也有此望，怎奈双亲年老，'父母在，不远游'呀！"

伯牙："既是二位尊长在堂，回去告过二亲，到晋阳来看愚兄一看，也就是'游必有方'了。"

子期："小弟不敢轻诺而寡信，许了贤兄，就当践约。万一禀命于二亲，二亲不允，使仁兄悬望于数千里之外，小弟罪莫大焉。"

伯牙："贤弟真乃是至诚君子。也罢，明年还是我来看贤弟吧！"

子期："仁兄明年何时到此？小弟好伺候尊驾。"

伯牙屈指算道："昨夜是中秋节，今日天明，是八月十六日了。贤弟，我明年仍在中秋十五六日奉访。若过了中旬，迟到季秋月份，便是爽信，不为君子。"说罢叫来书童："吩咐记室将钟贤弟所居的地名及相会日期，登写在日记簿上。"

子期："既然如此，来年中秋十五六日，小弟准在江边侍立恭候，不敢有误。今天天色已明，小弟就此告辞了。"

伯牙："贤弟且住。"命书童取来黄金百两，不用封帖，双手捧定道："贤弟，些许薄礼，权为二位尊长的甘旨之费。斯文骨肉，勿得嫌轻。"

子期也不敢谦让，即时收下。再拜告别，含泪出舱，取尖担挑了蓑衣、斗笠，插板斧于腰间，掌跳搭扶手上崖。伯牙直送到船头，各自洒泪而别。

不提子期回家之事。再说俞伯牙点鼓开船，一路江山之胜，无心观览，心心念念，只是想着知音之人。又行了几日，舍舟登岸。但凡经过之地，地方官员知道是魏国上大夫，不敢轻慢，安排车马接送。伯牙一路顺风回到大梁，回复了魏侯。

光阴荏苒，不觉到了第二年的仲秋。伯牙心怀子期，想着中秋节近，奏过魏侯，请假还乡。魏侯依允。

伯牙收拾行装，仍旧取水路而行。一上船便吩咐水手道："凡是湾泊所在，就来通报地名。"

事有凑巧，刚到八月十五日之夜，水手便来禀报道："此地已是汉阳大别山江口。"

伯牙依稀认得这里正是去年泊船相会子期之处，吩咐水手将船划到崖边靠岸。

是夜天清月朗，一缕月光射入舱门前的朱帘。俞伯牙命书童将帘子卷起，而后信步走出舱门，立于船头之上，但见北斗七星高挂天际，水底天心，玉盘生辉，山水一色，明如白昼。去年今日，雨止月明，知音际会；今夜重来，又值良夜，却只见孤月独明。既已约定江边相候，为何至今不见踪影，莫非……又等了一会儿，若有所思道："哦！我晓得了。这江边往来的船只甚多，今日吾所驾之船，已不是去年之船，吾弟急切间如何认得？去年因吾抚琴而惊动知音，今夜仍然理弦抚弄一曲。吾弟听到琴音，必来相见。"

俞伯牙命书童取琴桌安放于船头，焚香设座，然后开囊、调弦、转轸，才泛音律，商弦中似有哀怨之声。伯牙停琴不操："哎呀，不好！商弦哀声凄切，吾弟必遭忧在家。去岁曾言父母年高，若非父丧，必是母亡。他为人至孝，事有轻重，宁失信于我，也不肯失信于亲，所以不来也。来日天明，待我亲往崖上探望。"叫书童收拾琴桌，下舱就寝。

伯牙一夜未眠，真个是巴不得天明。见月移帘影，日出山头，起来梳洗整衣，命书童携琴相随，又取黄金百两带上："倘若吾弟居丧，可为丧礼。"

伯牙跳跃登崖，行于樵径，约莫十余里，出一谷口，站立观望。书童禀告道："老爷为何不往前行？"

伯牙道："山分南北，路列东西。从山谷中出来，到了这个三岔路口，两边都是大路，不知道哪一路通往集贤村呀？只好等一个识路之人问明之后，方可前行。"

伯牙就在石上少憩，书童退立其身后。不多时，左手官路上有一老叟，髯垂玉线，发挽银丝，箬冠野服，左手举藤杖，右手携竹篮，徐步而来。

伯牙起身整衣，向前施礼。那老者不慌不忙，将右手竹篮轻轻放下，双手举藤杖还礼道："先生有何见教？"

伯牙："请问老丈，这两条路，哪一条是往集贤村去的呀？"

老者："这两条路通两个集贤村。左手是上集贤村，右手是下集贤村，通衢三十里官道。先生从中而来，正当其半，东去一十五里，西去也是一十五里。不知先生要去哪一个集贤村？"

伯牙默默无言，暗想道："吾弟是个聪明人，怎么说话这等糊涂！相会之日，你知道此间有两个集贤村，或上或下，就该说个明白呀！"

那老者见伯牙沉吟不语，便说道："先生这等沉吟，一定是那说路的不曾分上下，笼统地说了个集贤村，教先生没处抓寻了。"

伯牙："正是。"

老者："两个集贤村中，均有一二十家庄户，大抵都是隐遁避世之辈。老夫在这山里，多住了几年，正是'土居三十载，都是故乡人'呀！这些庄户，不是舍亲，就是敝友。先生到集贤村必是访友，只要先生说出所访之友，姓甚名谁，老夫就知道他的住处了。"

伯牙："下官要往钟家庄去。"

老者听说"钟家庄"三字，一双昏花眼内，扑簌簌掉下泪来："先生别家可去，若说这钟家庄，就不必去了。"

伯牙惊问道："这是为何？"

老者："先生到钟家庄，要访何人？"

伯牙："要访钟子期。"

老者闻言，放声大哭道："子期钟徽，就是吾儿呀！去年八月十五采樵归晚，遇上魏国上大夫俞伯牙先生。谈论之间，意气相投。临行蒙赠黄金百两，吾儿买书攻读，老拙无才，不曾禁止。之后子期日则采樵负重，暮则诵读辛勤，心力耗废，染成怯疾，数月之前，已经亡故了。"

伯牙闻言，五内崩裂，泪如涌泉，大叫一声："子期贤弟呀！"接着便依傍着山崖倒下了身子，昏厥于地。

钟公用手将伯牙搀起，回顾书童道："此位先生是谁？"

书童低低附耳说道："就是俞伯牙老爷。"

钟公道："原来是吾儿的好友。"俯身侍候伯牙苏醒。伯牙坐于地下，口吐痰涎，双手捶胸，恸哭不已道："贤弟呵，我昨夜泊舟，还说你爽约，岂知你已经成了泉下之鬼！你是有才无寿啊！"

钟公拭泪相劝。伯牙哭罢起来，重与钟公施礼。不敢呼老丈，称为老伯，以示通家兄弟之谊。接着问道道："老伯，令郎是停柩在家，还是出殡郊外了？"

钟公道："一言难尽！亡儿临终，老夫与拙荆坐于卧榻之前。"亡儿遗语嘱咐道："'孩儿不久于人世，生前不能尽人子奉养之道，死后乞葬儿于大别山山南的江边。儿与魏大夫俞伯牙有约，就在此处等吾兄前来相会吧！'老夫不负亡儿临终之言。适才先生过来的小路右边的一丘新土，即是吾儿钟徽之冢。今日是其百日忌辰，老夫提一陌纸钱，前来坟前烧化，不料在此与先生相遇！"

伯牙："既然如此，下官奉陪老伯前往坟前一拜吧！"命书童代太公提了竹篮。钟公策杖引路，伯牙随后，书童跟定，复进谷口。果见一丘新土，列于路右。

伯牙整衣下拜道："贤弟在世为人聪明，死后应为神灵，愚兄在此一拜，诚为永别矣！"拜罢，放声又哭。惊动山前山后、山左山右的黎民百姓，不问是行的住的，远的近的，闻得朝中大臣来祭奠钟子期，回绕坟前，争先观看。

伯牙不曾摆得祭礼，无以为情，命童子将瑶琴取出囊来，放于祭石台之上，盘膝坐于坟前，挥泪两行，抚琴一操。那些看热闹的乡民听到铿锵的琴声之后，鼓掌大笑而散。

伯牙问："老伯，下官抚琴，吊令郎贤弟，悲痛不能自持，那些乡民为何如此发笑哇？"

钟公道："乡野之人，不知音律，听琴声以为是取乐之举，故此傻笑，没有其他意思。"

伯牙："原来如此。老伯可知在下所奏何曲？"

钟公："老夫幼年也习过琴理，如今年迈，五官半废，模糊不懂久矣。"

伯牙道："这就是下官随心应手的一曲短歌，以吊令郎，口诵于老伯听之。"

钟公道："老夫愿闻。"

伯牙吟诵道："忆昔去年春，江边曾会君。今日重来访，不见知音人。但见一堆土，黯然伤我心！伤心伤心复伤心，不觉泪珠纷。来时欢乐去时苦，江畔起愁云。此曲终了不复弹，三尺瑶琴为君殉！"

伯牙于衣夹间取出解手刀，割断琴弦，双手举琴，向祭石台上用力一摔，摔得玉轸抛残，金徽零乱。钟公大惊道："先生为何要摔碎此琴，这可是一把价值连城的瑶琴呀？"

伯牙："摔碎瑶琴凤尾寒，子期不在对谁弹！春风满面皆朋友，欲觅知音难上难。"

钟公:"原来如此,可怜!可怜!"

伯牙:"老伯高居究竟是在上集贤村,还是下集贤村?"

钟公:"荒居在上集贤村第八家便是。先生如今还问他干什么呢?"

伯牙:"下官伤感在心,不敢随老伯登堂了。随身带有黄金百两,一半代令郎的甘旨之奉,一半请老伯买几亩祭田,为令郎春秋扫墓之费。待下官回到本朝时,上表告归林下。那时却到上集贤村来迎接老伯与老伯母同到寒家,以尽天年之养。吾即子期,子期即吾也,老伯勿以下官为外人。"

说罢,命书童取出黄金,亲手递与钟公,哭拜于地。钟公答拜,盘桓半晌而别。

俞伯牙、钟子期"高山流水遇知音"的佳话万古流芳。

八十四

楚宣王二十九年,中原战事又起。魏、赵、韩西征伐秦,秦与魏、赵战于陕北、魏取河西华阴、潼关,赵夺榆关、延安;之后在陕西东南部,魏、韩联手,大败秦军于洛南,打得秦军节节败退,兵锋直指商洛古道。秦孝公遣使求救,楚宣王举兵十万,经武关、商洛至上洛(商州),大战韩、魏联军。

次年,楚、秦十八万联军于商洛、上洛击退魏、韩二十万联军的进攻,并于同年在洛南大败魏、韩联军,魏军败退潼关、安邑,韩军败退洛地三川。当时楚为大国,地阔五千里,带甲百万,与秦世代姻亲。战争胜利之时,楚宣王随即将商於古道以北的广大地区让与秦孝公。秦孝公感激楚宣王的深情大义,表示永志不忘。

之后楚宣王又挥师北上,与魏军战于鲁阳、禹州,大败魏军,夺回鲁阳、禹州二地,围困魏军于许昌。秦师则与魏军战于石门、少梁,虽然大败魏师,仍未夺回河西之地。

正当楚宣王与齐、越、宋三国军队大战淮北之时,秦大良造卫鞅率领二十万秦军,兵分两路出蓝关,一路东出洛南,一路东出商洛古道。两路秦军会合于商洛,赶走商洛的九百楚军;接着又挥师东出,夺取具有两千楚军把守的武关防线。得手后派大军驻守商洛、洛南和武关。把丹江以北,武关以西,连同整条商於古道并入秦国版图。

楚宣王闻讯后，无异于听到一个晴天霹雳，命十万楚军驻守淮北、徐州、泗上，自己率领二十万楚军班师回荆州，准备进击秦军。

楚宣王派使者到咸阳质问秦孝公道："楚秦世代姻亲，寡人执政十三年时，正值青春鼎盛，君上将贵女许嫁寡人，殷殷嘱托，如在昨日。昔日寡人助秦击败三晋，将洛南至灵宝的土地让与你手，约定上洛到武关的商於古道为楚、秦共有，共同经管。今君上乘寡人率师东进之机，兴兵东出上洛，赶走我商洛、武关驻军，是何道理？莫非君上是要毁掉楚秦世代姻亲，与楚交恶吗？"

秦孝公听后流着眼泪说道："这些都是卫鞅背着我干的，只怪我当初把二十万大军的兵权交给了他，而今悔之不及呀！"

使者随即回郢都将此情形禀报给了楚宣王。秦孝公待楚国使者一走，立即差人八百里快骑传回卫鞅，对他说道："汝有大功于秦，改革秦国的户籍、土地、区划、税收、军爵制度，统一度量衡，重农抑商，奖励耕织，率领秦军收复河西重地，本欲与你共享秦国。今楚王派使者来秦，他日必将兴师问罪于你。你看怎么办？"

卫鞅："君上有何打算？"

秦孝公："现将上洛、洛南、於地，即武关一带的六百里地赐予你，晋升你为侯，封你为商君，你可以自行立国，之后不必再回咸阳了。"

卫鞅于是自立商国，称商鞅。接着令军士大兴土木，建造从上洛到商南的第一座规模宏大的城池商邑，现为丹凤县城。阻断了商洛到商南的商於古道，并增高加固武关，以十万大军驻守武关，以十万大军驻扎商邑、洛南，并招兵买马，扩军备战。

楚宣王闻报大怒，正想举兵讨伐商鞅，前方快马来报："齐威侯正聚集军队南下泗上；魏惠文公举兵南下周口。"

楚宣王只好将西伐商鞅的事情暂时放置下来，令大将屈武，即楚怀王时的大将屈匄之父，率领十万楚军驻守商密、淅川；然后移师十万于周口、阜阳，移师十万于徐州、淮北，严阵以待。魏、齐军队见楚军势大，部署周密，便打消了南下的念头。楚宣王经这次事变一激，一病未起，于这年岁末驾崩。临薨之前，楚宣王仍念念不忘被商鞅趁机夺去的商於之地。

公元前340年，楚宣王驾崩，其子熊商继位，是为楚威王。威王初立之时，商鞅率十万秦军出武关，攻打商密楚军，被楚将屈武击退。齐军也南下进击临沂、枣庄，楚大司马景舍率徐州楚军驰援两地，击退齐军。

楚威王二年，秦孝公薨，其子嬴驷立，是为秦惠文公。楚威王让太子熊槐与令尹昭奚恤留守郢都，令大司马景舍率十万大军移师漯河、周口，严防魏军南下，自己与屈武亲率二十万楚军出荆州、襄阳，北上南阳到淅川、商密，讨伐商鞅占据的商於之地。

商鞅率二十万商於秦兵出武关，与楚军战于商密，被楚威王打得大败而逃，退守武关。楚威王令大将屈武的十万楚军沿丹江而上，全力攻打武关并将其击破，而后乘胜进攻商洛，威逼商鞅的老巢商邑即丹凤城。

秦惠文公闻讯，赶忙召集群臣议事，忧心忡忡地说道："楚新王统率二十万大军攻打商於之地，商鞅不日必为楚军所败。商於方圆六百里地，在吾父孝公时已是秦地，这次若楚军打败商鞅，夺去商於之地，直击我蓝田关，我关中和咸阳便会国门洞开。寡人思虑再三，欲与楚师对决一场，不知众卿意下如何？"

三朝老臣甘龙出班奏道："君上万万不可与楚为敌，把事做绝！昔日商鞅乘楚与魏交战之时，率二十万秦军在后方偷袭楚国的商洛、丹凤之地的楚军，孝公知道楚王必定会兴兵问罪，故而尽将商於六百里地封与商君，目的是将此祸水东移。现楚新王承其父志，意欲收回失地，二十万大军只是试探，君上若举兵相向，其方城、鄢郢、纪郢、鄂郢的兵力会相继赶到，愈战人数愈多，如此我大秦的胜算不大。那时若魏军再乘虚攻取我华阴，兵锋直指关中，秦国就危险了。"

秦惠文公："依老相邦所见，寡人应当如何应对？"

甘龙："君上可一面遣使觐见楚王，使秦、楚两国再结姻亲，重叙兄弟情谊；一面降诏削掉商鞅的封号，令其交出兵权，法办商鞅，给楚王消气。"

秦惠文公："商鞅不奉诏怎么办？"

太师嬴虔："不奉诏就是造反，君上便以诛杀商鞅为名，发兵收取上洛、商邑，与楚军胜利会师，重叙当年的疆界之约。这样不但楚、秦两国可以化干戈为玉帛，还可以除掉商鞅这样一个心腹大患，可谓一举两得。"

秦惠文公："此计甚妙！"

嬴虔："君上宜尽早发兵。倘若迟了，商鞅一败逃，商於六百里之地便尽归楚国了"。

秦惠文公:"准奏。请老相邦和太师坐镇咸阳,寡人御驾亲征,着司马错为前部先锋,即日校场点兵,明日发兵!"

甘龙:"臣已拟就了商鞅的十大罪状,请君上即刻派使者送达楚王,清算商鞅欺楚的罪行,重续两国之好,一起捉拿商鞅;同时派出使者,令商鞅交出兵权,到咸阳服罪。"

秦惠文公:"准奏,着两路使者即日启程!"

众大臣:"君上英明!赳赳老秦,共赴国难!"

商鞅见诏,不仅不奉诏,还公然举兵造反。秦惠文公随即与大将军司马错一道,率领二十万秦军东出蓝田关,猛攻上洛。商鞅见势不妙,急忙派人向楚威王求和。

楚威王见商鞅言辞诚恳,沉吟良久,还在两利之间权衡。

屈武进言道:"商鞅有干才,但有才无德。为了功名利禄,可谓丧心病狂,不择手段。当年魏公子卬统帅魏军伐秦时,商鞅仗着与公子卬的朋友关系,邀其叙旧会盟,趁酒酣耳热之际,将公子卬抓获,而后发兵击溃魏军,夺得河西之地。我先王当年助秦抗魏,救了秦军的主力,商鞅却乘楚国西线兵力空虚之际,出兵占据商於之地,驱赶楚军,致使商於之地成为先王的最后遗憾。前车之鉴犹在,请大王明察。"

楚威王听了,便不再接受商鞅的求和,命楚军加紧攻打商邑丹凤。

几天之后,屈武的十万楚军也沿着丹江而上到达商洛,两路楚军会师于丹凤城下,合攻商邑。商鞅不敌,带着军队仓皇东逃,途中又被司马错率领的秦军击溃,在家甲的保护下逃到洛南。秦惠文公随后分兵追捕商鞅,司马错率领秦军与屈武的楚军同时攻进了商邑,双方各不相让,列阵对峙,大战一触即发。

恰好这时楚威王和秦惠文公赶到,直接进行了高层会晤。双方约定,从上洛到武关的地盘,楚、秦各半,南归楚,北归秦;楚军驻武关,秦军驻蓝关;两关驻军均不得超过千人,丹凤城辟为边贸区,保障两国经贸和人际往来通道的畅通无阻。

八十五

楚威王不仅有武略,还热爱读书,常与左丘明的四传弟子,战国时期楚国的著名学者铎椒讨论学术问题。

铎椒,字微,熊商少年时的老师。熊商即位后,让其出任楚国的太师,亦称国师,为楚"三公"之一。

楚威王四年,铎椒为了便于人们把握《春秋》的要义,编成了一本《铎氏微》的专门著作。

楚威王:"先生为国著述,寡人受益匪浅。"

铎椒:"《春秋》的记事语言极为简练,每句话都蕴含褒贬之意,谓为春秋笔法或微言大义。左丘明对此简练的记载进行补充、解释和阐发,称之为'史传合一',即为《左传》。微臣将《左传》中关于国家兴衰成败的内容,辑成四十章的文字,号曰《铎氏微》,供大王鉴赏。愿大王发奋图强,不忘先庄王的霸业。"

楚威王:"先生辛苦了!自天子失官,学在四夷,打破了朝廷对官学的垄断,开启了百家争鸣的局面,像先生这样既有高位,也有学术著作的大家不少吧?"

铎椒:"文章是士人心神凝聚的果实。自春秋以降,著书立说,开宗立派,收徒授学的士人层出不穷。其中有像微臣这样,生前占过高位后从事著述的,如任过周守藏室之史的李聃,写出了《道德经》;任过鲁国大司寇的孔丘,编撰了六经;任过魏国相国的李悝,编撰了《法经》等。但更多的是一生'白丁'却著述不凡的,如孟轲的《孟子》、墨翟的《墨子》等。其中吴起的学术成就比较独特,是经过其白丁期的长期研究后,融合自己发迹期的实践经验形成的。如《吴子兵法》与《左传》中的著名战例便有融会贯通之处,说明吴起也是《左传》通篇的统筹和内容增改的主笔之一,之后他还将自己手订的《左传》传给了自己的儿子吴期。"

楚威王:"这些人的一个共同的特征是探究真理和坚持真理,如探求富国强兵之道和人类理想的生存之道等,为此九死而不悔,可谓是旷野中的文明;当然,也不排除有一些似是而非的伪学夹杂其间。"

铎椒:"学派纷呈和招徒授学有利也有弊。好为人师既是为人的优点,也是人性的弱点,关键是否有益于人。这个世上不乏能人,但'充能'的更多;这个世上不缺聪明人,但难逢自知之明的人。"

楚威王:"说得好啊,铎师对世人的洞悉真乃是一针见血呀!"

九、鼎盛

楚太史："文章千古事，得失寸心知，不同道者不足道，但可以兼收并蓄。"

铎椒："哦！还有现世的白丁庄子，写出了《逍遥游》《秋水》等名篇。他的文章大气磅礴，汪洋恣肆，想象丰富，善于运用寓言讽世，把深奥的哲理说得活灵活现，可惜没有传人。"

楚威王："我也听说过此人，是本族的庄氏名周，先庄王的后裔。当年他的祖父一帮人对悼王的非礼之事已过去了这么多年，现听说庄周颇有贤名，寡人很想起用他。"

君臣二人所说的庄周即庄子，是楚宣、威时期的一个大学问家。其祖上掌管过楚国的图书典籍，到楚悼王时已属远宗贵族，被发放到楚宋边地垦荒。庄氏一家人带着家财，拖家带口来到楚、宋边境，好在还将祖传下来的了两大车图书也带到了边境。庄子自小就酷爱读书，其学无所不窥，特别是家传的这些书，都是一读再读，了然于胸。

楚悼王驾崩时，庄子的祖父进郢都祭奠，也参加了七十二家贵族作乱，被楚肃王判处了斩刑，待在楚、宋边境的庄子一家闻讯后，抬脚就进入了宋国境内避难。

庄子长期在楚宋交界的蒙地过着种菜、钓鱼、打草鞋的流民生活，一度担任过蒙邑的漆园吏，善与人辩，潜心著述，思绪清远。

楚七十二家贵族作乱事件到楚威王时已经历了三世，当年的恩怨也慢慢地淡了下来，甚至还有要求"平反"的声音进入威王的耳畔，又听说了庄子的贤名，遂有启用庄子之意。

这天，庄子正在濮水边垂钓，楚威王派遣的两位大臣先行前来致意道："庄先生，你的大喜来了，大王愿意将国内的政事委托给你操劳啦！"

庄子手把钓竿头也不回地说道："哦！是吗？"

大臣："是的，大王要我们先来打前站，先生同意后，大王还要亲自来接你进宫呢。"

庄子："哦，那敢情好。你们听说过楚国有一种神龟吗？已经死了三千年了，楚王用竹箱装着它，用巾饰覆盖着它，珍藏在宗庙里。有人认为它珍贵极了，有人则不以为然。你们说说，这只神龟在它还活着的时候，是宁愿让人把它弄死后留下骨骸显示其尊贵呢？还是宁愿活在泥水里拖着尾巴爬行呢？"

两位大臣说道:"那当然是宁愿拖着尾巴在泥水里爬行啦,好死不如赖活嘛!"

庄子说道:"回答正确。那就不耽误你们的时间啦,请你们现在就走,让我拖着尾巴在泥水里爬行吧!"

与庄子同时期的名学创始人惠施也是宋国人,与庄子是辩友。惠施在魏国为相时,庄子没有了辩论对手,感到很寂寞,便启程前去会他。惠施的幕僚俞童得到消息后对惠施说道:"庄子这次的来意不善啊,是想来取代你的相位呀!"

惠施知道自己的能力不及庄子,也怕庄周前来取代他,便派这个俞童带着一拨官兵在国都商丘搜捕庄子。俞童一连忙活了三天三夜,连庄子的影子也没有找到。

庄子听说后,主动地来到惠施面前,笑着对尴尬万分的惠施说道:"一人躲得巧,万人难得找。老哥这次前来,是想跟你讲一段见闻:有一只凤凰,从南海出发飞往北海,非梧桐树不栖,非竹实不食,非甘泉不饮。一只叼着腐烂老鼠的猫头鹰,见这只凤凰迎面向自己飞来,就怕它来与自己争食,连忙抬起头,对着凤凰怒目而视,恶狠狠地斥责道:'吓!这个死老鼠是我弄到手的,你想过来抢吗?'"

惠施听完后面红耳赤,连忙道歉说:"庄先生勿怪,惠某这厢有礼!晚上与先生摆酒接风,吾先自己罚酒三杯,以此向先生赔罪!"

庄子来魏后,一有间隙就与惠施打口水仗,倒也乐得自在逍遥。一天,惠施得到了魏侯魏罃送给他的一只大葫芦,兴冲冲地将其拿回家后,却发现它大而无用。见庄子正在悠闲地朗诵着自己的作品《逍遥游》,便以此葫芦为题,含沙射影地讽刺他的作品道:"这个葫芦看上去派头不小哇!可大而无用。用来装水吧,这葫芦壁太脆,承受不了这么大的重力;当瓢使吧,体积又太大,没有地方放它。一气之下,恨不得一锤子将它砸个粉碎。"

庄子打趣地对他说道:"这说明你还是不善于使用大物件啊!为什么不把这大葫芦系在自己的身上作腰舟,浮游于江湖呢?"

惠施哭笑不得:"你这人真不得了,三句话不离本行!"

庄、惠二人的为学取向不同,论辩却饶有风趣。

此时的魏国正处于多事之秋,在齐魏交锋的马陵之战中,由于齐国大将田忌采用了军师孙膑的计策，在马陵道全歼了魏军的十万魏武卒精锐，魏国主将庞涓兵败身死，魏太子申被擒杀。自此魏国便开始没落，战国的格局变成了秦、齐、楚三足鼎立的局面，魏国夹在其间，如果再不弄点动静，最终只能在沉默中灭亡。

魏相惠施也是一位纵横家，便向魏侯献计道："君上欲起兵报复齐国，心情可以理解，但就目前魏国的实力而言，胜算不大。不如变服折节去朝拜齐国，尊齐侯为齐王，以此来激怒楚国。楚自从熊渠尝试称王，到熊通正式称王，至今已有五百多年，是老牌王爷了；吴、越称王虽然也有百年，但其毕竟是在东南一隅，且犹如伏天的阵雨，来得快，去得也快。楚自从北出中原之后，是唯一的一个一直在与一线霸主周、齐、晋、魏、吴、越、秦抗衡的大国，享受着王者的荣耀。如果见其独尊于诸侯的特权遭到了齐国的冒犯，必然会怒火中烧。君上再派人赴楚历数齐君的僭越之罪，让其以强大的楚军去进攻疲惫的齐师，便能一举将其击败。兵书上所谓的'借刀杀人'，便是这么办的呀！"

魏大夫匡章不同意惠施的意见，反驳道："相国之前不是一直在鼓吹'去尊'的吗，连本国君上以侯爵晋升为王爵都要劝谏，怎么这回倒要去尊齐侯为王啦？"

惠施答道："此一时也，彼一时也。譬如有人想教训一下他自己的儿子，以打他的头来解气，但又舍不得真打，怎么办呢？可以用石头来代替儿子的头嘛。儿子的头不能打，石头再怎么打都是无所谓的。如今我们尊齐侯为王，一个王的称号而已，多叫几声又不会少一块肉。齐王称霸后心里一高兴，就会四处用兵，得罪大楚这样的强国，我们乐得坐山观虎斗。这样魏国的老百姓就舒坦了，可以多活几年了。"

匡章："相国的意思是说齐国老百姓好比爱子之头，尊王就是用齐国这个石头来代替爱子之头去挨揍？"

惠施："是的，是的，就是这个道理。"

魏侯："说得好啊！这事就这样定了！"

公元前334年，魏侯率领韩国和一些小国国君到徐州朝见齐侯田因齐，并尊齐侯为齐王。

面对昨天还是霸主的魏国，竟能如此卑躬屈膝地上门尊齐侯为王，真乃是拳头大，三分理，不服不行呀！齐侯和相国田婴都表现出了一副志得意满的神情；只有一个叫张丑的齐大夫看出了魏国的阴谋。

张丑："禀君上，魏国这是要把君上架在炉火上烤啊！"

齐侯："此话怎讲？"

张丑："此番魏国尊君上为王，就是要让君上自绝于诸侯，特别是冒犯楚国，鼓动楚国来打我们，以报魏国的一败、再败之仇！"

田婴："什么烤不烤的？张大夫是过虑了吧！如今的天下大势是齐、楚、秦三强鼎立，其他的诸侯谁敢单挑三强中的一强？至于楚国，仗着它的地大人多，早就对齐有了不轨之心，两国之间迟早要见个高低，你冒犯它要打你，不冒犯它也要打你，没有必要去在乎它的什么感受。"

齐侯："二位大夫都言之有理。魏侯平白无故地跑到徐州来尊寡人为王，有把寡人放在火上烤的意思，以此挑动他国对齐国的反感，它好坐收渔翁之利；同时也要看到，因以田代齐的历史原因，我们自己尊王会有诸多的不便，魏国上门尊我为王，对我们也是一次机遇。就这样处理：为避免单独称王沦为众矢之的，不妨也承认魏侯的王号，即魏、齐之间相互'相王'。"

田婴、张丑："还是君上英明！"

这个魏、齐在徐州相互承认对方为王的历史事件，被人们称作"徐州相王"。表面看来，徐州相王是一个双赢的举措，实际上是暗流涌动。

徐州相王不仅使周天子失去了天下共主的尊严，也是对诸侯默契已久的楚国王权的挑战。当时楚国朝野的普遍反应是："这个田齐篡姜齐称侯已是过分，凭什么还要称王？"

在魏惠王和齐威王的"徐州相王"不久，魏相惠施便奉命出使楚国，对楚威王说道："魏国尊齐侯为王是齐相田婴仗着马陵之战的胜利逼迫齐国干的，是田婴一手主导了这次'徐州相王'事件，其目的就是要成为新的中原霸主。"

楚威王听到此事之后，"寝不寐，食不饱"，心甚恨之，魏国至此成功地将"相王"的这个黑锅甩给了齐国。

恰在这时，越王无疆也对齐国称王不满，带兵北上准备讨伐齐国。

齐国在艾陵之战中吃了吴国的大亏，知道吴国已是够厉害的了，能灭吴国的越国当然就更厉害了。由此齐人就怕上了越国，一见越师就如同老鼠见了猫。

魏国为了牵制齐国，也曾与越国勾践的玄孙无疆结成同盟，鼓动越王攻打齐国；加之无疆也对齐国这次称王事件的不满，促成了这次越师讨伐齐国的举动。

齐威王知道越国也不好惹，便想将这股祸水往中南引；在齐相田婴的保荐下，齐王派遣说客张丑前去游说越王。

说客张丑到达越师军营。越内侍："传齐大夫张丑觐见！"

张丑："外臣张丑拜见大王！"

越王无疆："先生远来敝国，何以教寡人？"

张丑："外臣是为越国的霸业而来！昔楚败于吴，越先王卧薪尝胆而灭吴，本应是越国得到吴国的土地，以此壮大越国的实力。可螳螂捕蝉，黄雀在后，楚国不仅乘机将吴国淮南、淮北的国土侵占去了，就连宁绍平原的越国本土也被其占去了不少。如此地仗势欺人，难道大王忘了？"

无疆道："寡人没有忘。不过当初先王与楚王是有约定的。后来楚国得寸进尺，先王也对楚系势力如文种、范蠡等进行了清算。"

张丑："楚国现在四处征伐，北到曲沃、於中，南到无假之关，战线长达三千七百余里，把越国死死地封锁在了东南一隅。如果越国再不去讨伐楚国，就像自己的眼睛一样，能看得见自己的汗毛，却看不见自己的睫毛，大则不能统治中原，小则不能称霸中原，最终会被楚国不断地蚕食和灭掉！"

无疆："先生意下如何？"

张丑："大王欲破此局，必须发扬先辈卧薪尝胆的精神，先攻打楚国，统一长江流域，然后再北上争霸。"

无疆："有胜算吗？"

张丑："当然有。现在楚国的上柱国、大将军景翠正率大军集结在北方的鲁、齐边境，欲与齐、魏、鲁交战，其南方的兵力极为空虚。此时不攻打楚国，更待何时？只要越军能够打破长沙境内的无假之关，楚国南方长沙的粮食，竞泽陵的木材，就无法送到郢都和前线去，楚国粮区和林区的供应线就会被切断。如此一来，大王你即使不能统治中原，也可以称霸中原，恢复先祖的荣光。外臣希望大王能顺应天下大势，趁此有利时机攻楚！"

越王无疆被张丑的这番虚头巴脑的大话打动了，立即率师掉头南下，转攻楚国。

越王无疆的"释齐伐楚"的消息传到郢都，楚威王大怒，令大司马昭阳为先锋，自己亲自率领十万楚军进入越境反击。

昭阳，名云，字阳，谥号周穆王的八骏之一"山子"。战国时期的楚国令尹，楚昭王的后裔。原为大司马，主管楚国军事；兼领柱国，卫戍楚都，封上爵执珪。此时正率领十万大军，逢山开路，遇水搭桥，向太湖挺进。

越王无疆也亲率越军迎战，双方大军鏖战于太湖地区。楚军大发神威，将越军的前军击溃，越军大败，越王无疆在两军阵前被杀。之后楚军乘胜沿着当年叶公沈诸梁会盟三夷的路线，跨过莫干山，再折转向北，直取越国故地。昭阳的先锋部队更是轻兵突进，将越军的残部一直追到越国的故地钱塘江边、会稽山下。

越国自此分崩离析，越人从此离散，成为楚国的附庸。楚国在吴越之地设置了江东郡。并决定在长江边的石头山上建城设邑。

楚威王扬鞭催马，意气昂扬地驰骋在狮子山以北的江岸上，发现这一带的地气"气射斗牛，光怪烛天"，有"王气"往上蒸腾。便吩咐楚内使带人在龙湾一带的岗陵之地埋金以镇"王气"，并将此埋金之地命名为"金陵"，将在这里所建的城邑命名为"金陵邑"。

昭阳在这次的灭越战役中立下了大功，楚威王很高兴，将传国之宝和氏璧赏给了昭阳。

击败越王无疆之后，楚威王以"徐州相王"和"田婴欺楚"的两项罪名，命令柱国大将军景翠挥师北上问罪于齐国，与齐将申缚大战于泗水，进而围攻徐州。

这场大战双方各投入了二十万左右的兵力，战事非常激烈。齐将申缚是一员能征惯战的老将，齐国以猛锐著称的"技击之士"威名远扬。楚军刚到齐地时，申缚便在城外列阵迎战楚军，战斗正酣时，埋伏在左右两侧的宋军突然向楚军的两翼杀出。幸亏景翠早有防备，后卫车兵及时赶到，两侧的宋军一下子就陷入了灭顶之灾。车兵接着向前攻击齐军的侧翼，正面的齐军抵挡不住，败退入城中。楚军将徐州城团团围住，利用鲁班发明的云梯、楼车、抛石机等攻城工具，日夜攻城，不到十日便破门而入，申缚带着残兵败将落荒而逃。

徐州大战是楚威王北出中原取得的一次宏大的胜利，楚国的国势也开始步入了巅峰时期，史称"郢为强，临天下诸侯"。

楚威王通过南平越国，北服强齐，将其势力向上拓展到了黄河、泗水流域，向下拓展到了江淮地区和长江中下游地区。由此压住了齐国上升的势头，帮助受其支配的宋国中立，奠定了自己在战国中的霸主地位。

楚威王在伐齐之战后还进行了秋后算账，趁齐国向楚求和之机，要挟齐国驱逐齐相田婴。

田婴非常害怕，派大夫张丑出使楚国，对楚王游说道："大王您之所以能在徐州大胜齐军，就是因为田盼不被重用。田婴为政不善，重用申缚。申缚无法驱使大臣和百姓为齐国出力，大王才战胜了齐国。如果田婴被驱逐，田盼就会被重用，就会重整齐军来与大王对抗，这可不是楚国的福音啊！"

被张丑这么一说，楚威王才没有再强求齐国驱逐田婴。

齐国被楚国打得大败之后，元气大伤，齐威王急火攻心，听说向楚求和还要求齐国驱逐相国田婴，这不是妥妥的干涉别国内政吗？是可忍，孰不可忍！再也顾不上相国田婴的感受，改派田盼为将，在景翠的大军向淄博进军的途中设伏，对其猛杀了一阵，打胜了这一仗，算是挽回了一点面子，但徐州城仍在楚军的掌握之中，再也难以弥补上次惨败造成的创伤和带来的被动局面。

迁都大梁的魏国国君魏惠王魏罃，亦称梁惠王，见楚灭越攻齐皆大获全胜，感到非常震撼，便想派遣著名的名家学派的开山鼻祖惠施使楚求和。

在魏国的朝堂上。

魏内使："诸位大夫有事快奏，无事卷帘退班。"然后悄悄对魏惠王说道："大王看出了一个门道没有？惠子说话爱用比喻，要是不让他用比喻，他可就什么事情都说不清楚了。"

魏惠王："有这事？那寡人今天就要他不用比喻，让他出出洋相。"

众大臣朝贺已毕。魏惠王说道："相邦有话请讲，但请直截了当地讲，不要用什么比喻。"

惠施："启禀大王，现在有人不知道'弹'是什么东西，如果大王问'弹'的形状，他说'弹'的形状就是弹，您能听得清楚吗？"

魏惠王："听不明白，这不是在原地打转，说了等于没说吗？"

惠施："如果有人告诉他'弹'的形状像把弓，用竹子做的，配上弓弦，用于弹射，可以听明白吗？"

魏惠王："可以听明白，以后再不限制你说话的方式了。喔！对了，寡人决定派你出使楚国，恢复两国正常关系。你就用你的比喻去好好地道说道吧！"

惠施："微臣领旨。"

是真名士自风流呀，王侯亦为此而折腰。楚威王听说大名鼎鼎的惠子莅临，亲自到郢都郊外迎接惠施。

楚王车驾停于通衢场地，威王端坐在接官亭上，内侍高唤："宣魏使惠施觐见！"

惠施："外臣参拜大王，大王万年！"

楚威王："魏相乃是当世大贤，不必多礼！"

惠施："敝国寡君一向膺服大王的威德，特派外臣前来向大王致意，敝国愿摒弃前嫌，与贵国重结两国之好。"

楚威王："结楚魏两国之好，亦是寡人之所愿，这个问题好解决。听说先生创立的名学自成一派，有很多不同寻常的高论，寡人倒很想见识见识。"

令尹昭鱼："我对名学也感兴趣，只是觉得有些不合常情，如'蛋有毛''鸡三足'，请问先生，这些立论可行吗？"

"哈，哈，哈！"群臣一阵开心大笑，嚷道："这太好笑了。""三只脚那还叫鸡吗？""蛋有毛那不成毛球啦！"

惠施："在现在的大争之世，各种学术流派异彩纷呈，出现一些出彩的观点也属正常。名学实际上是探讨名与实的关系的学问，比如鸡三足就是一个推理的命题，我们从外观上看，鸡确实只有两足，但从其行为来看，这两足只是支撑着鸡体，至于这只鸡怎么走，往哪儿走，还有一只无形的足在起作用。这就是所谓的'鸡三足'。大家仔细想一下，有没有点道理？"

屈武："听起来似有点道理。"

惠施："诸如此类的观点多啦。譬如公孙龙子的'白马非马''离坚白'等。"

昭鱼："名家牛人邓析更是别出心裁。一次大水淹死了一个富公子，富家父母找打捞的人要尸体，价钱没有谈拢，去找邓析出主意。邓析说：'不要急，除了你之外，他还能卖给谁？'捞尸的人也去找邓析出主意。邓析说：'不要急，他不找你买，还能找谁去？'"

屈武："这不是咋说咋有理吗？"

景翠："像不像是吃了被告吃原告？"

昭鱼："有点像。邓析本人就是个讼师，时人讥讽其遇事'操两可之说，设无穷之词'。后来他在郑国被杀也是因此而起。"

惠施："名家中确实有'以是为非，以非为是，是非无度'的诡辩论者，但那绝不是名家思想的主流。"

屈武："那先生的主张呢？"

惠施："鄙人持'合同异'的观点，即世间万事万物都是相互联系和发展的，它们之间的差别是相对的，是'合同'中的异。如'物方生方死''南方无穷而有穷'等。在政治上鄙人首创'连横'说，主张魏国联合楚、齐等进攻秦国。"

楚威王："先生此次前来定有要务。"

惠施："奉寡君之命，前来与贵国修好，顺道回宋国一趟，看望一下老友庄子。"

楚威王："惠施先生是当世杰出的思想家，今日聆听惠先生的高论，果然不同凡响，今后还有要事烦劳先生。今晚寡人设宴为先生洗尘，请各位大夫作陪。"

众臣："谢大王！"

惠施在楚廷办完公事，即达成魏、楚两国的和解后回到宋国，正值故乡的仕子淑女们踏春游玩的浪漫时节，到处是桃红柳绿、莺莺燕燕。惠子迎着阵阵拂面而来的春风，信步地走在濠水河畔的堤岸上，忽见前面拱桥上一位中年汉子正盯着水中的鱼儿看得出神。

惠施："庄兄别来无恙！"

庄周头也不回，只是"嗯"了一声，继续望着水中出神。

惠施也低头望着桥下，只见一群鱼儿在水中摇头摆尾，不紧不慢地游来游去，看似逍遥自在。

庄周情不自禁地感叹道："这鱼儿真快乐啊！"

惠施反驳道："你又不是鱼，怎么知道鱼儿快乐呢？"

庄周回击："你又不是我，怎么知道我不知道鱼儿快乐呢？"

惠施微微一笑："正因为我不是你，所以不知道你；以此类推，你不是鱼，那么也就不知道鱼儿快乐啦！"

这时水中领头的鱼儿忍不住跳出了水面，哗啦一声，仿佛在说："我们鱼儿快不快乐关你们人的鸟事?"

二人相视一眼,一阵哈哈大笑。

庄周的妻子是齐国田氏宗女,美丽端庄,能干善良,因操劳过度,不幸去世。惠施闻讯后,心情沉重地前来吊唁,却见庄子盘腿坐在地上,一边敲着瓦盆,一边唱着歌儿。

惠施见状很生气,冲着他说道:"庄周,你的心肠怎么这样狠哪?"

庄周:"啊!"

惠施:"你们夫妻共同生活了这么多年,妻子为你操持家务,生儿育女,无怨无悔,直到老病拖死,你不悲伤痛哭就已经是很过分,还敲着盆,唱着歌,这不是太不近情理了吗?"

庄子:"不是你想的那样啊!妻子与我同甘苦,共患难,刚死的时候,我也是痛哭流涕,怎么不悲伤呢?"

惠施:"那后来呢?"

庄子:"后来我仔细想了想,觉得她本来就没有生命,不但没有生命,连形体也没有,不但没有形体,甚至连形成形体的气也没有;只是因为道的演化产生了气,气的演化产生了形体,有了形体才有了生命。现在生命又演化成了死亡,回归到了本来的虚无。"

惠施:"你是说人的死死生生、生生不息,是一个生死循环的过程吗?"

庄周:"是的。这一过程似春夏秋冬的运行一样自然而然。她死了,就像白天操劳了一天晚上睡着了一样,安安静静地躺在天幕之下、大地之上,我若到她的身边歇斯底里地去哭她,合适吗?合乎自然之道吗?"

惠施:"你这个人哪!怎么会有这么多的与众不同的想法啊!这样的想法越多,人的负累也就越大呀!"

八十六

楚南台学宫的大殿上,内侍高唱:"请滕国世子宏和洛阳学者苏子觐见。"

楚威王:"欢迎滕世子弘和苏秦先生不远千里来到敝国,正好参加今天的学者际会,请大家畅所欲言,不必拘礼。"

群臣:"谢大王!"

滕世子："启禀大王，敝国君父派外臣姬弘前来向大王表示敬意，特奉上敝国国宝夜明珠一颗，虽不如魏王的宝珠那样能照亮十二辆车子，也还有光华夺目之气象，请大王笑纳。"

说罢揭开盒盖当庭展示，大殿陡然一亮，"哇——！"众臣一阵惊呼。

楚威王："谢谢滕国君主的美意！敝国兰台学宫祭酒、国师铎椒眼力不佳，寡人就将贵国的美意转送其夜读之用吧！"

国师铎椒："君上如此厚待微臣，微臣愧不敢当呀！"

滕世子："大王尊师重道的襟怀，令外臣感佩于心！学生正在研习古往今来的学校教育形式和内容，还请国师不吝赐教。"

国师铎椒："华夏办学源远流长，早在唐、虞、夏、商时期的乡邑和国都，就出现了庠、序、校、辟雍等学校形式。周代除继承了这些学校形式之外，还先后出现了小学、大学(太学)、学宫(书院）等学校形式。"

滕世子："有人说上古三代应该还没有学校教育，他们所谓的学校是儒家设想出来的。"

铎国师："学校的起源有三：一个是宫廷贵族子弟的教育，培养其统御能力，多以吏为师，如少师、太傅；一个是'专门'技艺的教育，如巫、史、医、艺、农、工、商，多以收徒和家传的方式进行，其师即是师傅和家长；还有一种是由乡里的地方活动而起，如乡射、乡饮、乡祭、社交等示范活动，其师是地方的贤达。凡是有人群活动的地方，就有文化知识的传播，这种传播方式即是最初的学校。"

楚威王："先生所讲的这个学校的起源也启发了寡人，那种认为上古时期没有学校的看法是站不住脚的，只是学校的形式不同而已。"

铎国师："是的。学校的形式是随着集中学习的人数增多而逐渐定型的，如贵族子弟上学的增多形成太学，乡里活动场所形成乡学，收徒授业的形式发展成为私塾、学馆。"

滕世子："就弟子接触到的一些学校形式而言，好像不仅仅是读书，像郑国的学校还提倡议政和谈生意。敝国也接纳了来自贵国江汉之地的许行师徒数十人，划拨了一片土地供他们自耕自食。他们都穿着粗麻短衣，以织席、打草鞋为生，代神农执言，主张劝耕桑，足衣食，宣扬'君民并耕，饔飧而治'。大儒家陈良的门徒陈相及弟弟陈辛听说后，带着农具从宋国赶到敝国，拜许行为师，成为农家学派的忠实信徒。"

楚威王："寡人也听说过农家许子的一些事迹，有的人不以为然，寡人倒认为有可取之处，民生在食呀！"

铎国师："听说孟子也与许子有过交集，孟子是如何看待他的呢？"

滕世子："孟子对许子的为学精神还是认可的，但反对他'君民并耕，饔飧而治'的学说，认为这是'弃君臣之义，徇耕稼之利，乱上下之序'。"

苏秦："听说还骂他是'鸟语雀舌'。"

楚威王："圣人也不是每句话都对。民以食为天，农事是立国的根基。大舜也曾躬耕于厉山之野，孔子也曾干过诸多鄙事，农家也是一家嘛！以后兰台学宫也要请许子来讲学。"

铎国师："学校其实是一个多样化的载体，它既是培养学生的道德情操、进行军事训练、传授其治民从政技能的课堂，也是延伸政府的文化职能、承办重大社会活动事务的礼堂。如周天子出征时要'受成于学'，作战归来时也要'释奠于学，以讯馘告'。即学校也是战前制订作战计划和战后举行庆功典礼的地方。国学子弟同时还是周天子的禁卫亲军。"

赴楚访问的齐使："就齐、鲁而言，地方上的庠、序同样有教习射箭、驾车的内容，孔子本人也曾以射箭、御车自许，孔门弟子多能卫国杀敌，冉有即因领兵击破入侵齐军受到孔子的赞赏。地方上的庠、序同样为当地的祭祀和社交等重大活动提供场所。春秋时期的乡校还是学子议政的场所，开明的执政者如郑国的子产等，将学子论政的舆论视为朝廷的良师益友。"

滕世子："除了练兵精武的这些教学传统之外，学子在学校里主要学习哪些文化课程呢？"

铎国师："学校教学内容也是不断发展的。上古时的社会结构简单，人们思想单纯，学校教育主要是传授文字和对贵族子弟乃至平民施行伦理教化。周命维新之后，学校教学内容主要是礼、乐、射、御、书、数六艺，其中的射箭和驾车是军事中的技术活，学习训练能有效地提高战斗力。春秋之后，六艺演变为《诗》《书》《礼》《乐》《易》《春秋》等古典文献，学校也成为名副其实的学堂，培养'从政''治赋''使于四方'的治国安邦人才。其间特别是私学的兴起，如孔子开创的塾学和诸子百家的招徒授学，使古代学校面貌发生了根本的变化。由此开始，逐渐培养了一个以学习文化典籍为主、以从事政治活动

九、鼎盛

为目标的文士集团，为官僚政治、布衣卿相局面的形成创造了条件。"

楚威王："听说滕世子几次到邹国向孟子请教治国方略？"

滕世子："滕国是个小国，君父常对外臣说：'滕与楚、齐两大国为邻，两大之间难为小呀，需要探求生存下去的治国之道'。

"第一次去请教，孟子说：'民事不可缓也。'他认为民有恒产，才有恒心，在人民生活有了保障之后，才能有效地对其进行人伦的教化。做到'人伦明于上，小民亲于下'。接着他还列举了一套施仁政于民的办法。并说只要做到这样，就是用木棒也可以抗击拥有坚甲利兵的齐、楚军队。

"第二次去请教，孟子说：'深凿护城河，高筑城墙，与民众共同守护，民众愿效死力，则可以保国。'"

铎国师："那你的看法呢？"

滕世子："依外臣愚见，应向贵国求教。当年楚国身处草莽，地不过五十里，丁不满三千，发展成为当今诸侯之冠。这样的路，才是滕国要走的路。"

楚威王："小有小的难处，大有大的忧虑。滕世子这次来得好，在今天的兰台盛会上，可以广结善缘，兼听各方之言，以快平生之志。"

苏秦："禀世子，草民有一句不当讲的话：孟子乃是当世大儒，文章魁首，所论的是治世之学，而不是争世之学。譬如以仁义抗衡刀枪，宋襄公早已实验过了。俗话说得好：'不能以卵击石。'贵国体量与齐、楚相比，如同一个婴儿去比一个壮汉，再怎么装备，也不堪一击呀！再说了，楚国当年所处的环境与现在的大环境截然不同，如果现在再在荆山草莽中出现这样的一个小国，被灭只是几个时辰的事儿。"

楚威王惊讶地问道："先生是何时到达郢都的？"

苏秦："禀大王，外臣乃洛邑一介平民，积学未遇，父母不疼，哥嫂不爱，妻子不亲。今到郢都，已过了三个多月，才见到大王一面。只怪草民福薄，如今的盘缠已经用完，特来向大王辞行。"

楚王挽留道："听先生之言，似聆听古代贤人的教诲。先生不辞远途劳苦来到寡人这里，竟不肯多住些日子，究竟为了什么呢？"

苏秦答说："贵国的食品比美玉还贵，柴火的价钱比桂木还高，见大王的近侍比见鬼还难，求见大王一面如同见天帝一般，可谓是食玉烧桂，求鬼引见天帝。这样的铺张，一介贫民可消费不起呀！"

听了苏秦的讥言诮语，楚威王当即表示："先生请到宾馆住下，免除你之前开销的费用，寡人接受你的批评。"

苏秦："大王如此礼贤下士，草民却之不恭，只好愧领了！"

楚威王："先生远道而来，必有要言要事以告寡人。"

苏秦："草民游走于列国之间，悉知天下大势，特来向大王略表献芹之意。自周失一鹿，群雄竞起逐之，至目前为止，只有秦、齐、楚三强靠近此鹿。其中秦有后发之势，齐的颓态已现，最终鹿死谁手，非秦即楚。楚地方五千里，带甲百万，车千乘，骑万匹，粟支十年，此乃王霸之资啊！"

楚威王："国与国之间的较量，不仅仅是这些东西呀！"

苏秦："大王英明，这只是一个方面。今秦、楚争雄，另外的五国也在虎视眈眈，这就是人们所说的'势'。楚除自身的实力之外，还有一个用势的问题。谁得此势，谁就能赢得天下。"

楚威王："长期以来，秦、楚联谊的岁月多，互攻的时候少。"

苏秦："秦乃虎狼之国，当年楚宣王应邀与秦攻魏，楚在前方与魏苦战，秦孝公竟然放任商鞅带领二十万人马夺取楚后方的商於之地。今若不信外臣之言，这样的事情以后还会经常发生。当今以楚之强与大王之贤，天下莫能当也，秦所忌惮者莫过于楚，楚强则秦弱，楚弱则秦强，已成誓不两立之势。大王今若不听外臣之言，折节向西伺奉秦国，则诸侯莫不南面朝拜于秦的章台之下，如此则无异于驱羊群以强秦。故为大王之计，不如合纵以孤秦。大王如不合纵，秦必起两军：一军出武关；一军下黔中。如此一来，则鄢、郢动矣。臣闻治之于未乱，为之其未有；患至而后忧，则悔之不及。愿大王早作定论。"

楚威王："先生所言甚是。然合纵六国，亦非易事；能齐心合力，则更为不易啊！"

苏秦："大王如能听取外臣之言，臣请令山东之国，奉四时之献，以承大王之明制；委社稷之宗庙，练士厉兵，听大王之所用。如此，则韩、魏、齐、燕、赵、卫之妙音美人，必充后宫；赵、代良马橐橐，必实于外厩。故纵合则楚王，横成则秦帝。若放弃霸王之业，而有事人之名，臣窃以为大王不值也。"

楚威王："寡人之国，西与秦接境，秦有举巴蜀、并汉中之心。秦，虎狼之国，不可亲也。而韩、魏迫于秦患，不可与之深谋，谋而未发则国已危矣。寡人自料，以楚当秦，未必能胜。内与群臣谋，不足以为恃。寡人卧不安席，

九、鼎盛

食不甘味，心摇摇如悬旌，惶惶无所终日。今先生欲合纵天下之力以安诸侯，寡人谨奉社稷以合纵。"

苏秦："谢大王！外臣绝不辜负大王的信任。"

楚威王："各位大夫，各位来宾，兰台学宫已为我们准备了丰盛的晚宴，晚上与兰台学子们一起欢宴。现在我们先到兰台学宫的宫苑去浏览一番吧，请铎国师带路。"

众人簇拥着威王和国师在宫苑漫步，太子熊槐和青年诗人屈原等学子前来迎候。

熊槐："儿臣拜见父王！"

楚威王："来，见过一下，这是滕国世子姬弘，这是寡人太子熊槐。"

世子和太子互致问候。

楚威王对熊槐介绍道："这是洛阳学者苏秦先生，当世之奇才！"

熊槐："拜见苏先生。"

苏秦打量过熊槐后说道："楚太子高大挺拔，气宇轩昂，真乃国之柱石也！"

熊槐："谢苏先生！来，我来介绍一下，这位是青年诗人屈原，最近刚创作了一首《橘颂》：'后皇嘉树，橘徕服兮。受命不迁，生南国兮。'"

滕世子热情地向屈原致意："早就听说你的大名了，没想到你这么年轻。这位是？"

屈原："这位是兰台公子宋玉。"

滕世子："风流倜傥，内蕴高才呀！"

宋玉："世子过奖！"

苏秦："惟楚有材，名不虚传！"

齐使："兰台的气势宏大，与敝国的稷下学宫有过之而无不及呀！"

铎国师："两座学宫的规模相当，办学理念则不一样。稷下学宫主要是游学和学术交流，教学形式活泼生动，是百家争鸣的滥觞之地。兰台学宫主要以公族内部的子弟教育为主，起自于先武王时期，在当时新落成的王宫内专修一座大殿，作为王族子弟学习的地方，号曰'兰台'。第一任兰台学宫的祭酒是外聘的保申先生，除保申之外，还有从大夫中选拔出来的优秀文臣武将若干人辅佐教学。教学内容从识文断字和道德教化逐渐向礼、乐、射、御、书、数六艺转化；到申叔时任祭酒时提倡《诗》《书》《礼》《乐》《易》《春秋》之类的六艺教学，先庄王同时也提倡将兵书战策列为教学课程，现课程体系已大体定型。兰台学宫同时还要求兰台先生用雅言教学，培养学子的沟通能力。"

楚威王："楚国的基层社会主要由蛮民构成，'鸟语雀舌'不足为奇，许行是他们的代表。我们提倡文化融合，倡导用雅言相互沟通，但这有一个过程。"

苏秦："以前我一直纳闷怎么会是'惟楚有材'呢，现在总算明白了一点：是兰台的学校教育，加上家族一代代传承下来的实践经验、职业技艺，如此的精妙结合，不人才辈出都不行！"

滕世子、齐大使："是的。吾等也有同感！"

铎国师："下面让楚太子与你们一起交流吧。"

熊槐："我们学宫的活动可多啦，每天学习《诗》《书》《礼》《乐》《易》《春秋》，秉圣人之教，学做君子，老吾老以及人之老，幼吾幼以及人之幼，己所不欲，勿施于人。"

滕世子："君子能战胜小人吗？"

熊槐："君子治国，国家有正气，小民有活路；小人治国，国家无道义，奸佞丛生。强权政治和小人的心术最终还是要让位于贤人政治。"

滕世子："敝国国小力微，贤人政治能免于亡国吗？"

屈原："在有道之世，国与国之间礼尚往来，小国只要保持中立，或投身于较大的国家集团，国行仁义，便可以活得很好；在以兼并为能事的无道之世，不仅要自己行仁政，还得依靠有前途的大国。这就是孟子所说的'有的可为，如折枝之类；有的不可为，如挟泰山以超北海'。"

滕世子："还有第三条路吗？"

熊槐："若直接以小力对大力，则无异于缘木而求鱼了。"

苏秦："太子和屈子真不愧为兰台学子！"

楚威王："国师秉行仁政，仁者仁心，这是在教育学子们学好，寡人也不能说不对，如此对内便是仁君，但对外总觉得这里面还是少了点什么。但愿寡人能多助他们一程啊！"

铎国师："大王春秋鼎盛，正在有为之年。"

群臣："大王万年！楚国万年！"

楚威王十年，边报传到郢都：巴国残余势力不甘心自己的失败，在蜀国的支持下，在楚巫郡发动叛乱，占领了首府江州。楚国君臣决定讨伐叛军，在郢都举行了盛大的校场点将出征仪式，楚威王在大会上发布出征动员令：

"自吾祖熊渠确立'一主两翼'的立国战略以来，在'一主'上，自南向北，一直打到泗上，占领大梁，观兵洛邑，饮马黄河，称霸中原。在'两翼'上，向东打败了吴越，占领了江东和江淮；向西打败了巴国，进击滇黔，占领了汉中，保卫了楚国大后方的安宁。现巴国残余势力在蜀国的支持下发动叛乱，杀我军民，占我盐泉，是可忍，孰不可忍也！寡人命令，以大司马昭阳为征西大将军，上柱国屈武为前部先锋，率领十万大军讨伐巴蜀暴乱势力，不获全胜，决不收兵！"

众将士："不获全胜，绝不收兵！不获全胜，决不收兵！"

昭阳："前队准备，出征！"

楚威王十一年，自宣王之后持续稳定多年的楚国西部，这次派出的平叛部队传来捷报，楚军跃过扞关，兵锋直指江州、垫江，夺回了十道盐泉，很快攻占了巴国全境。之后按照威王的指令，分兵两路，屈武率军二万进击滇黔，昭阳率军八万进攻蜀国。

前方捷报传来：昭阳大将军正在按照大王的指令，进军蜀地的千里沃野，声讨其会同巴国残余进攻楚国巫郡的罪行，目标是灭掉蜀国，巩固汉中和商於之地，使其成为楚国西部的大后方，让其供应楚国的生活资源和兵员，断绝秦国的战略扩张空间，彻底阻断秦师从楚国西境入侵纪郢和鄢郢的通道。

可人算不如天算，在这一战役的关键时刻，一向强壮的楚威王突然病倒，才刚刚执政十年的人哪，真是天不假年！直到临终之际，楚威王仍然拉着熊槐和屈原的手不放，心有不甘地喊道："老天爷不公啊！楚国、楚国、楚国……"

欲振双翼十年短，英雄事业半途空。

八十七

公元前328年，太子熊槐继承王位，史称楚怀王。

一代雄主的突然离去，喧闹的巴山楚水顿时蒙上了浓浓的云雾，楚国被迫进行了战略收缩：迅速将进击滇黔和蜀国的军队撤回到了巫郡；魏国趁楚国的大丧之际，挥师南下伐楚，夺取了战略要地径山，俘获了守将唐明，楚一时无力进行反击。

这年岁末年关，纷纷扬扬地下起了鹅毛大雪，天寒地冻，身寒心更寒。楚怀王穿着厚厚的大皮袄，在暖阁里偎着旺旺的炉火，还是觉得凉意未解，身子直打寒战。

听着素窗之外传来的阵阵寒鸦的鸣叫声，想到此时还在雪地里执勤的战士，在破屋里龟缩在一处的细民，心中一个激灵，一下子就仁心大发，接着颁下旨令，让各县、乡官员安排向挨冻受饿的人们送去取暖的木炭和充饥的食物。饥寒的黎庶得到这些救急的物资后，感激怀王的善举，称其是"雪中送炭"。

即位之初的怀王有想法，也有干劲，对内想修明政治，对外想效法先人的霸王之业。于是便破格启用屈原、屈匄、唐眜等人，进行军政改革。先是让屈原将吴起变法时的一些条例进行修复，断断续续地予以颁行，以巩固和强化君主的权力。

国家的发展方向和政府职能的完善需要有整体的考量，牵一发而动全身，仅靠修修补补是不够的。怀王提出让屈原任职左徒，主持全面的变法工作。屈原博闻强志，明于治乱，娴于辞令，入则与王共议国事，发布号令；出则接待宾客，应对诸侯，成为怀王前期施政的得力助手。

屈原是继威王之后深刻认识到秦、楚矛盾无法人为化解的智者，在主张变法练内功的同时，力主联齐抗秦，赞成犀首、惠施、苏秦的合纵主张，力图改变楚国的外部生存环境。

在灯火通明的楚国朝堂上，新一代的楚国君臣正在探讨楚国未来的走向。

楚怀王："我大楚自从先悼王重用吴起变法，国势一新；再经肃、宣、威三代的不断努力，达到了如今的鼎盛时期。但同时也如先威王看到的那样，在繁盛之下，也隐藏着深深的危机，魏和秦在经过变法后快速崛起，对我们形成了现实的挑战，我们要未雨绸缪，理出我们的应对措施。"

屈原："三家分晋之后，魏国率先用李悝和吴起进行改革，迅速强大，异军突起，在径山之战中打败我军；还有一个自商鞅变法以后崛起的秦国，与过去更是不可同日而语。而我们自吴起变法至今已有七八十年了，当时变法的内容，有的条款因阻力大没有完全坚持下来，有的条款残缺，有的条款过时，有的条款甚至产生了反向的作用。开始我们以为将一些条款修复一下就可以了，

九、鼎盛

在这方面也做了一些工作；现在看来仅此还不够，需要系统的重构才行。"

上官大夫："你的根据是什么？"

屈原："是形势的变化和发展的要求。如秦、魏变法是新的形势；其中秦的目标指向已不是传统的在诸侯中称霸，而是要统一诸侯，这就是新的要求。"

靳尚："那又怎样？"

屈原："新的要求必须要有新的起点和目标，相应的法规内容也要重新定位和调整。即是要施行美政，以及保障美政施行的造为宪令。"

景翠："不愧是兰台学子，说起来一套一套的。"

上官大夫："那祖宗的成法都不要了。"

屈原："有的用得上的还是可以保留的。"

上官大夫："过去祖宗的成法没有变，不是照样打胜仗，照样发展得比别人好吗？"

靳尚："真是吃了饭没事干，一天到晚净想着瞎折腾！"

上官大夫："我看也是个戴斗笠打伞，多此一举！"

楚怀王："变法是楚国强大的保障，也是先威王的心愿。请左徒拟一份构想，与寡人沟通后，再着手写出一部初稿，完稿后再进行朝议，各位大夫要积极应对，劲可鼓不可泄呀！"

群臣："大王英明！"

楚怀王有浪漫的情怀，受"颇有文学"的社会风气的影响，也喜好文学，鼓励文艺创作，每年都在兰台学宫举行宴会，命群才创作辞赋和音乐作品，供大家欣赏和品评。

三月三日天气新，长江两岸多丽人。三月三日是黄帝的生日，也叫春浴日，是中华最早祭祀先祖的节日，也是最早的情人节。

这年三月三日，天清气和，百花争艳，楚怀王在宋玉等文学侍从的陪同下，带着南后、郑袖一班姬妾，来到巫峡十二峰，观赏壮丽的峡江风光。

楚怀王一边观赏一边饶有兴致地问道："这巫峡十二峰挟云带雾，仪态万方，尤其是那座最高的山峰，宛如亭亭玉立的少女，动人心魄。如此鬼斧神工的造化，有什么来历吗？"

宋玉："那还是在夏禹时代三月三的一天清晨，赤帝的女儿瑶姬带着她的十一位女伴，到心仪已久的三峡一带游览采花。啊！碧绿的江水，青翠的山恋，遍地的花草，简直是太迷人了。直到夜幕降临，这十二位仙子还舍不得离开这里。她们久久地在江边徘徊，想留在这美好的人间，想帮助大禹王治水，帮助善良的人们降魔除妖，于是便化作了十二座山峰，永远地与峡江为伴。其中最高的那座山峰便是瑶姬的化身，名曰神女峰。"

郑袖："这十二座山峰如此秀美，那变成这些山峰的十二位仙女一定是美极了！"

楚怀王："那是当然。这美妙的意境真令人神往啊！"

内侍："御厨在前面的山崖下已备下了美味的烧烤和琼浆玉液，请各位随大王一道到前面去用膳，之后稍作休息，便打道回宫。"

午膳之后，楚怀王感到一丝丝的睡意袭来，在众姬的服侍下，竟酣酣地睡着了。恍惚中似有一阵幽幽的异香荡入心脾，顿时觉得神清气爽，眼睛一亮，只见一位绝色佳人款款而来，耀若白日照屋梁，皎若明月舒其光，身如软玉，目蕴波光，齿若含贝，翩若惊鸿，婉若游龙。怀王惊起让座。靓女轻启朱唇，对着怀王说道：

"妾乃赤帝之季女，芳名瑶姬，封于巫山之台，故曰巫山神女。君等一行在高唐漫游之际，妾见郎君生得高大俊朗，间有书卷气质，心生爱慕，愿荐枕席。"

说罢招手让姐妹们将锦被和枕褥铺上。

楚怀王喜不自胜，越看越爱，爱不释手，揽而幸之。

一番温存云雨之后，神女见天时不早，起身对怀王说道："妾在巫山之阳，高台之上，旦为朝云，暮为行雨，朝朝暮暮，待君归来！"

楚怀王见神女要走，握着她的手不要她走，她还是要走。拉来扯去，宽宽的额头上竟然急出了一头的冷汗。噫！感觉像有人在他的额头上擦着汗。睁眼一看，是南后，手上紧紧握着的竟然是郑袖的手。

八十八

楚怀王六年，魏国王室的公子高在争夺王位中失败，逃到楚国避难。楚怀王有意送公子高回魏国即位，在朝堂上提出了这一议题。

楚怀王："自三家分晋以来，魏代晋成为新的强国，西压嬴秦，东拒田齐，不可一世，只有在与寡人之国的相争中没有占到便宜。如我先高祖悼王的大军攻破梁门，占据大梁，杀过了黄河；又如我先祖宣王的大军援秦击魏，先父威王的大军围魏救赵，均取得了重大的胜利。可恼的是现任魏王乘我大楚的国丧之期，发兵夺我径山，掳我守将。寡人欲发兵二十万征讨魏国，以血径山之耻，列位大夫以为如何呀？"

令尹昭滑："讨魏必须经过魏、宋、齐等多国交界的襄陵，可谓牵一发而动全身。当年齐国乘桂陵之战的余威，联合宋、卫包围了襄陵，魏国经过半年的准备，组成了魏、韩联军，在襄陵之战中大败齐宋卫联军。"

上柱国景翠："是的，当时战败的齐威王见形势不妙，只好请我大楚的柱国景舍出面调停，达成魏与齐的和解。魏国自此挽回了桂陵之战的败局，称霸中原的地位得以维持。"

大司马昭阳："魏国自五年前袭击我径山得逞，气焰一直很嚣张，微臣请命前往讨伐，定要它臣服我大楚。"

屈原："这次征伐是关东六国之间的主力决战，关中的秦国乐见其成。从列国的大势来看，魏、齐均为抗衡秦国的主要力量，希望这次大战能适可而止。"

楚怀王："魏公子高来我大楚生活这些年，寡人观他为人宽厚，处事能显大道，而魏现太子嗣，其秉性残忍无道，为了自己上位，竟然杀害先太子赫，阻拦公子高回国。寡人今天就是要主持这个公道，送公子高回国，逼魏王更换太子。为此必须打败魏军，打服魏国！"

众臣："大王英明，楚国必胜！"

公元前323年，楚怀王打着送魏公子高返回魏国的旗号，命大司马昭阳率领楚军进攻位于今河南商丘市睢县的重镇襄陵，魏惠王派丞相公孙衍率魏军巩固襄陵的防御，被楚军在城下打得大败，襄陵城亦被攻破，之后楚军乘胜向大梁进军。魏惠王紧急调集全国的兵力进行抵抗，但在楚军凌厉的攻势下节节败退。楚军一路夺取了魏国的八座城池后，兵锋直抵梁门城下。

魏惠王见魏军抵挡不住楚军的攻势，只好遣使求和。楚怀王听从了屈原的建议，答应魏国的求和，前提是魏惠王必须同意立公子高为太子。魏惠王无奈答应了城下之盟。昭阳送魏公子高回王宫，与魏公子高依依惜别。接着整顿兵马转攻齐国，大军进入到齐地驻扎。

齐威王见楚师移兵攻齐，心中大惧，在朝堂上商议应对之策。除了和谈之外，君臣均无更好的办法。此时秦国的客卿陈轸作为秦使，正好来向齐王交割公事。齐威王灵机一动，依照当年请景舍调解齐、魏战事的故事，再三请陈轸前去楚营劝说昭阳罢兵。都是场面上的人，盛情难却，陈轸只好答应到楚营去忽悠昭阳。

昭阳听说秦国使者来访，感到很奇怪，便传其进见。陈轸以朋友的身份，对昭阳伐魏的战功表示钦佩和祝贺。接着话题一转，问昭阳道："将军现在居何官爵？"

昭阳答道："官为上柱国，爵为上执珪。"

陈轸："按楚之法，灭军杀将，再立大功，可以上升到什么官爵？"

昭阳："只有令尹一职，到令尹也就位极人臣了。"

陈轸："令尹之位现在有人占着吗？"

昭阳："有令尹昭滑。"

陈轸："令尹贵极，然在大王之下，不可能设置两个令尹。没有职数功劳再大也无法升迁，此即所谓的'功高难赏'。"

昭阳："什么高不高、赏不赏的，话怎么说得这么别扭啊！"

陈轸："外臣听说，楚国有个贵族在门客的帮助下祭祀过祖先之后，送了一壶酒给门客作为犒劳。门客们议论道：'这壶酒几个人喝不够，一个人喝有余，不如来个约定，咱们一起在地上画蛇，谁先画完谁喝这壶酒。'公平竞争，大家赞成。比赛开始，一个人先画完了，拿过酒壶一边喝酒，一边继续给蛇画足。这时另一个人也画完了，一把夺过其手上的酒壶：'蛇本来就无足，你画上足后那还是蛇吗？'遂一人喝下了这壶酒。画蛇添足者最终失去了这壶酒。"

昭阳："想要说明什么？"

陈轸："今君上以大司马的头衔攻打魏国，破军杀将，夺其八城，意气昂扬，移师向齐，齐人震恐。就凭这些，将军就足以显身扬名了。若不知适可而止，再杀齐灭将，万一败下阵来，不但官爵不保，还会招来杀身之祸。这不就是跟那个画蛇添足的人一样的结局了吗？"

昭阳以为然，遂决定见好就收，撤军奏凯而还。

陈轸洞悉人性自私的弱点，用现实的利害关系打动了昭阳，达到了不战而屈人之兵的目的。

九、鼎盛

昭阳带兵还朝后，因着"楚魏襄陵之战"的空前胜利，楚怀王没有追究其放齐不伐，还将位于今兴化一带的"古渤海之地"封给了他，可谓极尽尊荣。后人有联赞曰："渤海镇军压六王而霸楚，阳山食采留三户以诛秦。"

八十九

楚王后宫张灯结彩，喜气洋洋。

楚怀王自从经历了巫山云雨的美妙意境回纪郢后，便将郑袖当作了巫山神女的化身，宠爱得不得了，捧在手上怕摔了，含在嘴里怕化了。"郑袖一支舞，倾国又倾城"，怀王尽日看不足。天天如此四五年，直到楚大司马昭阳伐魏，夺取了魏国的十五城，魏为改善与楚的关系，在宗室中妙选了一位绝色美人献给怀王后，这一情况才有所改变。

这魏美人年方一十七岁，生得明眸皓齿，面如桃花，嫣然一笑，摄人心魄；阿娜体态，妙曼风姿，娉娉袅袅，令人陶醉。楚怀王如获至宝，天天与其腻在一起，碧水池边，花前月下，处处留下了他们的身影。

宠姬郑袖见魏美人横刀夺爱，心中很是不爽，表面上却装出一副欢欣的样子，像大姐姐一样关心美人，照顾美人；衣服玩好，择其所喜的送给她；宫室卧具，择其所好的配备给她。对她的关爱照顾，甚至超过了楚怀王。

楚怀王由诧异到感动，对两位美人说道："妇人以色事夫，相互妒忌是人之常情。今郑姬知道寡人喜爱新人，却能爱新人胜过爱寡人，寡人甚感欣慰！"

郑袖："谢大王的褒奖，臣妾做得还不够好。"

魏美人："谢谢姐姐的关照！"

看着两位美人如此地柔情蜜意，一阵甜味涌上心头，楚怀王一阵哈哈大笑。

郑袖知道怀王已经深信自己不是那种喜欢妒忌的人了，便开始实施自己的计划。

一天早晨，魏美人前来请安，郑袖看着美人挺直秀美的鼻梁，粉面桃腮的脸庞，秋水盈盈的秀目，心中顿生一丝醋意，脸上却漾着笑容，一把拉过她的小手，对她说道："妹妹，你真是个人间的尤物，大王爱死你啦！只是有一点点小的遗憾，大王不是很喜欢你的鼻子。"

魏美人："啊！那怎么办呢？"

郑袖："姐姐告诉你一个扬长避短的方法，以后侍奉大王时，妹妹就将鼻子轻轻地掩饰一下，这样就更加完美了。"

魏美人感激郑姬的一片好意，再见到怀王时，均要轻掩其鼻。开始怀王并没有在意，次数多了，便感到有些奇怪，问郑袖道："魏美人最近见了寡人，总要轻掩一下鼻子，不知是何缘故？"

郑袖："魏美人曾对臣妾透露过只言片语，但不好对大王明说。"

楚怀王："但说无妨。"

郑袖："这……"

楚怀王："就是恶言也不妨告之，寡人自有分寸。"

郑袖："好像是说大王身上有异味，闻之不爽。"

楚怀王："大胆刁妇，寡人待她一片真心，她竟敢如此轻慢寡人！来人，将此刁妇拖下去，处以劓刑，以此作为对逆命者的惩戒。"

魏美人大哭道："大王，臣妾冤枉啊！"郑袖在旁一阵冷笑。

连日来楚怀王的心情一直很不好，既放不下自己亲手毁掉的那个百媚千娇的美娇娘，一想起她那面薄难胜泪的楚楚可怜相，就心如刀割，可又恨她挫伤了自己的自尊心。正在心烦意乱之际，内侍报说左徒屈原采风回来了。

楚王宫大殿前高高的台阶上，大臣们正陆陆续续地登阶进殿早朝。

屈原此次到宛城一带采风，体察民间疾苦，了解军营生活情况，掌握了大量的第一手资料。在此基础上，考量怀王和众大臣的意见，对新法草案进行了全面的修改。这次议论若再无新的意见，便可以在全国颁布施行了。眼看自己奋斗多年，九易其稿的成果就要变成在楚国通行的法令，屈原无比兴奋，走路都带着风。

上官大夫："左徒大人，请等等我。大人春风得意，走路带风，可谓走一处亮一处呀！"

屈原："上官大夫有何见教？"

上官大夫："听说你的'宪令'稿子已经修改好了，特向你表示祝贺！老夫有个不情之请，这个稿子能先给我看看吗？"

屈原："上官大夫不是一直反对'造为宪令'的吗？这个弯怎么转得这么快呀！"

上官:"咱也来支持一下新生事物嘛。"

屈原:"马上就要朝拜大王了,还是请上官大夫同大王一起审议吧!"

上官:"我也考虑了几点意见,请把它加上去好吗?"

屈原:"请讲。"

上官:"也就三点:不革掉世族爵位;保留殉葬风俗;扩大封君的数量。"

屈原回道:"上官大夫所列举的这几点意见恰恰是这次新法草案中要改革的内容,过去对此提议也多次否定过,你这是来支持变法还是来添乱啊?"

上官:"你就是不为公考虑,也要为自己考虑一下呀!"

屈原:"恕屈某不能从命。"

上官大夫狠狠地啐道:"哼!看你能的,咱们走着瞧。"

朝堂上,楚怀王无精打采地说道:"这几天忽冷忽热的,影响人的心情。左徒回来了,你那个宪令搞得怎么样了啊?"

屈原:"禀大王,已全部修改好了。"

楚怀王:"那你先念念,之后各位再议一下。"

屈原念过之后呈给怀王。上官大夫迫不及待地出班奏道:"屈原大夫的这个总体方案是越改越差,真乃是才高学陋呀!"

昭滑:"请你不要进行人身攻击,明明是越改越好,怎么是越改越差啦?你是在嫉妒屈大夫的才能吧!"

上官:"你们还不知道吧。大王让屈大夫'造为宪令',这是多么大的恩宠呀!可这个屈大夫竟然恃才傲物,把制订法令的事情当作他家的私事。譬如前些时修订的几项单行法令,只要每发出一项来,他就炫耀说这是他自己的功劳,还逢人就说:'这事除了我,没人能做得出来。'"

楚怀王心中一阵烦躁:"有这等事?"

靳尚:"微臣也听屈原大夫说过这样的话,甚至还说过有人德不配位,不纳忠言。他表面上是为了大王,实则是抛开祖宗,架空大王,另起炉灶,图谋不轨呀!"

宵小们炸开了锅。

屈原:"你们这是在血口喷人!"

楚怀王的积怨膨胀了起来。宫内的那个贱妾仗着有几分姿色,嫌弃寡人;宫外的这个屈原又仗着自己才高气傲,欺侮寡人,这还要不要人活啦:"屈原大夫！寡人究竟做错了什么？你们要把寡人怎么样？"

屈原一头雾水："微臣只是想要大王做圣明天子，称霸诸侯，一统天下。"

楚怀王："言不由衷，假公济私！寡人如此信任于你，升任你为左徒，要你造为宪令，你竟然目无寡人，与宫内的那个贱妾有何区别？"

屈原："这是哪跟哪呀！微臣一心为楚国，与贱妾何干？"

楚怀王："住口，你太放肆了！你仗着才高气盛，摇唇鼓舌，看不惯这，看不惯那。有你在朝，群臣不安，寡人受累。从今日起，免去你的左徒职务，谪为三闾大夫，职司宗社之祭酒，迁汉南之鄢郢，无诏不许回栽郢。"

屈原："大王！"

群臣："大王英明！"

天低回，雨蒙蒙，屈原怀着郁闷的心情，在第一次遭流放的路途上，吟成了《思美人》一词，以香草美人比喻怀王，寄托对其思念的情怀，希望其悔悟："思美人兮，擥涕而伫眙。媒绝而路阻兮，言不可结而诒。……"想念那完美的人哟，我在这里收泪把你凝望。路断人稀呀，心中好多的话儿怎对你讲。

直到怀王十一年，苏秦再约合纵，会合山东六国共同攻秦，以楚怀王为纵长，屈原才奉诏回纪郢，作为楚使出使齐国，以结齐楚之好。此是后话。

九十

襄陵之战不久，令尹昭滑被调往楚东南的吴越故地做"统战"工作，并监视越国残部的活动，楚怀王将昭阳由大司马擢升为令尹。一时间，昭阳令尹府的风光无限，前来投奔的人络绎不绝，其中便有一个破落户叫张仪。

魏国人张仪虽然家境贫寒，却极有上进心。他年轻时帮人抄书，遇到没有见过的好句子，便将其写在掌中或腿上，晚上一回到家中，即折竹刻写。久而久之，这些警言美句便汇集成了一捆捆的"册子"，时人遂以"折竹"或"张仪折竹"来赞扬他勤奋学习的精神。

一次抄书回家的路上，碰到一群人在街上抽打一个青年汉子。张仪见此人生得一表人才，觉得奇怪，便问众人为什么要打他。众人说这个汉子是个贼，几次来偷窝头吃。张仪让众人住手，有的还不依，张仪说："莫欺少年穷呀！"

转过身来问青年汉子为何沦落到如此地步。这汉子说自己叫庞涓,要到琪县云梦山的鬼谷洞去拜师学艺,中途盘缠用尽,已经三天没有吃饭了。

庞涓说的这个鬼谷洞的鬼谷先生是老子的学生,俗名王禅,是个奇人。老子精研出世之学,达到了羽化登仙的地步;鬼谷子专研入世之学,道、兵、纵横、阴阳五行无所不通,极尽出将入相之精髓。张仪当下便动了心,随即向众人赔了罪,帮庞涓付了几个窝头钱,并将自己抄书好不容易赚的一点钱拿出来作盘缠,两人一道进山拜鬼谷子为师。庞涓、孙膑等专修兵法,张仪、苏秦等专修纵横之术,都学得了一身好本领。张仪出师后,虽然胸有谋略,能说善辩,但因家贫无钱上下打点,得不到要人的推荐。眼看在魏国没有自己的出头之日,反复权衡之下,便跑到了当时最有希望胜出的楚国,在权势熏天的昭阳令尹府当了一名宾客。

一天上午,昭阳在府内的花园宴请宾客,宴席就摆在园中的玉带河边。美景加美酒,宾客们的情绪高涨,一个个推杯换盏,喝呀,喝呀,喝到高潮之处,内中一人忽然高声提议道:"听说令尹大人府上的和氏璧乃先威王所赐,晶莹剔透,精光四射,能照见人的心思,安慰人的灵魂,人若亲见其宝,不是升官,就是发财。大人能不能将它请出来让我们也见识见识呀!"

宾客们都想看稀奇,齐声叫好。这个说:"这和氏璧如此奇妙,能看上一眼这一生都值啦!"那个说:"大人一向礼贤下士,就让我们见识一下和氏璧的真容吧!"

经不住众人的软磨硬泡,昭阳让管家从夫人那里捧出和氏璧。众人一拥而上,瞪大眼睛看着那散发出蓝晶晶光亮的和氏璧,纷纷赞叹不已。

正在大家得意忘形地赏玩的时候,突然"哗啦"一声,宴席旁边的玉带河的绿波上面,蹦出了一条金色的大鲤鱼,之后又接连二蹦、三蹦、四蹦,一些小鱼也跟着凑热闹,在一旁跟着蹦来蹦去。宾客们都看呆啦,一个劲地喝彩。有看热闹不嫌事大的还往鱼群中投掷食物。这当儿,昭府管家向一个贼眉鼠眼的厨师使了一个眼色,厨师连忙从他人手中接过和氏璧,若无其事地溜开后又跑了回来。正在这时,呼啦啦的一阵天降大雨,众人一阵慌乱,如鸟兽散。

"哎呀!这和氏璧在哪儿呀?"管家顿时惊叫了起来。

厨师:"刚才还在人们手中传来传去,那传到什么人的手上去了呢?"

昭阳听说不见了和氏璧，顿时慌了，几百年的镇宫之宝呀，大王知道了，那还了得！连忙布置手下的人清查，查来查去，一点儿影子都没有。

管家："禀相爷，现府内外都在说门客中的张仪贫而无行，尽会耍嘴皮子，很遭人厌恶，盗相爷之璧者定是此人。"

昭阳见说，也觉得张仪可疑。便叫手下的家甲将张仪抓了起来，不断地用鞭刑拷打他，打一鞭问一句："和氏璧放在哪儿啦？""你招是不招？""不招就打死你！"一下、二下、三下，一直打了数百下，直打得他皮开肉绽。

强盗好做不好赖呀！张仪知道要是招认了，更脱不了身，到哪儿去找和氏璧还他呢？没有活路了，只能横下一条心，任凭打死也不能招认。昭阳见其被打得血肉模糊、奄奄一息了还不招认，知道这人是个狠角色。好歹人家也是个士子，听说还是鬼谷子的人，真要把他打死在府上，会影响自己的名声，只好下令放了他。

张仪被其他宾客抬到了自己的家中，妻子见他被打成这般模样，伤心地哭着说他道："你今天受人家这样的责辱，都是因为你爱读书爱游说惹的祸，要是安安心心地在家务农，哪有这样的事儿啊！"

张仪安慰妻子道："不要哭，我的人生就是在这样的屈辱中走过来的。"然后张开口对他妻子说道："你来看看，我的舌头还在吗？"

其妻看到丈夫这副惨样还同自己开玩笑，便止住了哭泣，心疼地说道："这舌头倒还在，没有什么大碍。"

张仪说："那就没事了。舌头就是我的本钱，只要我的舌头还在，终究会有出人头地的一天。"

经过这么一番闹腾，张仪在楚国可就待不下去了，只好暂时将妻子留下，自己回到魏国故乡去等待时机。听说自己的同门师弟苏秦在赵国担任了相国，便想去投奔苏秦。

此时苏秦在赵国也遇到了困难。秦惠文公派大良造公孙衍攻打魏国，生擒了魏将龙贾，攻克了魏国的雕阴，并打算挥师继续向东挺进。苏秦此时在赵国，合纵基地也在赵国，值此合纵成败的关键时刻，不能让秦国给搅黄了。于是便决定智激师兄张仪入秦秉政，以帮助自己维护处在萌芽状态中的关东六国联盟。

张仪来到赵国后，一连几天都没有见到苏秦。一直等到第五天，才传下话来,安排张仪从侧门觐见。

张仪进门后,又传下话来,老爷正在办公务,就在偏房里等着。直到中午时分,苏秦办完公务,才接见张仪,见面也不寒暄。

"你远道而来,还未吃饭,请在堂下吃饭吧!"

仆人端来饭菜,苏秦面前堆满了山珍海味,张仪面前只有一肉一蔬。

苏秦吃饱喝足后,将剩下的菜分给了下人,也要比张仪吃的好得多。

这不是活生生的羞辱人吗?吃完饭后,苏秦才装模作样地召见张仪。张仪此时再也忍不住胸中的怒气,站起来大骂苏秦道:"你这人不讲同门师兄弟之情也就罢了,为什么还要这样羞辱于我?"

苏秦:"以你的才能,我以为你早就发达了,谁知道你竟是这样的没出息。我想向赵王举荐你,让你来同享荣华富贵,只是担心你的志气和才能已经消磨殆尽,到头来会连累举荐你的人呀!"

张仪听后,气愤地说道:"大丈夫以自强立身,自会去追求富贵,就算我眼瞎吧,再也不会来求你什么了!"

苏秦:"你既然可以自求富贵,就不该到我这里来。这样吧,念在同门师兄弟的分上,赞助你一块黄金吧!"

张仪接过金子后将其丢在地上:"谁要你的嗟来之食,记住你今天干的好事。"说罢气冲冲地走了。

苏秦似笑非笑地摇了摇头:"脾气还挺大的呀!"

张仪回到家中,刚好遇到以前认识的那个贾商人来访。贾商人知道张仪的遭遇后,问他有啥打算。

张仪:"秦国的发展前途无量,在下想去秦国,以后混个出头之日,好报今日之仇,只是囊中羞涩,没有路费呀!"

贾商人:"秦国也有你的同门兄弟吗?"

张仪:"没有,只是想去碰碰运气。"

贾商人:"你如果去其他的国家,我没有办法帮你。明天我正好去秦国装货,你可以同我一路做个伴,路上的开支就不用你发愁啦!"

张仪谢过他的好意,跟随着贾商人一起入秦。

张仪到了秦国后,经过贾商人的疏通,秦惠文公召见了张仪。张仪逮住了这难得的机会,大谈秦国统一的前景和目前应对的策略。声称秦现在与楚、齐并列为三强，自保可以，称霸很难，只有运用"连横"之术，借力打力，各个击破，才能最终取得胜利。一番话说得秦惠文公连连点头，当即封张仪为客卿。

张仪得到官职后，立即前去感谢贾商人的赞助之恩。

贾商人却说："你不要感谢我，要感谢就感谢苏秦吧！你那天赌气走了之后，苏先生对我等说：'张仪是天下贤士，吾不如他。当今只有张仪能握住秦国的权柄。吾恐其乐小利而不去秦，故召其辱之，以激其意气。请你前去帮他一程吧！'"

张仪一下子惊呆了："我直到现在还蒙在苏秦的计谋里，看来是我不如苏秦啊！"

张仪的到来，使大良造公孙衍感到不适。二人也是同门兄弟，一个主张连横，"事一强以攻众弱"；一个主张合纵，"合众弱以攻一强"。观点不同，时常发生冲突，秦惠文公又偏向张仪。公孙衍一气之下，辞职来到了魏国。

楚魏襄陵之战后，魏惠王见楚怀王的势力已经压倒了齐国，便与韩宣惠王一道迅速地倒向了楚国，表示魏国一直是跟随楚国的，秦国再怎么强迫也不能使魏国脱离楚国，以此劝楚怀王伐秦。刚好这时公孙衍来到了魏国。

魏惠王："公孙先生来到魏国，是魏国之幸事！现魏国国力日弱，三面强邻环视，正要请教先生的解困之法呀！"

公孙衍："现在秦国日渐坐大，是对魏国的最大威胁，目前解困的唯一办法是合纵抗秦，利用六国的力量打败秦国，赢得魏国的生存空间。"

魏惠王："寡人也有此意，苏秦先生也联系了燕国、赵国和楚国，寡人任你为相国，请你与他们一道促成此事。"

公孙衍："谢大王！为整合各国的力量，协调军队的行动，还需要公推一名纵约长。"

魏惠王："目前六国中楚国的力量最强，就请楚王当纵约长吧！"

经过一段时间的联络工作，除齐国拒绝外，楚、魏、赵、韩、燕五国都加入了合纵阵营。

再说秦国朝堂挤走了公孙衍后，张仪登上了相邦之位。之后不久，张仪禀过秦惠文公，派使者给楚怀王送来了一札书简，表示要接自己的妻小归秦，并陈述了当年被诬盗璧遭辱之事。

楚怀王正在朝堂上议事，看完书简后，有些生气地说道："张仪穷途末路来投奔楚国，怎么能这样对待人家呢？秦使明天便可以到张仪的家中去接走其家小。令尹也要回家自省，看来楚国的弊政不少，不变法是不行了。"

昭阳在朝堂上甚为尴尬，千算万算为己算，最后还是栽了，回家不久即发病去世。上官大夫、靳尚之流则乘虚挤进了怀王的宠臣之列。

楚怀王十一年，经过公孙衍、苏秦等人的一番神操作，魏、赵、韩、燕、楚五个合纵国决定伐秦，并公推楚怀王为纵长，楚令尹景翠为"前敌总指挥"，屈原负责军需物资的调配。东周天子赐胙肉于楚怀王，表示对楚怀王盟主地位和伐秦行动的认同和支持。公孙衍甚至还与秦国大后方的义渠王约定："秦国若不惜用金钱美女对其进行笼络时，便是各国对秦讨伐之时，义渠王可利用秦后方空虚之机，起兵对其进行袭击，占领其土地。"

这一次合纵伐秦的战争打响之后，楚军在商於一线对秦军发起了进攻，夺取了新隍、於、长亲地区；义渠王亦乘机起兵击败了后方留守的秦军，策应正面战场的行动。魏、赵、韩三国出兵函谷关一线与秦交战，被秦军击败并被其包围，其中魏国蒙受了较大的损失。

在秦的压迫下，魏、韩、赵三国派出使者惠施出使楚国，要求楚怀王与秦国讲和，以便于魏、韩、赵联军的安全撤退；东周大臣杜赫也受秦的胁迫出使楚国，对楚怀王说道：楚国是"东有越累，北无晋，而交未定于秦、齐的孤楚"，希望与秦国和谈。楚怀王只好接受既成事实，安排五国退兵。

次年，秦国大将樗里疾，因其之后以功封到四川严道县，称严君，本书依例称其为严君疾，率军反攻魏国，与魏、韩、赵联军在位于今河南原阳的修鱼交战，重创魏军主力，斩首八万；接着秦军又追击三国联军到达位于今河南清丰的观泽再败韩军，斩首三万，俘虏韩将申差。

第一次五国合纵攻秦就这样失败了。

五国合纵攻秦的失败，第一次使楚国君臣认识到自身的不足，平时熟视无睹的一些事情，现在都成了越来越刺眼的问题。在一次朝会上，楚怀王又提出要进行全面的变法。这年即是楚怀王十二年。

楚怀王："这次五国攻秦，一国从秦后方策应，还是以败局收场，原因在于人心不齐，自身不硬。楚国自吴起变法至今，已近百年，该全面梳理一下啦！"

三闾大夫屈原奏道:"秦国的商鞅变法比吴起的变法全面、彻底,造就了今天强大的秦国,多国联合起来也对其无可奈何。"

上官大夫:"屈原大夫,请你不要长他人志气,灭自己威风,我看不出秦法比楚法好在哪里。"

景翠:"打仗首先靠的是国家的兵力和经济,其次是统帅的谋划布局和战场上的灵活应对。以此来看,秦国现在比以前确实强大了许多。"

楚怀王:"屈大夫,你认为变法的内容主要有哪些呀?"

屈原:"微臣认为首要的是确立国家的大政方针。楚国的大政不能仅仅着眼于称王称霸,而应该着眼于消除纷争,扫除战乱,一统天下,施惠于民。这样的大政即是最大的美政。方针即是围绕这一大政制定的根本性的政策和策略。而这两者都要通过'造为宪令'的形式把它确定下来,代代相传,作为美政实践和判别的标准。避免东一榔头,西一棒子。"

景翠:"说得好!那第二呢?"

屈原:"第二是美政的具体内容,主要是奖励农耕,奖励征战,明定赏罚,移风易俗。其中奖励农耕就是为了发展生产,增加赋税,富国富民;奖励征战是为了加强军事战略装备,加强训练,精兵强将;明定赏罚是要制定公平、公正的赏罚制度,严明奖惩,使百姓不论是务农还是应征入伍,都有盼头、有奔头和有干头,使臣下和百姓心甘情愿地竭尽全力干好分内的事情;移风易俗是由朝廷倡导,地方长老和社会贤达带头示范的健康风俗时尚,以取代旧的野蛮风俗和贪婪习惯,如在乡民之间讲仁爱,讲礼仪,讲谦让,讲互帮互助,厌恶强取豪夺、仗势欺人、不讲孝道等。"

靳尚:"还有第三?"

屈原:"有。第三是保障美政实施的制约措施,如破除世卿世禄、举贤任能、反壅蔽、禁朋党、修明法度,做到'循绳墨而不颇',将贵族政治转化为贤士政治。其中所谓的举贤授能,就是要反对世卿世禄,限制旧贵族对权位的垄断,把真正有才能的人选拔上来治理国家;所谓的反壅蔽,就是要破除君、臣、庶民之间的沟通障碍,打破君王被奸佞包围的状态;所谓的禁朋党,是要防止贵族之间、官僚之间结党营私,党同伐异,对不同政见的臣僚大肆攻讦;所谓的循绳墨而不颇,就是法不阿贵,限制旧贵族的种种特权。"

上官大夫:"你的这个变法方案是不是要把祖宗的成法都推倒重来啊?"

屈原："法令也要符合时势的需求，老祖宗的成法不适合大争之世的需求，推倒重来又有何不可？"

靳尚："秦也要统一天下，你也要统一天下，这不是以暴易暴吗？"

屈原："统一天下是大势所趋，最终看鹿死谁手。夺取天下后若行仁政，这个以暴易暴便算值。总的来说，楚文化有家国情怀，有仁爱包容之心，有不屈的精神气质，楚夺取天下比秦夺取天下更有利于天下人。"

上官大夫："还什么仁爱包容，你包容了老贵族了吗？"

靳尚："你恨不得把老贵族赶尽杀绝呀！"

屈原："包容是有前提的，那就是有利于人们的自生自存。楚老贵族尸位素餐，抱着既得利益不放，拒不改革，包容你们，国家就会日渐沉沦，跟上次吴师占领鄢郢一样，不仅庶民的生命难保，连你们自身的身家性命也难保。这种包容要得吗？"

楚怀王："好啦！好啦！屈大夫刚才讲述了这次变法的方案，如果没有新的意见，就请屈大夫拿下去继续完善成为宪令，待下一次朝会讨论通过后向全楚颁行。"

九十一

楚国百万大军的开销离不开钱，钱从哪里来？除了农业税之外，还有工商业税。除最底层的小农自产自销和贩夫走卒、引车卖浆者的不确定性买卖不好收税外，城镇工商户按户头收税；游商收取市税和关税。市税是在商品交易时所收的税，关税是商品运输经过水陆关口时所收的税。

楚国最迟在康王时期就设立了关衙，其职官称为"司截"，亦称"关截史"，是楚国下层负责收税的小官吏。司截按朝廷指定的时间征收坐商税和市税。对于纳税超过时限的工商户，司截有权进行滚税加利，称之为"截关"。所收的税收经核准后全部上缴给大府，大府主官为府尹，即税务总局局长。关卡只对游商收税，其中的免税户虽然不向关卡纳税，但最后还得统一向大府纳税。

楚国鄂东南大后方地处江汉水路要冲，物产丰富，货运发达，有利于行商做生意。做生意既能赚钱，还能搞活地方经济。楚人喜欢干这事，做生意的不但有私商，还有官商。

在金牛邑鄂君城外的湖边码头,装满一百五十艘土特产的商船准备启航。这时,一位贵人在众人的簇拥下走到了湖边,一位管家模样的人带着五位船头来报到:"启禀君上,货船已经准备完毕,上水到纪郢二十艘,到汉中三十艘,到沅湘三十艘;下水到江淮三十艘,到江南四十艘,等待启航。"

贵人是楚怀王的胞弟熊启,被封为位于故都鄂郢的鄂君,都城在距离鄂郢故城南面七十里地的金牛邑,与金牛邑官船码头毗邻的即是鄂君城,亦称鄂王城。

与以往鄂邑封君不同的是,熊启既是封君,也是行商,同时还负有收集全楚各地情报的职责,相当于"楚情局"局长。

鄂君启:"上江到纪郢的货物,是直供王宫使用的,本府管家要随船监督;其他运往各地的货物均由各班船头负责。金节在此,各班船头前来领取一副;沿途注意安全,遵守礼法,不得接受地方官吏的宴请。"

管家、船头:"得令!君上但请放心,吾等一切照办。"

船头接过鄂君随员递来的金节,管家和船头各领着上、下船队,即刻开船。

官商是与政治挂钩的,官商手持的金节是朝廷颁发的通行免税凭证,金节的开篇都要标明一句"大司马昭阳败晋师于襄陵之岁"的形势大好的话。鄂君启拥有两组青铜节,一组是水路通行证,一组是陆路通行证。金节的铭文规定,每次水运不超过一百五十条船,陆运不超过五十辆车,到年底均要年检一次,通过年检后才能继续使用。其中陆路如用马、牛等牲畜驮载货物,则以十匹马拉的货顶一车;如用肩挑,则以二十担货顶一车。舟、车在规定的路线和数量内往来运输,可以免税;超越部分则不免税。

当时楚国已是西起大巴山、巫山、武陵山,东至大海,南起南岭,北至今河南中北部、安徽和江苏北部、陕西东南部、山东西南部的幅员辽阔的大国,鄂郢处在全楚的中心位置,通往全楚各地的水路交通十分便利。仅舟节规定的就有四条航线:西北线以汉江为主干道,自鄂邑过梁子湖,上汉江,经鄢郢,到达汉中;东线从鄂邑入江东到吴越;南线从江上入湘江、资水、沅水,到达湘西、桂东;西线自鄂邑溯江而上,经木关到达纪郢和巴蜀。

鄂邑通往南国的陆路交通要逊色一些,须先用船将货物运到水陆码头,再用货车转运。如商代从鄂方到洛邑,须先将鄂邑的铜、锡、铅、犀甲经鄂渚过长江运到盘龙城,再用车马从陆路将其运到洛邑。到楚熊渠之后,也依此惯例

九、鼎盛

开辟了四条车载路线：北线自鄂郢经阳丘、方城，到达河洛；西北线经方城、兔禾关，到达商邑；东北线从方城经繁阳、商丘，到达豫、皖；东线经下蔡、居巢，到达江淮地区。

中华大地物产丰富，太行山以西富有木材、竹子、楮木、野麻、旄牛尾和玉石，太行山以东多出海鱼、盐、漆、丝及音乐、女色，江南盛产楠木、梓木、生姜、木犀、金、锡、铅、丹砂、犀牛角、玳瑁、珠玑、兽角、皮革，龙门山、碣石山以北广产马、牛、羊、毛毡、毛皮和兽筋、兽角。除此之外，楚地还有大宗的民生用品如水稻、鱼鳖、莲藕、茶油、葛布、麻布、丝织品、生漆、桐油、陶瓷器物、铜铁农具、水牛。这些都是互通有无的贩运对象。

楚廷大工尹根据水陆运输线路和各地的物产分布状况，制作的"鄂君启节"是一式五份，贩运物品据行情而定，需要什么就贩运什么，只有用来制造兵器的金、革、黾、箭等材料被列为禁运品。

行商的发展还催生了货栈和客栈行业，促进了货币的完善。楚国是战国时期唯一具有金、银、铜三种铸币的国家。楚铜币主要有贝形币、布币、刀币和钱牌，著名的有鬼脸钱、蚁鼻钱；金币有郢爱和陈爱等。

这天傍晚，一支过长江行汉水的船队到达鄢郢的水关码头，将船抛锚停靠后，各船留下船老大照管船只，船头和两位随从带着金节来到关口。守关的门吏见是鄂君的船头到了，连忙打躬作揖道："张头领一路辛苦，这趟到哪里去发财呀？"

张船头："奉差跑一趟汉中，请王门官到船队巡视一趟呀！"说罢递上金节。

王门吏将张船头三人让到门房，拿出另一半金节与其合上后，将原件还给张船头，接着便招来两位关丁，与张船头三人一起到江边查验船只和货物。

张船头："这一溜排着的是本次航运的三十艘船只，请清点后上船查验货物。"

王门吏清点后对两位关丁吩咐道："去逐船检查一下所载的货物，看有没有违禁物品？"

门丁："是。"

王门吏拱手道："王命不敢违，多有得罪呀！"

门丁："都检查过了，没有违禁物品。"

王门吏将验收牌照递给了张船头："我早就知道不会有什么违禁物品，只不过例行公事而已。张头领，请到前面小酒馆坐一坐，在下请客！"

张船头:"多谢啦!朝廷有规定,咱可不敢破例呀!我们马上到货栈去看看货物的分销情况,就在内面吃饭住宿,明天一早开船去汉中。"

王门吏:"那多保重呀!"

张船头:"多谢!"

鄂君启的商船队在江上轻轻的薄雾中悄然地向前穿行。

九、鼎盛

十、沦落

秦国在函谷关打退了五国联军之后,秦臣之间却在乘势出兵函谷还是南下西南的方向上出现了争执。

九十二

这天早朝,秦国君臣正在专议秦军下一步进军方向的议题,老秦人说话办事干脆利落,直奔主题。

秦惠文公:"山东六国对我们剑拔弩张,我们也是箭在弦上,不得不发。下一步是我们走出关中的亮相,进军方向很关键,请诸位发表各自的高见。"

司马错奏道:"臣下认为应该南下攻打蜀国。"

张仪奏道:"不如乘胜攻打韩国。"

秦惠文公:"请你们都说说各自的理由,让寡人听听。"

张仪:"臣主张先与魏、楚两国表示亲善。然后出兵占领伊水、洛水、河水流经的三川之地,即韩国的三川郡,堵塞轘氏、缑氏两个隘口,挡住其通往屯留的道路。再后让魏国出兵切断南阳的通道,让楚国派兵逼近南郑,我秦军则进击新城和宜阳,兵临东、西周的近郊。最后乘机侵占楚、魏两国的土地。周王室知道大势已去,一定会交出九鼎和宝器。我们占有了九鼎,掌握了地图和户籍,挟天子以令诸侯,天下就再也没有敢于与我大秦抗命的人了。"

司马错:"相邦所论应是下一步的事情。现在大王的土地少,百姓贫困,应先从容易办的事情做起。蜀国是西南的偏僻方国,以戎狄为首领,秦军去攻打它，犹如豺狼驱赶羊群一样，能轻松地得到它的土地和财富，使秦国的百姓富足。若现在去攻打韩国，胁迫天子，天子自知要失去九鼎，韩王自知要丧失三川，定会联合起来，依靠齐国和赵国，把九鼎送给楚国，把土地送给魏国，一心跟我们干仗。这样秦国就危险了。攻打蜀国则没有那么多的负累。"

秦惠文公："国尉和相邦都是高人高论，国尉说的似更切合实际一些。"

张仪："蜀国是挟在秦国腋下的一只笨虎，什么时候去收拾它不行啊，非要这么急么？"

司马错："相邦只知其一，不知其二。得蜀即是得楚，楚国人才济济，应该有人看到这个问题，时不我待，迫在眉睫呀。楚威王十二年，威王派朝阳、屈武两路大军分别进攻蜀国和滇黔，兵锋已经深入到了蜀国境内五百里。要不是上天不佑楚国，让威王此时一命呜呼，楚国的西南土地早就与汉中、商於之地连成一片了。如果是这样，秦国还有什么发展空间？"

张仪："新任楚王有点书呆子气，只满足于稳定巴黔，哪有那个眼光啊！"

秦惠文公："趁楚王目前还没有回过神来，寡人先按司马国尉的意见办理，进军巴蜀，往楚国的右肋插上一把尖刀。今命司马错为征南大将军，整军出征西南，讨平蜀国！"

司马错："遵命！"

公元前316年，司马错率领秦兵伐蜀，大获全胜，之后不久再一次率秦兵入蜀平定叛乱。至此，沃野千里，天府之国，尽入秦手。秦在蜀地置三郡十八县进行治理。

楚国为了应对秦国咄咄逼人的攻势，积极与齐国结盟，令上柱国景翠统帅大军驻屯于韩魏边境。景翠定计水淹曲沃，斩断了秦军进攻六国的一个前沿基地；楚三大夫率领的楚军协同齐军，包围了秦军进攻六国的另一个前沿基地於中。这两处的边关原来是魏、韩之地，这次从秦军的手中将其夺回，也就从气势上控制了魏、韩两国。由此形成了一道封锁秦国东出的封锁线，使东出争霸的秦军屡屡受挫。

实力大增的秦国不甘心龟缩在关内，开始以文武两手化解关外六国的威胁：一手是调兵遣将，出兵魏、韩两国边境，向其施加压力，迫其屈服于自己；一手是让秦相张仪入楚，施展外交欺诈，诱使楚怀王主动与齐国断交，以打破齐、楚两国对秦国的封锁。

此时屈原已胜利完成了出使齐国的使命回国,向楚怀王报告了齐、楚结盟和进攻秦国的成果。

楚怀王大为满意:"这次楚、齐、韩向秦国进攻的成效显著,封死了秦国东出侵犯六国的道路。这步棋我们走对了,屈大夫此次立了大功,以后还要将更重要的事情委任你办理。"

屈原:"联齐攻秦应作为楚国以后的战略决策,不能轻易改变。只有把秦国打垮,才能使楚国占据绝对优势,完成统一大业。"说着便向怀王呈上自己日夜辛劳起草的变法总体方案。"这已是最后一稿的方案,大王看后提出修改意见,如无新的意见便开始颁行。"

楚怀王粗略看过后说道:"很好!很好!"

屈原:"这次造为宪令,修明法度的内容进一步明确了楚国的大政方针,如四海一家,华夏一统,消除战乱,与民休息,建设美好家园等,其后分列了上次议定的各项内容,可算是九易其稿,慎之又慎呀!目前最重要的策略是要联齐抗秦。"

楚怀王:"好!好!弄好之后将此宪令编入《鸡次之典》,铭于金鼎之上,作为万世之规。"

屈原:"谢大王!微臣还有一事启奏。"

楚怀王:"请讲。"

屈原:"据齐王得到的消息,秦国目前已接到蜀、巴两国的邀请,准备借此机会向西南进军,夺取蜀地的千里沃野。如果让其这样的图谋得逞,无异于在我大楚的右肋插进了一把尖刀呀!"

楚怀王:"寡人也得到了这一消息,蜀国是一个主权方国,在我巴境之外,与我楚国有关系吗?"

屈原:"关系大着呀!蜀中平原沃野千里,天府之国,秦国若趁机出兵大西南,占领蜀、巴之地,粮食、兵员大增,国力不可同日而语,更是我大楚的劲敌。加之其兵锋直指我巫郡和扞关,一旦其舟师顺江而下进攻我楚国,半月之内即可打到我腹心地带纪郢,不可不虑呀!"

楚怀王:"屈大夫的意见?"

屈原:"派使臣前往蜀国,讲清秦国的战略图谋和利害关系,同时调派大军出扞关,入江州,帮助蜀国进击秦军。"

楚怀王:"这样可行吗?"

屈原:"完全可行!目前的态势对我大楚有利。楚齐联军已在函谷关对秦国构成了极大的威胁,我大军再挺进西南,与之互为掎角,可以对秦军进行致命的打击。"

楚怀王:"这,待寡人再考虑考虑吧!"

再说张仪与秦惠文公计议停当,便"辞去"秦相邦的职务,一身白衣秀士的模样,来到楚国。把车仗留在郢城外,带着两位随从,直奔上官大夫的府上,靳尚此时也在这里。

上官:"哎呀!是哪阵风把你这个大贵人给吹来啦?有失远迎呀!"

张仪:"敝人已辞去秦相职位,漫游林下,特地来看望老朋友啦!"

上官:"实不敢当!不敢当!但不知先生有何见教呀?"

张仪:"秦王念及二位大夫有心于秦楚友好的事业,特令外臣携来些许薄礼,望乞笑纳。"挥手让手下抬上两箱珍宝。

上官、靳尚:"哇!"

张仪:"这只是一点小意思,以后还有厚酬。只是希望二位大夫促成秦楚结盟,抵制奸佞小人破坏秦楚结盟的行径。这里还有三份珍宝,请转交给南后、郑姬和子兰公子。"

上官、靳尚:"好,好!一定,一定!"

张仪:敝人在城外客栈等待二位的消息。

上官、靳尚二人屁颠屁颠地把张仪已到郢都的消息报给了怀王。

楚怀王看重张仪的名望,迎之于纪郢城郊,赐坐后问道:"先生辱临敝邑,有何见教呀?"

张仪上前献谄言道:"外臣带来秦君的问候和关切,大王信义著于四海,功德昭于千秋,秦国君臣对大王极为敬重和佩服!外臣此次前来,就是为了恢复秦楚之间的友好关系而来。"

楚怀王:"楚国地大物博,黄金、珠玑、犀象出自于楚,寡人无求于秦国,与秦好与不好,只是你的说辞罢了。"

张仪:"交好总比交恶强呀!"

楚怀王:"不是寡人不愿意与秦结交,只是秦国豺狼成性,背信弃义,动不动就欺诈欺压他国,屠城绝杀,寡人因之不敢与秦亲近呀!"

张仪：“这还是要怪张仪过去少与大王沟通，以致造成了许多误会。张仪此次前来，就是要澄清误会，达成共识，恢复楚秦之间几百年的传统友谊。”

楚怀王：“那为什么要趁我军在前线与齐军大战之时，让商鞅夺取我商於之地，与楚交恶呢？你不是一直在蚕食秦楚共有的商於之地吗？”

张仪：“哎，对了！张仪这次就是为了解除这一积怨而来的。现在要说起来，秦楚两国之所以不能友好相交，是因为大王您与齐国的关系过于密切，而敝国寡君恰恰是最恨齐国。只要大王能关闭齐、楚口岸，毅然与齐国断交，那么今天就可以派大臣跟随着外臣去秦国，拿回曾经被秦国夺去的商於之地。”

楚怀王：“说得轻巧，吃下去的东西能吐出来吗？”

张仪：“这要从天下大势来看。今天下分为七国，然大者无过于楚、齐、秦三国。秦往东联合于齐，则齐重；往南联合于楚，则楚重。然寡君之意，是要亲楚而不亲齐。”

楚怀王：“齐、秦不也缔结下了婚姻关系吗？”

张仪：“齐、秦虽为婚姻之国，但互不信任。敝国寡君欲侍奉大王，张仪也愿意做大王门房里的看门小厮。若大王与齐国通好，犯了寡君之忌，那就只能与齐国联合起来对付楚国了。到那时大王还以为联合齐国对楚有好处吗？”

楚怀王：“那又怎样？”

张仪：“若大王能闭关绝齐，寡君愿将以前商君夺取的楚商於之地六百里归还于楚国，并将秦公的美貌公主嫁给大王作箕帚之妾，使秦、楚世为婚姻兄弟，以御诸侯之患，平霸天下。如此一来，齐国的势力就会大为削弱，大王凭着对秦国的恩德，世代享受秦国的贡奉，同时还可以现得六百里的土地，可谓是一箭三雕呀！”

楚怀王：“这是真的吗？”

张仪：“千真万确。”

楚怀王欣喜若狂：“先生果然是大才，一句话就说到了寡人的心坎上了，真乃是天助寡人也！”

张仪：“大王英明！”

熊横：“这个商於之地究竟是个什么鬼，会有如此大的诱惑力，竟能让咱大王不顾王者的尊严，去倾心于这片土地？”

太史：“秦楚之间虽然地界相连，却被三百多里宽的秦岭山脉将江汉平原与关中平原隔开，商於之地便成了连通两国的这两大平原的唯一通道，是秦、楚双方的要害之所在。"

屈匄："商於之地西有蓝田关，东有武关。秦国占据了商於之地，控制了丹水上游，退可以据守武关，进可以沿着丹水顺流而下，攻打楚国的国都鄢郢和纪郢。"

景翠："楚国控制了商於之地，进可以攻打蓝田关，退可以据守武关。蓝关距离秦国不过百里之遥，按楚军当时的行军速度，不出两日就可以兵临咸阳城下。"

楚怀王："列位大臣听清楚了吗？秦相国给我们带来的这个利好，如同天上掉下来了一个大馅饼呀！秦国若真肯归还楚国的商於故地，寡人又何必去珍爱区区的齐国呢？"

楚国群臣皆以为楚国能复得失地，是天大的好事，合词称贺！

这时大臣中有一人一直面带鄙夷之色，说客的这套颠倒黑白、似是而非，抓其一点，不及其余的手法太小儿科了，跑到这里来骗谁呀？只是这里的人见得少，这样的鬼话竟然还有人相信，于是便挺身出班奏道："不可，不可！以臣观之，此事只宜吊丧，不宜贺喜！"

楚怀王视之，发言者乃是客卿陈轸。

陈轸也是纵横家，是在秦惠文公面前与张仪争宠败下阵来投楚的，对张仪的底细一清二楚。

楚怀王道："寡人不费一兵一卒，坐而得地六百里，群臣贺喜，卿独吊丧，是何缘故呐？"

陈轸："大王以为张仪之言可信吗？"

楚怀王笑道："为何不信？"

陈轸："秦现在之所以看重楚国，是因为与齐结盟。今若放弃齐国，楚国就会自我孤立！秦不会再在乎一个孤国，到那时还割六百里的土地给你干什么？这是张仪的诡计，倘若楚国与齐国绝交，张仪就会翻脸不认人，到时候我们不但得不到土地，还会新结一个冤家。齐国怨恨大王不讲信义，反会依附于秦。齐、秦两国联合起来攻楚，其他国家也会附和，楚亡可待矣！这就是臣之所以要吊丧的缘故呀！"

楚怀王："诚信乃为人之根本，是圣人之教，一介平民说话也要讲个信用，难道堂堂一国的君主、一国的相国，会红口白牙地说瞎话欺骗寡人吗？"

陈轸:"如果秦国真心想和我们交好,那就先把商於的土地还给我们,然后我们再和齐国断交。如果是先断交,然后再去索取土地,一旦被秦国欺骗,就等于增加了楚国新的忧患。西边有秦国的忧患,东北边又增加了齐国的忧患,韩国和魏国也会来攻打我们。我为楚国而伤痛呀!"

屈原:"事出反常必有妖。商於之地是秦孝公和商鞅背弃信义从我们手中夺去的,会轻易地给我们送回来吗?"

张仪:"屈原大夫,请你不要算旧账,阻碍今日秦楚结盟之大局!听说你一直在与齐国勾勾搭搭,是不是有什么不可告人的目的呀?"

屈原:"张仪!你这个反复无常的小人,巧舌如簧的骗子!我奉大王之命出使齐国,有什么不可告人的目的?有不可告人目的的正是你!"

上官:"屈大夫,请注意你的身份,不要在国宾面前丧失理智。"

陈轸:"此事关系重大,大王一定要得到这块土地,可以先委派一位使节,代表大王跟随张仪前去秦国受地,让大将军屈匄率领楚军在边境集结,等六百里土地入楚之后,楚军马上进驻,而后再与齐国绝交也为时不晚。"

楚怀王:"这样做秦国会干吗?如果它不干,那我们不就白白地丢失了六百里的土地?这可是一块战略要地呀!"

屈原:"正因为是一块战略要地,才有如此大的诱惑力呀!陈轸先生刚才的分析是对的,这是张仪的一个诡计,目的是让楚国陷于万劫不复的境地。"

靳尚:"不先绝齐,不先取信于秦,秦国凭什么要给我们土地?"

陈轸:"关键是我们取信于秦后能不能得到土地?"

屈原:"张仪是个两面三刀的说客。当年吴起令尹也是道中之人,深知这种人的德行,所以才要禁止游民说客。我大楚以正道治国,不是这种下三烂的对手。屈原决不能让他毁了楚国!"

张仪:"屈原大夫,你口口声声为了楚国,可你身在楚国,心在齐国。你阻止秦楚联盟,不让楚国得到商於要地,真乃是居心叵测!"

屈原:"张仪,居心叵测的正是你!你身为魏人,却为了个人目的,以秦害魏;你受过昭阳大司马的鞭打,发誓要报复楚国,今天却要上门来送地给楚国,你究竟要干什么?"

张仪:"我要干什么不是明摆着吗?为了秦楚的友好哇!"

屈原:"什么为了秦楚的友好?大王,秦国现在正在厉兵秣马,准备进军蜀国，霸占千里沃野，增强秦国的国力，向我大楚的右肋捅刀子；现函谷关外的我楚齐联军是秦国的心头大患，秦师进军蜀国，最怕我楚、齐联军抄其后路，必欲拆我联盟而后快呀！"

屈匄、景翠拔出宝剑："你这个人面兽心的奸贼，快讲，你来楚国究竟是为了什么？"

张仪："屈原大夫是在造谣污蔑！"

靳尚："屈原大夫！你对国宾如此言辞不逊，心目中还有大王吗？"

楚怀王摆手道："张仪是不会欺骗寡人的，君子一言，驷马难追嘛。陈、屈二卿闭口勿言，你们就静待寡人受地吧！"

楚怀王说罢，便将楚国令尹之印授予张仪，赐其黄金百镒，良马四十匹，并命北关守将勿通齐使。派特使逢侯丑随张仪入秦受地。

张仪："大王英明，外臣佩服之至。"

屈原、陈轸："大王！"

内侍："退朝！"

张仪一路与逢侯丑饮酒谈心，欢若骨肉。将近咸阳，张仪诈作酒醉，失足坠于车下。左右慌忙将其扶起。

张仪："哎哟，哎哟哟！吾足胫损伤，急需就医，楚使休怪。"

张仪遂先乘卧车入城，表奏秦王，留逢侯丑于馆驿。张仪闭门养病，一直不上朝。

这边逢侯丑求见秦王不得，去找张仪，张仪只推伤病未愈不见。如此过去了三个月，逢侯丑只好上书给秦惠文公，陈述当时张仪许割商於之地的诺言。

秦惠文公回复道："张仪如有此约，寡人必当兑现。但听说楚与齐尚未决绝，寡人恐受欺于楚，非得张仪病好了起床不可。"

逢侯丑再去张仪之门，张仪终不出见，只好派人将秦王的这番话回报给了楚怀王。

楚怀王："寡人知道秦国是不会欺骗寡人的，这段时间没有给我们划地是有缘故的，怕我们与齐国没有彻底地断绝关系呀！"于是便派遣勇士宋遗借道于宋，借宋符直达齐界，高声辱骂齐湣王。

齐湣王大怒，遂遣使往西入秦，愿与秦国缔结盟约，一起攻打楚国。

张仪见齐使已到秦廷，知道其计已经奏效，乃称病愈入朝。遇逢侯丑于朝门口,故作惊讶地问道:"将军为什么不去受地,至今还逗留在吾国呢?"

逢侯丑:"秦王让我专门等候与相邦面决,今幸相邦玉体无恙,请进言于秦王,早定地界,吾也好回去回复敝国寡君呀!"

张仪:"此事与秦王没有关系。吾所说的献地,乃是张仪之俸邑六里地,是本人自愿献与楚王的。"

逢侯丑:"鄙人受命于寡君,言商於之地六百里,不曾听说过什么六里之地呀!"

张仪:"楚王肯定是听错啦!秦国土地皆是百战所得,是用秦国将士的性命换来的,岂肯以尺土让人?好大的口气,还要什么六百里,明明是六里嘛!再这样无理取闹,一里也不给。"

逢侯丑急忙打道回楚,将受张仪欺骗之事一五一十地报告给了楚怀王。楚怀王暴跳如雷,大怒道:"张仪果然是个反复无常的小人!寡人得之,必生食其肉!"遂要传旨发兵攻秦。

渔樵浪人画外音:"楚怀王的身上除了常人具有的贪小利、好色、喜奉承和自以为是的'人之性'之外,作为一国君主,还有所谓'性情中人'的重大性格缺陷,即没有恒心恒力,表现为两个时辰的热潮,再加上一个致命的冲动是魔鬼。这样的'人之性'和'性格缺陷',如果没有相应制度的约束和自律,对一个国家来说,是很危险的。"

陈轸进言道:"臣现在可以开口说话了吗?"

楚怀王:"寡人悔不听先生之言,为狡贼所欺,先生有何妙计,但说无妨。"

陈轸:"大王已失齐助,今复攻秦,未见其利。不如割两城以赂秦,与之合兵而攻齐,虽失地于秦,尚可取偿于齐,可谓失之东隅,收之桑榆呀!"

楚怀王:"本是秦欺楚,齐国何罪?合秦而攻齐,人将笑我无义无是非。"

屈原:"联秦攻齐确实不是好办法,胜之不武。为今之计,我们要暂时忍下这口恶气,加强兵备,向齐国说明事情真相,并向其道歉;向其他国家说明秦国离间他国关系的卑劣伎俩,树立各国对秦国的鄙夷和敌意。在此基础上重新组织力量,形成我们在诸侯中的凝聚力,等到时机成熟时再与之决战。现在千万不能意气用事,以免造成不可挽回的损失!"

楚怀王:"寡人忍不下这口恶气,你说的那些是猴年马月的事,我现在就要跟他们拼个鱼死网破！屈匄、逢侯丑听令。"

屈匄、逢侯丑："末将在。"

楚怀王："寡人拜屈匄为大将，逢侯丑为副将，起兵十万，一路从丹阳进攻武关。"

屈匄、逢侯丑："末将得令！"

楚怀王："大司马景翠听令！"

景翠："末将在。"

楚怀王："寡人派你率十万兵马，一路攻打秦的盟国韩国的雍氏邑。"

景翠："末将得令！"

秦、楚丹阳之战就这样拉开了帷幕。

九十三

仲秋的中原大地，秋风萧瑟，黄沙飞起，大地在微微地颤抖。楚国的两路大军在浩浩荡荡地向前挺进：一路由大将军屈匄率领，向秦占的商於之地挺进；一路由上柱国景翠率领，向韩国的三川之地挺进。与此同时，齐、宋联军也在向秦国盟友的要地——魏国的煮枣地区挺进。

秦惠文公也发兵三路迎战：一路由左庶长魏章、公子嬴华率领，救援商於之地；一路由左相甘茂率领，攻打楚国的汉中；一路由右更严君疾率领，兵出韩国的河、洛、伊三川之地，支援韩、魏联军。诸侯大战一触即发。

楚上柱国景翠率领的楚军日夜兼程地赶到前线后，包围了秦国的盟友韩国位于今河南禹县东北的三川之地雍氏邑。严君疾指挥秦军及韩、魏联军避开锋芒，侧面出击，将景翠大军紧紧地牵制在三川之地，使其无力与屈匄的大军遥相呼应。

楚大将军屈匄率领的大军由丹阳进入武关，攻至商於之地，猛攻秦国占领的於中，遭到了魏章、公子嬴华率领的秦军的猛烈反击。

商於之地本来就易守难攻，地理位置又特别重要，两国大军都在此地下了血本死磕，一来二去，缠斗不休。秦国大将甘茂乘楚国主力无暇他顾之机，轻兵直取汉中，大张旗鼓，攻城略地，以此牵引楚军的主力。

严君疾是秦国有名的"智将"，乘景翠的楚军观望之机，在雍氏邑与韩魏联军对其发起了一次猛烈的攻击之后，即刻抽出秦军主力与魏章的部队会合，加入到了商於之地的战场。从商於之地到丹阳，成为秦、楚拉锯战的核心地带，两国大军在此反复争夺，战况极为惨烈……夕阳西下，喧嚣的战场逐渐地沉寂了下来，丹水和淅水被血水染红，楚军被斩首八万，楚国大将军屈匄及裨将军逢侯丑等七十余名将领被俘杀。秦军反攻占领了楚国的丹阳和汉中之地，在此设立了秦汉中郡。

在秦楚丹阳激战之时，齐国与宋国的联军在位于今东明县南的煮枣地区横冲直撞，魏国告急。秦惠文公以为楚军在丹阳新败，无力再组织大军反击，于是下令严君疾回过头来率领秦军赶赴煮枣，紧急驰援韩魏联军。

得知秦军主力移师东进的消息后，不甘心失败的楚怀王再度不顾群臣反对，调集全楚精锐部队，由上柱国景翠统一指挥，向秦国占领的商於之地发起了突然袭击。

秦军主力东移后，秦国国内空虚，景翠大军如风卷残云，很快地打下了丹阳，攻克了武关，由商於古道直插距离咸阳百里左右的蓝田关。秦、楚蓝田之战爆发。

蓝田关是商於之地北侧的关隘，号蓝关，是防守咸阳的重镇。蓝关失守，关中平原便无险可守，秦国将陷入灭亡的境地。

秦国面对蓝关、咸阳被破灭的危局，一方面从秦国各地调集军队参加蓝田保卫战；一方面动用外交手段，请韩、魏两国紧急出兵进攻楚国的大后方。

丹阳之战后驻守丹阳重镇的魏章、公子华，被楚师逼回到了商邑，屁股还没有坐热又奉命增援咸阳，与楚军大战于蓝田。因寡不敌众，秦军受到了重创，死伤惨重，副帅公子嬴华力战而死，主帅魏章身负重伤，楚军趁势沿丹江而下，巩固了丹阳阵地，并重新夺回了汉中。

秦惠文公被如此严峻的形势一激灵，患上了"心疾"，稍稍平复之后，便咬着牙关向全国军民发出了总动员令，自己也带着宫廷卫队奔赴前线督战，还让巫祝向神灵献上了《诅楚文》，祈求诸神帮其"克剂楚师，复其边城"。此时此刻，从咸阳到蓝关一带，秦军和推车挑担的百姓筑成了一道道的人墙，硬生生地挺住了蓝关战线，将景翠大军死死地挡在了蓝关城下，为秦军主力回师关中赢得了时间。

严君疾见蓝关告急，率秦军和韩军日夜猛攻齐宋联军，付出了惨重的代价,终于将其击败。之后迅速率主力杀回了蓝田,与魏章的残军内应外合,夹击楚军。秦军主力与景翠率领的楚军主力在蓝田展开了大决战,双方打得难解难分。

秦、楚两军在蓝关僵持不下,秦惠文公见秦军在正面战场上占不到便宜,便派出使臣一再迫使韩、魏向楚后方出兵。韩、魏见楚军精锐尽出与秦军作战,大后方空虚,便组成联军,趁机出击楚国的大后方,顺利地攻占了位于今河南漯河境内的召陵,直逼今河南南阳境内的邓邑。楚军的后路即将被联军切断,而秦军的顽强也使得楚军几无可能在后路被切断之前击破秦军。楚军面临前后夹击、腹背受敌的危险。楚怀王只好下令让景翠带领楚军从秦国本土撤退。

秦军夺取了汉中、占领了武关之后,楚国的丹阳便暴露在了秦军的兵锋之下。秦惠文公令严君疾再出武关,沿丹江而下,策应韩、魏联军,与楚军再战于丹淅之地,大败楚军,斩首五万,丹淅之地尽为秦、韩所得。

鼓声远去,挽歌落幕,那些从传说时代兴起的楚城池、宗庙、村落,都化为了灰烬。

一败涂地的楚怀王只好认怂,派陈轸出使秦国,向秦国割让两城,并将太子熊横质于秦国,以求罢兵休战。楚国自此走向了败落。

这次大战之时屈原已被怀王流放于鄢陵。国难思良臣,怀王悔不用屈原之策,以致落到如此尴尬的境地,于是又将其召了回来,准备重新启用。

经过这次的挫折,怀王的意气也消磨了许多,再也不提"造为宪令"之事,只是让屈原负责处理外事工作,教授自己的两个儿子子兰和子椒,仍是三闾大夫的职司。不久前还让屈原再度出使齐国,以期修复齐楚之间的裂痕。

屈原在使齐返回的途中,路过鄂郢,在鄂君一行的陪同下,登临西山北望,激愤之余,创作了《国殇》这一不朽的名篇,以巨石为台,设祭悼念为国英勇牺牲的将士:

> 楚国的勇士啊!不朽的英灵。
> 出不入兮往不反,平原忽兮路超远。
> 带长剑兮挟秦弓,首身离兮心不惩。
> 诚既勇兮又以武,终刚强兮不可凌。
> 身既死兮神以灵,魂魄毅兮为鬼雄!

九十四

丹阳、蓝田之战后,秦、楚两国的元气大伤。秦惠文公因极度刺激落下心疾后,处于强撑硬支的挣扎状态,为激励秦国军民的士气,秦惠文公开始称王,成为秦国历史上的第一个王;楚怀王自商於之地走向败落的拐点之后,一蹶不振,成了无头苍蝇,毫无理智地乱飞乱撞。

就在这次大战的第二年,秦国又派出使者与楚缓和关系,愿意分出汉中的一半土地给楚国,作为讲和的条件。楚怀王见有人上门,"一根筋"的老毛病又犯了,将脖子一挺,硬邦邦地说道:"不愿意得到土地,只愿意得到张仪。"

秦廷早朝,君臣正在议论国事。

使者回报:"禀大王,楚王恨张仪欺诈,愿白献黔中之地,只要换张仪一人到楚服罪。"

众大臣中忌嫉张仪者齐声说道:"以一人而易数百里之地,秦国的利莫大焉!"

秦惠文王:"张仪乃是寡人的股肱之臣,寡人宁可不得地,也不忍弃之。"

张仪自请道:"微臣愿往。"

秦惠文王:"先生去不得!楚王正想抓住你报仇雪恨呢,你自己跑过去岂不是自投罗网吗?"

张仪:"以一个张仪而抵偌大的一片土地,太划算了!请大王批准张仪前往楚国走一遭吧!"

秦惠文王:"先生此去必被楚王杀害,寡人不忍心派你去呀!"

张仪:"臣下跟楚王身边的大臣靳尚有交情,无非是再费一些珍宝,靳尚便能够搞定楚王的宠姬郑袖,郑袖的话楚王是不能不听的。再说微臣前次出使楚国,背弃了将商於之地归还给楚国的诺言,之后两国大起干戈,以此结下了怨仇,我不去当面向楚王认错,这个仇怨是无法了结的。再说有大王在,楚国应该不敢把微臣怎么样。大王可诏令魏章等留兵汉中,遥为进取之势,楚必然不敢杀臣。就算是楚王真的杀了微臣,只要对秦国有利,微臣的这一生也就值了。"

秦惠文王:"先生为秦国出生入死,寡人敬佩之至。"

张仪来到了楚国，楚怀王第一时间就将其囚禁了起来，准备将其杀了祭旗。

张仪早就派人暗中勾结了靳尚，要他打通关节。这天早朝，张仪便成了楚国君臣们的热点话题。

楚怀王："张仪这个该死的骗子来了，寡人这次一定要宰了他！"

景翠："大王，让微臣亲手杀了这个骗子。"

众武将："宰了他！宰了他！"

靳尚："杀一张仪，何损于秦？而又使我大楚再失黔中数百里之地。不如留下张仪，还可以挽回汉中一半土地的损失。"

景翠："决不能轻饶了这个奸贼，要为死去的将士们报仇雪恨！"

靳尚："大王，这可是两国邦交的大事，关系重大，还得从长计议呀！"

楚怀王："什么大事小事，寡人只要杀此奸贼祭旗。"

靳尚："这样一来，秦王定会生气，两国关系也就走到尽头了。各路诸侯看到楚国与秦国交恶，就会轻视楚国，轻视大王，请大王三思。"

楚怀王："靳大夫，你就是口吐莲花，寡人也不会相信你说的这一套了。"

靳尚见怀王和众大臣油盐不进，连忙找个借口跑进了内宫。对着郑袖说道："夫人，大事不好了！"

郑袖："什么事呀？一惊一乍的！"

靳尚："夫人马上就要在大王面前失宠啦！"

郑袖："此话怎讲？"

靳尚："张仪又来楚国啦，他是秦国的有功之臣，大王却将他囚禁起来了，秦王知道后肯定会想办法救他的。"

郑袖："这事与本宫有关系吗？"

靳尚："关系大着哩！听张仪的手下说，秦王救张仪的办法是准备将自己的一个美丽的公主嫁给大王，同时还准备选择几位色艺双全的舞女作陪嫁，并将上庸六县的土地作为公主的嫁妆。大王看重土地，必定会爱上这位秦国公主；这位秦国公主也会倚仗强秦来抬高自己的地位，要求被立为王后。那时你失宠的日子就到啦！"

郑袖："好不容易送走了一个魏国妖精，又要来一个秦国的妖精，这可怎么得了哇？这事滥成这样，本宫也不知道如何是好。"

十、沦落

靳尚:"夫人可以向大王进言释放张仪。张仪如果能够获得释放,必然会对夫人感恩戴德,不会让秦国公主前来争宠,秦国上下也会敬重夫人,大王也会一刻也少不得夫人,怎么样?"

郑袖深以为然,于是便日夜给楚怀王吹枕头风。怀王开始很抗拒:"这个张仪太坏了,这次他必须得死。"

郑袖:"大王是喜欢忠臣还是喜欢奸臣?"

楚怀王:"当然是喜欢忠臣啦!"

郑袖:"张仪作为臣子那样做,也是各为其主。秦国这次派遣张仪前来谢罪,是对大王的极大尊重;大王若是要杀了张仪,秦王一怒之下会攻打楚国。丹阳大战已把臣妾给吓坏了,请大王把臣妾母子流放到江南去吧,以免成为任秦军宰割的鱼肉。"

楚怀王仍不答应。郑袖便一屁股坐在怀王的大腿上,轻轻地捶打着他的肩部,哽咽着说道:"别这样好不好?臣妾今天就要大王答应放张仪,呜呜呜……"

自古英雄难过美人关,何况还是一个昏君!楚怀王被纠缠不过,只好答应释放张仪。

重获自由的张仪还要进一步扩大战果,满面春风地拜见楚怀王,对他说道:"秦地半天下,兵敌四国家,被险带河,四塞以自固;虎贲甲士百余万,战车千余乘,铁骑万匹,积粟如丘山;法令严明,士卒用命,军虽未出,便已席卷常山之险,折天下之脊,诸侯谁能挡之?有些国家硬要合纵以拒秦,无异于驱群羊而攻猛虎。如今大王不亲附猛虎而去亲附群羊,岂非大错特错?"

怀王新败,听到张仪这一番骇人听闻的高论,吓得脸色大变,欲言又止,似有难言之隐。

张仪心中暗笑,接着说道:"当今之世,天下强国,非秦即楚,非楚即秦,楚、秦相争,势不能两立。大王如果不肯交好秦国,秦国将出兵宜阳,割断楚、韩两国的通道;再攻占河东,夺取成皋,迫降韩、魏。到那时,秦攻楚国之西,韩魏攻楚国之北,楚国还能指望存活吗?"

楚怀王心想:都是在刀丛箭雨中过日子的人,吓唬谁呀!但还是在口头上应承道:"秦国威震四方,寡人礼送先生出境,望先生以后多做一些促进秦、楚友好的事情,寡人以后还是要重用于你的。"

楚王即将送张仪出行,又担心他跟上次使楚那样,做出对楚不利的事情。

既然是靳尚力主放归，便让其一道去监督张仪。

靳尚对楚王假惺惺地保证道："臣下此次跟随张仪前去，如果张仪不能很好地为大王办事，臣下便将他杀掉。"

楚怀王点头表示赞许。

楚王宫中有一个仆隶叫巧儿，是魏国安插进来的奸细，此时正好遇着一位魏国大臣张旄来楚访问。便乘机对张旄说道："凭张仪的才智，且有秦、楚两国的重用，将来您在这里一定处境困难。不如现在派人暗中将靳尚做掉，楚王一定会迁怒于张仪。如果张仪处境困难，您就会受到重用。如果秦、楚两国打起来了，魏国以后就没有后患了。"

张旄认为仆隶的话在理，便派人在半路上刺杀了靳尚。楚怀王大怒，认为是张仪杀人灭口，秦、楚两国的仇怨又深了一层，都争着去拉拢魏国，孤立对方，张旄也受到了重用。

张仪从郢都出发后不久，屈原也正好完成了联齐任务，返回郢都，听说张仪又跑来欺诈恫吓，走时还让靳尚陪同前去，不知又会生出什么幺蛾子来。便劝谏楚怀王道："张仪能骗第一次，便不难骗第二次、第三次。之前大王见欺于张仪，恨不得将其千刀万剐，今天却又突然改变主意，要赦其大罪，放虎归山；且又信其邪说，欲在诸侯中率先侍奉秦国。到头来不但不能结欢于秦，还会引发各路诸侯的公愤，臣窃以为此计是祸楚之计。何不杀张仪以谢国人、以正国威？"

楚怀王此时方才从迷糊的状态中清醒过来，连忙让景翠带人前去追赶张仪。一行人追赶了几天几夜，眼见张仪的车驾进了武关，连为张仪护驾的魏章也正在准备撤军回归咸阳……

景翠一行只好打道回纪郢。

张仪回秦以后，又思索出了一条计策，想以楚国为样板，进一步扩大战果，最终实现他连横六国的梦想。于是便一反常态，进宫对秦惠文王说道："微臣这次万死一生，得以复见大王之面。楚王接受了上次大败的教训，非常畏惧秦国，不可能再直接威胁我大秦。大王欲降伏山东六国，还须恩威并举。这次不可以让微臣再失信于楚国。请大王按照前议，割让汉中一半的土地给楚国，并与之联姻结好。然后再以楚国为开端，一步步地游说六国以事秦。"

秦惠文王许之，除割汉中五县给楚国之外，还派使臣前往楚国议婚，求聘楚怀王之女为太子荡妃,将秦惠文王之女许配给楚公子熊兰为妻。楚怀王闻报后,转怒为喜,以为张仪还算有点"良心",这次没有欺骗楚国。

秦惠文王念及张仪的功劳,封其五邑之地,号武信君,配备黄金白璧,高车驷马,让其以楚为"样板",游说列国诸侯。张仪意气风发,倚仗着秦国的实力、厚礼和楚国的"样板",鼓起如簧之巧舌,奔波于诸侯之间,欲再"连横"楚国之外的五国。此是后话。

九十五

楚国本土也有个策士叫杜赫,这天也来见怀王,声言他能说服赵国跟楚国和好,以缓解楚国被孤立的局面。楚怀王非常高兴,准备将杜赫封为五大夫,然后派他出使赵国。

客卿陈轸知道了这一情况,便向楚怀王谏言道:"为稳当起见,封爵的事情可以暂缓一缓,待杜赫完成了使命之后,再封也不迟;如若先封爵,后办不成事,便会留下一个'无功受禄'的差评。"

楚怀王:"先生认为该如何处置?"

陈轸:"大王可以装备十辆兵车,派杜赫一行出使赵国,等他完成了使命后,便封其为五大夫。"

楚怀王采纳了陈轸的建议,答应用十辆兵车送杜赫出使赵国。杜赫见楚怀王只交代任务,绝口不提封爵之事,心中非常生气,拒绝了这趟差事。

陈轸对楚怀王说道:"杜赫不接受出使赵国的使命,说明他心中无数,大王不封给他爵位,他就干脆不去了。"

杜赫一怒之下投靠了东周王朝。

丹阳、蓝田之战大败后,景翠虽然保住了性命,却没了往日的风光,门庭冷落车马稀。杜赫认为现在是东周朝廷扩充人才的好机会,景翠虽然失势,但其在楚国担任执圭和大司马多年,颇有影响力;东周君如能在景翠落魄的时候施以滴水之恩,景翠日后必然会对东周君涌泉相报。

一天早朝,杜赫巴心巴肝地对东周君启奏道:"大王,咱们东周国小,但不缺珍宝,缺的是笼络人心的方法。比如猎人将网张在没有鸟的地方,永远捕不到鸟;把网张在鸟多的地方,又容易惊飞所有的鸟。只有将网张在有鸟却不多的地方，才能捕到很多的鸟。重振天下共主的声威，需要的是杰出的人才。东周眼下虽有地位，却无实力，此时若去物色重用那些声名显赫的人，人家会瞧不起您；物色重用那些不出众的人，又指望不了他什么；只有物色重用那些并不显赫、却能成大器的人，才能达成自己的目标。景翠将军就是这样的人。"

东周君："寡人正要延揽人才，可败军之将不言勇呀！"

杜赫的话说得不错，可惜景翠将军不是首屈一指的能将，东周天子也不是雄才大略的雄主。

楚将昭应趁韩国闹饥荒时，带兵攻打雍氏之城，包围五个月没能拿下。这雍氏之城为何如此抗打？昭应一调查，原来是东周君在给秦国和韩国提供粮草。

楚怀王听说后十分恼怒，一度想报复东周君即东周武公。东周君此时也感到有些惧怕，便派杜赫出使楚国。

这里的东周与西周是周王朝东迁以后分裂成的两个公爵国，他们瓜分了周王朝的地盘，堂堂的周天子周郝王倒成了"光杆司令"。

杜赫到楚国后，先代表东周君向楚怀王致歉，然后向楚怀王进言道："大王不满意东周君的做派，可以把气发在微臣的身上，这样对楚国没有什么损失；如果您一怒就去攻打东周，反而会让东周彻底地倒向秦国和韩国。为大王计，与其得不偿失地去攻打东周，不如大人大量地善待东周。这样一来，东周就会表面上应付秦、韩等国，内心里却向着楚国，从而有利于楚国的称霸事业。"

楚怀王前思后想，觉得也不无道理，虽然自己可以以这个理由吞掉东周，但目前自己的军事实力受损，应对秦国和韩国都够呛，不如暂时忍下这口气，原谅东周。

虽然楚怀王暂时放弃了武力压迫周王室，但他依然没有忘记控制周王室以稳固楚国的地位。周王室的共太子去世了，周武公只能在自己的五个庶出的儿子中选择一个太子。在激烈的角逐中，公子咎和公子若逐渐崭露头角。

楚国大臣司马翦对楚怀王建议道："如果大王想插手周王室的内政，不如扶植公子咎为太子。"

客卿左成认为如此直接扶植公子咎不妥，一旦东周君察觉到这一点，楚国不但插手周王室的目标实现不了，还容易因为得罪周王室而落下话柄，倒不如委婉一点地对周武公说:"大王如果想立谁为太子,我们楚国一定会第一个送给太子丰厚的贺礼。"

而后直接寻找周相国的亲信,如车夫展子和啬夫空,对他们的相国说:"公子咎一向桀骜不驯,不服相国,如果公子咎成了新太子,那相国就危险了。周相国权衡利弊,一定会尽力扶植公子咎做太子。"公子咎后来果然做了新太子,就是后来的东周文公。

楚国的令尹昭翦和东周君交恶,为了避免楚国令尹向楚王进谗言,进攻东周,东周君就派使臣去游说昭翦:"禀报昭大夫,吾听说西周君十分憎恶东周君,一直想让楚国和东周交恶。您如果一直和东周君过不去,那西周君一定会趁着您不注意的时候派人刺杀您,然后嫁祸东周君。这样西周君就能踩着您的人头做天子了。"

看到一个普通的东周使臣都知道自己和东周君的关系不好,昭翦意识到自己作为令尹,犯了喜怒显露在外的大错。一旦这样的事情被小人利用,那么楚国和周王室的关系也就破裂了。昭翦于是果断地和东周君讲和,成功地重归于好。

东周和楚国时而险起战火,时而握手言和,但更多的是楚国对东周的颐指气使。

九十六

公元前302年,楚国在秦国做人质的太子熊横与一位秦大夫打架斗殴,失手将其打死。这是个能惹事的主,却不能好汉做事好汉当,出事后便一溜烟地逃回了楚国。秦国便以此为借口,准备攻打楚国。

为稳操胜算,秦惠文王先后会见了韩、魏、齐之君,归还了秦国所占的魏国土地蒲阪,主动结好韩、魏,组成了对付楚国的统一战线。

第二年深秋的北地,传来一阵阵的肃杀之气,秦庶长嬴奂、齐将匡章、魏将公孙喜、韩将暴鸢,率领四国部队进攻楚国。楚怀王令大将唐昧率楚军主力迎战齐、韩、魏三国军队,令昭雎率楚偏师牵制秦军,策应唐昧的主力部队。

楚国内部一向有亲秦和反秦的两派势力,昭雎对秦楚交战持慎重态度,仅"以兵示秦必战",并未发生激烈的争战,关键时刻没有起到对唐昧大军的策应作用。

唐眛大军与三国联军在唐河境内的泚水夹河列阵,双方相持长达六个月。齐宣王不满意这种"拖拉"做派,派大夫周最赶到前线阵地,以苛刻的言辞催促匡章赶快渡河作战。

匡章不甘忍受如此屈辱,便对周最说道:"对我来说,撤了我的职务、杀了我,甚至杀了我的全家,这是大王能够做到的;然战机不成熟的时候要求出战,或战机成熟的时候要求不出战,这是大王不能够做到的。"

周最只好将此情形回报给了齐宣王,齐宣王也无可奈何。

之后不久,匡章命人寻找可以渡河的地方,由于楚军放箭射守,派出的人不能靠近河边。

后来,一位樵夫告诉他们说:"要想知道河水的深浅太容易了:凡是楚军重兵防守的地方,都是河水浅的地方;凡是楚军防守兵力少的地方,都是河水深的地方。"

十、沦落

匡章听说后喜出望外,随即选派精兵趁夜从楚军重兵防守的地方渡河,向楚军发起了突然袭击,由于楚军猝不及防,齐军如入无人之境,在泚水旁的垂沙大破楚军。一阵乱砍乱杀之后,楚军死伤两万人,大将唐眛战死。齐、魏、韩三国联军乘胜攻占了位于河南沁阳的垂丘、宛、叶以北的大片土地。

垂沙之败的消息传回了楚国,举国震动,楚国的各个阶层均不满意楚怀王及一班奸佞大臣的所作所为,掀起了一阵阵反抗无能统治的浪潮。

唐眛的部将庄蹻手下的败军成为反抗这种无能统治的主要力量。庄蹻是楚庄王的后裔,有勇力,有韬略,从小熟读兵书战策,善于排兵布阵,是楚国有名的"能将",与当时的名将乐毅、田单、商鞅齐名。

此次楚对齐、韩、魏的垂沙之战失败后,庄蹻部下溃逃了很多士兵,按楚法将面临军事当局的制裁,但他们都认为这不是战之罪,而是反复无常的决策之过,因此不愿意服罪。庄蹻对此也持同情态度,站在士兵一边为之辩护。腐朽的官僚不问青红皂白,不但不向上面反映真实情况,反倒诬告庄蹻"为盗"。事情越闹越大,一直闹到了纪郢,形成了一股"暴郢"的势头,吏不能压。

当时的楚国正面临着严重的战乱危机,上层极怕军心动摇,楚怀王连忙召集大臣专门计议这一问题。

楚怀王:"我大楚近两年流年不利,先后在丹阳、蓝田、垂沙之战中惨败,

497

如今国内的局势也不稳，先庄王之后庄蹻吃了败仗，不知悔罪，竟然带领军士哗变，对抗朝廷。列位大夫看如何处置呀！"

上官大夫："国有国法，家有家规，微臣建议大司马派部队镇压，将作乱者处以极刑，以儆效尤。"

昭雎："此事军职不好发表意见，还是请三闾大夫讲讲自己的看法吧！"

屈原："近几年来我们虽与秦的三场大战皆败北，但将士还是用命的。越国残余势力趁我大楚兵败，在东南作乱，已成死灰复燃之势。现国家正值用人之际，庄蹻素有能将之称，微臣建议恢复庄蹻的将军职位，让其收拾残兵败将，不足之数，再到东越之地招取，让其代表朝廷驻军东南。这样不仅可以安定内部，还可以扫除边患，可谓一举两得。"

上官："屈原大夫，你这是是非不分，丑恶不辨，怎么能让罪臣带兵去独当一面呢？"

将军景缺："大王，据臣下所知，秦军已在蠢蠢欲动，欲对末将镇守的新城发起攻击，目前可使用的兵员捉襟见肘，尤其缺少良将。末将赞成左徒大人的意见，让庄蹻戴罪立功。"

司马召滑："据微臣所知，东南越地的地理形势复杂，确实需要派能将前去治理，臣也保荐庄蹻前去东南的越地戴罪立功。"

楚怀王："秦人得寸进尺，越人也来捣乱，真乃是多事之秋啊。看在先庄王的分上，就让庄蹻戴罪立功吧！"

众臣："大王万年！楚国万年！"

庄蹻竖起"楚"字大旗和"庄"字大旗，收罗残兵败将，沿着当年叶公沈诸梁由今江西吉安南下江浙，会盟三夷的道路，跨过莫干山，直取越国故地。到达越人残部盘踞的闽越国时，队伍已经发展到了五千多人，经过训练和实战，战斗力大增。之后一直向今福建、广东一带发展，开发东南边疆，训导蛮夷，使之归化楚国。自此岭南之地也开始出现了"越俗半汉风"的社会风尚。

垂沙之战的第二年，楚发兵报复韩国，攻占了韩国的庸氏邑。秦派宣太后的同父异母之弟华阳君芈戎进攻楚国的新城，即今河南的襄城。

襄城是楚国地处方城以北的边关重镇，与韩国的宜阳邻近，襄城以南就是水流湍急的汝河，渡过汝河便是楚国的内地。秦军试图以"击楚要害，逼退楚军"的方式，支援失利的韩军。秦、楚两军在襄城的紫云山下相遇，楚国令武将军景缺率领三万楚军与秦国华阳君芈戎大战于山下。经过十余日剧烈的拉锯战,直杀得天昏地暗,尸横遍野,血流成河。楚军死的死,伤的伤,主帅景缺的一只胳膊被秦军砍断,残部只好退守城内。景缺仍拖着残驱在城墙上巡视城防,查看敌情,激励将士。但终究寡不敌众,秦军攻破了襄城,杀进城内,楚军由城头坚守进入巷战。两军之间短兵击杀,枪戟斧棍、刀光剑影、残阳西下,"景"字大旗从城头飘下。

这一战,楚将景缺战死,楚国士卒死伤两万人。

秦、楚相争,离这两者远一点的齐国竟成了香饽饽。楚怀王此时才想起了屈大夫的话,联齐对秦,准备让太子熊横到齐国做人质,与齐国结好。秦国也跑去讨好齐国,欲派嬴稷的胞弟泾阳君到齐国做人质,让秦、齐修好。

九十七

再说张仪高车驷马,挟着"样板",带着厚礼,到山东列国七七八八的一气"连横",竟然一个个地搞定了楚之外的五国,连一向对"连横"不感兴趣的齐国也随大流参加了,于是便兴高采烈地回朝通报。不料人还未到咸阳,就听到了秦惠文王病薨的消息,心中一下子就凉了半截。继位的是太子嬴荡,与他一向三观不合。

齐湣王田地起初听信张仪之说,以为三晋皆已献地事秦,自己也不好例外。直到听说张仪离开齐国之后,方才动身赶赴赵国,这不就是以欺楚的手段又来欺齐吗?同时又听说秦惠文王已薨,便决定反其道而行之,派孟尝君致书于列国君主,约其一起抵制"连横",恢复"合纵"。因楚之前已与秦结为姻亲,恐其阻挠合纵,便欲先伐楚。楚怀王闻之,便让太子熊横质于齐,以缓解与齐国的紧张关系。

齐湣王之后便甩开膀子干开了,自任为伐秦的"纵约长",并与诸侯约定,谁能拿到张仪,以齐国的十座城池作为奖励。

还没有等到齐湣王收拾张仪,就有人先出手了,这个人就是秦国新君秦武王。此人性情粗直,一向厌恶张仪的狡诈行径,拟将其赶出朝堂。群臣也趁此机会乱棒捶破鼓,皆在武王面前说其不是东西。张仪惧祸,乃入见武王道:"张仪有一愚计,愿效力于大王。"

秦武王："计将安出？"

张仪："微臣听说齐王甚是憎恶张仪，张仪人在哪里，他就会兴师讨伐到哪里。张仪以此愿辞别大王，前往大梁，这样齐国便会跟着微臣的身后讨伐大梁。魏、齐两国征战不休，大王便可以乘机征伐韩国，经过韩国的三川之地，以窥周室的九鼎。此乃是千秋霸王之业。"

秦武王见张仪还算知趣，自己走人还能让秦国获利，便让左更备革车三十乘，送张仪入大梁。魏哀王启用张仪为相国，以代公孙衍之位。公孙衍乃去魏入秦。

齐湣王得知张仪相魏，果然大怒，即刻兴师伐魏。魏哀王大惧，求教于张仪。

张仪乃派其舍人冯喜伪装楚客，往见齐湣王道："吾是楚客冯喜，听说大王非常憎恨张仪，是真的吗？"

齐湣王："是的。"

冯喜："大王既如此憎恨张仪，就没有必要去伐魏了。"

齐湣王："为什么？"

冯喜："外臣适才从咸阳来，听说张仪离开秦国时，与秦王有约，说齐王厌恶张仪，张仪去到哪里，齐王就兴师伐到哪里。故秦王具车乘送张仪入魏，欲以此挑起齐、魏之斗。齐、魏兵连祸接，秦国便趁机图韩。今大王前去伐魏，正好中了张仪的诡计。"

齐湣王遂罢兵不伐魏，魏哀王益厚待张仪。时过一年，张仪便病逝于魏。

却说秦武王长大多力，好与勇士角力为戏。乌获、任鄙自先世已为秦将，武王复宠任之。并以甘茂为左丞相，严君疾为右丞相。魏章忿其不得相位，奔魏国去了。

秦武王想起了张仪之言，对严君疾和甘茂说道："寡人生于西戎，未睹中原之盛，若能通三川之地，一游巩、洛之间，虽死无恨！二卿谁能为寡人伐韩？"

严君疾："大王伐韩，欲取宜阳，以通三川之道，确是王霸之业；但宜阳路途遥远，劳师费财，还有魏、赵救韩，胜负难料，臣窃以为不可。"

武王问甘茂怎么看。甘茂说道："臣请出使魏国，约其一道伐韩。"秦武王大喜，派甘茂前往说服魏王，魏王答应助秦一臂之力。

甘茂与严君疾意见不合，恐其从中阻挠误事，便先遣副使向寿回报秦王："虽然魏已听命，但还是请大王不要伐韩。"

秦武王大惑不解，亲自到息壤迎接甘茂，与甘茂相遇。向其发问道："相国为寡人约魏攻韩，今魏人听命，相国又说不要伐韩，不知是何缘故？"

甘茂："大王容禀！今越千里之险，去攻劲韩的大邑，不是一时半会儿的事。昔曾参居住在费邑时，有人告知曾母：'曾参杀人。'其母曰：'吾子不杀人。'不一会儿，又一人奔告曾母：'曾参杀人。'其母曰：'吾子无此事。'又过一会儿，再一人奔告曾母：'曾参果然杀人。'其母投梭翻墙而走。以曾参之贤，其母信之，三人俱言杀人，慈母亦疑矣。今臣之贤，不及曾参，王之信臣未必如曾参之母，而诽谤臣杀人者，犹不只三人，臣恐怕大王投梭而走呀！"

秦武王："寡人不听他人之言，请与将军盟誓！"于是君臣歃血为誓，藏誓书于息壤。遂发兵五万，命甘茂为大将，向寿为副将，远征韩国。

甘茂兵至宜阳，围城五个月，宜阳守臣固守，不能拔。右相严君疾对武王说道："秦军师老兵疲，如不撤回，可能会发生变故。"

秦武王诏甘茂班师。甘茂乃为书一函，以谢武王。武王启函视之，书中唯"息壤"二字。武王悟道："甘茂起兵时已做交代，是寡人之过也。"

于是再增兵五万，派乌获前往协助甘茂。韩王亦派大将公叔婴率师解救宜阳，秦、韩两军大战于宜阳城下。乌获手持铁戟一双，重一百八十余斤，独入韩军，打得韩军东倒西歪，纷纷退避，不敢上前御敌。甘茂与向寿各率一军，乘势并进，大杀一阵，韩兵大败，被秦军斩首七万余人。乌获一跃登城，手攀城堞，堞砖松毁，乌获随着脱落的城砖掉到了石板地上，折断肋骨而死。秦军发起了更为猛烈的进攻，终于打破城门，占领了宜阳。

韩王恐惧，乃命相国公仲侈持宝器入秦乞和。武王大喜，答应讲和。诏甘茂班师，留向寿据守宜阳，安顿地方军民。而后命右丞相严君疾先往三川开路，自己随后引任鄙、孟贲等一班勇士起程，直入周都洛阳。

周赧王遣使郊迎，要亲自接待武王。秦武王辞谢"不敢见"。后知道九鼎就放在太庙旁边的偏殿里，便前往参观。见九大宝鼎一字排列在殿上，果然齐整。

这九鼎是禹王收取九州的贡金，各铸成一鼎，每鼎载本州山川风物及贡赋田土之数。九鼎足耳俱有龙文，又谓之"九龙神鼎"。夏传于商，为镇国之重器。及周武王克商，迁之于洛邑。迁时用卒徒牵挽，舟车负载，分明是九座小铁山，不知重多少斤两。

秦武王周览了一回，赞叹不已。鼎腹有荆、梁、雍、豫、徐、扬、青、兖、冀，每鼎一个字。武王指着"雍"字一鼎叹道："此雍州之鼎乃是秦鼎！寡人应当将其运归咸阳。"接着便问守鼎的周吏："此鼎曾经有人举起过吗？"

周吏叩首答道："自有鼎以来，未曾移动。听人传说，每鼎有千钧之重，谁能举得起？"

武王遂问任鄙、孟贲："二卿力大，能举得起此鼎吗？"任鄙知道武王爱恃力好胜，推辞道："臣力只可胜百钧，此鼎十倍之重，臣不能胜。"

孟贲挽袖向前道："臣请试之。若不能举，休得见罪。"即命左右取青丝为巨索，宽宽地系于鼎耳之上，孟贲将腰带束紧，挽起双袖，将鼎从地上抱起半尺高，仍还原于地上。由于用力过猛，眼珠迸出，眼眶流血。

秦武王笑道："卿太费力气了。既然卿能举起此鼎，寡人难道还不如吗？"任鄙谏道："大王乃万乘之躯，不可轻试！"

秦武王不听。即时卸下锦袍玉带，束缚，更用大带扎缚其袖。任鄙拖住武王的袖子拼命劝谏。

秦武王道："汝自己不能举，跑来阻拦寡人，是嫉妒寡人能举吗？"任鄙遂不敢再谏。

秦武王大踏步上前，将双臂套入丝络，心想道："孟贲只能举起，我偏要行动几步，方可夸胜。"乃用尽生平神力，屏一口气，喝声："起！"那鼎亦离地半尺，方欲转步，不觉力尽失手，鼎坠于地，正压在武王的右足上，"咔嚓"一声，将胫骨压了个粉碎性的断裂。

秦武王大叫一声："痛煞寡人也！"登时闷绝。左右慌忙将其扶归公馆，血流床席，痛极难忍，挨至半夜而薨。

周赧王闻变大惊，急备美棺，亲往视殓，哭吊尽礼。严君疾奉武王的遗体返归秦国。

秦武王无子，大臣们据其遗愿，迎其异母弟嬴稷嗣位，是为昭襄王；尊昭襄王之母芈月为宣太后，掌国政。严君疾追究举鼎之罪，斩孟贲，抄灭其家；以任鄙能谏王，启用为汉中太守。

严君疾之后在朝堂上申明"甘茂是怂恿先王通三川的主谋"，意在秋后算账。甘茂担心被杀,遂奔往魏国,后死在魏国。

九十八

再说秦昭襄王听说楚派太子熊横质于齐,疑其背秦而向齐,乃令严君疾为大将,兴兵伐楚,先造成楚怀王的恐惧心理,然后遣使给怀王送来表章。话语不多,语气沉重:"始寡人与大王亲如兄弟,结为婚姻;今大王弃寡人而纳人质于齐,不得已而侵犯大王的边境。如今天下大国,唯楚与秦势力最强,若吾两君不睦,何以号令诸侯?寡人愿与大王会盟于武关,将秦所侵占的楚国土地还给楚国,恢复之前的世代友好。如大王不从,寡人则不便退兵。"

楚怀王览罢,召集群臣计议道:"秦君来函逼寡人赴武关盟会,寡人不去吧,恐激秦人之怒;去吧,又恐被秦人欺骗。有点进退两难,众卿看如何是好呀?"

屈原进言道:"秦乃虎狼之邦,秦君欺辱楚国,已不是一次两次了。这次秦君的安排颇为诡异,偏要大王进关盟会,万一翻脸不认人,那麻烦就大了。上次逢侯丑进武关的教训犹在眼前,臣劝大王以病相推,不去为好!"

十、沦落

令尹昭雎:"屈大夫所述乃是忠直之言!请大王不要前往,并请尽快发兵自守,以防秦军进攻。大不了跟它来个鱼死网破。"

上官大夫:"这样不妥。过去因楚师不能敌秦,几次大战,兵败将死,领地日削。今秦欣然结好于我,我却无端地拒绝,倘若秦王震怒,大起三军伐楚,我们又打它不过,如之奈何?"

屈原:"我大楚并非积贫积弱,只要能启用贤才,变法图强,还有挽回的余地,再假以时日,照样能冲天一搏。眼下赴秦之议,如尔等执意认为却之不恭,微臣愿代大王走一遭。"

楚怀王:"唉!现在说什么都晚了,悔不当初啊!都说寡人昏愦,其实寡人心里亮堂得很,只不过是有着常人都有的贪小惠、好美色、喜奉承和自以为是而已。变法需要一个像先悼王和秦孝公那样的强人撑场子,当初借助先威王的余威,寡人还是可以搞的。现在谁还能罩得住这个场子啊!只是委屈了屈大夫,辛苦那么多年'造为宪令',延议多次不能决。当年寡人要是果断一点,排除非议颁行了,楚国也不至于是现在这个样子,寡人也不至于到秦国去冒

503

死啊!"

屈原:"事已至此,大王也不必自责了。这次就让微臣代大王赴秦吧,楚国不能没有大王呀!"

上官大夫:"常言道'君臣有别',秦、楚会盟,秦王亲自出场,三闾大夫到场合适吗?"

楚怀王与郑袖生的儿子熊兰自娶秦女为妻后,一心向秦,以为婚姻可恃,极力劝其父亲前往,说什么"秦、楚之女,相互嫁娶,亲莫过如此。往日秦以兵戈向我,尚能请和言好,何况现在还是友好会盟呢!上官大夫的意见甚为妥当,父王不可不听"。

左成献计道:"大王若一定要去,为了保险起见,可以请秦王前出武关,双方到边境线上筑台会盟,也可以约定到第三方国家如齐国会盟。"

昭雎:"这也是个办法,只要把规则订好了就行,双方都有安全感。"

公子兰:"这怎么能行呢!人家既然好意相邀,我们不进武关,不是把人家的一片好心当成驴肝肺了吗?"

昭雎、左成等人听着直摇头,这种无知无畏之人真让人头疼。

楚怀王因着与秦的几场大战皆败,心里本来就畏秦,又被上官大夫、公子兰等人撺掇不过,最终答应进武关赴会,择日起程,带上内侍巧儿和上官大夫一同前往。

楚怀王一行不紧不慢地向武关走来,秦昭襄王正在徐徐地张网以待:他自己坐镇咸阳,让其弟泾阳君嬴悝乘王车羽旄,诈称秦王,居于武关公馆;命大将白起引兵一万,伏于武关之内,以备劫持楚王;命将军蒙骜引兵一万,伏于武关之外,以应对非常之事。之后便派遣使者前往迎候,欢言敬语,奉献茶点,极尽殷勤。楚怀王信之不疑,遂至武关之下。只见关门大开,秦使者出关致意道:"寡君在关内等候大王已有三日,不敢有辱车队于草野,请大王驾临敝馆,以成宾主之礼。"

楚怀王既到秦国,势不容辞,遂随使者入关。刚刚进了关门,一声钲鸣,关门已经紧闭。

楚怀王心生疑窦,问使者道:"怎么这样急着闭关啊?"

使者:"此乃秦法的规定。处于战乱之世,不得不这样。"

楚怀王问:"汝王何在?"

使者："已先在公馆伺候车驾。"说罢即叱御者速驰。约行二里许,望见秦王的侍卫排列在公馆之前,使者吩咐停车。馆中一人出迎,怀王视之,虽然锦袍玉带,举动却不像秦王,便心中踌躇,未肯下车。

锦衣者鞠躬致辞道："大王勿疑,外臣实非秦王,乃是王弟泾阳君嬴悝。请大王先到馆里,自有话讲。"怀王只得进入馆内。

泾阳君与怀王相见,方欲就座,只听得外面喊声一片,似山呼海啸一般,秦兵万余人围住了公馆。怀王道:"寡人赴秦王之约,意在结友好之盟,为何以兵相困?"

泾阳君:"没有别的意思。寡君近来染有微恙,不能出门,又恐失信于君王,故使外臣迎接大王。之后还得委屈大王一同到咸阳,与寡君一会。为了旅途的安全,特以少量军卒为大王的侍卫,请万勿推辞。"

那时已不由怀王分说,秦将上前一起将其拥到车上,留蒙骜一军驻守武关。泾阳君陪乘,白起领兵四下拥卫,西望咸阳进发。

寸步不离楚怀王的上官大夫,在武关混乱之际,被秦人神秘地放回了楚国,如同后世的秦桧被金人从五国城放回南宋一样,带回了特殊使命,即献地、立子兰为国君和残害抗秦派人士。

上官大夫自称是借机逃回了楚国,以秦人办事的严酷,怎会有如此疏漏?更何况在白起、蒙骜大军的严密"保护"之下,别说是人,就是一只飞鸟、一只兔子,也难以安全脱身。

到了这般田地,楚怀王似乎才知道谁是真情,谁是假意,不由自主地哀叹道:"悔不听屈原、昭雎之言,寡人被上官大夫和子兰所误。哎呀!上官大夫的人呢?"

一路跟随怀王的随侍巧儿道:"早就悄悄地回国了!"

怀王:"噫!怎么会这样?难道他是个两面人?难道最大的敌人竟是自己身边的人?"怀王边叹息边流泪不已。

巧儿见怀王也掉眼泪,私下感叹道:"才知道啊!这样色厉内荏、愚不可及而又自以为是的人,不见棺材是不会落泪的。"

楚怀王既至咸阳,秦昭襄王大集群臣及诸侯使者于章台之上。秦王面南上坐,让怀王面北参谒,如执天子接见诸侯之礼。

楚怀王大怒,高声抗议道:"寡人信了秦人缔结婚姻的谎言,轻身赴会。

今秦君假称有疾，诱寡人来到咸阳，又不以礼相接，这样的做法居心何在？"

秦昭襄王："之前蒙君上许我黔中之地，之后却不兑现诺言。今日有屈君上到此，欲让君上兑现黔中之地！君上若早上答应割地予秦，晚上即送君上回到楚国。"

楚怀王："秦君若想得到楚国的土地，亦当善言，何必用如此下作之诡计呢？"

秦昭襄王："不这样做，君上必不肯顺从呀！"

楚怀王："寡人愿割黔中郡，请与君上为盟，派一将军随寡人至楚都受地，怎么样？"

昭襄王："盟约不可信。必须先派使臣回国，将地界交割清楚，然后各守其界，方可与君上饯行。"

秦国的群臣都上前劝怀王划地："土地是身外之物，性命才是自己的呀！""人生一世，草木一秋，何必那么认真呢？"

楚怀王益发怒道："汝等诈诱寡人至此，强迫寡人割地给你们，还有一点天理良心吗？寡人即便是死，也不会接受你们的这种胁迫！"

秦昭襄王听罢恼羞成怒，下令将楚怀王扣留在咸阳城中，然后传话给楚国，让其拿出土地来换人。

上官大夫回到郢都后，报与令尹昭雎道："大王被抓，我好不容易趁机逃了回来，秦王欲得到楚国的黔中之地，将大王关押在了咸阳，不给土地就不放人，这真是急死人哪！"

昭雎道："大王在秦中不能回来，太子又质押在齐国，倘若齐人与秦王合谋，扣留太子不放行，则楚国就没有君主了！"

上官大夫："国不可一日无君，公子兰现在纪郢，何不将其立为楚君？立君之后也好去搭救大王回国呀！"

屈原："太子立位已久，今大王还在秦国，若突然间违背大王的意愿，舍嫡立庶，他日大王幸而归国，以何辞自辩？"

召滑："这样的大事，还得听从令尹的安排。"

昭雎："吾今派使者赴齐，诈称大王驾崩，请太子回国主事，齐必信从。"

召滑："派何人赴秦？"

上官大夫见其推荐的子兰不能上位，连忙改换门庭，对昭雎说道："吾不能为君御难，此行当效微劳。"

昭雎："上官大夫鞍马劳顿，需要休息，还是另派屈原大夫去一趟吧。"

上官大夫："老夫熟知秦、齐两国的内情，还是让老夫去吧。"

昭雎只好答应让上官大夫使齐。上官对齐国君臣诈称："敝国君王前夜已薨，请迎太子回楚奔丧嗣位。"

齐湣王谓其相国孟尝君田文道："楚国现在正处在一个没有君主的空窗期，寡人打算留住楚太子，以此交换楚国的淮北之地，相国以为如何？"

孟尝君："不可。楚王还有几个儿子，如果我们留住太子，按楚怀王的先例，楚国也不会拿地换人，若其再另立一人为王，我们不但没有尺寸之利，还会跟秦国一样，落下一个不义之名。请大王三思！"

齐湣王以为然，乃礼送楚太子熊横回国。熊横一到纪郢，便被群臣拥立为王，是为顷襄王。

楚乃遣使告之于秦王道："赖社稷神灵的庇佑，楚国已有新王了。"

秦昭襄王听到这一消息暴跳如雷："这楚王还在秦国扣着，怎么能有王呢，这简直是不把大秦扣人当回事！"于是便气冲冲地将此消息告诉了楚怀王。谁知楚怀王听后竟在连声叫"好、好、好"之后，发出了一阵狂野的长笑，声震秦廷。

秦昭襄王凭空算计了一场，既没有得到土地，也没有得到财货，还落下了一个劫持国君的坏名声，恼羞成怒之余，干脆把索要变成明抢，命白起为大将，蒙骜为副将，率师十万大军攻楚。经过"猎头"锐士的拼力厮杀，夺得楚地十五城而还。

冬去春来，楚怀王在秦无所事事一年多，久静思动。一天晚饭后，趁看守人员不注意，怀王换上了短装，一溜烟逃出了咸阳，欲东归楚国，又怕秦兵顺路追上，便转行北路，想借第三国的掩护逃回楚国。想到当年楚军在赵国情急时几次围魏救赵，算是有点恩交，好不容易逃到赵国边境。

此时的赵国经过赵武灵王赵雍的胡服骑射的改革之后，正是国力强劲之时，甲兵为三晋之首。可惜这草包怀王的流年不顺，恰好此时赵主父即赵武灵王远在代地，太子即后来的赵惠王在邯郸守国，听边关报告说楚怀王前来借道，便与群臣计议此事，都怕触怒秦国，不敢自专，遂闭关不纳，好说歹说都无用。楚怀王在彷徨之际，被泾阳君带领的秦兵追上逮了个现行。

楚怀王羞愤难当，回咸阳后彻夜失眠，想起自己前半生一直想学好，后半生却在自己的掌权期间害了楚国，害了自己。要说自己有什么罪错，好像没有！有的人生性就是这样，不临场时指点江山，清醒得很，一临场就昏了头，一而再，再而三地昏招迭出，不败干净不罢休。屈原认为怀王身上的这种学深才陋的表现，是源于他没有将自己的学问、经历和教训转化为包括汲取正确意见在内的执政能力，相当于夸夸其谈的高学低能。可楚怀王至死都不会这么想，也不会认为自己有什么昏聩、武断和盲目自信的问题，他只是觉得这个世界不对劲，我究竟做错了什么呀，这样对我？越想自己越憋屈，终致日夜不得安宁地忧郁而薨。

秦国最后还算是顾点姻亲的面子，将楚怀王的遗体归丧于楚。楚国士民怜惜其客死于外，在传统文化中这是最大的不幸，都去路途上迎丧来归，无不痛哭流涕，如悲亲戚。

甲："大王惨呐！"

乙："大王不该走呀！"

丙："大王一路走好，天上再也没有人欺负您啦！"

满朝文武披麻戴孝，在楚宫大殿上举行庄重的悼念仪式，三闾大夫屈原作《招魂》之辞，以辞献祭，追悼楚怀王：

    大王的英灵啊！

   快归来吧，快来享用吧！

    家族聚会，食多样些。

    稻米新麦，掺黄粱些。

    大苦咸酸，甜辣调些。

    肥牛筋腱，酥烂香些。

    和酸匀苦，陈吴羹些。

    炖鳖炮羔，有柘浆些。

  溜鹅煲鸭，煎大雁野鸡些。

    卤鸡龟羹，浓而爽些。

    甜饼蜜糕，麦芽糖些。

    美酒蜂蜜，满觥觞些。

    榨酒冻饮，好清凉些。

华宴既开，有琼浆些。

归来返故室，礼敬有加些。

盛宴未撤，舞乐上场些。

击鼓敲钟，造新歌些。

《涉江》《采菱》《阳阿》婉转些。

美人微醉，红颜增光些。

眉目含情，眼波流转些。

他乡险，故地乐。

魂兮归来！归来！归来！

聚灵成精的渔樵浪人此时按住云头，对着屈原叹道："从善如登，从恶如崩呀！楚立八百，难逃三劫：一个机巧太过，以自己的私心私欲掏空了楚国；一个愚不可及，以自己的昏庸任性掏空了楚国；还有一个纨绔成性，以自己的玩世不恭掏空楚国。屈大夫不要哀伤，旧的不去，新的不来，楚国只有在血光之后、在浴火之中，才能获得重生！"

各国使臣深恶秦之无道，群情激愤。

齐国使臣："无道之暴秦，面诈背不汗，连鬼神都敢欺，合该天谴！"

赵国使臣："敝国怕得罪暴秦，没有放大王入赵，吾等悔之无及呀！"

韩国使臣："这些年山东六国内耗很大，谁得到好处啦？"

魏国使臣："秦国是各个击破，以后谁都好不了。"

燕国使臣："覆巢之下，安有完卵！"

众使臣："合纵！合纵！合纵！"

诸侯重议"合纵"以抗秦……

治乱兴亡多少事，自有英雄唱大风。

九十九

继位的熊横自小染上了纨绔习气，是个坑爹的主，人叫不走，鬼叫飞跑。大夫屈原痛惜怀王之死，屡屡劝其励精图治，亲君子，远小人，做一个令世人尊崇的明君，以免重蹈覆辙。这个坑爹的倒好，竟然抵触屈大夫的正直之言，与公子兰、上官大夫之流打得火热，一个令尹，一个左尹，底下是一帮趋炎附势的士人。"萧艾"当朝，贪于苟安，全无自强雪耻之志。

屈原看在眼里，急在心里，诚恳地对顷襄王进言道："大王！眼下楚国正处于多事之秋，秦国对我虎视眈眈，魏、韩、齐也不消停。先怀王一步走错，步步被动，这可是前车之鉴啊！现在最紧要的是去掉庸腐，任用贤能，重振朝纲。"

公子兰认为屈原是在借题发挥，指桑骂槐说自己庸腐，心中不爽，便用眼神示意上官大夫予以反击。

上官："三闾大夫怎么啦？现在是明君当政，贤臣垂拱，世道清明，士民乐业，一派大楚盛世。在你眼里，却变成了那么的不堪！你这是对大王的亵渎，是对我大楚的亵渎。"

庄辛："上官大夫，请好好说话。"

上官："还有你这个庄大夫，仗着是先庄王的后代，说话大大咧咧，做事没有分寸，什么大王宠信州侯，不理正事，误国误民。这像人说的话吗？"

庄辛："上官，你这个小人！"

上官："你也要学会好好说话。"

庄辛对顷襄王说道："大王，微臣忠心可鉴，良药苦口利于病呀！大王不理朝政，喜欢冶游，左有州侯，右有夏侯，前有鄢陵君，后有寿陵君，过着毫无节制的生活，回朝又轻信这帮小人的甜言蜜语，如此下去，郢都会有危险哪！"

楚顷襄王："庄大夫，你是老糊涂了？所谓的危险，不就是垮台吗？怎么能这样诅咒寡人、诅咒楚国呢？"

庄辛："凡事都有一个因果。先平王宠信费无极，逼走太子，祸害忠良，给楚国带来多大的灾难呀！微臣虽然老糊涂了，这样的惨痛教训还是记得的。大王一定要宠幸这些谄媚之人，而不稍加收敛，楚国就会再次面临大劫难逃的命运。请大王允许微臣到赵国去避难吧！"

上官："庄大夫这是在要挟大王吗？"

庄辛："天令其亡，必令其狂，你们就往死里作吧！"

子椒："这几个糟老头坏得很。"

楚顷襄王："庄大夫如此固执己见，那就随你的便吧！"

庄辛甩袖愤然而去。

屈原："且慢！庄大夫是当世的治国之才，不能走哇！"

上官："我看你也是活得不耐烦了。"

令尹子兰："三闾大夫一向恃才傲物，自从父王故去之后，更是倚老卖老，傲慢无礼，以为自己是楚国的人望，没有得到重用，心怀怨恨。臣每每听其向人言道，大王忘记秦仇是不孝，子兰等不主张联齐伐秦是不忠。你们看看，有这样的老顽固在朝，国无宁日呀！"

上官："请大王早做决断。"

楚顷襄王被宵小们这么一搅和，更是火上浇油，大怒道："三闾大夫现在的思想是越来越不合时宜了，寡人一向敬重你是咱楚国的大才子，你却这样地鄙薄寡人。既然你这也看不惯，那也看不惯，那就将你放归田里，去照料一下归邑的乡饮乡祭的事情吧。"

宵小们幸灾乐祸，屈原无奈地退出。

楚国归邑，屈子的家乡，香溪两岸，山清水秀，橙黄橘绿，竹篱茅舍，一派故园风光。

昼出耘田夜绩麻，村庄儿女各当家。儿童未解识耕织，傍在山阴学种瓜。男耕女织，渔农樵牧，家长里短，闲话桑麻，是数千年不变的乡村话题。

屈原将妻儿留在纪郢，自己携带着学生宋玉和侍女婵娟，走在乡间的小路上。看着一幕幕纯朴的乡村生活图景，心中泛起了一阵涟漪："后皇嘉树，橘来服兮……"

宋玉对着婵娟说道："老师又起诗兴了。"

屈原的小外甥老远就看见了他们一行，边跑便喊道："舅舅，舅舅！我娘听说您要回来，一直在家里忙着呢！"

屈原："柱子！几年不见，都长成小伙子啦！来，见过宋玉哥哥、婵娟姐姐！"

屈原姐弟重逢，欣喜异常，隔壁左右也来探望，有的送鸡，有的送菜。一大家人围坐在一起谈天说地，敬酒夹菜，其乐融融。莫笑农家腊酒浑，丰年留客足鸡豚。

归邑县尹到访屈原。

屈原主持乡射、乡饮的场景。

屈原主持乡祭的场景，感动无数乡民。

楚顷襄王四年春，云梦猎场，兔走鸡飞，人声鼎沸，顷襄王一行来到云梦打猎。按照惯例，屈原与当地的官员一起前往迎接，招待，陪王游猎，以尽地主之谊。之后屈原、宋玉等随之回到郢都。屈原作《惜诵》，"发愤以抒情"。

公元前293年，秦国派大将白起攻打韩国，在伊阙大胜韩军，斩首二十四万，诸侯震动。秦昭襄王趁热打铁，知道现在的诈骗已经不好使了，便直接用起了恐吓手段，给楚顷襄王写了一封国书云："贵国有负于秦，寡人将率领诸侯军队前来与贵国军队决一雌雄。希望您整理军队，磨快戈矛，咱们痛痛快快地大战一场吧！"

楚顷襄王看完后，脸色吓得煞白，连忙召集子兰等人商议对策。

顷襄王："这秦王又发淫威，要发兵来攻打寡人，这好好的日子不过，打什么仗呀？"

上官："大王，据臣下分析，这秦王虽然嘴上强硬，实际上是要我们答应他的一些条件，以达成不战而屈人之兵的目的。我们不如将计就计，就答应他一些条件，他就没有理由、没有借口再打仗，大王也就可以高枕无忧了。"

令尹子兰："臣弟同意上官大夫对秦王意图的分析，屈原当年在跟我和子椒上课时，就讲过这一问题，说秦的野心不小，志在吞灭诸侯，但又不得不由近及远，一步步地来。楚国地处南乡，只能放在最后解决。这也是屈原一直闹着要联齐伐秦的原因。"

楚顷襄王："关键是目前面临的危机。"

上官："目前只要我们君臣顺从于他，就不会有什么大的危险。"

子兰："臣弟倒有一计，派上官大夫去秦国一趟，一来向秦王道歉，二来为我王向秦王求亲，以此全面恢复两国的姻亲关系。以后两国就是亲上加亲了，还打个什么仗呀！"

大将昭鱼："那其他的五国又要联合起来打我们怎么办？"

上官："那就只好再向秦国求救了。"

楚顷襄王："王弟的意见很好，这也是一个办法，那就烦劳上官大夫走一趟啦！"

上官："微臣愿效犬马之劳，请大王静候佳音。"

次年暮春之季，楚宫内外张灯结彩，吹吹打打，车水马龙，顷襄王高高兴兴地与秦公主喜结良缘，高堂参拜，同入洞房。

屈原身体不适，没有去凑这个热闹，对这帮人的不修武备，苟且偷生，丧失气节的做派极为反感，所谓的"美政"梦想也彻底破灭，便开始了与公室权贵团伙的决裂。"已矣哉！这朝廷上既然无人理解我，我又何苦待在这里呢？还是追随商纣时的贤大夫彭咸的足迹，去深思高举，漫游一番吧！"于是便自行离开了纪郢，途经鄂渚，住在鄂郢之墟的樊山脚下，行吟鄂郢故地，作《涉江》，辞云："乘鄂渚而反顾兮，欸秋冬之绪风。步余马兮山皋，邸余车兮方林。"登上那鄂渚岸边回头眺望，纪郢的风光犹在眼前回放。冷飕飕的寒风吹拂着我的胸膛，让马儿在山坡上漫步，把车子停靠在树旁。今鄂州西山上有屈原遗迹"楚望亭"。

屈原在这段"远逝以自疏"的期间，披头散发，忧愤交加，行吟泽畔，开启了他创作长篇辞作《离骚》的历程。他驰骋着想象的翅膀，与古人交集，上九天漫游，以事寄情，以虚寓实，表达自己对楚怀王"以不知忠臣之分，故内惑于郑袖，外欺于张仪，兵挫地削，亡其六郡，客死于秦，为天下笑"的愤慨之情，并痛斥楚顷襄王由"芳草"变成了"萧艾"，疏忠直而偏信令尹子兰、上官大夫等一班佞臣的丑恶行径。

《离骚》的初稿出来之后，不胫而走，风声很快传回了楚王宫。上官大夫得到了一份草稿，赶紧去向公子兰报告。

上官："公子殿下，老臣这里弄到了一份屈原刚写的《离骚》的初稿，文中对楚国朝堂极尽诋毁之能事，社会影响很不好哇！"

子兰浏览后脸色变得苍白，慌忙进内宫报告给自己的母亲郑袖。郑袖看后心知肚明，这怀王之死其实也有她的一份功劳。当初如果她不阻止楚怀王杀掉张仪，就不会有再次上张仪当的事情了。这屈原要是再这么宣传下去，国人岂不是要把怨气撒在自己的身上？把自己骂成妲己和褒姒？这可教人怎么活呀！于是马上发话："赶快把这个疯子赶走，越远越好，永远都不要他回纪郢！"

郢都屈府，屈原正在和宋玉、唐勒、景差讲解楚辞的创作，婵娟也在一旁聆听。

上官大夫带人走进屈府，宣称道："大王诏令！"

屈原："臣接旨。"

上官念道："大夫屈原，恃才傲物，自以为是，不尊礼法，诽谤先王，中伤寡人，着免除三闾大夫一职，流放沅、湘，永不叙用。"

屈原："皇天之不纯命兮，何百姓之震愆？民离散而相失兮，方仲春而东迁。去故乡而就远兮，遵江夏以流亡。"

上官："屈原！去向你的沅、湘诉说你的'忠直'吧，真是不可救药！"掷下诏书，扬长而去。

屈原："小人得志，楚之患、国之殃呀！你们就肆无忌惮地作吧，世人总会看到你们遭报应的那一天的！"

这年秋冬之交，西风扬起了地上的落叶，屈原离开了郢都，由云梦泽至洞庭湖，溯沅江而上到达溆浦，开启了他一生最后的漫游时光。

"路漫漫其修远兮，吾将上下而求索。"

一〇〇

楚顷襄王与子兰、子椒、上官等一班权贵，自从送走了不识时务的屈原、庄辛之后，这几年过得特别惬意，在外与秦大哥混得风生水起。楚顷襄王与秦昭襄王相会于宛邑，议和结亲；楚顷襄王与秦、赵、魏、韩、燕等国共同攻打齐国，夺取淮北之地；楚顷襄王与秦昭襄王相会于鄢郢；楚顷襄王与秦昭襄王相会于今河南邓州的穰邑……在内是清一色的歌功颂德，三天一小宴，五天一大宴，日日笙歌，夜夜管弦，擎鹰牵黄，走马围猎，将自己的纨绔习气发挥到了无以复加的地步。

一天围猎之后，纨绔们听到了一桩稀奇故事，一位奇人仅用弱弓细绳便能射猎北归大雁，不知是真的还是假的？楚顷襄王听说后，想亲眼见识一下这人的射艺，便让人将其找来，跟随着一起到云梦去打猎。

走到半途，见一群大雁在高高的云天上飞了过来，几个侍卫拈弓搭箭向大雁射去，换来雁群们的一阵轻蔑的嘎嘎声。忽然一支轻捷的短箭"嗖"的一声穿入云端，一只大雁应声落下，众人一阵喝彩。

这支短箭正是从猎人的弱弓细绳上射出的，楚顷襄王一下子就被其射艺所折服，便将其叫了过来，询问其射中的诀窍。

猎人："小民没有特别的能耐，这微弓细绳和羽箭，都是用特殊材质制成的。柔韧性越好，弓绳的反弹力越大，羽箭就射得越远，射向空中的方向也就越稳定。"

楚顷襄王:"这样的神弓一定是家传,你的祖上是谁?"

猎人:"小民的祖上是养由基,当年先平王下令抄灭养家时,其长子的小妾三娘正好在娘家居住,躲过了这一劫。三个月不到三娘产下了一个男婴。之后咱家就世代以打猎为生了。"

楚顷襄王:"原来是名门之后,难怪射艺如此精湛。你愿意跟随在寡人左右吗?"

猎人:"小民乃是粗野之人,不懂礼法,不能服侍大王,只能射些小雁、小鸟,此即是微弓小箭的作用,不值得向大王说道。大王是天降神龙,仅凭楚国广袤的土地和大王的文韬武略,绝不只是射这些小雁、小鸟。"

顷襄王:"那你倒说说,寡人想射些什么呢?"

猎人:"大王首先想射的是大德。以前三王射来的是道德的尊号,五霸射得的是各国诸侯的拥护。其次想射的是诸侯,如秦、魏、齐、燕、赵之类的大鹏,韩、鲁、卫、郑之类的小雁;驺、费、郯、邳之类的小野鸭。除此外之外就不值得大王去射了。"

顷襄王:"能射得下来吗?"

猎人:"当然能。大王可以以圣人为弓,以勇士作箭,看准时机张弓射去,便可以箭无虚发,百步穿杨。这种快乐就不只是一朝一夕的快乐,这种收获也不只是凫雁之类的细微收获。"

顷襄王:"操作起来困难吗?"

猎人:"大王稳居兰台,挽弓射向大梁的南部,直接牵动韩国,中原的道路就此断绝,上蔡各郡不攻自破,楚国旧有的土地汉中、析、郦均能失而复得。由此向西连接赵国,向北直通燕国,向东连接齐、鲁。这样,楚、赵、燕、齐、鲁就如同引弓待发的猎手,合纵的局面不待盟约便能自然形成。大王之后再勉力慰劳人民,休养士卒,等到秦国疲困之时,便可以与诸侯一道集中箭镞,射向这只大鹏了!"

猎人的一番话激发了楚顷襄王的自尊心,想起父亲被秦国欺骗侮辱至死,自己被迫娶仇人之女不算,还要跟着秦王的指挥棒转,被人指责为"忍其父而婚其仇"。这算是哪门子的一国之君?

楚顷襄王:"壮士言之有理,寡人不能就此善罢甘休。"

大将军昭鱼劝道:"楚国现在已大不如从前,在当今一超独大的形势下,弱小的国家去制衡强大的国家，不料敌而轻战，国家贫而数举兵，是自取灭亡之道呀！古人云：'兵不如者勿与挑战，粟不如者勿与争锋。'请大王三思！"

楚顷襄王："秦国欺人太甚，寡人与其势不两立。"

之后顷襄王便一反常态，派使者出使诸侯国，重新约定合纵。因其号召力有限，最后只联络到了齐襄王田法章、韩釐王韩咎，两国愿意与楚国一道讨伐秦国，并准备将周天子姬延也一并收拾掉。

理想很丰满，可现实却很骨感。

楚国自身刚经历过接二连三的大败仗，一蹶不振；齐国此时只剩下了两座城池，还被乐毅围着；韩国自申不害变法失败后也自顾不暇。三个臭皮匠，此时难敌一个诸葛亮啊！

合纵之事"八"字还没有一撇，楚顷襄王要收拾周天子的消息就传到了东周国，此时那位被其弟弟的两个儿子占去地盘的周天子，正好寄居在东周武公的家里。东周武公听说楚要伐周，将东、西周两个公国一锅端，连忙心急火燎地赶到楚都，名义上为周天子出公差，实际上却是为了保住自家的地盘而奔跑。

东周武公一到郢都，便找到楚国左尹昭滑，急吼吼地对他说道："周王室的土地是不可侵犯的！"

昭滑心想："周王室还有土地？不都被你们兄弟俩给瓜分了吗？"于是便揶揄地回答道："要说侵占周王室的土地，咱们可从来没有想过，楚国也不缺那点土地，不过你倒是说说，为什么周王室的土地就动不得？"

东周武公此时的脑子还算清醒，知道说虚的没用，便直陈利害道："周王朝虽是天下的共主，剩下的土地，截长补短，方圆不过百余里。占领了周朝的土地，不足以富国，得到了周朝的人口，不足以强军。可谁要是去攻打它，都将得到一个弑君的罪名。反之则不然，瓜分楚国的土地可以强国，伐楚尊王可以扬名。现在楚国想诛灭天下共主，独占夏、商、周三代相传的礼器。就像肉质鲜美的麋鹿蒙上价值连城的虎皮一样，外凶内弱，谁不愿意去猎杀它呢？恐怕周朝的礼器还在去楚的路上，诸侯的大军就出动了。"

昭滑觉得这个东周武公的姿态虽然让人恶心，但道理还算说得透彻，便说服楚顷襄王，取消了伐秦灭周的计划。

秦昭襄王此时也得到了楚国要合纵伐秦的消息，便决定先发制人，出兵攻打楚国。

公元前280年至279年，正当楚国朝堂上的子兰、子椒、郑袖、上官大夫等人与顷襄王君臣沆瀣一气，排斥忠良，醉生梦死之时，秦国派遣了南北两路大军，对楚展开了钳形攻势。

一路是司马错率领的秦兵出武关，入方城，讨伐楚国的申县。楚军战败，增援申县的楚大司马公子椒逃回了郢都，在郑袖的庇护下没有受到责罚，仍然担任大司马。楚顷襄王割让汉北和上庸之地向秦国求和。同年，司马错再从陇西出发，经过早先被其占领的蜀地，顺长江而下进攻楚巫郡和黔中郡，吸引楚国西部的陵师主力和云梦舟师与之周旋。巫郡和黔中郡是阻挡秦军南下和东下的关防重地，秦夺取了这两地，便可以顺势攻取位于楚国中南部的洞庭郡、苍梧郡和中部的江汉平原，占据楚国的米粮仓和抄楚国的后路。

司马错的大军在西陵峡口的扞关一带遭到楚云梦舟师的堵截后，便挥师南下，由江州南面的一条山径经橦梓进入黔中，驻防的楚军被秦军击溃。楚大司马子椒率援军进入黔中，因指挥失当，被秦军打得大败，子椒在逃跑途中不慎落马，被乱军踩踏而死。秦军继续南下，在洞庭湖又被楚云梦舟师击败，遏止了其南进的势头。

另一路由白起率领的七万秦兵出武关，以楚国割让的汉北和上庸为基地，战襄阳，取邓地，目标直指位于今湖北宜城的楚陪都鄢郢，以及位于今湖北南漳安乐堰楚公族先祖的安息地夷陵。

白起孤军深入，必须要拼命进攻，速战速决，为此命令秦国的军队在过河之后拆除桥梁，烧毁船只，自断归路，一往无前，迅速攻打并占领了楚国在汉水流域的要地邓县，一直到达楚国的别都鄢郢。

鄢郢距离楚都纪郢不远，是拱卫纪郢的军事重镇，楚人吸取了上次吴兵入郢的教训，早已集结了二十万重兵驻守在鄢城内外，企图阻止秦军南下进攻纪郢。

秦军在鄢郢遭到进入楚境以来最顽强的抵抗，屡攻不克，而孤军深入的秦师又不能打持久战，加之自断了归路，时间一长就有可能被全歼。于是便另辟蹊径，利用当地的猎人为向导，找到了一条从西北山上的长谷流向东南的夷水，其最近的河段距鄢郢也有百里之遥，这个白起竟能想到在这么远的夷水狭窄处筑堤蓄水，应该是大战之前就派人打探设计好了的，临战时就派部分军队

十、沦落

秘密修建长渠，使其直达鄢郢，然后决堤引水灌城。令尹子兰、上官大夫等人此时正在楚王的行宫中，名为督防鄢郢，保卫纪郢，实则是整日里与一班浪荡子弟吃花酒作乐。

有探马将秦军的异动情形报告给了令尹子兰。子兰毫不在乎地挥了挥手道："去！去！去！别扫了爷们的兴致。"

大将军昭鱼道："秦军攻不动鄢郢，可能会想歪招，夷水的水量不小，到我们这里又是步步降低的斜面地段，万一秦军修渠灌水，鄢郢几十万军民的性命就堪忧了。"

上官："昭将军不要多虑了，夷水离这里百多里地，怎么能引水到这儿来呢？"

昭鱼："我看还是小心为妙，要不我带领一支军队，迂回到秦军的右侧，将修渠的军队杀散，将所修的渠堤捣毁，以此打破秦军的图谋。"

子兰："哎！现白起只有七万多人，咱楚军数倍于他，他攻不了咱们这座城，等过几天他们没有粮食吃，自然就会滚蛋，到时我们再出城去杀他个片甲不留。来，继续喝、喝酒！"

上官："秦军修渠？那是猴年马月的事，等到他们的渠修成了，黄花菜都凉了。"

子兰："咱们部队还是条条款款的顾虑太多了。"

昭鱼只好无奈地摇了摇头。

这天半夜时分，一条水龙呼啸着、汹涌着，猛烈地直冲鄢郢西北角的城墙，"轰！轰！轰！"一阵巨响，澎湃而来的大水将鄢郢的东北角冲开一个大缺口，一丈多高的水头冲向了城区街道，不一会儿就冲到了楚王行宫的大门前。令尹子兰、上官大夫与一帮浪荡子被巨浪及与其裹挟而来的砖木撕成了碎片。整座鄢郢变成了深渊，城中军民被淹死者数十万，繁华故都成了人间地狱。

秦军攻破鄢郢之后，为报复楚国王室，白起命令副将王乾带领一万秦兵进攻楚夷陵，一把大火将位于今南漳安乐堰夷陵楚先人墓焚毁。接着白起便休整部队，补充兵员和军资，同时将秦国的罪人刑徒迁徙到其攻占的邓、鄢两地，以此作为进一步攻楚的基地。之后又率军攻打并占领了位于今宜昌市的西陵峡，扼住了长江天险，截断了纪郢与其西南巫郡和黔中郡的联系。

一切部署就绪，白起率部发起了总攻，秦师如同虎狼闯入了羊群，各路攻楚的人马分进合击，势如破竹，血洗江陵地区，纪郢城烈焰腾空，映红了天际。楚军仓皇向东北撤退，白起率军跟踪追击楚顷襄王带领的楚国公室的队伍，企图将其一网打尽。此时驻守在樊口要塞的鄂郢舟师奉命开赴汉川一带的水网地区，抗击白起大军，全力保护楚顷襄王一行的安全撤退。

楚顷襄王带着楚国宗室顺江水而下，至汉川，过广水，经义阳三关，进驻到位于今河南信阳地区的城阳城。一代娇娘郑袖丧夫失子后，自觉罪孽深重，在大撤退途中用一条锦带结束了自己的性命。

鄂郢舟师在义阳三关前击败了秦军的猖狂进攻，然后封堵了义阳三关，保住了楚国在鄂东南以下和大别山以北的广大地盘，将白起的大军逼退到潜江一带的竟陵，并与之长期对峙，迫其返秦。

鄢郢之战后，秦国占领了楚国长江以北的江汉平原西部和今鄂西北地区，在此地设立了南郡。可怜纪郢这座楚国建都二百二十多年的繁华都会，顿时化作了一缕青烟、一堆废墟、一场梦幻。被害者与害人者玉石俱焚，都成为过眼烟云。

"章华歌舞终萧瑟，云梦风烟归苍茫。"

渔樵浪人按住云头，对着尾随在郑娇娘倩影后面的靳尚、上官大夫、子兰、子椒等一众准备进入奈何桥的幽灵告诫道："人们可以理解你们这些奸佞的无知粗暴，也能理解你们的蛮横无理，因为这些都是附着在你们职权之上的恶行；但请你们不要理直气壮，因为楚国就要断送在你们这种以权作恶、以势害人、欺压良善的人的手中。"

一个幽灵愤愤不平："世上的坏人不只是我们，为什么遭殃的是我们？"

渔樵浪人："因为你们是以职权害人，危害更大，必遭天报。"

一个幽灵怯怯地嘀咕道："我们再坏也是为了自己的生存呀！那个屈原不也是要生存吗？总不能说他就是十足的好人，就是正义的化身吧！"

渔樵浪人："什么？什么？他跟你们这些卑劣的灵魂能同日而语吗？他不是好人，这个世上就没有了好人；他不代表正义，这个世上就没有了正义！"

幽灵们倏忽惊散。

这时已是公元前278年的仲夏，此时的屈原正徘徊在洞庭郡的汨罗江畔，正面对着浩瀚的苍穹大声地质问道："天哪！天哪！你好狠的心哪！我被您庇佑的人们流放到这样的荒凉之地，他们还不放过我呀！我的一言一行，包括吃饭和睡觉，包括踱步和咳嗽，都被他们当作是危险的举动，为此不惜花费巨大的人力物力进行盯梢、追踪、盘问、毒视和旁敲侧击。我痛心的不是他们对我的心灵的伤害，而是他们为什么不能把这份执着放在真正危害楚国的敌人身上？"

话犹未落，忽然间一个炸雷，从天际传来了郢都陷落，玉石俱焚，几十万人死于血光之灾的雷霆噩耗。屈原打了一个寒战，浑身颤抖了起来！

屈原："天哪！天哪！我对不起先威王的嘱托，我没有照顾好楚国，你们就惩罚我吧，不要再伤害那些无辜的人们了，他们本来就是民生多艰啊！"

苍天默然，大地一片死寂。

屈原披发垢面，形容枯槁，如癫似狂，行吟江畔："怀王不听吾言，事已至此，吾不忍再见到那宗庙焚毁，山河破碎，士卒败亡，黎庶横死，血满郢都路呀！"

这天是夏历五月四日的晚上，屈原想到自己坎坷的从政经历，想到楚国面临的即将覆灭的命运，翻来覆去怎么也睡不着。第二天一大早就摸索着起床，在汨罗江畔孤独地徘徊着，重重的迷雾露湿了他的衣衫。

太阳出山之后，一位准备到江边去结网捕鱼的渔父，见屈原游于江潭，行吟泽畔，颜色憔悴，形容枯槁。上前拱手问道：

"先生是三闾大夫吗？我在纪郢见到过您，几年不见，怎么混成这般模样呢？"

屈原道："举世皆浊我独清，众人皆醉我独醒，是以被楚王流放到这里。"

渔父："圣人不固守于物，而能与世俱进。世人皆浊，何不搅其泥而扬其波？众人皆醉，何不吃其糟而饮其酒？何故深思高举，自命清高，自己把自己流放到这里呢？"

屈原："吾听说，新沐者必弹冠，新浴者必抖动衣服。清者自清，浊者自浊，宁赴湘流，葬身于江鱼的腹中，也不能以洁净之身，去沾染那世俗的尘埃呀！"

渔父莞尔而笑，敲着短桨而去，乃歌曰："沧浪之水清兮，可以洗吾帽缨；沧浪之水浊兮，可以洗吾双足。"

屈原彻底绝望，吟成《怀沙》一首，发出"死既不可回避，屈原亦不会吝惜。光明磊落的先贤啊！吾将与你们同在"的叹息之后，就怀抱着一块石头，走向了那汨罗江水的深处……

形单影只、心有不甘、悲剧人生的屈原，就这样抱恨投汨罗江而去。

"湛湛江水兮上有枫，目极千里兮伤春心，魂兮归来哀江南！"

乡亲们听说屈原投江水而去，争相驾着小舟，出江拯救，已经来不及了。寻找了一天一夜，未见其踪迹，只好做成角黍，投于江中，系以彩线，以防其洁净的仙体被蛟龙攫食。后人模仿这一场景，开展龙舟竞渡之戏，至今相沿成俗。

"佞骨不知何处朽，龙舟岁岁吊沧浪。"

屈原所耕之田，获米如白玉，因号曰"玉米田"。里人私为屈原立祠，名其乡曰姊归乡，亦因屈原之姊盼望屈原归来而得名。乡民兼为诗人之姊立庙，号姊归庙。后姊归演化为秭归。

"屈子冤魂终古在，楚乡遗俗至今留。"

— ○ —

楚都的下一个接力棒是城阳城。城阳城位于今河南信阳市平桥区的楚皇城遗址，楚顷襄王在纪郢失陷后"流掩于此"。他痛定思痛，也想学越王勾践的"卧薪尝胆"，可自己又不是那块料，刚卧了半天，皮娇肉嫩的他就浑身痒痒地起了水泡，改为"坐薪"；刚坐了半天，还是觉得浑身是刺不自在，再改为下面垫一层稻草，上面再加垫一层絮有野鸭绒毛的葛布垫子。这样才坚持坐了下来。之后楚地士民居家的床铺下层垫稻草、上层垫棉絮的生活习惯，即由此而来。

楚顷襄王的痛定思痛不仅表现在"坐薪"上，还有一大举措是想将此前被其流放的庄辛请回来，以此显示自己要学先昭王的"挽救危局"。

庄辛离开楚国到了赵国，表面上在赵国当"寓公"，实际上仍在紧紧地盯着楚国的国家大事。秦国发兵攻占了鄢、郢、巫、上蔡等地，楚国节节败退，只有招架之功，没有还手之力情形，深深地刺痛了他。楚顷襄王便派使臣去召他回国。庄辛也还干脆，即刻整理行装上路。

庄辛来到了城阳城，朝拜了楚顷襄王。顷襄王对他说道："寡人当初不听先生的忠言，致使一个好端端的楚国发展到了如今国将不国的地步，现在可怎么办呢?"

庄辛回答道:"能意识到问题,就是解决问题的开始呀!臣还是以一个故事来作比方吧!猎人看到兔子之后放出猎犬去追逐它,还不算晚;牧羊人丢失了羊儿之后去修补羊圈,可以防止再出现类似的损失。以前商汤王和周武王,依靠百里土地能使天下昌盛;夏桀王和商纣王,虽然拥有天下,终究不免身死国亡。现在楚国的土地虽然比以前少了很多,但截长补短,仍有三四千里,与先贤们的百里之地不可同日而语呀!"

楚顷襄王:"那寡人以后该怎么办呢?"

庄辛:"螳螂捕蝉,黄雀在后;生于忧患,死于安乐呀!大王知道蔡灵侯吧,他游乐无度,南到高陂,北至巫山,饮茹溪里的水,吃湘江中的鱼;左抱幼妾,右搂宠妃,高车驷马,驰骋在高蔡的闹市上,洋洋自得,不可一世呀!岂不知那时楚司马子发正在接受楚宣王的命令,马上就要将其打成阶下之囚了。

"大王也是如此,左边州侯,右边夏侯,前有鄢陵君,后有寿陵君,一路驰骋在云梦大泽的官道上,根本不把国家的事情放在心上。君王此时此地也没有料到吧,秦穰侯魏冉已经奉命在黾塞之南布满了军队,州侯等却把君王抛弃在了黾塞以北的地方。"

楚襄王听了庄辛的这番话,如梦方醒,全身发抖,不知如何是好。

庄辛回答:"亡羊补牢,犹未为晚;患了'雪癔症'的羊群,浑浑噩噩,不吃不喝等死,但经过饿狼一阵鲜血淋漓的撕咬之后,会有所觉醒。只要上下重新振作起来,楚国还可以挽救。"

楚顷襄王闻过思改,封庄辛为阳陵君,委以朝政。在庄辛等贤臣的筹划下,于公元前276年,趁秦将白起和客卿胡阳先后攻魏期间,调集楚国东地庄蹻麾下的越人劲旅,会同鄂郢舟师,向西反攻,夺回了被秦占去的江旁十五个城邑,即史载的"江旁十五州"。

这个江旁十五州既不在黔中郡,因其不在江旁;也不在鄂东南,因鄂东南有鄂郢的水师和陵师把守,至此还没有落入秦手。而是在原楚国江汉腹地的南郡,即在今天的荆州至汉川到宜城一带。不久之后,庄辛还帮助楚王收复了淮北的广袤土地。楚顷襄王便将庄辛的食邑封在了那里,让其作为楚国北疆的屏障。

顷襄王在城阳城"流掩"的三年间里，虽然背负着惨败之痛，失亲之恨，可时日一长，便逐渐淡忘；加之庄辛多数时间镇守在楚北的封地，失去约束的娇娇宝儿，纨绔之性又日渐显露出来。除大建宫室、豪娶女眷、享乐腐化、争权夺利之外，还相互攻讦，内斗不断，稍微正直的人又遭到排挤，稍有长处的人又遭到诋毁。就连没有什么实权的文学侍从宋玉、唐勒、景差等人，也遭到贵族子弟的排斥。其中的宋玉因其人才、辞采出众，更屡遭一些无聊大臣的诋毁。

一天早朝，群臣朝贺已毕。大夫登徒子忽然心血来潮，走上前奏道："启禀大王，臣见宋玉为人体健貌端，口多辩词，甚好美色，大王后宫佳丽如云，宋玉早有觊觎之心。愿大王以后切勿允许其出入后宫。"

楚顷襄王听后似笑非笑，以目示宋玉，看其有何话说。

宋玉答道："体健貌端，所受于天；口多辩词，所学于师。至于好色，臣无有此事。"

顷襄王："你说你不好色，有什么说辞吗？有说辞则就此了结，无说辞则闭门思过。"

宋玉："登徒子说臣好色，臣就与他攀比一下，请大王明断，究竟是谁好色。天下的佳人，莫若楚国；楚国之艳丽者，莫若臣乡里；臣乡里之姣美者，莫若臣东邻之女。东邻之女，增之一分则太长，减之一分则太短；着粉则太白，施朱则太赤。眉如翠羽，肌如白雪，腰若束素，齿若含贝。嫣然一笑，惑阳城，迷下蔡。然此女登墙窥臣三年，至今犹未许也。登徒子则不然。其妻蓬头垢面，兔唇龅牙，弯腰驼背，又疥且痔。登徒子悦之，使其有五子。请大王察之，谁为好色者矣！"

楚顷襄王："宋先生虽然言辞偏颇，也似有一定的道理。"

登徒子见宋玉口若悬河，文理通畅却事理不通，觉得可以从哪里反驳他一下，又紧张得有口说不出来，气得直翻白眼，只好悻悻而退。

转眼又到了三月三，顷襄王带着宋玉寻访先王的足迹，游览云梦台，手摘琼草花，远望高唐观。只见高唐观上云气特异，状如峰峦，升腾直上，忽然又改变形状，顷刻之间，千变万化。

顷襄王问宋玉道："这是什么云气呀？"

宋玉答道："这就是人们所说的'朝云'。"

顷襄王又问:"什么是朝云?"

宋玉回答:"从前先王曾经游览高唐观,感到困倦,白天睡去,梦见一飘飘而来的女子,对王说道:'妾乃巫山之女,高唐之客,见大王儿女情长,丰神俊朗,仙袂飘飘,心生爱慕,愿来荐以枕席。'

"先王于是和她同眠共寝。事毕离开时,神女向王告白道:'妾住在巫山南面的高山上,早上化作灿烂的云霞,傍晚变成霏微的烟雨。朝朝暮暮,待君于阳台之上。'

"先王早上起来看云时,果然像神女所说的那样,而后为她修建了庙宇,封其为'朝云'。"

顷襄王:"朝云刚出现时,是怎样的一种情景呢?"

宋玉答说:"刚出现的时候,宛若茂盛挺拔的青松翠竹。稍微过了一会儿,像美妙的少女一样,现出了靓丽婀娜的姿容,扬起长袖,遮住炫目的阳光,似凝神伫望,若有所思。忽然又变幻了模样,驾着驷马之车疾驰,车上插着饰有羽毛的旌旗,凉风习习,细雨清凄。等到风住雨停,云清雾散,则无处可寻。"

顷襄王:"寡人现在可以去游赏一番吗?"

宋玉:"行啊。"

顷襄王:"那里的情形如何?"

宋玉:"那里高峻而广阔。登临眺望,迤逦无极,好像万物都是从那里生出来的一样。上接青天,下临深渊,珍贵怪异,奇特伟岸,简直难以用语言来描述。"

顷襄王说:"好啊!寡人对此非常神往;传唤唐姬,与寡人一同前去观览巫山云雨。"

十二巫山云雨会,襄王今夜上阳台。

一〇二

位于今河南淮阳陈郢的城墙、殿宇经过三年的修缮,大功告成,楚顷襄王便告别城阳城,带着后宫和百官,浩浩荡荡地起驾迁往陈郢。为纪念这次迁徙,楚宫举办了大型的庆祝晚会。宴乐之后,群女歌咏道:

　　成礼兮会鼓,

　　传芭兮代舞;

> 姱女倡兮容与；
> 春兰兮秋菊，
> 长无绝兮终古。

短暂的欢乐，掩盖不了严酷的现实。

秦国为了循序渐进地诛灭六国，采取了"远交近攻"的策略，优先考虑对付邻国；对于距离较远的国家，则采取又打又拉的策略，以图各个击破，一口一口地将其吃掉。顷襄王此时不仅占有距离较远的"地利"，还主动地割让位于今长沙一带的青阳到洞庭湖的土地给秦王，以换取短暂的安宁。

主庸国弱，祸难不远，庄辛对此态势的发展洞若观火。怎样才能让楚国走出困境？怎样才能让楚国重现昔日的荣光？关键的问题还是要物色好柱国之栋梁，即顶天立地、堪当大任的将相大才。

经过一段时间的考察和多方的比较，皇天不负有心人，终于发现了能改变楚国面貌的两大才俊：一个是庄蹻，一个是黄歇。

庄蹻自不待言，早已才名在外，是能独当一面的将才，关键在于怎么用。

黄歇是新秀，故黄国公室的后裔，年轻时四处拜师游学，见识广博，以辩才著称。庄辛在兰台学宫讲学时，黄歇伺其左右。一天，庄辛讲到楚国过去的辉煌和现在的困境，感慨之余，突然向其学子们发问道："楚国现在最大的问题是什么？"

学子们众说纷纭，有的说兵不强，有的说赏不厚，有的说民不顺。黄歇答道："楚国现在最大的问题是贵族治国。"

庄辛："为什么？"

黄歇："楚国贵族已经由过去的开拓进取走向了腐朽没落，只顾小家，不顾大家，自私保守，墨守成规，相互拆台，阻碍发展。楚国如此下去，只会江河日下。"

庄辛："有什么解决办法吗？"

黄歇："有！推崇贤人治国，强内抚外，奋力一搏。"

庄辛记住了这个年轻的后生，认为他有出将入相的才能，屡屡地向顷襄王推荐，并把他安排在太子身边。此是后话。

庄辛认为要挽救楚国，必须要打败秦国。秦国的战略重点在东线，楚国的权力重心也转移到了东线，自己也在淮北一带驻防，在这里与秦军相持。楚对秦的突破口只能选在秦的力量相对薄弱的楚国西南一线。黄歇有掌控全局的潜能，庄蹻有外线作战的才干，待到时机合适之时，楚兵从扞关西攻秦国，庄蹻大军从西南突入蜀地、出秦岭以攻秦腹地，自己再统大军出方城，入武关，攻蓝田一线，则秦国可破、秦王可擒矣！

再说庄蹻治理越地的政绩日渐突出，庄辛看在眼里，喜在心上，向顷襄王推荐道："庄蹻是能独当一面的大将之才，是振兴楚国的柱石。现秦军的战略重点在东线，无暇顾及西南一带，要打败秦国，必须从西南方向入手，对秦迂回作战。微臣建议由庄蹻率军进入黔中，向滇池拓展，而后北入蜀境，包抄秦军后路，以出其不意的行动牵制秦军，与东线正面战场的楚军遥相呼应。待到时机成熟，楚军从巫山、滇池两个方向反击秦军，一举将其赶回关内。"

楚顷襄王："先生此议甚合寡人之意，且先威王生前就有进军云贵的志向，可以让庄蹻带领本部人马进军黔滇，开辟扩大楚国的地盘，伺机向蜀地反攻。先生与庄蹻同为先庄王的后裔，还得烦劳先生亲自前往东越一趟，向庄蹻传达寡人的旨意，交代必须注意的事项，代寡人送其出征。"

庄辛："微臣领旨！"

东越之地，大校场上战鼓咚咚，杀声嘹亮，气势如虹，庄蹻正在这里指挥练兵，庄辛与之见礼。两人彻夜长谈，谈楚国的危局，谈楚国的战略，谈楚国未来被灭和振兴的两种前景，谈楚国出兵云贵的构想，谈与国内联络与夹击秦军的相关事项，一直到东方发白。

次日清晨，曙光初照，庄辛在大校场送庄蹻出征。两万雄兵井然有序，威风凛凛，战旗猎猎，喊声震天。庄辛传达楚王的命令："出征滇黔，开发边疆，抚有蛮夷，以属诸夏！"

众军："大王万年！楚国万年！"

庄蹻大手一挥："出征！"

在云梦舟师的协助下，庄蹻大军先乘船过洞庭湖，由沅水及其支流溯江而上，到达位于今贵州黄平县的且兰，留返舟师，改为陆路前行，经夜郎古国入滇，一直打到滇池。

滇池周边三百里富饶的土地，张开双臂接纳了来自楚地的两万儿女。庄蹻将这片神奇的土地命名为"威楚"，在此草草安定下来之后，便派自己的侄儿庄晓带领一队人马，回楚国向朝廷报捷。

就在这一年,秦昭襄王派蜀郡守将张若再度攻取了楚国的黔中郡;与此同时,占据南郡的秦军也在巫山、洞庭一带清剿楚军残部。此情此景,对庄晓一行而言,可谓是关山重重,无法逾越。庄蹻得到报告,只好暂时留在滇池,与古滇国的女王一道,带领军民开发西南边疆,草创了楚国的异地政权,即"威楚"政权。

碧波荡漾的滇池湖畔,沙鸥翔集,锦鳞游泳,好一派畔水而居、长脊短檐的异域风光。一位美丽动人的滇池姑娘,挽着庄蹻的手臂,漫步在那千回百转的林荫小道上。

这位美丽的姑娘是滇池女王的女儿,人称孔雀公主,性情活泼烂漫,是女王的掌上明珠。美丽多情的孔雀公主爱上了英俊潇洒的庄蹻;庄蹻也迷上了这位异域风情的美貌女郎。为了使这位美丽的公主倾心于自己,庄蹻甚至不顾守旧下属的反对,改变了自己的服饰,顺从了当地的风俗习惯。

滇池女王将这一切看在眼里,喜在心上,破例地接纳了庄蹻为滇池女儿国的上门女婿,为他们操办了隆重的婚礼。

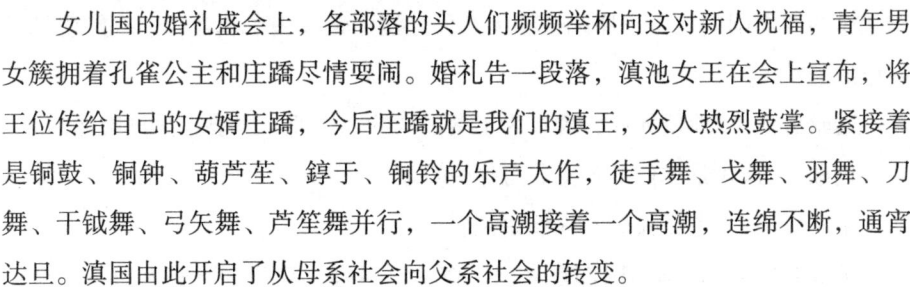

女儿国的婚礼盛会上,各部落的头人们频频举杯向这对新人祝福,青年男女簇拥着孔雀公主和庄蹻尽情耍闹。婚礼告一段落,滇池女王在会上宣布,将王位传给自己的女婿庄蹻,今后庄蹻就是我们的滇王,众人热烈鼓掌。紧接着是铜鼓、铜钟、葫芦笙、錞于、铜铃的乐声大作,徒手舞、戈舞、羽舞、刀舞、干钺舞、弓矢舞、芦笙舞并行,一个高潮接着一个高潮,连绵不断,通宵达旦。滇国由此开启了从母系社会向父系社会的转变。

庄蹻的滇王政权定都呈贡,后迁晋宁;滇国的地盘包括今昆明市全部、东川全部、曲靖和玉溪地区的大部,以及红河州、楚雄州和文山州的部分地区。在庄蹻的领导下,将楚国的先进文化和生产技术带到了滇池地区,废除了人祭制度,提高了当地金、铜、锡的冶炼技术,发展了农业、手工业生产;同时还将楚国的商贸意识带到了滇池地区,开发了农副、工艺、骡马、大象等初级市场,加强了与内地、与缅印的商贸往来。秦始皇统一全国后,庄蹻政权是六国政权中的硕果仅存,"秦灭诸侯,唯楚苗裔尚有滇王",此是后话。

一〇三

公元前273年，秦国与魏国的华阳之战结束，魏国战败臣服于秦。之后不久，秦国便将目光转向了楚国，准备让白起领兵进攻楚国。

"白起这个屠夫又要来啦！"楚国朝堂上慌作一团。庄辛向楚顷襄王推荐了初出茅庐的黄歇，让他以楚国使臣身份，出使秦国，游说秦昭襄王。

黄歇到了秦国，朝见了秦昭襄王，对其奏道：外臣听说大王要派大良造白起率军侵犯楚国，不知是不是真的？

秦昭襄王："是真的。因为贵国亡我之心不死呀！秦国在与魏国苦战之时，你们却在背后捅刀子，派大将庄蹻率军进驻云贵，抄秦国的后路。不灭掉你们这个楚国，终究是秦国的大患！"

黄歇："啊！原来如此。庄蹻暴戾，多年在楚东南的越人区闹独立。这次是因为楚大司马昭滑率军清剿越国残余时，对庄蹻的军队进行了致命的打击。在楚军的四面围剿之下，庄蹻被逼无奈，才铤而走险去了滇池，怎么能说是我们派的呢？"

秦昭襄王："即便如此，现在为了秦国的统一大业，也要出兵打垮你们。"

黄歇："这才是你们的本意。可你失算了。"

秦昭襄王："怎么失算？你倒说说看。"

黄歇："秦、楚国两国都是大国，俗话说得好，瘦死的骆驼大似马。当年蓝田之战，要不是魏、韩突然出兵攻击楚国的大后方，断我大军的归路，咸阳早就保不住了。这次秦国如果要攻打楚国，必然要动员全国的兵力和物力，最后秦、楚两大国必然是两败俱伤。这样一来，韩、赵、魏、齐等国就会坐收渔翁之利，灭了秦国也不是难事。"

秦昭襄王："这怎么可能？你可不要危言耸听！"

黄歇："确有可能。君不听人传言，秦、楚交战就好像两虎相斗，非死即伤，乘其弊而得其利的正好是你们的敌国。与其落得这样的下场，还不如善待楚国。"

秦昭襄王："如何善待？"

黄歇："不如让秦国和楚国结盟，然后联合起来，一起对付这几个敌对的国家。"

应侯范雎："楚大夫的话有一定的道理。秦国尽管国力强大，但在中原诸国中，还不能形成'完全碾压'的态势，还是远交近攻最符合秦国的利益。"

秦昭襄王："应侯既如此说，那就传令白起暂停伐楚吧。"

秦昭襄王被黄歇成功说服，阻止了白起出征，并派出使臣给楚国送来了厚礼，与楚国缔结盟约，互为友好国家。

公元前272年，楚顷襄王送年幼的太子熊完去秦国为质，黄歇作为陪伴太子的随员，一去就是十年。在这十年中，黄歇上下奔走，除确保太子安然无恙之外，还在秦国搞了一些调查研究，与秦国的一些要人如相国范雎等，建立了良好的关系，以备将来之用。

公元前263年秋天，在位三十五年的楚顷襄王病重，眼看来日无多，更要命的是，秦昭襄王愣是不同意让熊完回国继位。

黄歇只好去找秦相范雎，说楚王病重难保，如果太子熊完回国即位，必然会感谢秦国；如果秦国扣留熊完，楚国则会另立太子继位，秦楚关系破裂，到时只能是两败俱伤。范雎把黄歇的话告诉了秦昭襄王，向其进言让楚太子归国探病。秦昭襄王没有同意，但同意让太子的师傅先回楚国，待其探完病情后，再做安排。

十、沦落

黄歇见明道走不了，只好走暗道，于是便决定乘这次允许自己回楚的机会"偷梁换柱"，让手下的人装扮成自己，让太子换装扮成随从，立刻回国；自己则冒着被杀头的危险留在秦国，并称病谢客，以应对事态的发展。当他估计秦军已经追不上太子时，才去觐见秦王谢罪。

秦昭襄王闻报大怒，要黄歇自杀以泄其愤。范雎劝阻秦昭襄王道："熊完回国即位后，必定会重用黄歇。不如让黄歇回国，以表示秦国对楚国的亲善态度。"

秦昭襄王："相国之言也有道理，楚太子熊完已经逃走了，杀掉黄歇也就是泄泄愤而已，还是放他回国吧。"

为缓和秦楚关系，楚将位于今湖北洪湖市东北一带的州邑的土地割让给了秦国。

先期回到楚国的太子熊完顺利地登上了大位，是为楚考烈王。任命助他成功上位的黄歇为楚国令尹，并封其为春申君，将庄辛去世后遗留下来的淮北十二县转赐予他。

黄歇任令尹后，励精图治，执政长达二十年，是名震环宇的战国四公子之一。与其他三位国公子相比，他是唯一靠自己的才能成为决定国家命运的人物。

春申君有礼贤下士的风范，他的门下聚集了三千多各式各样的士人，其中的朱英和李园都是他的门客。

楚考烈王元年，秦对楚的边境发起了试探性的进攻，以此观察楚国的反应。黄歇对秦国奉行的一套"远交近攻"的把戏了如指掌，便装出"亲秦附秦"的样子，将位于今湖北咸宁东北的州陵割让给秦，以换取秦的继续"善楚"。之后秦便将兵锋指向了三晋，发起了长平之战。

公元前259年，秦、赵长平之战以坑杀四十万赵卒结束后，白起想乘胜进围赵都邯郸，攻灭赵国。范雎妒忌白起的功劳，以秦军疲劳需要休息为由，建议允许赵、韩割地请和。秦昭襄王表示同意。

秦退兵后，赵国拒绝割地给秦。秦昭襄王想派白起前去攻打赵国，白起认为时机不成熟，托病推辞。秦昭襄王改派五大夫王陵进攻邯郸。赵国军民奋力抵抗，王陵失利。秦昭襄王又想派白起出征，白起仍然称病不奉诏。秦昭襄王只好派王龁取代王陵，王龁亦攻邯郸不胜。范雎于是荐举郑安平为将，以加强对赵的进攻。在此千钧一发的危急关头，赵孝成王向魏、楚发出了加急求救信。

楚考烈王五年，赵国的平原君赵胜奉命前往楚国搬救兵，在门客中选出了十九名文武双全的随行人员，还差一人愣是选不上来。

这时下客座位上有一人站起身来说道："似下臣这样的，不知可不可以作为一个备选人员？"

平原君："请问先生高姓大名？"

毛遂："下臣姓毛，名遂，大梁人，来到君的门下已有三年了。"

平原君笑道："凡贤士处世，譬如铁锥处于囊中，尖子立刻露了出来。今先生在赵胜门下三年，赵胜从未听说过你有什么能耐，先生难道不是一无所长吗？"

毛遂道："下臣今日就请将吾置于囊中，假若早将下臣置于囊中，早就脱颖而出了。"

平原君见其出言不凡，便让其进来凑足二十人之数。即日辞了赵孝成王，望陈郢进发，先派人通知春申君黄歇。黄歇素来与平原君交好，便将其到陈郢的消息转告给了楚考烈王。

平原君黎明入朝，相见礼毕，楚考烈王与平原君坐于殿上，毛遂与二十人俱立于阶下。平原君从容言及"合纵"抗秦之事。

楚考烈王："'合纵'之约，由赵国最早倡导，后来听了张仪的游说之词，就出现了摇摆倾向；列国推先怀王为'纵约长'伐秦，人齐心不齐，无功而返。之后推齐湣王为'纵约长'，诸侯出师未捷，皆不欢而散。至今列国以'合纵'为忌讳，平原君远来辛苦，先不要轻言'合纵'。"

平原君道："自从苏秦倡导'合纵'之议，六国约为兄弟，盟于洹水，秦兵十五年不敢出函谷关。之后齐、魏受犀首公孙衍之欺，欲要其伐赵；怀王受张仪之欺，欲要楚亲秦伐齐，所以纵约渐解。假使三国都能坚守洹水之誓，不受秦国的欺诈，秦又怎么能奈何我等呢？齐湣王名为'合纵'，实欲趁机兼并他国，说到底都是诸侯背约，怎么能说'合纵'不好呢？"

楚考烈王："今日之势，秦强而列国俱弱，但可各图自保，哪有余力相助呢？"

平原君："秦国虽强，分制六国则不足；六国虽弱，合制秦国则有余。若列国各图自保，不思相救，一强一弱，胜负已分，他日均难自保。"

楚考烈王："秦兵一出而拔上党十七城，坑赵卒四十万，合韩、赵二国之力，不能敌一武安君。今又进逼邯郸，楚国僻远，远水救得了近火吗？"

平原君："寡君任将非人，赵括只会纸上谈兵，导致长平之失。今秦将王陵、王龁率领二十多万秦军，被阻挡在邯郸城下一年有余，不能损害赵都分毫。若救兵一集，可以大挫其锋，可获诸侯数年之安。"

楚考烈王："秦新近通好于楚，君上就要寡人'合纵'救赵。那秦该怎么想，若要是迁怒于楚，不就是让楚代赵受伐吗？"

平原君："秦之所以通好于楚，是要专门对付三晋。三晋既亡，楚岂能独存？"

楚考烈王终有畏秦之心，迟疑不决。

毛遂在阶下顾视日晷，已是正午，于是便按剑逐阶而上，对平原君说道："合纵之利害，两言可决。今日自日出入朝，说到日中还没有决定，有这么难吗?"

楚考烈王怒问:"你是何人?"

平原君答:"此人是外臣的门客毛遂。"

楚考烈王:"寡人与汝君议事,门客怎么能插言呢?还不赶快下去?"

毛遂上前几步,按剑说道:"合纵乃天下大事,天下人皆可议论!吾君在前,呵斥一个门客恰当吗?"

楚考烈王的面色开始由阴转晴,问道:"客有何言?"

毛遂道:"楚地五千余里,自文武称王,至今雄视天下,号为盟主。一旦秦人崛起,数败楚兵,怀王囚死。白起那小子,一战再战,鄢郢被水冲垮,楚王陵被焚毁,南国最大的都会纪郢被夷为平地,楚考烈王被逼迁都。此乃是百世之怨,三尺童子亦以此为羞,难道大王独不以为然吗?今日'合纵'之议,是为楚,而非为赵!"

楚考烈王:"唉!唉!谁说不是呢?先生欲有何求?"

毛遂:"请大王参与合纵,出兵救赵!"

楚考烈王:"这秦国也实在是欺人太甚了!"

毛遂道:"大王已做出决定了?"

楚考烈王:"寡人之意已决!"

毛遂招呼左右,取歃血盘至,跪进于楚王之前道:"大王为纵约长当先歃,次则吾君,再次则外臣毛遂。"于是纵约遂定。

毛遂歃血毕,左手持盘,右手招十九人道:"公等亦应共歃于堂下,此即所谓'因人成事'者也。"

楚王既许"合纵",即命春申君和大将景阳率八万楚军星夜出发救赵。景阳是一个粗直的将领,《淮南子》说"景阳淫酒,被发而御于妇人",擅长冲锋陷阵,攻城略地,以勇武威服诸侯。

这时,魏安厘王也已派遣大将晋鄙率兵十万救赵。秦昭襄王见诸侯派救兵救赵,亲自到邯郸督战,并派人对魏王说:"秦攻邯郸,旦暮即下,诸侯有敢救者,必移兵先击之!"

魏王大惧,派使者追及晋鄙军,命其不要再往前行。晋鄙便将大军驻扎在位于今河北磁县的邺下。楚春申君、司马景阳亦即屯兵于武关,观望不进。

魏信陵君眼见晋鄙误事,便请魏安釐王的内宠如姬窃取了兵符,信陵君以此兵符击杀了晋鄙,领兵直奔邯郸城下。

楚、魏、赵联军在邯郸城下内外夹击,把秦军打得大败。秦将王龁败退,主将郑安平率二万秦兵降赵,邯郸保卫战取得了空前的胜利。

三国军队一鼓作气消灭了十几万秦军,必定会招来秦国的报复。春申君深知楚国的力量大不如从前,为了躲避秦国前锋的威胁,建议考烈王将都城由陈郢迁移到远离秦军的钜阳;同时也因淮北十二县离齐国太近,建议将其划归朝廷直接控制,改为军政一体的"郡"进行管辖,以增强这一带的经济实力和军事实力,以此保卫楚国的大后方。

楚考烈王采纳了黄歇的建议,并把吴越旧地江东郡封给了黄歇。黄歇及其族人在江东吴地一带经营了十余年,动用江南大量的人力、物力,疏通太湖流域的河道,疏浚东江、娄江、吴淞江,开浚黄歇浦,改造农田,改进纺织工艺,受到当地人们的敬仰,被其尊称为水神和财神。现今的上海市被称为"申城",还有"黄浦江""申江""春申村"等地名,均为纪念这位开"申"之祖而起的。

楚国将经济中心转向江淮地区,将军事重地放在淮泗之间的举措,给齐、鲁造成了压力,与鲁国为地界问题经常发生争执。

鲁地富庶,礼乐风行,人才济济,孔子、孟子、曾子、鲁班、左丘明、曹刿等大师辈出,宛若天上灿烂的群星,楚人早就心向往之。

公元前255年,考烈王命令春申君与大将军景阳率军北征鲁国,黄歇坐镇中军,景阳率领前军,向鲁国的都城曲阜发起了猛烈的进攻。鲁顷公坐在敌楼上,亲自指挥防御,战斗异常激烈。鲁国最终寡不敌众,眼看城池危在旦夕,为避免生灵涂炭,鲁顷公下令向春申君请降,自己准备自裁以谢国人。春申君带人冲进鲁宫时将其救下。

楚灭亡了立国七百九十五年的鲁国之后,乘胜攻灭了从鲁国分离出来的费国,楚在鲁、费故地设置了鲁县。鲁顷公受到楚考烈王的优待,将其封到山东的莒地。春申君按照楚国的体制对鲁地进行了改造和治理。

黄歇灭掉鲁国后,正好遇上荀子辞掉齐国稷下学宫的祭酒来投。黄歇素闻其名,乃聘其担任了兰陵县令。

位于今山东的兰陵县原名为苍山邑,在楚威王时期就归化于楚国,楚在这里首设县,一代楚才屈原亲自命其县名为"兰陵"。

兰陵是楚文化和齐鲁文化的交汇融合之地，是封建王朝大一统的思想摇篮；也是楚国最早的美酒产地，"兰陵美酒郁金香，玉碗盛来琥珀光"。

两任楚兰陵令、三任齐稷下学宫祭酒的荀子，是我国最早集官、学一体的大学校长和中央直辖县长。在兰陵任职期间，他还试办了县学，专门为学子们写下了《劝学篇》，"学无止境""青出于蓝而胜于蓝"等千古名句，均是从该文中演化出来的。

荀子晚年蛰居兰陵县著书立说，收徒授业，终老于此。韩非、李斯、张苍等慕名投奔其门下，学"兴国之道"和"帝王之术"，眼看修业期满。

荀子："为师自开馆以来，秉承兰台学风，收授弟子数百，唯有韩非、李斯、张苍等能继承为师的衣钵。如今你们已修业期满，能大胆地与为师谈一谈各自的志向吗？"

群弟子："学生不敢放肆。"

荀子："但说无妨。"

韩非："韩非的志向是整合法家学派，创造大一统的法制思想，为中华王朝立心，为万世开太平。"

李斯："李斯的志向是帮助有为之君完成统一大业，车同轨，书同文，统一度量衡。"

张苍："张苍的志向是完善《九章算术》，精算历法、舆地，计量国家的民生资源，协助君王开创王朝盛世。"

荀子："很好！天行有常，不为尧存，不为桀亡。"

群弟子："应之以治则吉，应之以乱则凶。强本而节用，则天不能贫；养备而动时，则天不能病；循道而不贰，则天不能祸。"

荀子："为学者，不仅要有精深的学问，更要有高尚的情操和天下的胸怀。为师一贯要求，只有先做好人，然后才能做好学问。否则，要么无才少德，要么才高学陋。若德行不修，学不及本，无德乱性，才高乱道，不仅贻害社会，还会危及自身。"

群弟子："敬受教！"

荀子："前路漫漫，各位好自为之。"

群弟子："制天命而用之！"

一〇四

楚国自丹阳之战的拐点开始，国势日颓，无论是单打或是合纵，一直是战败、战败、战败，失地、失地、失地，割地、割地、割地，乘机收复江旁十五州是其唯一的一点亮色。

这次楚军援赵挫败了秦国，接着发兵灭亡了鲁国，增强了自己的实力，使楚国重现了一抹短暂的光辉。

邯郸之战后，秦国也开启了有计划的报复行动。公元前256年，秦国大举进攻弱小的韩国，很快夺取了位于今登封市一带的阳城、负黍，斩首韩军四万，一下子就逼近了周赧王所居的洛阳王城。

正在周赧王和朝臣们的慌乱之际，楚考烈王派来朝拜的使者正好到了洛阳。周赧王似抓住了一根救命稻草，连忙向其求计道："贵使来得正好，现秦国正在向周朝的王畿进军，眼见都城不保，快给寡人拿个主意呀！"

楚使便向周赧王献计道："秦国势大，单独一国难以对抗，只有以周天子的名义，召集六国联合攻秦，才有可能迫使秦国退兵。"

不少大臣随声附和道："楚使之言在理，只有天子能挑这个头、能镇住这个场子。"

十、沦落

周赧王已经很久没有享受到这样的尊重了，一高兴就答应了做盟主。于是便起草诏令，派使臣分送给六国，约定时间集中兵力攻秦。

既为盟主，就得做表率。此时周朝只剩下很小的一块领土，居民也不多，虽经反复动员，也只凑合了六千人马。人有了，却没有军费。困窘中的周天子突然脑洞大开，竟然来了个令人瞠目结舌的千年大穿越，向王城中的那些富户发行国债券，见钱就发券，等仗打赢之后，再用抢来的财物抵偿大家的本金和利息。这个法子既新鲜又有利可图，逗得大家纷纷购买。

周赧王兴冲冲地带着六千人马来到伊阙集合，等了多日，除了楚国和燕国来了人之外，其他国的诸侯都没见人影儿。周赧王眼看人不齐心也不齐，只好不了了之，发财的大梦就此碎了一地。

周王城的那些富户听说天子"打了瓦"，很有可能血本无归，都拿着国债券围着王宫向天子要债。周赧王毫无办法，一些胆大的便挤进王宫要钱，周赧王理屈财穷，只好跑到宫中的高台上躲债。最后还是春申君听说后，派景阳带钱来给天子解了围。

经过这一闹腾，秦国还是从王畿撤军回国了，也算是部分地达到了周赧王的目的，但终究难逃被秦所灭的命运。

秦王嬴政即位后，大力加强对中原的攻伐战争，灭周王室，将不识大体的东周、西周两个公国的土地并入秦地，在此置三川郡，兵锋直逼中原腹地。山东诸国此时才意识到秦国的威胁，便推选楚考烈王为纵约长，以春申君为联军首领，代行纵约长职能，以赵将庞煖为前敌总指挥，组成"合纵"军。其中除齐国附秦之外，韩、魏、楚、燕各出锐师，多则四五万，少亦二三万，浩浩荡荡地向秦国进军。

大军将到秦国边境，春申君黄歇召集诸将计议道："以往伐秦之师屡出，皆以函谷关为攻坚方向。由于山关险峻，加之秦人防守甚严，联军仰攻难度较大，士卒皆有畏缩之心。今若取道蒲坂，由华州而西，径袭渭南，因窥潼关，即是兵家所谓的'出其不意，攻其不备'。"

诸将道："好，好，就这么办！"

计议停当，然后分兵五路，俱出蒲坂，望骊山一带进发，直攻渭南。一时没有攻下，便紧紧地将其包围了起来。

秦军此时也在排兵布阵。丞相吕不韦令大将军蒙骜、王翦、桓齮、李信、内史腾各带五万人马，分别迎战对方的五国军队。吕不韦自为统帅，统领五路人马。离潼关五十里地扎营。营寨分为五屯，如众星拱月之状，吕不韦身居中大营，统一指挥各营秦军。

王翦向吕不韦进言道："山东诸侯这次来犯，以五国精锐之兵攻一城而不克，可见其无能之至。其间三晋近秦，习与秦战；楚在南方，路途遥远，自张仪死后，三十余年未与秦战，早有怯秦之心。建议从五营之中各挑选锐卒一万，合兵攻楚，楚必不支。只要楚军一破，其余四军将望风溃逃。"

吕不韦深以为然。于是令五屯设垒建帜如常，暗地里各抽精兵一万，约以四鼓齐起，往袭楚寨。时秦将李信以粮草未按时到达为由，欲斩督粮牙将甘回；众将求告不已，然死罪可免，活罪难逃，仍处鞭背百余，将其打得遍体鳞伤。

甘回挟恨夜奔楚营，将王翦之计和盘托出。春申君闻报大惊，欲将此消息驰报四国大营，又恐怕自己来不及逃走，只好"丢车保帅"，传令楚军即刻拔寨起程，连夜向南奔驰了五十余里，方敢缓缓而行。等到王翦、蒙骜率秦军前来偷袭楚寨时，只见一片空地，人马早已撤去多时了。

王翦道："楚兵先遁，必有泄吾谋者。计虽不成，然兵已至此，不可空回。"遂下令前往袭击赵军营寨。

赵国大将庞煖仗剑立于军门，号令只能坚守，不准出战，有敢擅动者即斩。赵营壁垒森严，秦兵乱了一夜，攻不能入，待到天明之时，燕、韩、魏俱合兵来救，王翦、蒙骜方才收兵回营。

四国合兵之际，庞煖奇怪楚兵怎么不到，随即派人打探，知其已撤退多时了。庞煖乃对天长叹道："从今往后，合纵之事休矣！"

合纵之事未成，诸将皆请班师回朝。于是韩、魏之兵先回本国。庞煖迁怒齐国附秦，与燕兵一道攻其边境，夺取了齐国的饶安城而返。

再说春申君奔回郢城后，合纵四国派来的使者也赶到了这里，大家齐声问道："楚为纵约长，为何不告先回呀？"

楚考烈王责备黄歇道："这次各国一心伐秦，身为统帅却不战而退，让寡人这个纵约长的面子往哪儿搁呀？"

黄歇愧不能答："这、这……"

魏、韩使者："这可是在背后拆我们的台呀！"

景阳："贵使这样说就过了。楚、秦蓝田大战，眼看蓝关不保，灭秦即在旦夕之间，魏、韩却乘虚出兵攻占我楚国的大后方宛邑，断我攻秦大军的归路，致使灭秦之战功败垂成。这岂止是拆台？"

楚上大夫任倪："还有之后的韩、魏、齐联秦对我大楚的垂沙之战，不都是乘人之危吗？"

楚考烈王："算啦！算啦！各国贵使远道而来，今晚寡人设宴给各位洗尘。"

众使臣："谢大王！"

自此之后，楚考烈王便对春申君有了看法，与春申君的关系也不似以前那么亲密了。

是时有魏人朱英在春申君门下为舍人，知楚已畏秦成习，乃对春申君说道："人们皆说楚是强国，到君上治理时变弱了，朱英独不以为然。在先顷襄王之时,秦去楚甚远,西隔巴、蜀,南隔两周,韩、魏虎视眈眈抵其后,是以三十年无秦患。此非楚之强大,乃是地缘政治所致,即势所必然。今两周已并于秦的版图,秦与结怨于魏,魏一旦被灭,陈、许之故地便会成为秦国南下的通道,秦、楚之间正面的较量即从此开始。君上担负的责任重大,应该以退为进,及早采取万全之策。"

春申君:"依你之见?"

朱英:"何不劝楚王将都城从钜阳迁往寿春?如此则可以远离秦地,从容地构筑长江与淮河防线,以保障楚国心脏的安全。"

春申君以为有理,便提议考烈王将都城从钜阳迁往寿春,择日启程。为保障朝廷的用度,春申君主动让出淮北十二县的富庶封地,将主要精力用于开发江南,兼摄相事。

考烈王称"善"。后人有诗叹曰:"周为东迁王气歇,楚因屡徙霸图空。"

一〇五

再说考烈王在位已久,尚无子息,黄歇遍求妇人宜子者以进,终究不孕。有赵人李园,亦在春申君门下为舍人。其妹李嫣天生丽质,体态风流,丰乳肥臀,娇媚异常,宜于子息。

李园欲将其娇妹进献给顷襄王,又恐怕日后无子失宠,心下踌躇,思得一计:"不如将娇妹先献给春申君,待其有了身孕,然后再进献给楚王,幸而生子,异日得立为楚王,吾就是国舅爷了。"又想道:"吾若自献其妹,不见贵重。还须施一小计,要春申君自己来求我,方才显身价。"

于是便向春申君请假七日回家祭扫坟园,后又故意过期,直待到第十日方至。黄歇怪其来迟。李园答道:"臣有女弟名嫣,颇有姿色,齐王闻之,遣使来求。臣与其使者饮酒数日,是以失期。"

黄歇想道:"此女名闻齐国,必是个美色。"便问道:"已受其聘了吗?"

李园:"方才议之,聘还未至。"

黄歇:"能让我见一面吗?"

李园:"臣在君上的门下,吾妹也是君上的妾婢,敢不如命!"

李园回家后,将李嫣妹打扮得漂漂亮亮后,送到春申君的府中。黄歇一见李嫣那阿娜的腰肢,浑圆的臀部,纤纤的玉手,白里透红的脸蛋,柔嫩的秀颈,长长的睫毛,水汪汪的大眼睛,红艳艳的樱唇,三魂去了两魂。是夜即赐李园白璧两双,黄金三百镒,留其妹到自己的房里侍寝。未到三个月,便使其怀孕在身。

李园私下对其妹说道:"哥问你,为妾与为夫人,谁贵?"

李嫣笑道:"妾安能比夫人?"

李园:"夫人与王后,谁贵?"

李嫣又笑道:"王后大贵。"

李园:"汝在春申君府中,不过是一宠妾。今楚王无子,幸汝有孕在身,倘若将汝进献于楚王,他日生子为王,汝为太后,岂不胜于为妾?"

得到其妹的首肯,李园遂教以说词,让其在枕席之间如此这般的做作,春申君必然听从。李嫣一一领记。这天乘夜间侍寝之际,遂进言于黄歇道:"楚王对待夫君,虽其亲兄弟也不能相比。今夫君相楚二十余年,而大王未有子嗣,千秋百岁之后,将立其兄弟为君。兄弟于夫君无恩,必将立其亲近之人执政。如此一来,夫君还能得到大王的宠信吗?"

黄歇闻言,沉思未答。李嫣又道:"妾所虑还不止这些。夫君贵用事久,多失礼于大王的兄弟,其兄弟若立为王,将祸及君身,岂止是江东封邑不可保,恐全族都有性命之忧!"

黄歇愕然道:"嫣君之言有理,吾还没有想到这么多,怎么办呢?"

李嫣:"妾有一计,不但可以免祸,还可以得福。但说来有负君恩,难以启齿,且又怕夫君不听我的,是以妾不敢明言。"

黄歇:"嫣君为吾策划,怎么会不听?"

李嫣:"妾今自觉有了身孕,他人不知。幸妾侍夫君未久,诚以夫君之重,而进妾于楚王,王必幸妾。妾赖天佑生一男儿,异日必为嫡嗣,则是夫君之子为王。楚国尽可得来,怎么还会身临不测之罪呢?"

黄歇如梦初觉,如醉方醒,大喜道:"嫣君不似那些胸大无脑的妇人,乃是天下少有的既美且慧的女子,就依嫣君之计而行!"

第二天,黄歇即召李园告之其意,密将李嫣出居别舍。

黄歇入宫告之楚考烈王道:"臣听说李园之妹李嫣颇有艳色,相者皆以为宜于生子,有嫔妃之贵,齐王方遣人求婚,大王不可不占先一步。"

考烈王即命内侍宣取李嫣入宫。李嫣善媚，很快就得到了考烈王的宠爱。及至产期，双生二男，长子取名熊捍，次子取名熊犹。考烈王喜不自胜，遂立李嫣为王后，长子捍为太子。李园为国舅，贵与春申君比肩。

李园为人多诈术，外奉春申君益谨，心实忌之。至考烈王二十五年，因见大王久病不愈，李园想起其妹怀孕之事，唯有春申君知道其中的隐情，他日太子为王，不便与其相处，不如杀之，以灭其口。乃命人各处访求壮勇之士，收置于门下，厚其衣食，以结其心。

朱英见状起疑："李园所交不多，蓄这么多死士，必为春申君之故。"乃入见春申君道："天下有无妄之福、无妄之祸、无妄之人，君上知道吗？"

黄歇："何谓'无妄之福'？"

朱英："君相楚二十余年，名为相国，实与楚王无异。今楚王久病不愈，一旦宫车晏驾，少主嗣位，而君辅之，如同伊尹、周公辅助幼主，待王年长返其政；若天与人归命于君上，亦可以南面即位。此即所谓的'无妄之福'。"

黄歇："何谓'无妄之祸'？"

朱英："李园是大王的舅舅，外虽柔顺，内实不甘于居您之下。且同盗相妒，同丐相斥，乃是势所必然。李园阴蓄死士，为日已久，用来干什么，谁是他的政敌，这还不清楚明了吗？楚王一薨，李园必先入据宫内，杀君上以灭口。此即所谓的'无妄之祸'。"

黄歇："何谓'无妄之人'？"

朱英："李园因其妹李嫣的缘故，时时与宫中沟通信息；君上因住在城外往来不便，信息传达不及时，致使好多事情都不知情。请君上赋予臣领导宫廷卫队的权力，李园到时若是先入宫院，臣为君上将其杀死。此即所谓的'无妄之人'。"

黄歇掀髯大笑道："李园乃是弱人一个，一向对我殷勤谨慎，安有此事？足下无须过虑。"

朱英："君上今日不用吾言，他日悔之晚矣。"

黄歇："足下且先退下，待吾观察考虑一下，如有用足下之处，即来相请。"

朱英去后三日，不见春申君的动静，知其言不见用，叹道："吾如不去，将祸及自身！"乃不辞而别，东奔吴下，隐于五湖之间。

朱英去后十七日，考烈王薨。

李园预先与宫殿侍卫相约："一旦宫廷有变，立刻告知于我。"待听到考烈王病薨的消息，抢先进入宫中，吩咐秘不发丧，密令死士伏于棘门之内。挨至黄昏时分，方才让人报告给黄歇知道。

黄歇闻报大惊，不与宾客商议，即刻驾车前行，方进到棘门，两边死士突出，口呼："奉王后密旨，诛反贼春申君！"

黄歇知道大事不好，急欲回车，手下已被杀散。李园的死士一拥而上，斩下黄歇之头，投于城外，将城门紧闭，然后发丧。拥立太子捍嗣位，是为楚幽王，时年才六岁。

李园自立为令尹，独专楚政。奉李嫣为王太后，传令尽灭春申君之族，收其食邑，春申君宾客尽散，王室的群公子皆疏远不任事。少主寡后，国政日益紊乱，楚国自此一发不可收拾。楚幽王三年，秦将辛梧率领四郡兵马，联合魏国进攻楚国，李园率领楚军勉力将其击退，换来了几年没有兵灾的日子，之后便乏善可陈。楚幽王十年而薨，无子。其时李园亦卒，群臣乃立王弟公子犹为王，是为楚哀王。哀王仅立两个多月，便被其叔父负刍的门客袭杀。

十、沦落

就在楚幽王到楚哀王的这一时期，楚鄂渚发生了一起绝大的灾难。

周代的鄂渚是鄂东南的"云梦大泽"，水泊连天、芦蒿满地、烟波浩渺的梁子湖，即是这鄂渚的中心地带。相传那时就在这鄂渚的中心地带，有着成片的陆地，陆地上有山水田园、城镇村庄，土地肥沃、物产丰饶，恍如水泽中的世外桃源。

这片陆地便是楚邑高唐县的县境。

自楚怀王中期之后，楚与七雄中的秦、魏、韩、齐之间的战乱不断，每战必败，见人就输，丧失了大量的精壮人口和军需物资。这些无能的统治者不去反思自己的所作所为，改弦易辙，而是变本加厉地将这些损失转嫁到劳动人民的头上。高唐县也沉浸在这样的凄风苦雨之中。

这年高唐县来了一个县令霍海仁，此人既是一个贪官，也是一个酷吏，成天不干好事，一个劲地指使县、乡、里的大小官员与当地的土匪、流氓、恶霸、地痞勾结在一起，抽丁派款，搜刮民脂民膏，人称"祸害人"。为了能够活下去，不少黎庶也随之演变成了"堕民"，男为盗，女为娼，蝇营狗苟，麻木不仁，千里鄂渚，民风大坏。

一向主张"并耕而食、饔飧而治"的农家许行的两个弟子陈相和陈辛兄弟二人,这年途经高唐县,一路所见所闻,不觉痛心疾首。

陈相:"吾先师许行,穿粗麻短衣,以打草鞋和织席为生,奔走布道,劝君主与民同耕,自己种粮食,自己做早晚餐,脚踏实地地处理国事;劝黎庶'勤耕桑,足衣食'。如果都照这样施行,该是多么好的一幅人间牧耕图呀!高唐县却自上而下地违背其道,成了一个反面的典型。"

陈辛:"年年战乱,人心不古,农事凋敝,生灵涂炭呀!"

陈相:"能救天下者,只有吾师之法。君子德风,小人德草,君主之乱,累及小民之滥,历来如此。正民必须先正君!"

陈辛:"今乃天下大争,战乱频仍,奸佞百出,诡道横生,只有除旧布新,天下一统,方能行吾师之法。"

陈相:"高唐县如此违逆天命,县令是首恶,看来是天让其亡,必令其狂呀!"

二陈走进高唐县衙,欲劝导何海仁改恶从善,实行农家的主张,其结果可想而知,被何海仁赶了出来。"本欲度汝,汝却冥顽不化",二人连连摆头离开了高唐县。

一个春寒料峭、风雨凄凄的下午,高唐县衙前的街市上走来了一位衣服破烂的老人家,拿着一个破罐子沿门乞讨,行人和住户都冷漠以对。祸害人的小衙内带着两个家奴,大摇大摆地在街上横冲直撞,黎庶纷纷逃避,一位年轻美貌的女子避之不及,被一家奴拦住,衙内上前调戏,拖进了县衙。

县衙前,霍海仁坐着轿子回衙,一行人拦轿申冤。

乡民:"禀大老爷,张庄仗着人多势大,霸占我李庄田产,打死我七人的大案,至今一年多还未结案,请大老爷为小民做主呀!"

霍海仁问师爷:"他们交了多少钱?"

师爷答道:"远远不够。"然后回过头来恶狠狠地对乡民说道:"你们也不看看现在是什么年月,钱到公事办,火到猪头烂。"

衙役:"还不快滚!滚!"

乡民:"天啦!天啦!你睁开眼看看吧!"

烟花巷里,淫声浪语,不堪入耳。

"哎!大爷来啦,内边请。"

"翠花呢?"

"翠花在陪一位客商,要不让这个妹子来陪陪你。"

"不行,滚开,老子就要她!"接下来便是一顿打闹。

一间客房内,两个女子正在和一个醉醺醺的酒糟鼻子调情,要服务费。

酒糟鼻子左拥右抱:"宝贝,我太爱你啦!我就是要好好的亲亲你,喔、喔,你看大爷好不好。""宝贝,你太撩人啦!我对你是一片真心真情。"

"大爷,你总是说你对我好,不如买件小皮袄。"

"大爷,不要说你是真心,不如直接给黄金。"

"什么,什么?还皮袄,还黄金?美了你啦,现在是什么世道?土豪家也没有余粮啦!老爷我今天没带钱,把账给老子记着。"

要饭的老人走到一家粥铺门口,几天粒米未沾唇,饥渴难耐,哀求给一口粥喝。粥铺老板不但没有一点怜悯之心,还唤出恶狗撕咬老人。正在这时,只见一个浓眉大眼的小伙子上前阻拦道:"你不要欺人太甚,这老人也是一条人命。"老人本已虚弱,被老板的行为一激,两眼一黑,一头栽在地上。这小伙子连忙取出随时携带的水袋,给这位老大爷喂水、揉胸,待其苏醒过来后,将其背到自己的家中调理。

十、沦落

这个好心的小伙子叫樊润湖,祖先是从城阳城一带迁来的樊国公族之后,住在县城的后街,父亲亡故,与母亲陈氏相依为命,靠编织竹篾用具和帮人洗衣过活,吃了上顿没下顿。

母亲陈老太见老人家饿得不行了,连忙进灶房给老人做了一碗面糊糊,润湖一勺勺地喂给老人吃。老大爷面色开始好转起来,渐渐有了气力,拉着润湖的手,感激地对他母子说道:"好心人啦!我在这座小城里整整转了三天,没有人施舍一口残汤剩饭,硬是见死不救,良心都叫狗吃了。你们母子的生活也困难,这份情意真是太深厚了。"

陈老太:"您老不要客气,谁没有个三灾两难呢!您老若不嫌弃,就在我家住下,有我们一口吃的,就有您老一口吃的,等您老身子骨好些了再走。"

老大爷:"不啦!我还要回去交差呢。告诉你们,这里的地面不久就要沉下去了,请小兄弟天天到县衙门口去看一看,如果看见了大门口的石狮子口中有血迹,就赶快往东南角的方向逃命。这是天机,不可泄露给外人。"说罢人不见了。

润湖母子俩一阵惊讶，相信这老人不会说瞎话，母亲便让樊润湖天天到县衙门口去查看。县衙门口的斜对面有个屠户铺，这几天生意不好，饭都没有吃的，谁还顾得上吃肉。屠夫见润湖天天跑来跑去，又不买肉，很是恼火，便问其缘故。润湖是个老实孩子，便告诉他："来看这石狮子的口里流血了没有，要是流血了，这高唐县的地面就要往下沉。"

屠夫听说后哈哈大笑道："鬼款，石狮子的口中怎么会流血呢？看你傻里吧唧的，快跟我走开。"

屠夫这几天正在为生意不好而郁闷，便想拿这个"傻里吧唧"的寻开心。当天夜半杀完猪后，屠夫恶作剧地将一碗猪血泼在了石狮子的口里。

第二天天蒙蒙亮，樊润湖又到衙门口去查看，见石狮子口里果真有血迹，赶紧回家告诉给娘。娘说："顾不了那么多了，赶快叫人们一起往东南角的那个山上逃命吧！"

母子二人带头朝东南角的山上奔去，不少人见此情景，不但不跑，还笑他们母子发神经。当他们跑过县衙门口时，看见里面的"祸害人"正在升堂，与师爷谋划着将县城南边的一大片良田据为己有。突然天上乌云密布，天崩地裂，山摇地动，浊浪铺天盖地地涌了过来。娘俩儿奋力往前跑，在前面跑一尺，后面的平地就崩塌一尺；跑一丈，后面的平地就崩塌一丈。刚跑过县衙门口，只见后面几丈高的浪头一阵翻滚，将这座县衙卷入了浪底。

从此高唐县不见了，碧绿的稻浪变成了万顷湖泊，碧波中只留下了一座承载樊润湖母子和乡亲们的方舟"荷叶岛"。乡亲们感念樊润湖母子的大德，便将这片湖泊称为娘子湖，将湖中荷叶形的岛屿称为娘子岛。岛上的居民自此以后以润湖母子为榜样，朴实做人，忠厚传家，子孙繁衍，一派兴旺景象。

一〇六

再说杀侄继位的熊负刍是楚顷襄王的幼子，楚考烈王的弟弟，楚幽王、楚哀王的叔父，以熊氏正脉登上了王位。

负刍二年，秦将王贲带兵攻楚，大败楚军，楚国丢失十几座城池。楚王负刍向秦国提出献青阳以西的土地，向秦求和，秦王嬴政拒绝和议。

公元前223年，秦王嬴政采用了兵家尉缭子的计策，复谋伐楚，准备对楚进行最后的一击。于是便召李信问道："将军估计这次伐楚之役，须用多少兵马才能取胜？"

李信答道："不超过二十万人。"

之后秦王复召老将王翦问道："老将军认为这次伐楚之役须用多少兵马？"

王翦答道："楚是大国，瘦死的骆驼比马大，李信以二十万人攻楚，必败无疑。以臣之愚见，非得六十万人不可。"

秦王心想道："这个老人已经越来越胆怯了，不如李将军壮勇。"遂罢王翦不用，命李信为大将，蒙武为副将，让其率领二十万兵马伐楚。

秦军采取分进合击的办法，一路由李信大军攻击河南平舆，一路由蒙武大军攻打安徽寝丘，兵锋直指郢城。

李信年少骁勇，一鼓攻下了平舆城，接着引兵西向，攻下南阳的申城。而后遣人持书约蒙武会合于城父，欲合兵一处直捣郢城。

楚王负刍见秦兵深入楚地，乃拜上柱国项燕为大将，令其率兵二十余万，水陆并进，迎击李信大军。项燕探知李信的兵马已出申城，便自率大军迎战于西陵，令副将屈定设七处伏兵于鲁台山待敌。

李信恃勇而进，正遇项燕大军，两下交锋，酣战之际，楚军的七路伏兵俱起，似排山倒海一般，从四面八方杀向秦军，李信不能抵敌，大败而逃。项燕一路跟踪追击，三天三夜不歇气，一路斩杀秦军都尉七人，秦军士卒死者不计其数；李信率残兵败将退入冥陌，项燕攻破冥陌，李信弃城而逃；项燕再追其到平舆，攻破平舆，全部收复楚国的故地。经过这样的三追三杀，李信的兵马被追杀殆尽。

蒙武的兵马还未到城父，听说李信兵败，随即退入赵界。这次出征的二十万秦军，除蒙武保留了两三千残军之外，基本上是全军覆灭。蒙武连忙修书将此情形报告给了秦王。

项燕虽然打了一个歼灭李信、蒙武二十万秦军的大胜仗，也难以阻止楚国衰落的步伐，只能算是给一败再败再再败的楚人挽回了一点面子，也是楚国灭国前的最后一次回光返照。

秦王听到李信全军覆没的消息，当场急晕了过去。果然是年少轻狂不可大用啊！于是便尽削李信的官职和封地，亲自驾车造访频阳，来见王翦，诚恳地请其出山："将军断言李信以二十万人攻楚必败，今果然全军覆没。将军虽病，能为寡人强打起精神，再出征一次吗？"

王翦再拜谢曰："老臣罢归之后，病魔缠身，心力俱衰，请大王另择贤将吧！"

秦王："此行非将军不可，将军幸勿推却。"

王翦答道："大王万不得已而用臣，非得给臣六十万人马不可。"

秦王："寡人浏览兵书战策：'古者大国三军，次国二军，小国一军，军不尽行，未听说过不够用的。'五霸威加诸侯，其制国也不过千乘，以一乘七十五人计之，从未达到十万之数。今将军一出必用六十万兵马，从古至今没有先例呀！"

王翦："古者约日对阵，排阵而战，俱有常法，致武而不重伤，声罪而不兼地。虽处干戈之中，亦寓礼让之意。故帝王用兵，从不用众。齐桓公秉国政，最多时兵甲不过三万人，而且还轮番使用。

"今列国兵争，以强凌弱，以众暴寡，逢人则杀，遇地则攻，报斩首级动辄数万，围城邑动经数年。是以农夫皆操戈刃，童稚亦登册籍，势所必至，虽欲用少而不可得呀！况楚国地尽东南，号令一出，百万之众招之即来。臣谓六十万，尚恐与之不相当，岂能再少于此数呢？"

秦王叹道："将军若不是带兵的老手，也不能将敌我双方的情势分析得如此透彻。寡人采纳将军的意见。"遂以后车载着王翦入朝，即日拜其为大将军，以六十万兵马授其指挥，仍用蒙武为副将。

临行之时，秦王亲自到坝上设饯。王翦举杯为其祝寿道："大王请饮此杯，老臣还有一个不情之请，望大王应允。"

秦王一饮而尽，问道："将军有何请求，尽管讲来。"

王翦从袖筒中拿出一个竹筒，内有列写的咸阳美田华宅数处："请大王将此田宅批给臣家。"

秦王道："将军得胜还朝，寡人与将军同享天下富贵，何患无良田美宅？"

王翦道："臣老矣，大王虽以封侯慰劳微臣，然臣如风中之烛，还能光耀几时？不及臣现在眼见为实，多给良田美宅，让臣子孙感受大王的恩德！"秦王大笑而许之。

王翦大军到了函谷关，再遣使者向秦王求园池数处。蒙武对此迷惑不解道："老将军向大王所提的要求是不是太多了一些？"

王翦轻声告诉其缘由："秦王性厉而多疑，今将精甲六十万交付于我，是空国而托付于我。我多请田宅园池为子孙业，是以安秦王之心。"

蒙武："老将军高见，吾所不及。"

末代楚王负刍虽然算是一个有决心、有能力的继任者，比怀王及以后的几任楚王强多了，但此时的楚国已经是一个行将咽气的重症之人，再怎么打强心针也无济于事了。

负刍四年，秦将王翦、蒙武率领六十万大军攻楚，在今河南驻马店东部的平舆大败楚军，乘胜追击到今安徽宿县的蕲南，大杀一阵。

项燕驻守在东岗高地以拒秦军，见秦军兵多势众，派使者驰报楚王负刍，请求添兵加将。楚王复起兵甲二十万，令将军景骐率领前往，以助项燕一臂之力。

却说王翦屯兵于天中山，连营十余里，坚壁固守。项燕连日命人挑战，王翦一直闭营不出。项燕道："这王翦老将是不是不中用啦，竟然怯战到如此地步！"

王翦令士卒休息洗沐，每日杀牛设宴，亲自与士卒同饮食。将吏感恩，愿为其效死力，屡屡向其请战。王翦辄以醇酒将其灌醉。如此数月，士卒闲来无事，便以投石跳高为游戏。

按范蠡《兵法》：投石者，用石块重十二斤，立木机发之，超过三百步者为胜，不及者为负。其有力者，能以手飞石，则多胜一筹。跳高者，在高七八尺处放一横木，人助跑后从其上面跳跃而过，以此赌胜。

王翦每日派遣各营军吏，默记众军比赛的胜负，知其力量的强弱。对外则收敛自守，不许军人往楚界采樵。如在近处获得楚人，则以酒食招待后放还。

就这样相持一年有余，项燕终不得一战，以为王翦名虽伐楚，实则自保，遂松懈了下来，不加防备。

忽一日，王翦大宴秦军将士，当众宣布道："所向无敌的锐士们，老夫今日就带领你们杀敌破楚，为我二十万秦军报仇雪恨啦！"

"哇！哇！哇！"三军将士摩拳擦掌，士气爆棚。王翦乃选骁勇有力者二万人，谓之壮士，别立一军，为冲锋突击队。而后分兵数队，吩咐楚兵一败，各自分头占领楚国的土地。

王翦先让冲锋突击队打头阵，项燕没有想到王翦的大军突然间如山洪暴发一般地冲上前来，只好仓促出战。秦军壮士蓄力多时，耐不住技痒，大呼陷阵，一人当十，十人当百，直杀得楚军哭爹叫娘，落荒而逃，人相践踏，大将屈定在阵前战死。

项燕与景骐率败兵东走，王翦乘胜追逐，再战于永安城，再败楚军，并乘胜攻下了西陵。荆襄大震。

王翦部署兵分两路，对寿郢展开钳形攻势：一路由蒙武率领，过义阳三关，水陆两路攻击鄂郢，占领樊口要塞，威逼寿昌；一路由王翦率中军径趋淮南，直捣寿春。并派使者赴咸阳城报捷。

蒙武的水路大军沿江直下，到达三江口后，等待陆路大军从盘龙城到达阳逻，收集民船过江到三江口南岸，与其会合，水陆两路一齐向樊口要塞进发。

樊口要塞建在鄂郢两边雷山头与樊湖的连接处，山头上面建有陵师营寨；山脚下是长江与鄂渚的通江口，鄂郢舟师就驻扎在这里。

蒙武舟师到达后，与鄂郢舟师在江面上打了一仗，蒙武舟师败绩。之后便绕开樊口要塞，上岸直攻鄂郢西山和雷山山头的陵师营寨。陆地攻防战是秦军的强项，加之人多势众，半个多月就将其拿下。镇守鄂郢的主将是吴越降楚的越将胥无为，眼看楚国的大势已去，无心再战，便决定率领樊口要塞的水、陆两师投降秦军。

蒙武对降军进行了登录整编后，令舟师船队将秦军先头部队送渡到北岸，取陆路向寿郢进发，支援王翦的攻城部队，完成任务后再返回樊口要塞。蒙武率领秦军和归顺的楚军驻扎在樊山陵师营寨和樊口要塞，每日进行操练，等待秦王的检阅。并令人传檄江南各郡，宣示秦王的威德。

此时项燕往淮上募兵未回，王翦乘虚急攻，蒙武支援王翦的军队也及时赶到城下，日夜攻打，寿郢岌岌可危。

樊口要塞沦陷的消息传到寿郢，楚军失去了上游的屏障，寿郢成了一座孤城，内无粮草，外无救兵，不久城墙即被攻破，景骐自刎于城楼，前令尹任倪战死，楚王负刍被掳。王翦令前军将士将负刍押送到鄂郢樊口要塞，准备向秦王献俘，自己则率大军继续追击残敌。

秦王亲自到樊口要塞，蒙武奉命在樊山脚下举办了盛大的献俘和阅兵仪式，胜利来之不易，他们要好好地享受一下胜利的喜悦。

秦王先接见了蒙武等秦军将领，将领们激动得热泪盈眶；而后秦王政又接见了投降的鄂郢陵师将领和舟师头目,抚慰了一番,希望他们在征服江南水乡的战役中发挥决定性的作用。最后让人将负刍押上台来。

秦王政:"楚王负刍,汝目无天命,不守正道,弑君夺位,负隅顽抗,罪孽深重。今落入寡人之手,本应处以极刑,念在上天的好生之德,废汝为庶人,望汝修德自爱,勿负天恩。"

负刍:"秦王只知其一,不知其二。寡人乃熊氏正脉,弑君固然不德,但也是为我公族正本清源。不比你西秦,乱招亡命,无耻之尤。秦孝公时,秦不敌魏国,请我大楚出兵击魏。我方正在前线与魏军苦战,秦孝公却纵容卫鞅趁我后方空虚之际,夺我商於之地六百里;秦惠文公时,纵容张仪以商於之地六百里诱我先怀王绝齐联秦,达到目的后却矢口否认割地之约;秦昭襄王时,诚邀我先怀王赴武关与其联姻通好,白绢黑字,信誓旦旦,却扣押威逼我王割让我巫、黔之地。汝等虎狼之辈,倚仗着眼前得势,倒反过来假惺惺地妄问寡人的弑君之罪。寡人问你,自商鞅变法以来,汝等什么时候讲过伦理道德,什么时候讲过正当正义?"

秦王:"大胆囚徒,竟敢如此辱骂本王。武士们,给我推出去斩首示众!"

负刍:"楚虽三户,亡秦必楚!"

秦王调整了一下自己的懊丧情绪,挥手接见三军。秦陵师、车兵及新近受降的舟师,迤逦相接,气势磅礴,威武雄壮。

秦王频频向秦军将士们挥手致意:"秦军将士们好!将士们辛苦了!"

"大王万年!秦国万年!"几十万秦军爆发出雷鸣般的欢呼声。

王翦已定淮北、淮南之地,带领秦军精锐来谒秦王于鄂渚。秦王夸奖其功,然后对其说道:"项燕又立楚王于江南,如之奈何?"

王翦道:"楚之大势,在于江、淮。今全淮皆为吾有,楚军残喘仅存,我大兵一到,江南之兵即刻俯首就缚,何足虑哉!"

秦王道:"王将军年纪虽老,志气直冲霄汉,寡人无比欣慰!"

王翦:"谢大王夸奖!老臣鞠躬尽瘁,死而后已!"

第二天,秦王的车驾离开樊口,返回咸阳,仍留下王翦、蒙武大军,令其横扫江南。

一〇七

自楚王负刍被秦兵掳去樊口之后，楚王之弟昌平君熊启被残余的楚军势力拥立为楚公。

熊启是楚顷襄王之子，母亲是秦惠文王之女；同时在秦的还有另一庶弟芈颠。二人从小就在秦国生活，受到过秦宣太后和华阳夫人的关照，又在平定长信侯嫪毐之乱中立下了大功，分别被封为昌平君和昌文君，分摄相事和任职廷尉，成为一人之下，万人之上的重臣。

《史记》《战国策》均说考烈王无子，才闹出了绝色李嫣移花接木的事情。依此判定，芈启、芈颠、负刍与熊完只能是同一辈的人。

在秦灭楚的摧枯拉朽之战中，昌平君和昌文君先后被派往楚国故地，对楚进行作战和统战。他们所到之处，看到的是故国国破家亡的惨景，心灵上受到了极大的震动，本来是秦的月亮比楚圆的心态发生了根本的改变，血浓于水的骨肉情怀，唤醒了楚人子孙潜意识中的良知和责任感。明知必死而赴死，昌平君反秦于陈郢，昌文君反秦于淮南，与项燕的楚军遥相呼应，协同作战。

再说项燕到淮南招募楚军，募得二万五千人马，在扬州一带继续抵抗秦军。昌平君和昌文君也带着本部人马来到这里，三支楚军合兵一处，进驻扬州城。王翦率领的秦军也随后追踪而来。

扬州郡衙内，灯火通明，三路军马的负责人正在此处召开联席会议。

探马来报："禀上将军，寿春已被攻破，楚王已被秦兵掳去，生死未卜。"

又有探马来报："报！王翦的大军已跟踪追到，在扬州城外五十里地安营扎寨。"

项燕道："我王落入虎狼之口，凶多吉少。国家不可一日无主，今王弟昌平君在此，之前被其部下立为楚公应是权宜之计，理应成为我们三支人马的共主。末将提议，请昌平君继位为楚王，以正大统。大家看怎么样？"

"好！好！好！"众人齐声拥戴。

昌平君："承蒙各位拥戴，启深感责任重大！值此千钧一发之际，请各位大臣多出谋献策，以救我大楚于危难之中。"

项燕："楚在江汉、黄淮的国土多已沦丧，目前只有吴越之地尚存。前朝春申君在此地经营多年，有一定的物质基础和民众基础。且吴越有长江天堑阻隔，地方两千余里，吴、越两国均在此地兴过霸业，尚可以到此地去建制立国。"

昌平君："柱国此计甚好！着舟师准备好大小船只，明日四鼓时分过江！"

项燕与众将："得令！楚国万年！楚国万年！"

昌平君和项燕率领大军渡过长江，居于金陵邑，派兵日夜守城。王翦大军只好望江兴叹。

为调遣百万大军下江南，王翦令蒙武造大船于汉阳鹦鹉洲，不久船只造成，顺流而下，守江军士寡不敌众，秦兵漫山遍野登上南岸。王翦留兵十万屯黄山，以断江口，然后大军自朱方进围金陵，四面列营，鼓声震天。椒山、君山、荆南山等处，均布满秦兵，以此杜绝越中的救兵北渡。

项燕尽出金陵城中的兵马，与秦军战于金陵城下。

开始接战时，秦兵稍向江边退却。王翦组织壮士，分为左右二队，各持长短兵器，大呼突入楚阵。蒙武手斩楚裨将一人，复生擒一人，秦兵勇气倍增。项燕见楚军不敌，鸣金收兵，楚军奔入城中，筑门固守。王翦用云梯仰攻，项燕用火箭射击，烧毁其云梯多架。

王翦和蒙武亲临阵前观战。

蒙武对王翦说道："项燕已是釜中之鱼，我军若筑高垒与金陵城等高，在城周围急攻，我众彼寡，其守备必然不周，估计不出一月，其城必破。"

王翦从其计，攻城愈急。

昌平君亲自到城墙上巡城督战，勉励将士，不幸被城下的流矢射中，军士扶其回到行宫，夜半身死。

项燕身负重创，仍在城头指挥作战。听到楚王已薨的噩耗，让人将王弟昌文君、亲侄项梁和孙儿项羽找到面前，拉着昌文君和项梁的手说道："昌文君就是后继楚王，楚虽三户，亡秦必楚！"随即吩咐项梁带领自己的亲兵，保护昌文君和少年项羽从东门杀出重围，以为日后复兴大楚留下种子。

三人不忍丢下项燕，齐声说道："我们就是死也要死在一起。"项燕推开他们，仰天长啸一声："我大楚不能就此灭亡！"

遂拔剑自刎而死。

三人大声痛呼："将军！大父！爷爷！"

金陵城中大乱，秦兵遂登城启门。项梁带着亲兵，保护着昌文君和项羽，

十、沦落

似旋风一般杀出了东门。

昌文君等一行向南行约五十里地，见四周没有了声息，便渐渐地松懈了下来。前面是一片莽莽苍苍的林地，至此已人困马乏，项梁禀过昌文君，令大家就地休息，洗漱一下，喝点山泉水，再继续前行，准备到姑苏一带召集旧部，重整旗鼓。突然一声唿哨，从密林深处飞来一阵箭雨，好几个人应声倒地，一群衣衫不整、横眉绿眼的山匪杀了出来。项梁、项羽连忙跳将起来，与这股山匪进行了激烈的搏斗，一气接连杀死了几个勇壮山匪。小小项羽力气大得惊人，一枪下去，将一个头目似的山匪挑翻在地，众匪徒一哄而散。

赶跑了山匪，叔侄二人回首见昌文君靠在一棵大树下，脸色煞白，左手捂着胸口，不远处是一具山匪的尸体。原来在山匪袭来时，昌文君已先中了一箭，他忍着剧痛与一名匪徒搏斗，最终将一柄短剑插进了匪徒的腹中。叔侄二人见状，连忙上前抱住昌文君痛哭出声。昌文君拉着项梁和项羽的手，断断续续地说道："楚虽三户，亡秦必楚！"

少年项羽举起拳头："亡秦必楚！亡秦必楚！亡秦必楚！"

项梁解下自己的披风，覆盖在昌文君的身上，然后翻身上马，带领着残部，关照着项羽，在苍茫的夜色中向吴中奔去。

十一、复楚兴汉

公元前221年的一个丰收在望的金秋九月,咸阳宫宏大的殿堂上,烛火通明,香烟袅袅,庄严肃穆;初升的太阳照在大殿顶上的青色陶瓦上,照在大殿东、南两面的窗棂上,显得格外辉煌壮丽。

一〇八

身材高大、意气风发、霸气侧漏、时年三十九岁的秦始皇,头戴玄色平天冠,身着玄色龙袍,面色凝重地端坐在高高的九龙宝座上,正在接受两班朝臣的朝贺。

信使传来捷报:"报——继老将军王翦率大军扫平楚国全境之后,武陵侯王贲率师北上,攻灭了燕国,俘获了燕王喜;接着又挥师南下,攻灭了齐国,收降了齐王建。"

"报——监察御史史禄督促岭南吏民修成了灵渠,保证了兵员粮草运输通道的畅通无阻;太尉屠睢率领的五路大军共五十万人马转战岭南,已经征服了百越全境。"

秦始皇:"天佑我大秦,至此六国俱平,天下一统。寡人上承天运,登此大宝,作为天下主宰,请众卿奏议秦朝的国统事项,以定国是。"

丞相王绾出班奏道:"微臣以为,昔五帝地方千里犹不能治,今陛下一统天下,五帝皆所不及。古有天皇、地皇、泰皇,而以泰皇为尊。是以微臣昧死请上大王'泰皇'的尊号,泰皇之命为'制'、令为'诏'、自称为'朕'。"

秦始皇："上古有三皇五帝，寡人德兼三皇，功过五帝，可取其'皇''帝'二字，合成为'皇帝'称谓，其余'制''诏''朕'的称谓如卿所议。"

王绾："周朝倡导礼、乐，分封王族子弟、同姓宗亲、有功之臣为诸侯，像众星拱月一样拱卫王都，沿祚八百年。大秦王朝也要效法周朝施行分封制，以保我大秦朝的国运长久。请陛下明察。"

廷尉李斯："昔周天子分封王族众子弟，数十年后便彼此疏远，一直发展到相互攻杀，王室亦不能禁。今海内终成一家，若再行分封，势必引起新的纷争。为今之计，只有中央之下设置郡、县，由皇帝直接对郡、县进行统御，以此避免王族和近亲子弟相互攻杀。臣以为，这才是保证大秦王朝天下太平的有效办法。"

秦始皇："廷尉所言甚是。自春秋以降，各路诸侯纷争不断，连年苦战，生灵涂炭，怎么还不得教训呢？今天下初定，又复分封，不是又要重蹈数百年的覆辙了吗？从即日起，大秦朝在中央实行皇帝总览下的三公九卿制，丞相、太尉、御史大夫及奉常、郎中令、卫尉、太仆、廷尉、典客、宗正、治粟内史、少府各司其职；在地方实行郡县制，设天下三十六郡，再在太尉屠睢新征服的百越之地设置桂林、象郡、南海、闽中四郡；县以下设置乡、里，由官民兼治。以此形成一个从中央到基层的层级官吏制度。"

王绾："今天下一统，以往各诸侯国的兵器还散落在各地民间，留下了造反的隐患。臣请将其全部搜集到咸阳，融化为金人，安放在阿房宫的宫门两旁，以警后世，以壮观瞻。"

秦始皇："此议甚好，诏令各地收缴铜铁兵器，融化为十二座金人，以护卫我大秦宫苑。"

御史大夫冯劫奏道："现天下初定，原六国贵族和富豪占有很多庄田，在各地均有自己的势力和影响，成为地方不安定的因素。臣下建议徙天下豪富十二万户于咸阳内外安置，以便于朝廷就近对其进行监视；同时还可以将各地集中到少数人手里的土地分散给黔首细民耕种，以扩大耕种面积，增加朝廷的赋税来源。"

秦始皇："此言甚善，着御史大夫进行办理。"

李斯："为保证我大秦朝的江山一统，皇图永固，微臣请废除原六国不利于大一统的各项规定，实行车同轨、书同文、语同音、行同伦，统一货币，统一度、量、衡。"

秦始皇："此议甚妙！这种统一不只是军政压力下的统一，而是日常生活的方方面面的统一，犹如春风化雨，经久成习，习惯成自然。这是千年大计，万年大计，着廷尉统一办理。"

蒙恬："现在岭南的边患已经解除，南方对朝廷的威胁不大；将来要为祸中原的只有北方的匈奴。这个马背上的黔首异常彪悍，常年流动在大漠荒原，来无影，去无踪，是我中原的大患。臣请征发百万大军讨伐匈奴，将其彻底赶出北方大草原，赶出大漠北，然后征调军民在这一带安家立业，平日里游牧屯田，战时骑马射箭。这样才能永久性地消除北方边患。"

秦始皇："北方的边患要比南方难办得多，地域太大，物产太少，天寒地冻，漫天沙尘，人如飘风，打下不难守住难，也无须去守。寡人考虑沿着祁连山、贺兰山、阴山、大青山、太行山、燕山、虎山山脉，修建一道万里长城，以此挡住漠北的骑兵，保我大秦皇图永固，众卿以为如何呀？"

众大臣对此毫无思想准备，一下听呆了："这是说真的吗？""这能办到吗？""这得多少人力、物力呀？"

右相冯去疾奏道："长城工程过于宏大，得抽调全国百万劳力，花费十几年工夫；目前在修的阿房宫、上林苑、骊山陵已抽调了五六十万劳力；陆续开工的九条驰道也需要几十万劳力。连年干戈之后，可谓是野无男丁呀！"

王绾："臣以为，有此修长城的人力、物力，不如用在开发北疆上。可令蒙恬率领五十万秦军，令六国贵族后裔一律从军戍边，加上百万准备修长城的大军，攻占漠北，横扫中亚、西亚，就地屯戍，并分批向草原移民，形成牢不可破的血肉长城，永镇我北部边疆。"

秦始皇："卿等所言朕也不是没有想过，只是太过渺茫，难以管控；不如在家门口看着实在，还是修长城吧！可以利用燕赵原有的城墙，节省一些人力物力。匈奴南侵确实是一个很大的问题，必须要对其进行打击。着蒙恬、王离与公子扶苏率领三十万大军北击匈奴，监修长城。"

蒙恬、王离、扶苏："臣领旨。"

秦始皇："万事开头难，愿众卿各领其事，各司其职，使新朝的各项事业早日走上正轨。为察民情，示强威，服海内，朕决定巡行郡县，往泰山封禅，祭祀天地山川。着丞相王绾、右相冯去疾留守京师，料理政务；廷尉李斯、中

十一、复楚兴汉

车府令赵高随朕出巡；上卿蒙毅率五万精兵沿途护卫。"

众大臣："始皇帝万岁！万岁！万万岁！"

秦始皇："朕以始皇帝之名在此宣誓！朕在，当守土开疆，扫平四夷，定我大秦万世之基！朕亡，亦将身化龙魂，佑我华夏永世不衰！此誓日月为证，天地共鉴！"

始皇帝的立国誓言在天地间回荡。

一〇九

为"示强威，服海内"，秦始皇自登基后的第二年开始，先后在华夏大地上进行了五次大巡游。每次巡游短则半年，多则一年，护卫车队一望无际，护卫和服务人员动辄数万人。足迹所至，北望九原，东到秦皇岛，南到江浙、两湖。登临的名大山大川数不胜数，并在邹峄山、泰山、芝罘山、琅琊山、会稽山、碣石山上勒石纪功。

始皇巡游，必先修路。自咸阳起始，兴修的驰道东至齐鲁吴越，西抵陇西秦邑，北达燕山九原，南通荆楚，可谓四通八达。这些驰道标宽五十步，每隔三丈栽种青松一株。在巡游的过程中，车马在宽广平坦的驰道上行走如飞。驰道两旁的松树青翠欲滴，亭亭如盖，微风吹过，万壑涛声，令人心旷神怡。

公元前211年是始皇帝的第五次巡游，也是最后一次巡游。这年的十月，始皇帝的车仗从咸阳出发，南下出武关，十一月来到长江北岸的云梦大泽。冬季云梦的湖面，依然碧波荡漾，始皇帝在这里泛舟游览，撒网捕鱼，围猎烧烤，好不新鲜刺激。之后始皇帝继续南下九嶷山，祭拜舜帝，再沿着长江一路东进，上会稽山祭拜大禹，在吴城度过寒冬。

次年开春，浩浩荡荡的船队从会稽出发，北上抵达琅琊。方士徐福因渡海寻找仙药失败，推说海上有蛟龙毁灭船只。始皇帝自己也梦见了海神，那海神身躯庞大，身披盔甲，手执戈矛，要与始皇帝一较高下。始皇帝命舰队携带大量的捕鱼器具，从琅琊起程，绕着胶州半岛走到芝罘山附近，终于遇到了大海怪即大鲨鱼。始皇帝命令强弩一齐射击，一举射杀了一条大鲨鱼。

始皇帝战胜海神的神话迅速传遍了神州大地，四海沸腾，普天同庆，万民齐欢。此时已是六月盛夏，此番出游收获满满，始皇帝志得意满，开始想念众多的嫔妃了，命车驾赶回咸阳。到七月初秋，巡游大军来到了赵国旧地沙丘。这里原是商纣王的避暑胜地，酒池肉林的遗迹尚在，赵武灵王在此修建了行宫，真是人间的仙境啊！可始皇帝无福消受。昨天还是好好的健壮身躯，今天便毫无征兆地突然染病，寒热交作，全身颤抖，连御膳都吃不下去。

始皇帝是个好强之人，日间还能强打起精神，勉强支持，夜间便不得安生，心神恍惚，言语狂悖，好似遇神见鬼一般。随驾的医官诊脉进药，全不见效，病情日甚一日，几至垂危。

左丞相李斯逐次省视，眼见始皇帝病已大渐，差不多要归天了。明知始皇不久于人世，每思启问后事，怎奈始皇生平最忌一个死字，李斯恐触犯其忌讳，不敢贸然进言。直到始皇自知不起，乃召李斯、赵高入谕，嘱其起草诏书，赐予长子扶苏，叫他速回咸阳，守候丧葬。李斯、赵高二人草就诏书，呈于始皇审阅，始皇此时已是痰气上壅，睁大眼睛对着那诏书。李斯还道是他在留心察看，哪知他已经死去，只是双目未瞑。赵高是察言观色的行家，用手一按，已是气息全无，溘然长逝，当即把诏书置于袖中，方才对李斯说皇上已经驾崩。李斯不免张皇失措，急着筹办后事，竟没有向赵高索取诏书。

为防止始皇驾崩的消息传出去之后，使内外的局势产生动荡，经过一番筹划，李斯决定采取秘不发丧的措施，暂将始皇尸体棺殓起来，放置在辒辌车中，与活着时一样，生活起居、工作汇报，一切照旧。只是催促着赶快向咸阳赶路。

丧情急于火，李斯催促赵高尽快发出诏书，召扶苏回咸阳主丧。赵高却有另一番盘算，百计拖延，隐匿诏书不发。私下对胡亥说道："皇上驾崩，没有分封诸子，只是独赐长子诏书。如长子一到，嗣立为帝，公子等皆无寸土，往后的生活怎么过呢？"

胡亥答道："吾曾听说，知臣莫如君，知子莫如父，父无遗命分封诸子，为子的应该谨遵父命，何须妄议。"

赵高不悦："公子错了！当今天下大权，全在公子与臣下及丞相三人之手，愿公子早些为自己谋划。要知道，人被我制与我被人制，是截然不同的两种境况，怎能错过这样的大好时机呢？"

胡亥勃然变色道："废兄立弟，便是不义；不奉父诏，便是不孝；本人无才，因人求荣，便是不能。三事全都违背德行，如若妄行，必然导致身死国危,社稷绝祀!"

赵高哑然失笑:"臣闻汤武弑主,天下称义,不为不忠;卫辄拒父,国人皆服,孔子默许,不为不孝。从来大行不拘细谨,盛德不矜小让,事贵达权,怎可墨守?天赐良机,此时不图,后必生悔,错过这个村,可没这个店啦!愿公子听臣大计,毅然行事,后必有成。"

胡亥终被这番利害攸关的话语所打动,沉吟半晌后,方才叹息道:"今大行未发,丧礼未终,怎得为了此事去求丞相?"

赵高接口说道:"时机呀,时机呀,稍纵即逝!臣自能去说动丞相,不劳公子费心。"说罢抬脚就走,胡亥并不拦阻,由他自去。

赵高往见李斯,李斯即问道:"皇上的遗书已发出了吗?"

赵高:"这书现还在胡亥的手中,赵某正为此事而来,与君侯商议一个对策。今皇上崩逝,外人皆不知道,其所授的遗嘱,也只有赵某及君侯你知道,太子之位归属于何人,全凭君侯与赵某口中说出。不知君侯的意下如何?"

李斯闻言大惊道:"此言乃是亡国之言。太子事关国运,皇上已有言在先,岂是人臣所能随便议论的事?"

赵高:"君侯不必惊忙。赵某有五事敢问君侯。"

李斯:"汝且说来。"

赵高:"君侯不必问赵某,且当自问:汝的才能比得上蒙恬吗?功绩比得上蒙恬吗?谋略比得上蒙恬吗?人心向背比得上蒙恬吗?与皇长子的感情比得上蒙恬吗?"

李斯:"这五事李斯本来就比不上蒙恬,敢问汝此时提及这五事的用意何在?"

赵高:"赵某为内官厮役,幸得粗知刀笔,入事秦宫二十余年,未尝见秦封赏功臣,始皇帝的二十余子,亦未见其封赏。长子扶苏刚毅勇武,若得嗣位,必用蒙恬为丞相,难道君侯还能保得住现在的印绶、爵禄,日日受用,荣归故里么?赵某受诏教习幼子胡亥,见他仁慈笃厚,轻财重士,口才似拙,心地却明,诸公子之中,无一人能及,何不立其为嗣君,共成大功?"

李斯:"汝勿再言!李斯仰受皇诏,上听天命,下顺民情,得失利害,无暇多顾。"

赵高:"汝可以不顾,汝的家人也可以不顾了吗?"

李斯作色道:"李斯本是上蔡布衣,蒙皇上厚恩,得为丞相,位至通侯。皇上以社稷安危托付于斯,斯怎忍相负!且忠臣不避死,孝子不辞劳,李斯但求恪尽职守!请君不要再生异端。"

赵高见李斯色厉内荏,便进一步以言辞胁迫道:"从来圣人无常道,无非是以变顺时。今天下的权柄皆系于胡亥之手,赵某已得到胡亥的旨意,可以相机行事。只是与君侯相好有年,不敢不以真情相告。君侯老成练达,应该知道其中的利害。以外制中谓之惑,以下制上谓之贼,秋霜降,草花落,水摇动,万物作,势有必至,理有固然。君侯岂能不察?"

话已说到这个分上,李斯喟然叹曰:"利令智昏,不听谏言。遂危社稷;丧心病狂,逆天行事,宗庙倾覆。李斯亦是凡夫俗子,怎好干预如此的惊天逆谋?"

赵高听后故作愠色道:"君侯若再迟疑,赵某也无须多说,只是以数言作为最后的忠告。上下合同,方可长久。君侯听取赵某一言,可以长为通侯,世世称孤,寿若乔松,智如孔墨。倘若决意不从,眼下便有奇祸,乃至祸及子孙。何去何从,请君侯自行选择。"说罢便起身欲走。

事情已经摆在了明面上,赵高与胡亥已经串通一气,若不依从于他,必有奇祸;依从了他,又觉得于心不忍。李斯禁不住仰天长叹、垂泪自语道:"吾生不逢时,遭此乱世,既不敢死国,又何言于托命。皇上不负臣,臣却要负皇上了!"

赵高见他已无奈应允,欣然辞别,给胡亥报讯:"臣奉太子明令,往达丞相,丞相已经从命了。"

胡亥见李斯也肯依议,乐得将错就错,便与赵高密谋,当即传"诏"立胡亥为太子;另缮一书,赐予长子扶苏与将军蒙恬,令其自尽。

李斯明知赵高的这些行为悖逆天理,行险图功,祸乱朝纲,但为了自己的身家性命和荣华富贵,不得不随声附和、卖身投靠,直到为虎作伥。

赵高又恐怕扶苏违诏先入咸阳即位,传令仪仗队护着辒辌车紧催快赶,风雨兼程,越井陉,经九原,过直道,径抵咸阳郊外。留守都城的王绾、冯去疾等人出郊迎驾,赵高传旨免朝。王绾、冯去疾等一众官员拥着辒辌车,风驰电掣般驰入了咸阳城。

可巧的是,给扶苏、蒙恬传旨的胡亥心腹也在此时从上郡归来,报称扶苏自杀,蒙恬就拘。胡亥、赵高、李斯三人皆大喜过望。

十一、复楚兴汉

胡亥回到咸阳即位，是为秦二世。二世即位后担心兄弟姐妹们威胁到自己的地位，与赵高合谋后诛杀了始皇帝的公子十二人、公主十人，接着又大戮宗室与亲旧，帝室的手足股肱尽丧其手。

胡亥得意扬扬，以为再无对手，可以穷奢极欲、肆无忌惮了。之后便大兴土木，重征工役，继续修造阿房宫，好作终身的安乐窝。为此即刻下诏："先帝谓咸阳朝廷过小，故营造阿房宫以壮观瞻，孰料工未就而先帝崩，只好优先移建先帝陵。今骊山工程已毕，朕承先志，不敢怠慢，复建阿房宫的殿阁楼台，务必精妙绝伦！"

诏令一下，全国动员，各路役夫汇集到咸阳城，日夜营缮，忙个不停。

二世犹恐臣下起异心，预逆谋，特号令四方，募选才勇兼全的武士入宫屯卫，共得壮士五万人。原先宫内的宫女仆从本来就多，再加上那筑宫的匠役、卫宫的武士，以及在宫苑豢养的狗马禽兽等玩物，没一个不需要食品，没有一种不需要粮草，咸阳虽大，怎能产得出如此多的粮草？这些都难不倒天才的二世，令天下各郡县筹办食料，随时运入咸阳，不得间断。沿途运夫所用的粮草必须自带，不得在咸阳周边三百里之内购食米谷，以免消耗京畿的食物。

各郡县接到诏令，只好额外加征，将其一一分摊到小民的头上。小民百姓连年迭遭暴虐，已经困苦不堪，又加上这些新增加的负担，弄得家家户户家徒四壁，吃了上顿没下顿，不少人家被逼得卖儿卖女。真乃是普天愁怨，遍地哀鸿呀！

鉴于岌岌可危的社会经济形势，右丞相冯去疾、左丞相李斯以及将军冯劫等联袂向秦二世进谏道："近年来朝廷调兵遣将，镇压关东'群盗'，诛杀甚众，'盗贼'活动仍未止息，究其缘由，大都是因为徭役繁重所致。故臣等请求停建阿房宫，并同时减少戍守、运输过程中抽调的徭役。"

二世皇帝听后却说："凡是贵有天下之人，在于能够为所欲为、纵欲享乐；君主修明法律，臣下则不敢为非作歹，凭此就可以统治天下。汝等大臣不能禁止'盗贼'，反倒文过饰非，应追究尔等的失职之罪。"

冯去疾："陛下之言臣不敢苟同，上古帝王都是一人勤政为天下，岂可天下奉一人？"

冯劫："眼下朝廷对黔首小民的苛捐杂税实在是太重，征用民夫实在是过繁、过多，致使小民家破人亡，流离失所。臣下所言尽是实情，良药苦口利于病,忠言逆耳利于行啊!"

二世:"反了!反了!汝等不但不追悔自己的失职之罪,反倒指责寡人这也不是,那也不是,你们的心目中还有寡人吗?着廷尉追究冯去疾、冯劫、李斯等人的失职之罪,冯去疾、冯劫言辞不逊,罪加一等。"

廷尉:"微臣领旨。"

冯去疾、冯劫见二世如此不知好歹,不辨忠奸贤愚,愤而当庭自杀而死;李斯饱受牢狱之苦,欲上书自辩,希冀二世皇帝能够醒悟过来,赦免自己。结果适得其反,被腰斩于咸阳,并株连三族,让其满门亲属尽丧命于鬼头刀下。

李斯死后,秦二世任命赵高为丞相,事无大小均由其决断。为了铲除异己,彻底掌控朝廷,赵高竟还干出了"指鹿为马"的勾当。

天下苦秦久矣,苛政猛于虎,人人自危,岂止是黔首细民,高官贵胄也未免于横死。

一一〇

吴楚之地的姑苏城内,有个书生叫范喜良,因与里正结怨,被征发到咸阳阿房宫服劳役。这天趁着劳工与守军发生冲突的机会,一路九死一生逃回了家,刚刚歇息了两天,得到消息的里正迅速跑到他家来抓人。范喜良闻讯从后门溜了出来,因慌不择路,跑进了一个死胡同,被一堵院墙挡住了去路。范喜良在无奈之下,只好翻过了这道院墙,跳进了一位官家的后花园。

范喜良刚刚站稳脚跟,就听得有人到后花园来的脚步声,便将身子一闪,躲进了一处茂密的花丛之中。进来的是一位十六七岁的小姐模样的人,袅袅婷婷地走了过来,到范喜良跟前的玉液池边,高高地卷起了粉袖,露出了一双冰清玉洁、白里透红的玉臂,在池子里洗着自己的内衣内裤。鲜嫩的臂膀像一双白蛇,在碧水中上下舞动着,范喜良看呆了,情不自禁地晃动了一下身子,"咔嚓"一声,压断了一根小树枝。

"谁?"姑娘被吓了一跳,转身就要往屋里走。

范喜良知道惹了祸,连忙走出树丛,施一礼说道:"小姐不要惊慌,小生是一个逃难之人,被官兵追到这里,这就走。"

小姐抬头一看,是一个眉清目秀、满脸书卷气的后生,顿时停住了脚步,道:"郎君是哪里人氏,为什么要逃难?"

范喜良便把秦始皇坐天下,征集天下劳工修咸阳阿房宫、修骊山秦皇墓、修打通长江与珠江的灵渠、修万里长城的情形告诉了她。姑娘不禁吃了一惊:"这得多少人力物力呀?"

范喜良:"现在全国到处都是十室九空,上面的胃口还很大,小民非死即伤,我已经是在劫难逃,这就走,以免连累姑娘。"说罢便要告辞而去。

姑娘:"公子!"

这时夫人见小姐进后花园半天未归,踱到后园来察看,小姐便将刚才发生的情形告诉了她。

夫人打量了小伙子一番,点了点头,说道:"老身府上姓姜,小女名叫孟姜女,至今未曾婚配。你姓甚名谁,娶妻了吗?"

范喜良向她说明了自己的遭遇:"自从家父亡故之后,家境日益贫困,被抓去修建阿房宫。因思念母亲,从工地上逃出来后又被追捕,尚未娶妻。请夫人母女原谅晚生的鲁莽,晚生就此告辞出去。"

姑娘这时急得不行,直拉夫人的罗裙。夫人说道:"现在城内风声很紧,官差到处抓人,你一出大门就会被抓。不如就在老身的府上暂避一段时间再说。"

范喜良见她母女一片好意,便点头答应。吃过晚饭之后,夫人安排了范喜良的住宿房间,征求过女儿的意见,将范喜良招到厅堂,对其说道:"小女虽然年龄还小,也是大家闺秀,颇有人生的志向,自小立下誓愿,谁要是看见了她的玉臂,她就嫁给谁。今天被你无意中看到,也算是有缘。此后她便再也不愿意嫁给他人了,你看怎么办?"

范喜良:"若蒙小姐不弃,晚生愿与小姐结为良缘。"

夫人:"现姜老爷在外地巡查,待半个月回府后,老身禀过老爷,便与你们二人主婚。"说罢便派家人前去将此消息告知姜老爷。老爷回讯表示近几天便可以赶回来为他们主婚。

这几天范喜良在姜府好吃好喝好住,人也长好了,天天陪同母女二人谈天说地,帮他们干活,不是一家,胜似一家。

谁知就在老爷要回来的前一天,官差打听到范喜良跑到了姜府,这段时间上头下了名额要人修长城,正好拿去充一个数,于是便在姜府外面等候。刚好范喜良到门口迎候姜家的一位贵宾,被官差撞着,一根铁链往他的脖子上一套,拉着就走了。

范喜良自从这一去后便杳无音信。孟姜女哭得像泪人似的,苦苦地等待丈夫归来。半年过去了,一年过去了,两年过去了,一点消息也没有。这年的深秋季节,北风四起,芦花泛白,天气一天比一天的冷。孟姜女想起丈夫远在北方修长城,又累又寒冷,心痛不已,日思夜不眠,便亲手给丈夫缝制寒衣。缝了一件又一件,衣箱已经装不下了,仍不见丈夫归来,实在是抑制不住心中的牵挂,便辞别爹娘,启程上路,要到万里长城去寻找范喜良。

一路上,孟姜女不知道经历过了多少艰难困苦,沿途看到的不是洪水泛滥,就是地裂天旱,老人犁地,小孩锄草,妇女背着孩子下地,到处是一片荒凉、萧条的景象。好不容易才挨到了长城脚下。见那些像蚂蚁似的黑压压的人群,有的采石,有的凿石,有的砌墙。民夫们一个接着一个地扛着沉重的大石块,吃力地往山坡上爬,一个个蓬头垢面、面黄肌瘦,军卒的鞭子像毒蛇一样在他们的头上无情地挥舞,有的被打伤,有的被打死,有的倒毙在地上……真乃是一幅幅人间地狱的图景。

孟姜女的到来,给这个悲惨的世界带来了一丝丝的亮色,千里寻夫的事儿在工地上迅速传开之后,民夫们都很感动,把她当作家里来的人看待,端茶送水。孟姜女一边寻夫,一边安慰这些苦难的民夫,以减轻他们心中的痛苦。这天观音老母从此地经过,大发慈悲,送给孟姜女一大团红线,让其减轻民夫的痛苦。孟姜女便在每一个民夫的杠棒和扁担上系一根红线,民夫们顿时觉得肩上的重量轻了许多。此事一传十,十传百,最后竟传到了赵高的耳朵里,他知道这里面一定有名堂。

此时秦二世正想跨过大海到日出的地方去观景,便令人建造一座长长的石桥,以便从上面跨过海去。只是这建石桥的速度太慢,照这个样子,哪年哪月才能到日出的地方去呢?赵高将打听到的红线的魔力报告给秦二世。秦二世马上令人把民夫们的杠棒和扁担上的红线统统收集起来,制成了一根鞭子,然后拿着这根神鞭啪啪啪地驱石下海。石去不迅速,则用此神鞭对其进行驱赶,最终建成了一条天路,二世终于如愿以偿地看到了日出之地的壮景。这个暴君一时的欢娱,是用多少黎民百姓的负重换来的呀,孟姜女知道后非常气愤,那些因负重致死的人群中,就有她的丈夫范喜良呀!

孟姜女仍不放弃，一个工地一个工地地找她的丈夫，一年多仍不见她丈夫的踪迹。这一天，她碰到了一群操吴中口音的民夫，其中一位年龄较大的民夫告诉他："我叫吴中子，是与范喜良一起来的，都是乡里乡亲，无话不说。范喜良外表文静，身体并不差，人很好，乐于帮助人，就是有点书呆子气，跟监工的关系不好，常常吃闷亏。一年前的一个大雪纷飞的晚上，劳累加上饥饿，他说自己不行了，熬到快天亮时终于去了，尸首就填在离这儿不远的城墙脚下。你是个女流之辈，大老远地跑来真不容易，还是快点回去吧！"

孟姜女听到这个噩耗，如同五雷轰顶，只觉得天旋地转，一下子就昏倒在地。众民夫呼的呼叫，灌的灌水，将其救醒过来后，只见其"哇"的一声大哭起来，只哭得天愁地惨，日月无光。民夫们都禁不住落下了心酸的眼泪，手中的拳头捏得"嘎嘎"响。不一会儿工头来催，众民夫只好都去上工了，孟姜女还在那里哭。不知哭了多长时间，忽听得"轰轰轰"的天摇地动般的一阵巨响，那高高的长城竟然崩塌了几十里，露出了数不清的尸骨。接着是一阵狂风，吹开了覆盖在尸骨上的尘土，再经过雨水一冲刷，大都露出了生前所穿的衣衫。孟姜女上前弯腰一具一具地辨认，一连辨认了十多天，终于看到了一具尸骨上有她亲手做的衣服碎片，还有她绣的荷包。可怜长城脚下骨，犹是春闺梦里人呀！孟姜女情不自禁地失声痛嚎："这就是我日思夜想的夫君范喜良啊！"

孟姜女此时似变了一个人，默默地她将她丈夫的尸骨捆扎好。丈夫热爱他自己的故乡，他生前不能回到自己的故乡，他死后我要带他回到他的故乡，让他与自己的亲人们在一起。

民夫们被孟姜女这样的真情所感动，连远成的士卒们也被其真情所感动，都来目送这位千里寻夫的弱女子返回自己的家乡。大家都是同病相怜，范喜良的今天就是他们的明天，孟姜女就是他们心目中的圣女，触景生情，每个人都心潮起伏，泪眼模糊，牙关紧咬，强压着胸中升腾的怒火。突然天际一个炸雷，似有千百万人在愤怒地呐喊："天下苦秦久矣！"

———

故楚巢邑是一个人文荟萃之地，在一个依山傍水的大庄院里，住着一位白发长髯寿眉的老者，虽然年登上寿，却面色红润，心胸开朗，筋骨强健，是远近闻名的人瑞。每当天气晴朗时，人们常见他在庄前的河坡上放牛健身，喜欢给放牛的少年儿童讲故事，有个叫熊心的少年特别喜欢听他讲故事；有时他也跟慕名前来的访客接谈，居巢智者范增即是常到此地的访客之一。

范增是离此处不远的范家庄人，祖上做过楚国的地方官吏，与这位白发长髯的老者是故交。

这天天气晴朗，风清气和，范增又收拾了一点土特产上路了。已是年近古稀的人了，还特不服老，走路带风。一位在田间忙碌的小伙子熊心大声招呼道："范大爷，您这急急火火的，是要往哪儿去呀？"

范增："去南庄转转，看看南先生。"

范增口中的南先生就是史载的故楚神秘隐士南公，祖上是周王室的支系，即是被周天子封到随国的姬姓封君，即名震一时的南宫氏。

南公学识渊博，见识高远，诸子百家融会贯通，尤擅阴阳之学，与客交谈中常常语出惊人。

南公："范先生最近在读什么书呀？"

范增："重读《易经》。经曰：'君子藏器于身，待时而动。'"

南公："天之道，月盈则亏，势极则衰。吾观秦暴日甚一日，现在已经到了英雄辈出的时候啦！"

范增："用武之地在哪里？"

南公："秦灭六国，楚最憋屈；用武之地远在天边，近在眼前，楚虽三户，亡秦必楚。"

范增："伐无道，诛暴秦，楚人义不容辞！"

南公指着熊心说道："故楚怀王的曾孙熊心十一二岁时流落到这里，放牛、扛活已有一十六年，是我们看着长大的。他为人忠实上进，好学深思，身在草莽，心怀天下，范公以后要保他做一番事业呀！"

范增："范增谨记在心。"

南公："你们去吧，乱世出英雄，江湖的路山高水长啊！请记住这两句话：'要相信人性的善，但永远不要低估人性的恶。''自己可以走宽路，但要给别人留活路。'"

仲春的江淮大地，一派忙碌景象。

在这些忙碌的人群中，有一位给人帮佣的雇农，姓陈名胜字涉，祖籍阳城，因家贫无计谋生，不得已流浪到居巢一带受雇于人。陈胜很早就听到过楚南公的传说，还去拜访过他，在这里受到了一些天道人伦的启发。虽然自己只是一个寄人篱下的耕田佣工，却胸有丘壑，志向与众不同。

一天上午，陈胜与一伙长工在大田里翻耕田土，扶犁叱牛，充牛的大爷，稳稳地犁了一圈又一圈，汗如雨下。约莫到了日中时分，大家都有些筋疲力乏，便放下手中的犁耙，登垄打坐，喝点生水，望空唏嘘。这时与他合耕的佣工见他神情懊丧，只道他是染上了病痛，身子不舒服，便关切地问道："胜！你身上哪儿不舒服呀，这样长吁短叹的？"陈胜："汝不必担心我，福人自有天佑，吾的身体好着呢。只是心中在想一件事情，吾若有朝一日遂了心愿，享受荣华富贵，便要让汝等与我一同去享福。这叫作'苟富贵，勿相忘'，懂吗？"

佣工们听了，不禁好笑道："汝为人佣耕，一年到头不得空闲，与我等一样的贫贱。胡想些什么呢？富贵难道能从天上掉下来吗？"

陈胜叹了一口气："唉！你们成天就知道像牛马一样做了吃，吃了睡，燕雀安知鸿鹄之志哉！"说罢又连叹数声，起身继续扶犁耕田，直到红日西沉，方才收犁牵牛回窝棚。

似这样日出而作，日落而息，一晃就到了秦二世元年七月，即公元前209年，有诏令下到居巢，要调发闾左贫民，出戍位于今北京密云县的渔阳。秦俗民居也分富人区、贫民区，富户在街村的右边，贫户在街村的左边。贫户无财上赋，不能免除徭役，但凡上头征徭役民夫，只得冒死应命。

居巢县令布置在城南一带调集民夫，得闾左贫民九百人，充作戍卒，传令紧急北行，陈胜也在这九百人之内。地方乡官对照名单一一查验，见陈胜身长个大，健壮有力，模样周正，气宇轩昂，便暗加赞赏，提拔其充任带头的屯长。同行中有一阳夏人吴广，也是外出佣耕之人，躯干与陈胜相似，生得孔武有力，便让其与陈胜一并为屯长，发给有限的川资，预定到达的期限，嘱咐二人务必领着大伙按时到达渔阳，有在途中停留者斩无赦。之外还特派了一瘦一胖的甲乙两县尉，一路上对这些戍卒进行监督。

这拨人头顶烈日，在茫茫的荒原上晓行野宿，奋力地向渔阳赶去。好不容易挣扎着来到了一大片草泽之地，官名叫大泽乡，距离渔阳尚有千里之遥。

江淮地区本是水乡，大泽乡更为低洼，俗名"水洼子"。这些戍卒适逢阴雨连绵的天气，水洼子里一望无际的水气弥漫，地面上无法走人，时时有陷入泥沼中的危险。没奈何，只得在一处高墩上驻扎下来。这雨一连下了十几天，大泽成了汪洋，戍卒们在这里进退两难，互生嗟怨。秦法规定"失期当斩"，这九百戍卒均面临着死刑的威胁。

陈胜与吴广虽然素昧平生，一路上却很谈得来。如今做了同事，算是患难与共，气味相投。目前大家都关心的行程问题牵动了二人的心，这天两人对此进行了一番密议。

陈胜："渔阳距此地路途遥远，没有一两个月不能到达。官府规定的期限将至，大雨还在下个不停。秦法规定失期当斩，难道我等就甘心地等着去受死么？"

吴广："不甘心。照我说，终究是个死，不如现在就逃走了罢！"

陈胜摇头道："逃走不是上策。试想你我同在异地，何处可以投奔？就是有地方投奔，也难逃官吏的毒手。逃亦死，不逃亦死，反正是个死，要死也要为国家而死，死国可乎？"

吴广："当然可以。"

陈胜："天下苦秦已久，只恨无力起兵。我听说秦二世乃是篡位做的皇帝，我们可以打出为太子扶苏报仇的口号，争取秦地民众的支持。"

吴广："这个计策虽好，可我们现在都是楚人，身在楚地呀。"

陈胜："秦灭六国，楚最憋屈。此地本是楚境，人心恨秦，我等举事，楚人定会闻风响应，前来帮助我们。故楚之地是大有作为之地，民风彪悍，人才辈出，是列国中的翘楚。我等欲起大事，可以打出'大楚'及楚将项燕的旗号，号召故楚之地的民众起来反抗暴秦，为天下的苦人带一个好头。"

吴广："事关重大，不好冒昧从事，最好去占卜一下，问一问吉凶。"陈胜表示同意。

卜卦者见二人来得匆忙，面色凝重，料定其心中必有大事，遂详问其来意，以便卜卦。陈胜、吴广不便明言，只好含糊地说："要做一件大事情，不知是否能够成功。"

卜卦者焚香布卦，按照程式演练了一番，便向二人说道："足下同心行事，必可成功，只是后来尚有险阻，恐费周折，可以去问一问鬼神。"

陈胜不便再问，拉着吴广随即告别。途中吴广对陈胜说道："卜卦人要我等去问一问鬼神，是教我去祈祷么？"

陈胜看事比吴广更深沉一些，连忙接过话题："是了！是了！楚人信鬼，只有假托鬼神，才能较快地威服众人。"

吴广道："那怎样去假托呢？"陈胜当即与他附耳数语，相约分头行事。

翌日上午，陈胜命士卒买鱼下饭，士卒到草市拣得大鱼数尾，出资购回。其中有一条最大的鱼的腹部鼓鼓囊囊的，士卒用刀剖开后，见腹中藏着一片帛书，大为惊异。而后展开一看，见上面竟有丹文，歪歪扭扭地写着"陈胜王"三个字，几个人"啊呀"一声睁大了眼睛，接着便叫嚷开了。

众士卒闻声赶来观看，见上面果然写着"陈胜王"三个字，惊讶之声更热闹了。当即有人报知陈胜，陈胜喝道："鱼腹中怎会有帛书？汝等不要妄言！"

众士卒这才退去，就着烹好的鱼炙大吃一顿后，仍然在啧啧私议着鱼腹中的怪事。

到了夜间，士卒仍在纷纷议论着鱼腹之事，忽听得有声音从外面传来，仿佛是狐狸的叫声，起初的发音较模糊，听不清楚说的啥，后来再凝神细听，又觉得像是人语，依稀可辨。第一声是"大楚兴"，第二声是"陈胜王"。众士卒惊讶之余，仗着人多势众，起身前往发声的地方观看，看到底是咋回事。

营外是一片荒原，只有西北角上坐落着古祠数间，为古树遮盖，合成一团。那声音从古祠中传出，顺风吹来，是"大楚兴，陈胜王"的声音在夜空中回荡。更奇怪的是那树丛中间还有隐隐约约的火光，似灯非灯，似磷非磷，四处游荡，变幻离奇，不可捉摸。过了半晌，光渐熄灭，声渐稀疏，众士卒这才回营就寝。

陈胜施行了鱼腹书和篝火狐鸣二策后，便与吴广暗察众情，见其都在背地里窃窃私语，有的说是鱼将化龙，有的说是狐已成仙。两人相视而笑。

再说营中虽有县尉二员，却是一对糊涂虫，因天雨难行，无法消遣，两人整日里对饮，喝醉了睡，睡醒了喝，啥事不管，让两个屯长自行办理诸事。陈胜、吴广办事公平，一衣一食都与士卒相同，更兼那鱼书狐鸣的灵异现象的昭示，士卒们均愿为其所用。

陈胜见时机已到，又与吴广定谋，趁两县尉喝醉了酒，故意激怒县尉道："今日雨，明日雨，后日又雨，看来不能再往渔阳去了，与其过了期限等着被处死，还不如现在就远走高飞。"

甲县尉听后勃然大怒道："汝等敢违反国法么？谁要是想走便斩了谁！"

乙县尉："几天不打，上屋揭瓦了是不是？"

吴广毫不惊慌，反而信口揶揄道："你们两个人监督戍卒北行，负有很大的责任，如果不能按期到达，吾等受死，你二人能独活吗？"

这句话戳中了二人的要害，甲县尉用手拍案，连声呼叫："快给我拿鞭子来抽打这厮。"乙县尉拔出佩剑便向吴广挥来。吴广眼疾手快，飞起一脚，将剑踢落在地，上前把剑拾起，反手一剑砍去，正中乙县尉的头颅，将其劈成了两半。

甲县尉见状咆哮着拔出佩剑与吴广格斗，一往一来才两个回合，陈胜绕到甲县尉的背后，手起棒落，将其击倒。吴广上前接着又是一剑，结果了甲县尉的狗命。

陈胜、吴广杀了二县尉，众士卒均觉得解气，大呼："该杀，该杀，杀得好！"陈胜趁势对众人说道："各位兄弟此行本意是要前去为朝廷效命，不料到此地被十来年未见的大雨阻隔，多日不能前行，再待到天晴时就是日夜兼程，也不能如期到达渔阳了。失期当斩是秦法，我等既受风寒，又要做刀下之鬼，实在是心有不甘哪！低头是一刀，抬头也是一刀，反正是个死，大丈夫不死便罢，死也要为国而死，王侯将相，宁有种乎？"

众人见他语言慷慨，无不感动，内中一人大声吼道："反正是个死，临死也要拉个垫背的，大家起来干他娘的！"

又有一人吼道："对，干他娘的！只有不要性命，才能活出性命！"

再一人说道："愿听屯长之命！"

众人齐声高呼："伙颐！伙颐！伙颐！伙颐！"

陈胜、吴广大喜，当即由陈胜宣布命令："枭下两名县尉的首级，用长竿悬着，在营外辟地为坛，就将二尉的头颅作祭旗的供品，在此举行起义。"

到了第二天早晨，众人斩木为兵，俱都手拿木棍整齐地排列在营前的广场上。广场北面的高台上，摆着供案和二尉的头颅。高台两边竖着黄底牙旗，旗上写着"大楚"两个鸟书大字。

庄严的时刻到了，随着一通鼓响，陈胜为首、吴广为副登上了高台，率众对着大旗拜了三拜，然后搬上几坛老酒摆在供案上面。陈胜、吴广领着大伙用二尉的头颅奠旗毕，即将祭坛的老酒一一倒入每位士卒的碗中，一起举碗，喝过同心酒，便带领大家对着大旗宣誓。吴广领誓，众士卒齐声跟颂："吾等楚人愿奉陈胜为主将,一同起事造反,伐无道,诛暴秦,有福同享,有难同当,违背誓约,天打雷劈!"

此后众士卒便称陈胜为将军,陈胜任命吴广为都尉,定国号为"张楚",即张大楚国,也称"大楚";命令全体将士各袒右臂,以此作为义军的标记。

陈胜、吴广起义的消息像生了翅膀一样传到了大泽乡,乡中的三老、啬夫等第一时间便逃之夭夭。陈胜义军进驻大泽乡,将其作为起事的落脚点。居民中的青壮年拿着家中的耙头、铁耙和锄头参加了义军,至此才算初备军容。老天爷也来相助,竟在一夕之间扫除了云翳,放出了日光,一连晴了半个多月,大地上的积水退去,滴水不留。众士卒以为得到了天助,人人精神抖擞,各处的破产农民纷纷来投。陈胜、吴广见义军的士气大振,乘势挥师北上,进攻蕲县县城。

蕲县是大泽乡的顶头上司,大泽乡的三老逃到县城一通报,城内的县吏们心惊胆战,惶惶不可终日;一听到义军北进的消息,平日里作威作福的县官们立马四处逃散,老百姓开门迎接义军。陈胜、吴广兵不血刃便安安稳稳地占据了县城。

接着陈胜便令符离人、诸葛亮的老祖宗葛婴率众进攻蕲东,连下铚、酂、苦、柘及谯县,义军声势大震。沿路收得的车马兵甲,均送到蕲县城内,由陈胜统一调配。

陈胜这段时间一共聚集了兵车七百乘,骑兵千余,步卒数万,安排妥当后,开始大举进攻陈县县城。陈县乃是楚故都陈郢,城高沟深,规模宏大,收复陈郢意味着楚国的复兴。陈胜为此做足了准备工作。

时值陈县县令外出,只有县丞留守。见义军来攻,县丞只好硬着头皮开城迎战。义军此时已是一支生力军,一路未遇敌手,今到陈县还未进攻,忽见城门大开,竟从城内拥出数百人马来与义军交锋。义军战士个个摩拳擦掌,一拥而上,前驱手执刀枪一阵乱砍乱戳,势如神兵天降;后队手执木棍及耙头铁耙横扫过去,好似猛虎出笼。守兵本来就不敢出战,为县丞所逼出城接战,偏偏碰着了这班不讲套路、乱拳暴打武教士的群氓,略一失手,便被打翻在地,稍一退步,便被其冲倒践踏,数百兵马,死的死,逃的逃。县丞也随着败军逃回了城内,义军在后面紧紧追赶,守军连城门都来不及关闭,直逼得县丞无路可奔,不得不翻过身来拼命抵抗,被一众义军迎面踩成了肉泥。

陈县民众热烈欢迎楚军的回归，陈胜与吴广联辔进入县城，在各处张贴安民告示，宣布义军是为了吊民伐罪、除残安良而来，禁止士卒扰民，禁止掳掠，废除苛法暴政，为民除害。

过了数日，义军号召陈郢的三老豪杰共同议事。各地的三老豪杰闻风来会，由陈胜温颜召入，下问善后事宜："请故楚之地的三老豪杰各抒己见。"

众人齐声道："将军披坚执锐，伐无道，诛暴秦，复立楚国社稷，对楚有再造之功，功比天高，应该称王，以副民望。"

这几句话正中陈胜的下怀，楚地的民众真是太朴实了。陈胜虽然心存感激，也不便马上应允，便谦恭地说道："楚地人才济济，陈某不才，还是虚位以待吧！"

一众三老豪杰见陈胜推辞，大声喧哗表示不赞成之后，一再劝道："现在秦军势大，新楚政权根基不稳，除了将军，目前没有谁能镇得住这个局面，万望将军不要推辞。"

话都说到这个分上，陈胜只好答应下来。此后陈胜被称为楚陈王，以吴广为代王，以故楚房君蔡赐为上柱国，以故楚宿将陈文为将军，以故楚亲兵吕臣为王廷侍卫长，定都陈郢，国号张楚，意为张大楚国，即大楚。这一年为张楚元年七月。

渔樵浪人画外音："秦汉之间的纪年自陈胜于陈郢称王起，先是以张楚政权纪年，在马王堆汉墓出土的帛书《五星占》中，用的便是'张楚'的纪年；在另一座汉墓出土的花瓶上，也记有'张楚之岁'的字样。

"接在张楚之后的纪年是后楚怀王和西楚政权的纪年，直到汉高祖登基才改称汉帝纪年。司马迁作《史记》时不但把项羽列入'本纪'之中，将其与帝王同等对待，还在其所立的月表中，不似后世那样以'汉王'为本位的纪年，而是以西楚为本位的纪年，叫'秦楚之际月表'，而不是叫'秦汉之际月表'。"

陈胜在占领陈郢称王后，定下了"主力西征、偏师略地"的战略和策略，由代王吴广率领部将田臧、李归等义军主力西征，一路斩关夺隘，进逼荥阳；另派宋留率本部人马一路攻占南阳，进逼武关。其中吴广一路大军被阻挡在了荥阳城下，秦三川郡守李由守在坚城内死不出战，义军付出了很大的代价也攻不进去。陈胜见此情形，便派出周文另出奇兵。周文曾是楚令尹黄歇和上柱国项燕的部将，有勇有谋，他率领的义军利用吴广、田臧的大军在荥阳与秦军对峙的有利时机，绕过荥阳城，攻破函谷关，沿途招收农民和游兵参加义军，兵力扩大到车千乘、卒数万，兵锋直指秦朝的核心地区关中，军威大振。

与此同时，陈胜还派出武臣、张耳、陈馀率领偏师攻打赵地，派周市（fú）北取魏地，派邓宗南下取九江郡和寿春，派召平赴东南取广陵。不少"苦秦久矣"的郡县豪杰纷纷杀死本邑的秦吏响应义军。

渔樵浪人画外音："在一个新起的团队中，经过一段时间的艰苦奋斗，有了一点底子，让人们看到一线希望时，即是其内部最敏感、最容易出问题的时期。一些掌握了一定资源的人或动了邪念，或在他人的煽动之下，不顾包括自身利益在内的整体利益，想要打破原有的平衡强出头。其表现一是干掉原有的头自己当头或自己得好处；二是将自己掌控的队伍拉出去自己当头或自己得好处。这是人和事物的复杂性的体现。"

荥阳久攻不下，代王吴广与部将田臧、李归在用兵方向上发生了争执，产生了矛盾：一方要坚持原来的计划先攻下荥阳，一方要留下少量兵力攻荥阳，让另一部分兵力攻敖山。二者相持不下，田臧便假传陈胜之命矫杀了吴广。陈胜不但没有对田臧进行处罚，反倒封其为上柱国，是显见的不了解情况、不能把控局面的乱命。

武臣攻下赵国旧地后，撇开陈胜自立为王；周市打下魏国旧地后撇开陈胜，拥立了陈胜的部下、原魏国宗室的魏咎为魏王，自己当"相国"。陈胜的军事行动本意是要收紧拳头，聚集力量，却被自己信任的干将们将其聚集的力量——分化掉了，最终只能被各个击破。

再说陈胜的大将周文率领的西征军一路征战，一直进入到了关中的戏水西岸的戏亭，即周幽王以烽火戏诸侯得名的临潼之地，秦朝处在风雨飘摇之中。秦二世震惊之余，采纳了章邯的计策，赦免骊山的刑徒，给其配备了戎衣兵器，制定了立功免刑受赏措施，经过短期的训练，交由章邯统率迎击义军。

一个外表强大却被掏空了内囊，一个好似乌合之众却有着内在约束力的两支军队的对决，胜败立见。章邯首先进攻周文的西征军，在敌强我弱的态势下，陈胜命武臣迅速率军西进增援周文，武臣却拒不听令，擅自派遣其部将韩广、李良等北攻燕山、常山、上党，忙着扩充自己的地盘，致使周文西征军的失败；之后章邯再败田臧军、李归军、武臣军、周市军，以及七七八八借义军之势而起的所谓诸侯军；接着又破邓说、败伍徐、斩蔡赐、车裂投降的宋留，杀死了楚上柱国田臧、魏相周市、齐王田儋、魏王魏咎。召平退走江南,邓宗下落不明。武臣也遭到了反噬,其部将韩广背叛了他自立为燕王;武臣及其姐姐均被自己的部将李良杀死。楚军被迫收缩兵力,退回到了彭城一带。

张楚二年二月上旬,陈胜亲率张贺部,在陈郢西郊与章邯军展开了激烈的争夺战。张贺战死,陈胜率义军撤出陈郢,转战到今安徽涡阳县东南的城父时,遭车夫庄贾的暗害。这个利欲熏心的车夫庄贾,为了得到秦朝的巨额赏赐,在驾车后撤的路上,趁陈胜没有防备,从其背后偷袭得手。可怜一个智勇双全的大农民,没有死在敌人的屠刀之下,却被自己最信任的人捅了刀子。大雁还在天上飞呢,一些人就迫不及待地兄弟争雁,有的甚至还成了可耻的叛徒,最终落得个你死,他死,全都死。

陈胜的部将吕臣听到楚陈王被害的消息,心中十分悲痛,发誓要为陈王报仇,带着部下到位于今安徽界首北的新阳组建了一支苍头军,然后再率军回马一枪杀来,重新攻入了陈郢,杀死了庄贾,恢复了陈郢的楚都地位和楚国的国号。

同年四月下旬,陈郢就被秦军反击占领。吕臣且战且走,在撤退的路上遇到了英布的反秦队伍,与其一起又杀了回来,向陈郢的秦军发起了反击。义愤填膺的吕臣率军在青波击败了秦军,再次收复了陈郢,恢复了楚国的国号。

一一二

再说项梁叔侄在金陵战败后,带着少量的亲兵,一路逃窜到了吴中,即今之吴县,为会稽郡治之地,凭着项燕的威名,经虞子期的引荐,得到了吴中的名门望族虞氏的接济。虞门千金虞姬是一位蕙质兰心的二八佳人,吴中的官宦世家子弟慕其芳名,上门提亲保媒的人踏破了门槛,虞家一概不允。

这年的五月端阳节,虞姬和侍女莹儿在家人的保护下,到吴江上看龙舟竞渡。但见鼓乐喧天,人声鼎沸,在有节奏的呼号声中,红、黄、蓝、绿、青五色龙舟在江面上像箭一样地向前飞驰,争夺十里开外的标旗。内中红船上的一位红头巾、红短褂、手执红旗的身材高大、面庞英气勃勃的青年引起了虞小姐的注意。莹儿告诉他,此人就是名满吴中的将门之后项羽,名籍,是顶尖的少年英豪。

虞姬回家后，不知怎的，一闭上眼睛，项羽那仪表堂堂的英姿就浮现在了她的面前，挥也挥不掉，赶也赶不走，时日一久，竟有些茶不思，饭不想，千娇百媚的容颜渐渐地憔悴了下来。老安人急得不行，细问莹儿缘由，莹儿便把端阳节那天看龙舟竞渡的情形告诉了她。

老安人把虞子期召到堂前，要他借故邀项羽到虞府做客。在大堂上由子期招待项羽吃过午饭后，便带他到后花园游览，但见各种奇花异卉争相吐艳，项羽看得连连叫好。不知不觉地来到了一座精致的花亭，见一位身材修长，体态柔媚，肤如凝脂，面胜桃花，五官秀雅，顾盼生辉的妙龄少女正在亭中赏花。项羽一见，恍如遇见了瑶池仙子，顿时闹了个大红脸，转身就要走开。子期拉着他的手说道："这是吾妹，吾看你们是英雄美人，郎情妾意，就相互认识一下吧！"说罢便退了下去。

项羽上前深深地施了一礼，虞姬也腼腆地道了个万福。英雄美人，相见恨晚，由羞羞答答到相互对视到相依相偎，似前世未了缘，今世来还情，无休无止，无拘无束，直到夕阳西下，才不得不暂时分开。项梁知道这一情况后，请媒人正式到虞府保媒下聘。项府大宴三天宾客，成就了一段千古传颂的爱情婚姻佳话。

项梁在吴中俨然是社会上的头面人物，威信很高，贤士大夫皆出自他的门下，当地的大事全由他出面主办。眼看国事日非，形势有利，便暗中招兵买马，训练吴中子弟。

陈胜、吴广在大泽乡起义反秦的消息像长上翅膀一样传到了吴中之后，吴中上下开始躁动起来。张楚元年九月，会稽郡守殷通对项梁说道："大江以西全都反了，这是上天要灭秦啊！古人云：先到为君，后到为臣。本官打算起兵反秦，让你和桓楚统领军队。"

当时桓楚正逃亡在草泽之中。项梁对殷通说道："桓楚犯事后正逃亡在外，别人不知道他的去处，只有项羽知道。"

殷通："那就有烦先生去把他请来一叙吧。"

项梁便出去找到项羽，让他见机行事。然后把他带进了大厅。

殷通对项羽说道："壮士是怎么知道桓楚的下落的呢？本官这两年找他找得好苦哇！"

项羽："大人找他干什么呀？"

殷通："这、这……"

这时项梁给项羽使了个眼色，项羽拔出剑来，"嗖"的一下就斩下了殷通的头颅。

项梁手里提着郡守的头颅，身上挂着郡守的官印，大踏步地走到了堂中。郡守的部下发一声喊，一起拥上堂来杀项氏二人。项羽一见，便挥动着手中的宝剑，似白虹贯日，上一个杀一个，一连杀了几十个。整个郡守府上的人都吓坏了，趴在地上不敢动弹。

项梁召集自己熟悉的豪强官吏，宣布反秦起义，向他们说明了全国起义的形势和道理，赢得了大家的认同。经过整合，得到了精兵八千人，项梁自任武信君，委任项羽为都尉。然后派人到吴中郡属各县接收其权力，根据吴中豪杰之所长，分派相应的军职和地方行政职务。

其中有一个曾在项梁手下办事的人没有得到任用，便找上门来对项梁诉说道："昔日跟公办事，没有功劳也有苦劳呀！"

项梁对其说道："前些时委派你去采购一批葛布和桐油，你没有办成，所以不能任用你。"

众人听了都很敬服。一齐推举项梁做了会稽郡守，项梁任命项羽为裨将，两人分头巡行占领的下属各县。

江北此时的秦楚之战正处于胶着状态，义军东南路的将领召平奉陈胜之命，进攻广陵没有拿下，见陈胜败走而项梁的风头正劲，为挽救义军的危局，特地渡过长江到达吴中，假传楚陈王的命令，任项梁为楚国的上柱国，对他说道："长江以东已被义军扫平，请火速率军过江攻打秦军！"

项梁奉命领着八千子弟兵渡过长江，见浙南的陈婴已经攻克了东阳，便派出使者前去与其取得联系，让两者联合起来共同对付秦军。

陈婴是故楚东阳县的狱吏，从小就注意加强品行的修养，为人一向诚信谨慎，在县中颇有声望，被称为敦厚长者。

楚陈王起义后，东阳县的农民杀死了县令响应起义，全员用青巾裹头，号苍头军，强立陈婴为首领。

陈婴的母亲是一位很有见识的女性，对陈婴说道："我自从进入你陈家的门，就未听说过你家祖先出过贵人。你想做一番大事，我不拦你，但要找一个领头的，你做他的下属，事成能封侯，事败也容易逃亡。"于是陈婴不敢称王。

项梁跟陈婴联系好后，陈婴便对东阳的义军说道："项氏世代为楚将，在楚国很有声望。现在要成大事，非要这样的人做将帅不可。"大家认为有理，苍头军全员加入了项梁的义军。就在此时，故楚之地沛县起义的首领刘邦，率领一百多名骑兵也前来投奔项梁。

刘邦这人的天赋不错，身长个大，宽额头，高鼻梁，三绺胡须，容貌高贵。就是有些无赖习性，爱交朋结友，不拘礼节，喜欢喝酒，迷恋女色，经常到酒馆赊账，带狐朋狗友到哥嫂家撮吃撮喝，喝醉了倒地就睡。

就这样一个人，农活不干，还想干大事，靠着朋友的帮衬，当了个沛县泗水亭的亭长，开始结交官吏，与县里的吏员如萧何、曹参、夏侯婴等混得很熟。

这一年，上头的差事下来了，要他押着一批徒役去骊山服劳役，这些人都知道这是个有去无回的苦活，纷纷在半路上逃亡。刘邦一盘算，照这样搞下去，估计还没有到骊山，人都跑光了。索性不走了，停下来召集大伙一块喝酒。喝到高兴时，豪爽地对着他们说道："去骊山服劳役是九死一生，我不忍心看着你们受苦，都逃命去吧！"

役徒们听说后，大感意外，当即走了几个，剩下的徒役觉得刘邦这人仗义，愿意跟着他打伙求财。为躲避官兵的剿灭，这帮人只好隐藏在芒砀山一带的深山湖沼中落草为寇。

陈胜、吴广起义的消息传到了芒砀山，这伙人十分高兴，个个摩拳擦掌，要求下山搞事响应。刘邦率众来到沛县城下，写了一封箭书射入城中，说陈王的军队马上就到，快准备开城迎接义军。城中百姓见风就是雨，几个愣头青一闹腾，便起事杀了秦县令，拥立刘邦做了沛县的县令。按照县令称公的楚制，称刘邦为沛公。刘邦祭祀了黄帝和蚩尤，竖起了红色的旗帜，宣布反秦起义。之后便以沛县为根据地，向外扩展，队伍发展到了三千人。

过不多时，项梁的大军浩浩荡荡地开进了位于今山东滕州南部的薛县。刘邦久闻项氏大名，带着队伍经百里长跑归附了项梁。项梁很高兴，见其队伍人少，给刘邦增拨了精锐部卒五千人，包括五大夫级别的将领十人。刘邦领兵重回沛县，进攻前两次都没有打下来的近邻丰邑。曾是刘邦部将的雍齿背叛刘邦投靠周市，反过来领着民众上城抵抗刘邦楚军，刘氏族人也坐山观虎斗。最终刘邦虽然拿下了其祖父刘荣公居住的丰邑，乡情却被这些老家的人给打没了。

张楚二年春,楚将秦嘉拥立楚贵族景驹为楚王,驻扎在彭城东面,想以此抵抗项梁的义军。项梁对军官们说道:"陈胜首举义旗,作战不利,不知去向。早就听说这个秦嘉不服从楚陈王的军令,现在又背叛楚陈王拥立景驹,实属大逆不道!"于是便率军攻打秦嘉,将其打得大败而逃。项梁领兵追击到胡陵,秦嘉回师与之对战了一天,战死于军前,景驹亦被杀死在梁地,残部被项梁收编。

项梁兼并了秦嘉的军队后,就地驻扎在胡陵,将要率军西进。章邯的军队这时已抵达栗县,项梁便命别部将领朱鸡石、余樊君与章军交战。余樊君战死,朱鸡石吃了败仗,逃奔到了胡陵。项梁于是率军进入薛县,杀了败将朱鸡石。

张楚二年三月,陈胜被害,旧六国贵族各怀心思、各有算盘,反秦力量支离破碎,被秦军逐渐打压蚕食。这个态势如再持续下去,起义军迟早要被各个击破。

项梁听说陈胜确实已死的消息,便将各部将领召集到薛县议事,刘邦也前来参加。

这天早晨,项氏属将一齐聚集在薛县正堂,项梁升帐主持议事。项梁环顾众将后,朗声说道:"吾闻楚陈王被车御所害,陈王的骁将吕臣虽然带领苍头军杀了车夫,恢复了楚国,但国不可一日无君。请大家计议一下,该推何人为楚国君主?"

众将听说后,顿感此事关系重大,一时不知所措,有几个故吏乘机献媚,要项梁自立为楚王,项梁只是摇头。这时忽报帐外有位楚南公的朋友、居鄩人范增求见。项梁似乎明白了什么,紧急传令范增进见。

一会儿,一位白发银髯、精神健朗、仙袂飘飘的长者,拄着一枝虎头拐杖踱了进来,对着项梁施了一礼。项梁站起来拱手作答,项羽为其搬来了座位,请其就座。

项梁和颜悦色地对其说道:"老先生远道而来,必有要事与言,望乞示教!"

范增答道:"增已年过七旬,老迈不堪,不足以谈天下之事;只是风闻将军礼贤下士,舍己让人,特来见驾,略尽野人献芹之意。"

项梁道:"老先生不必过谦。近闻陈王已逝,新王未立,事关我义军的生死存亡，现正在筹议此事，尚无定论。请老先生直抒胸臆，但言无妨！"

范增道："老朽正为此事而来。前楚陈王勇创首义，天下响应，本应书于竹帛，传颂万世，最终却身死国灭。究其缘由，就在于没有天下的胸襟。

"秦并吞六国，楚最憋屈，怀王入秦不返，楚人哀思至今。南公早有断言，楚虽三户，亡秦必楚。陈胜本为楚民，举事后戎马倥偬，不立楚王后裔而自立，上不合天命，下不合民情，安能不败！安得不亡！

"将军起自江东，渡江而来，楚地豪杰争相趋附，皆因将军府上世世为楚将之故。今将军若能俯顺舆情，扶持楚王后裔，天下闻风慕义，投集尊前，关中便一举可下矣。"

项梁大喜道："我意也是如此，先上柱国项燕临终嘱咐我要尽力辅佐楚王室，今得老先生高论，更无疑义，当下便照老先生的意见行事。"

范增闻言称谢，项梁又留其在营中共事。范增见项梁行事有大将风范，亦不推辞，留下任了楚军军师。

项梁遂派人四处寻访楚裔，其中一路访到居巢时，查到了已故楚怀王的曾孙熊心，就是他了，当即报知项梁。梁即派遣大吏数人，奉持舆服，前往迎接，熊心一行一路行抵薛城。项梁早已率领众将到郊外迎接。只见这熊心约莫二十七八岁的年纪，虽然皮肤黝黑，却生得高大壮实，浓眉大眼，鼻正口方，不卑不亢，应对有度，颇有人君气象。众人大喜。

张楚二年初夏，因故楚之地人心痛惜楚怀王，在范增的提议下，项梁与众将一致拥立熊心为后怀王。项梁叔侄率僚属一起谒贺。

项梁："天佑我大楚，恭贺新怀王登基！"

众将："大王万年！楚国万年！"

庆典礼毕，便一道计议军国大事。项梁提出了一份拟封人员名单，交给怀王和范增看过，由怀王当庭发布："封项梁为武信君，执掌全军兵权；封黥布为当阳君，黥面是暴秦的酷刑，改黥为英，称英布。暂定淮安盱眙为楚都，命陈婴为上柱国，赐封五县，跟随怀王筹办建都盱眙事宜。

项军占据了全国正统的道义之后，各地义军纷纷来投，故楚令尹宋义也在这个时候加入到项梁的帐下。项梁实力大增，义军声势复炽，反秦复盛。

刘邦在这次的薛县会议上，积极拥护项梁立熊心为楚怀王。楚怀王任命刘邦为砀郡太守，封他为武安侯。同时封项羽为鲁公，晋爵长安侯。

此后,刘邦与项羽约为兄弟,并肩作战,同生共死。他俩一个勇猛,一个多谋,相得益彰,配合默契,结下了深厚的战斗友谊,立下了数不清的战功。

张楚二年九月,两人在攻占了城阳城后,便开始进攻濮阳,在濮阳以东的雍丘大败秦军,斩杀了秦丞相李斯的儿子、三川郡守李由。赵高和李斯受到了极大的震动。

项梁此时也在东阿击败了章邯的军队后,继续领兵西进,到达定陶,再度打垮了秦军。义军的节节胜利,冲昏了项梁的头脑,以为秦军灭亡即在旦夕之间,显露出骄傲的神色,思虑的事项也没有以前精细。

宋义将这一切看在眼里,于是便规劝项梁道:"打了胜仗后,如若将领骄傲、士兵怠惰,必定会造成失败。现在士兵已有些怠惰了,而秦兵却在一天天地增多,我真的是替君上担心啊!"

项梁不以为然,没有听从宋义的劝告,而是派其出使齐国。在出使的途中,宋义遇到了齐国的使者高陵君,问他道:"你这么匆忙,要到哪里去?"

高陵君回答说:"去前线拜会武信君啊!"

宋义:"我料定武信君必会失败。您去慢点可免遭一死,去快了我就只好跟你吊丧啦!"高陵君大为震惊,但还是半信半疑。

就在秦军战败之后,胡亥调动关中军队增援章邯,趁着楚军松懈之际,在定陶大败楚军,项梁仓促应战,与部将突围时被杀,死前嘱咐部将杀出重围,复兴大楚的事业。

此时的刘邦和项羽正在乘胜进攻开封的陈留,在即将攻下来之际,忽听得项梁兵败被杀的消息,项羽落下了仇恨的眼泪。他俩急忙率军东返,意欲为项梁报仇。

此时陈胜的旧部吕臣驻守在淮阳的陈郢,楚军的兵力均分布在定陶的西南边,倘若秦军乘势南下,新都盱眙危在旦夕。刘邦、项羽为了稳定军心,保卫怀王,紧急移师东归,并请怀王北上迁都彭城。吕臣也觉得形势严峻,弃守陈郢,投奔怀王,驻军彭城东,与驻彭城西的项羽和驻守砀郡的刘邦形成犄角之势,可以相互声援。

楚王熊心听到项梁战败殉国的消息,大吃一惊,陷入了愁思之中。大楚现正处于败亡和成功的十字路口,面对项梁之后外有强敌,内有异动的严峻形势,一着不慎,满盘皆输啊!

十一、复楚兴汉

章邯打败了项梁之后，认为楚军元气大伤，已不足虑，便迅速挥师北上，进攻赵国。趁着秦对楚军事压力的暂时消退，楚怀王便开始着手整顿楚国政局，并亲理楚国军政事务，积极策划伐秦灭秦的战略部属。

为了填补义军短暂出现的权力真空，防止大楚势力被分化瓦解和各个击破，怀王采取的第一个重大举措是收缩部队，集中权力，将吕臣的部队与项羽的部队合编成一支强大的楚军主力，由自己亲自任统帅，亲理楚国的军政事务，让楚国迅速从项梁败亡的失败中振作了起来。

为加强中央政权建设，楚怀王决定将都城从盱眙迁到彭城，重新进行了人事调配，将吕臣升格为司徒，将吕臣的父亲吕青升格为令尹，与当时的左尹项伯、上柱国陈婴、柱国共敖等构成了楚怀王政权的中枢决策层。

第二个重大举措是部署灭秦行动。楚怀王决定，兵分两路出击。一路由宋义、项羽率领，北进援赵，然后西征，攻取咸阳；另一路由刘邦率领，挥师西进，直捣咸阳。楚怀王还与众将约定，谁先攻入函谷关，平定关中，就让谁做关中王。

一一三

章邯击败了项梁的军队并斩杀了项梁之后，带兵渡过黄河，攻打与楚遥相呼应的赵国，攻陷了邯郸城，将邯郸城中的百姓全部迁徙到位于河南怀县一带的河内，之后便铲平了邯郸城墙，放火烧毁了城内的民房。

大楚二年九月，赵国国君赵歇、相国张耳、大将陈馀带领残兵败将逃进了巨鹿城。秦军将巨鹿城团团围住，日夜攻打，赵城一日三警，危在旦夕。赵君歇紧急向天下共主楚怀王求救。

楚朝君臣在楚廷上计议出兵救赵的事宜。

楚怀王："秦将章邯打败了楚陈王的首义军和武信君的军队之后，气焰非常嚣张，寡人决定要打掉他的这股嚣张气焰。"

范增："目前秦朝为了对付山东义军，将王离的二十万长城军和章邯的三十万骊山军都集中到了东线，加上后来继任的任嚣、赵佗率领的五十万秦军仍在远征南越，关中一带的兵力较为空虚。为了给秦朝一个致命的打击，老臣以为可以将义军分为两路，一路西出秦关，进攻咸阳；一路北出救赵，而后进击咸阳。"

楚怀王："范卿所言正合孤意。我两路大军分进合击，让秦廷首尾难顾，可毕其功于一役。"

令尹吕青："这两路大军势必要牵动我大楚的全副兵力，任谁为将是个关键问题。"

大司徒吕臣："可令砀郡长刘邦带领本部人马西进关中，令鲁公项羽率主力北上救赵。"

楚怀王："军情紧急，需要加强军队的统御力量。大夫宋义原为故楚的令尹，足智多谋，应该负更大的责任。列位以为如何？"

这时齐国的使者高陵君正在楚廷，向楚怀王介绍道："臣下在出使的途中碰到过楚故令尹宋义，推论武信君项梁的军队必败，过不了几天，项军果然失败。军队尚未开战就能看到败亡的征兆，可以说是颇通兵法了！"

楚怀王随即召宋义前来商议军情，问他出兵救赵的方略，宋义慷慨陈词："秦将王离和章邯大军系秦军精锐，与我陈王和武信君接战，连战连胜，最终击败了这两支主力义军，可见其不是善类。现秦章、王两军合围赵都，意在全歼赵军，然后再各个击破山东的全部义军。我军这次北出的军队不宜马上与秦军接战，而应在其敌后占领有利的地形，对其形成威势，让诸侯人马与其拼个鱼死网破，然后我们再乘势最后一击。"

吕青："这样安排有何妙处？"

宋义："一则可以让诸侯和秦军两败俱伤，有利于我大楚的天下一统，省去将来与我争夺天下的麻烦；二则可以大大减少我军的伤亡。"

项羽："我听说赵王派出赵将陈泽率领五千兵马对秦军进行过试探性的进攻，结果全军覆没。以现在赵王和诸侯的兵力与秦军接战，犹如以卵击石，不是亡就是降，怎么会两败俱伤？"

宋义："秤砣虽小压千斤，更何况还有巨鹿坚城。兵法云：置之死地而后生，置之亡地而后存。本人的计策就是要最大限度地调动诸侯的战争潜能，让其不尽力坚持就没有活路，只能拼个鱼死网破啦！"

项羽："没有活路就不会投降？如果这样，到时我们更是四面受敌了。"

楚怀王："两位爱卿不要争了。寡人决定分兵两路进击秦军：一路北上救赵，另一路向西进击关中。宋义为故楚令尹，深通韬略，特命其为上将军，号

十一、复楚兴汉

卿子冠军，任救赵主将，鲁公项羽为次将，亚父范增为末将，率领楚军主力北上解巨鹿之围，得手后即刻进击关中；命武安君刘邦率领本部人马向西进击关中。在这里，寡人与诸位约定，谁先攻下关中，就封谁为关中王。"

项羽因为项梁之死，并不愿意北上救赵，想立刻进关中报仇，于是向怀王奏道："那本将也要西进关中，与武安君并肩作战。"

吕青："关中乃是宗周和秦朝的国都所在地，是龙兴之邦、礼仪之邦，绝不能毁坏；天下苦秦久矣，秦人也是苦在其中，吾等为解民倒悬而兴师，重在收拾人心，不可以暴制暴。"

吕臣："楚数次进击关中，前楚陈王、武信君皆为章邯所败；现章邯兵力被牵制在赵城，我军这次占领关中的可能性增大。为此，要派遣一位忠厚长者扶义西行，晓谕秦地黎庶，以取得他们的拥护。武安侯一向胸怀博大，可当此任；鲁公勇壮无双，天下无人匹敌，可为人剽悍豪放，上次攻下襄城，下令屠城三日，所过之处，生灵无不被残灭。如果似这样进入关中，势必会血染关中的河山，得不偿失呀！"

楚怀王："寡人还是那句话。先不要闹着兄弟争雁，将这次布置的两地打下来再说。"

众大臣："大王万年！楚朝万年！"

这是一段阴雨绵绵的天气，宋义引兵二十万到达位于今山东曹县东边的安阳后，下令选择依山傍水的要地安营扎寨，连续四十六天窝在此地按兵不动。

项羽心急火燎地进中军帐对宋义说道："吾闻秦军围住巨鹿日夜攻打，形势非常危急，可谓千钧一发呀！将军应该赶快引兵渡河与秦军决战，我军击其外，赵军应其内，加之城外诸侯的襄助，大破秦军是没有问题的。"

宋义道："不然。现在秦国进攻赵国，若打胜了，军队一定很疲惫，我们便可以趁他们疲惫之机攻打他们；若打败了，我们可以率领大军擂鼓长驱西向，进入关中推翻秦朝的统治。现在让我军进击秦军，还不如让秦、赵两军相互恶斗，此乃是两利之策。要说披坚执锐，上阵杀敌，宋某不如项公；然筹谋划策，决胜千里，则项公不如宋某。"

项羽退后，宋义细思项羽这次来时急不可耐的神情，似有以势相逼的意味，乃对全军下令道："凡在军中出现猛如虎、贪如狼、倔强不服从命令者，一律斩首示众！"

宋义还抱着旧楚的一套老皇历,以为主帅的命令就不可以撼动,哪知项羽的子弟兵就在这支队伍中,需要站队时谁能听他的?

"卿子冠军"的称号在先秦时宋义是唯一的一个,在后世也只有汉武帝时的天才将领霍去病得到过"冠军侯"的称号,说明楚怀王对这个宋义有着多么大的赏识,抱着多么大的希望啊!可这人除了抱着教条夸夸其谈之外,还有旧楚官场的遗患——假公济私之嫌。值此千钧一发之际,这个宋义竟还有心思派他的儿子宋襄去辅助齐王,并亲自将其送到无盐邑,在此地摆酒席大宴宾客,以为其日后的发展铺路;对楚军士兵们在天寒地冻、缺衣少食、冷饿交加中挣扎的惨境则视而不见。

项羽怒不可遏,进帐对宋义吼道:"汝在此地久留不发,置军民的生死于不顾。现在是年荒民贫,军无隔夜之粮,只能以芋头、豆子充饥。卿子将军身负国家重任,大王把全国的精锐部队集中起来交给你,国家的安危在此与秦军一战。大敌当前,你不体恤士卒,只顾自家的私利私欲。这种倒行逆施的行径哪有一点点社稷之臣的样子?"

宋义还欲申辩,只见一道白光闪过之后,宋义的人头已经落地。项羽一手提剑,一手挽着宋义的人头,出帐对全军发布命令道:"叛将宋义与齐国通谋反楚,楚怀王密令本将将其斩首示众。"全军上下早就对宋义的怂包做派极为不满,一见这个孬种被诛杀,无不拍手称快,欢声雷动,一致拥立项羽代理上将军职位,统率全军。

张楚三年十二月,项羽率领楚军到达巨鹿县南的黄河岸边,立刻派遣英布和蒲将军率领两万义军渡过黄河,援救巨鹿。二将渡河后初战小胜,赵将陈馀又催促项羽全军跟进。

就在此次作战初期,项羽已经发现了秦军的弱点。秦军的总体布局是王离军充当围困巨鹿的主力,章邯军镇守南方,一边筑粮道输送粮草,一边随时对增援巨鹿的楚军进行攻击,此即是著名的"围点打援"战术。

项羽要想破局,首先要击破这两支军队之间的联系,然后集中力量击破章邯或王离的一部,才有可能取得战争的主动权。

英布、蒲将军带领的两万人马先期过河,就是奔着秦军的粮道来的,两人不负所望,击败了看守粮道的秦军,让章邯军一下子就陷入了混乱的境地。之后项羽的主力部队在南岸集结,准备强渡黄河。面对秦强楚弱的态势,为了彻底地将楚军的战斗力爆发出来,在渡河之前,项羽拾起了宋义的"置之死地而后生"的信条,下令全军只带三天的口粮,打破锅盆碗盏,过河后随即凿毁大小船只,以此表示不灭秦军,誓不回还的决心和信心。

楚军过河之后,利用王离所部秦军的粮道被英布楚军切断的有利条件,再利用王离和章邯两支秦军之间的缝隙,迅速完成了分割穿插的部署。当章邯得到消息,带着秦军来援救王离的粮道之时,正中了项羽的下怀,反手来了个围点打援,猛攻章邯所部的秦军。

章邯原以为切断粮草的楚军只是一股小部队,没有想到会遇上项羽的主力,队伍顿时乱成一团,被打得溃不成军,只得往后撤退休整。

项羽抓住秦军分兵的时机,率领主力向围攻巨鹿的王离军杀去。王离见项羽的军队突然杀到,且攻势凌厉,也是大吃一惊,令大将苏角带兵仓促迎战。项羽指挥楚军把苏角的军队包围了起来,像猛虎围住了羊群,拼命地撕咬,全歼了这支秦军。秦将苏角也在阵前被杀。

王离见此情形,亲自带领秦军来与项羽决战。章邯也乘恢复了战斗力之机,赶上前来与楚军厮杀。项羽面对互不统属的两支秦军,令英布、蒲将军率领的楚军从侧翼袭击章邯军,自己率领楚军主力与王离决战。楚军个个精神抖擞,越战越勇,战斗力爆棚。经过九次激烈的战斗,终于打退了秦军,活捉了王离,章邯逃回秦营,秦将涉间举火自焚,其他的秦军将士有的被杀,有的逃走,围困巨鹿的秦军土崩瓦解。

当时救援巨鹿的诸侯军队扎营十多座,一直到战争结束,都不敢发兵出击,只在营垒里作壁上观。见楚军士兵无不以一当十,喊杀声惊天动地,个个惊恐不已。等到项羽召见诸侯军将领进入楚军的辕门时,人人跪着前行,谁也不敢仰视。项羽从此成为诸侯军的上将军,各路诸侯都归他统率。

章邯也派人来求见项羽,想订和约。项羽知道自己粮草将尽,不能久战,便与章邯约好日期,在洹水南岸的殷墟上会晤。章邯见了项羽,向项羽述说了赵高的种种劣行。项羽封章邯为雍王,留在项羽的军中。任命司马欣为上将军,统率秦军,作为西进的先头部队。

项羽率领得胜的楚军和诸侯军队向西挺进,到了位于今洛阳市西部的新安。诸侯军的官兵以前曾经被征徭役,驻守边塞,路过秦中时,均遭受过秦军官兵的虐待,等到秦军投降之后,诸侯军的官兵借着胜利者的威势,对其吆五喝六、随意打骂。秦军私下议论纷纷："章邯骗我们投降，他自己得好处。""咱们小卒天天受苦，何日是个头啊！""与其就这样，还不如去死。""似这样自己死了，还要连累父母妻儿。"

诸侯军的将领暗地访知秦军官兵的这些议论，便添油加醋地报告给了项羽。项羽召集英布、蒲将军商议道："秦军官兵人数众多，内心不服，到了关中很危险，不如把他们都杀了，一了百了！"这天夜晚，夜色深沉，阴风惨惨，英布、蒲将军带着楚军，把二十万秦卒击坑埋在了新安城南。

一一四

再说刘邦奉命西进秦关时，心中一点底都没有。当时他手下只有三万将士，面对强大的秦军，无法一路斩关夺隘。楚怀王便从楚军精锐中划出两万士卒充实他的军力，之外还给了他一项特权，允许他以楚王的名义收拢陈胜和项梁留下的"散卒"。

刘邦大军一路晓行夜宿，沿途收集陈王和武信君的残部，迅速地壮大了队伍。在位于今山东菏泽一带的昌邑，遇见了在当地起义的彭越，请其配合攻打昌邑。

昌邑城坚难攻，几番进攻犹未得手。刘邦不愿在此耗费兵力和时间，便绕关而过，以突袭的方式一举攻占了陈留邑，获取了大量的粮食、草料和衣物。之后继续西进到开封城下，见其人多势众，便又绕城而过，直抵洛阳。

按照原先制定的西征路线，应该从洛阳一路往西进击。刘邦认为，这样的行军路线虽然离咸阳最近，但一路上关隘较多，秦军防守严密，难以一一突破。于是便果断地改变了原定路线，挥师南下包围了南阳郡城，派人劝降了南阳郡守吕齮，许他为殷侯，让他继续留守南阳。

南阳向西的一线本来就兵力有限，又听说刘邦讲仁义，有吕齮的样板摆在那儿，往后再经过的城邑有样学样，无不降服。

大楚三年八月，刘邦大军以软硬兼施的手段攻克武关后，逼近峣关，即先怀王曾与秦军大战的蓝田关。

蓝田关与函谷关一样易守难攻。攻关技术无外乎两种，一是硬来，二是软施，合起来便是硬来与软施双管齐下。

正在刘邦与部将们计议之际，赵高已秘密派人前来与刘邦谈判，要价很高，希望刘邦把关中的地盘分给他并封他为王，他便让二世出城投降，没有讨价还价的余地。刘邦一核计，千辛万苦地打到这里为的啥？不就是个"先入关中者王之"吗，你赵高把秦王要去了，让咱哥们儿喝西北风呀？再说啦，这个赵高老奸巨猾，玩人丧德，秦朝的江山就是被他玩垮的，谁知道他的葫芦里卖的什么药，还是防着一点的好。于是双方谈判破裂。

赵高在其使者与楚军谈判破裂后，已预知咸阳难保。他曾对二世说过关东"盗贼"成不了大事，但巨鹿之战后，秦军主力严重受挫，反秦武装兵指咸阳，刘邦所率部队已进入了武关。赵高害怕二世盛怒之下诛杀自己，干脆来个先下手为强，私下与亲信商定干掉二世。

大楚三年九月，赵高指使亲信阎乐等人，在望夷宫里逼迫秦二世自杀。二世死前犹不甘心，对阎乐说道："能见丞相一面吗？"

阎乐："不能。"

二世："吾愿降为一郡之王，怎么样？"

阎乐："不行。"

二世："吾愿再降为万户侯，怎么样？"

阎乐："不行。"

二世："吾愿与妻子俱为黔首，为世人当牛做马，只要活着就成。"

阎乐："臣受命于丞相，为天下人诛陛下，陛下虽然言多，臣不敢报。"

二世只好引颈就戮。

赵高在宫中秘杀了胡亥之后，又物色了一个替死鬼，试图将胡亥之侄嬴婴推出来顶桩。

到嬴婴登基的这一天，赵高将众大臣召集到秦廷，对他们说道："现在六国都已经复国了，咱们不能再挂个皇帝的空名了，树大招风呀！还是像以前那样称秦王吧。我看二世的侄儿嬴婴可以担任这个秦王，列位意下如何呀？"大臣们向来不敢得罪赵高，只能唯唯诺诺。

嬴婴知道赵高谋杀二世后，本想篡位自己做秦王，只是怕大臣们反对和诸侯的讨伐，才假意立他嬴婴去当这个顶桩的傀儡。于是便与他的两个儿子商量好，到即位时推说有病不能上朝。

赵高眼看快到正午了，经过多次催促，嬴婴还是不来就位，这戏可没法往下演呀！只好亲自跑到嬴婴的府上去催。嬴婴父子待其进入大堂之后，一声茶杯掷地后爆裂的响声，四面埋伏的甲士一拥而上，刀剑齐下，将赵高剁成了肉泥。一代巨奸终于为自己的恶行付出了血的代价，咸阳百姓闻讯后无不奔走相告，拍手称快。

嬴婴诛杀赵高后，增派了五万兵马把守关中，试图像当年的秦昭襄王那样，再次把楚军挡在关外，然后再往南越召回秦军主力救驾。

再说刘邦正准备部署攻打蓝田关，即蓝关。张良对他说道："不到万不得已，不能随便开打，现在仍应做好两手准备。"

刘邦："怎么个准备法？"

张良："一手备战，一手谈判。"

刘邦："已经与赵高谈崩了，还有再谈的必要吗？"

张良："继续谈。跟赵高谈不妥，可以跟守蓝关的秦将谈。谈判是弹簧，你强他就弱，你弱他就强。我等兵力不强，谈判没有优势，可以在山上遍插楚军的旗帜，以此虚张声势，突破对方的心理防线，谈判才可能成功。"

刘邦按照张良的策划，一面派人在蓝关正面和左右的山头上遍插无数的旗子作疑兵；一面派了两个口舌伶俐的辩士郦其食和陆贾前去蓝关跟守关的秦将谷青谈判。

这两人便带着刘邦的期望到了蓝关，过了两天，就给刘邦带回了好消息，守将谷青愿意停战讲和，接受刘邦提出的所有条件。

当刘邦准备兑现诺言与其订立和约时，张良又对刘邦说道："武安侯且慢。"

刘邦甚感奇怪，这却是为何？

张良："秦将谷青愿意讲和，说明他早就有了背叛赵高之心。我们不如一不做，二不休，趁关上秦军放松警惕时打进关中再说。"

刘邦也是赖皮，此话正合其意，决定不履行谈判之言，重新部署军队，准备武力进攻。

这天，刘邦命人继续在蓝关营地增插红旗，以此进一步稳住秦兵；自己则与大将周勃带着主力部队，以瞒天过海之术绕过了蓝关，越过黄山，直接攻打守卫在咸阳城外的五万秦军，一举将其击溃，随后带领楚军到达位于今西安市东的灞上驻扎。此时咸阳已成为刘邦的囊中之物。

"有志者，事竟成，百二秦川终属楚。"大楚三年十月，即王位才三个月的秦王嬴婴乘坐着丧车，脖子上套着一根绳子，口衔玉璧，手拿表文图册及秦皇的玉玺、兵符和节杖，哈着腰等在路旁，向楚军投降并迎接新王进城。刘邦欣然地接受了嬴婴的投降。

这时周勃向刘邦进言道："暴秦无道，害苦了天下苍生，都恨不能得而诛之。君侯应该趁此机会，杀尽其皇族子孙，以消国仇，以平民愤。斩草不除根，春风吹又生呀！"

众将领附和道："周将军言之有理，我等不可学妇人之仁，留下祸根呐！"

刘邦对大家说道："怀王命我来攻取咸阳，就是相信我能够宽厚待人；再说人家既已投降了，杀他不祥呀！"说完便收下了玉玺等宝物，将嬴婴父子及其家人送回其原先的府邸居住，派人看护起来，给予其生活优待。

刘邦受降之后，带着十万楚军浩浩荡荡地开进了咸阳城。

繁华尽落，岁月如梦，谁也不曾相信，秦朝这个名震环宇的皇朝，仅仅维持了十五年，在全国农民起义浪潮的冲击下，会如此栖栖惶惶地仓促谢幕！

这时的咸阳可谓是聚集了天下所有的美女和财宝呀！始皇帝没有时间消受，胡亥无福消受，都完好地保留了下来。刘邦帐下的楚军将士们一个个看红了眼，如同饥饿的壮牛闯进了白菜园，纷纷走上前去争抢那些珠宝美人，闹得乱哄哄的。幸亏还有个萧何不在乎这些华器之美，赶忙到丞相府将其府藏的户口、地图等文书档案接收了过来，以备他日之用。

刘邦在将士们的簇拥下，来到了豪华博大的阿房宫，五步一楼，十步一阁，廊腰缦回，檐牙高啄。长桥卧波，未云何龙？复道行空，不霁何虹？啊！那巍峨壮丽的宫殿，那富丽华贵的帐幔，那堆积如山的珍宝，那婀娜多姿的美女，那回味无穷的佳酿，无不让人心花怒放呀！这里的一切真是太新鲜、太迷人了。刘邦此时似觉得像灌了蜜一样，全身麻麻酥酥，心里噗噗直跳，简直挪不开步。咱大老粗能在这里享受一天，死也值了。

刘邦此时不知不觉地一屁股坐在了祖龙的御床上，正准备脱衣解带与后妃调情，只见部将樊哙莽撞地闯了进来，大声嚷嚷道："君侯这是要打天下，还是要当富翁呀？秦朝就是因为这些奢侈的东西灭亡了的，你竟然还想迷恋这些东西？岂不知这羊羔美酒，乃是腐肠的毒药；这灼灼炫目的女红妆，乃是刮骨的钢刀！还是赶快回到军营里去吧！"

刘邦听了他的这些胡咧咧，心里烦得很："这些天累得人喘不过气来，这里安逸，就让我的骨头在这里让钢刀给刮一刮吧！"

樊哙："现在天下未定，还不是享受的时候哇！"

刘邦："你个大老粗懂个屁，要走你走，要不你也来败败火。"

樊哙讨了个没趣，可不打算善罢甘休："如果就这样由着他的性子胡来，我们大伙还有什么指望。"于是便去把军师张良请了过来。

张良直奔秦宫，对刘邦说道："秦帝荒淫无道，尽失天下人心，我们才得以轻易地进入了他的皇宫。现在我们刚刚得了咸阳，你就走他的老路，天下人怎么看我们，难道要项羽过来再讨伐我们的无道吗？现在应该多做些姿态，摆出一副只爱苍生，不爱享乐的样子，即以德昭天下，才可以杜绝项羽等人之口。良药苦口利于病，忠言逆耳利于行，樊哙的话说得对呀！希望君侯听从他的劝告。"

刘邦一向信任张良，听了他的话，马上醒悟了过来，吩咐将士们封闭仓库，锁上宫门，严密看守，不让闲人进出。自己带着将士们仍旧回到灞上居住。

为了安定民心，经过张良、萧何的一番筹备，将关中各县的县令和德高望重的父老召集到咸阳，刘邦推心置腹地对他们说道："天下苦秦久矣，关中的百姓也深受其害，今天我宣布废除旧朝的一切苛法，与诸位约法三章：杀人者偿命；打伤人的办罪；盗窃者治罪。谁违反谁受惩罚。让老百姓们都安心地过日子。"

刚对秦地的父老们说罢，刘邦便回过头来对自己部下的将领们说道："咱们都是楚人，在这里把丑话说在前头，谁要是损民害民，无论功劳大小，定斩不饶！"父老们一阵开心的大笑。

老百姓见刘邦的大军不扰民，能替百姓做主，高兴得了不得，争先恐后地拿着自家的食物来慰劳刘邦的将士。刘邦感谢父老们的厚爱："父老们这些年的生活都过得很艰难，我们现在还有吃的，父老们就不要再费心了。"

打这时起，刘邦的军队在关中的百姓中留下了极好的印象，老百姓们都巴不得刘邦能留在关中做王。

再说项羽带兵西进，坑杀二十万秦卒后，也一路披荆斩棘，于大楚三年冬十二月，拥兵四十万，继刘邦之后入关。这个活阎王一到咸阳，就迫不及待地打了一套组合拳：诛嬴婴、烧阿房宫、屠咸阳城、劫掠关中。至此秦朝彻底地灭亡。

项羽因晚于刘邦入关，便派使者报告给怀王，要求其改变先前"先入关中者王之"的约定。

怀王答道："朝令夕改成何体统？请如约执行。"

项羽本来就对怀王不肯让他与刘邦一道入关的做法怀有怨恨，此时见他又如此回复，更是恼羞成怒，当着使者的面大发怨气道："这个怀王乃是吾项家所立，没有尺寸征伐之功，怎么能一个人主持这个约定呢？"

使者："可他是君王呀！"

项羽："天下初发难时，需要假立诸侯的后裔以伐秦。然而披坚执锐，暴露于野三年，灭秦定天下者，皆是诸将与项氏之力，怀王只不过是因人成事而已。"

使者："那你打算怎样安顿怀王呢？"

项羽："怀王虽无功劳，还是可以分一块地方让他去当王的。"

项羽眼见天下属楚，却无人能对此进行全盘掌控，怀王这时已成为他手中的面团，想怎么捏就怎么捏，由此便打起了歪主意。摆过鸿门宴之后，即开始盘算着他心中的分封大事。此时天下已无人能对他进行节制了。

一一五

项羽作为秦末叱咤风云的盖世英雄，可以说是大度大气之人，可其心智并不健全，除易怒嗜杀之外，还有一个怎么也抹不掉的狭隘的恋乡情结。在他初露分封的口风时，帐下就有高人韩生建议他在关中称王，长安有山河为凭，攻守自如，咸阳的帝都博大，无须再费人力物力，便可主宰万里河山。已经走火入魔的项羽对此无动于衷，自封西楚霸王，一心想着衣锦还乡，荣归故里。最后因嫌其一句"沐猴而冠"不好听，还把韩生给杀了。

也就在项羽推翻秦朝统治之际，楚南公审时度势，派遣自己的弟子庄生千里迢迢地赶到戏地，对他进行了殷殷地劝导："我在楚地听说你要大封诸侯，千万不要退出楚人用鲜血换来的地盘啊！应该继承楚秦的郡县制和宗族、功臣封君制的传统，且要以前者为主，后者为辅，自己掌握地方官吏的任免权，自己统帅全国的军队，举着义帝的旗号，自己做事实上的皇帝，谁都奈何你不得呀！"

这个道理别人求之不得，可对项羽却说不通。这是一个个子大、力气大、心眼小、极端自以为是的倔汉子。

项羽："我只是取顺不取逆而已，六国后人'复国'的呼声一浪高过一浪，还是'顺势而为'的好。再在各位王之上设置一个霸王，为诸侯们主持公道，这样要比做皇帝更容易让人接受。若像秦朝那样搞郡县制，天下一乱全都乱，非垮台不可。"

庄生："秦垮台是对黎民百姓极端的压迫造成的，而不是郡县制造成的。君没听说过'天下苦秦久矣'的话吗？"

项羽："给各国贵族封王是让他们拱卫楚政权。正如张良所说：'民望诸侯复国，若立诸侯之后，使他们感恩戴德，名义上是立诸侯，实际上壮大楚朝'呀！"

庄生："糊涂啊！且不说潜在的野心家，仅就封谁不封谁，封到哪里，依你这个睚眦必报的性子，不但笼络不了人，还会得罪不少人，不过有义帝在，还能帮你挡一阵子。"

项羽："快别提义帝了。是我们项家把他提到王位上的，他却出面挡我的道。"

庄生："你这话说反啦！你能有今天这样的成就，一是因为你家世世为楚将，二是你利用了楚王的声望和资源，一呼百应，斩木成兵。你二人谁也离不开谁，千万不能孟浪呀！"

项羽："道不同，不与为谋，先生请自便吧！"

庄生："唉！本来就是破碎的山河，经多年的血战，刚刚露出了一线和平的曙光，又要血流漂杵，生灵涂炭啊！"

项羽此时已是被心中的积怨烧昏了头脑，在听命于人不如自己出头的愚念的驱使下，便想通过瓜分关中的财物和许诺诸将都可以封王来拉拢诸侯，以架空头顶上的怀王。这天在与虞姬饮酒之际，想到还有"大事"未定，心中一阵烦闷，便让人把范增请了过来。

项羽："亚父，如今天下初定，经浴血奋战推翻了秦朝，寡人应该高兴才是，可这些时心里却烦得很。"

此时范增已看出了他的心思，意识到他这是在摧毁自己的根基。便对他说道："越是在这个时候，处事越是要考虑后果呀！"

项羽："怀王现在已经成了鸡肋，丢又丢不得，留着又碍眼，吾想在咸阳大封诸侯，给他来个釜底抽薪。"

范增："楚怀王是天下的共主，照你这样的搞法，将天下的共主置于何地？"

项羽："他熊心只不过是我项氏拥立的牧羊人，灭秦定天下的功劳在于我项氏以及其他诸将的襄助。"

范增："你这种无君无父、据天功为己有的想法很危险啊！"

项羽："亚父记得战神和谋圣伍子胥曾经说过的'倒行逆施可也'的话吗？吾此时的心情是与他相通的。"

范增："伍子胥倒行逆施是什么下场？悖逆天命，必将导致功败垂成。到时候你既怨不着天、怨不着地，也怨不着旁人啦！"

项羽："那就自作自受吧！我不相信这个世上还有谁能爬到我的头上，亚父就不必多虑了。"

范增："你准备给自己上个什么封号？"

项羽："西楚霸王。"

范增："谁来给你上这个封号？"

项羽："暂时还得利用一下天下共主楚怀王。"

范增："汝欲在万人之上，必须先要在一人之下。楚怀王只有先上了'帝'的称号，才能给你上这个实质上的至高无上的封号呀！"

项羽："那就先给其上一个'义帝'的尊号吧。从正面理解，今天下正式属楚，义帝是天下的共主，即是统领天下义军的皇帝；从反面理解，因吾不用其命，可以说是一个有名无实的假皇帝。"

范增："你自己都是霸王了，为什么还要将刚统一的天下分封得鸡零狗碎呢？"

项羽："只有这样，才能彻底搬掉义帝存在的社会基础，吾才有出头之日。"

范增似由此看到了项羽的未来，显露出十分沉痛的表情；项羽也从此事中看出了范增与自己深深的隔膜。

此后项羽便尊熊心为"义帝",借义帝之名封自己为"西楚霸王",接着又打出义帝的旗号自行分封天下诸侯,定都于徐州的彭城。当时项羽手上有着天下最强大的楚军作后盾,熊心这时已被他架空,完全无力阻止他的分封行动。

大楚四年春二月,项羽打着义帝的旗号,以诸侯联军上将军的身份,在关中大封各路诸侯。将天下共分为三十六郡,项羽的西楚霸王封在梁、楚之地,下辖九个郡,相当于当时天下的四分之一的地盘,接着便依照自己的好恶,一一分封了十八路诸侯。

项羽所封的十八路诸侯有:汉王刘邦,据巴、蜀,都南郑;雍王章邯,都废丘;塞王司马欣,都栎阳;翟王董翳,都高奴;西魏王魏豹,都平阳;河南王申阳,都洛阳;韩王韩成,都阳翟;殷王司马卬,都朝歌;代王赵歇,都蔚县代地;常山王张耳,都邢台襄国;九江王英布,都六安;衡山王吴芮,都邾;临江王共敖,都江陵;辽东王韩广,都无终;燕王臧荼,都蓟;胶东王田市,都即墨;齐王田都,都临淄;济北王田安,都博阳。

这次分封正如庄生和范增所料,给项羽带来了致命的遗患,成为其以后丧身乌江的祸根。在范增被贬的路上,渔樵浪人赶上了范增和庄生。

渔樵浪人:"请问二位先知,项羽的这次分封有哪些遗患呢?"

范增:"一个遗患是把汉中分封给了刘邦。项羽本意是为了削弱刘邦的实力,将其封在巴、蜀二郡。当时的巴蜀是秦朝专门流放重刑犯的地方。刘邦得知此消息后的第一反应是:'这个项羽如此地算计人,老子去跟他拼了'!"

庄生:"幸亏萧何等人将他拦下。萧何劝他道:'你现在又打不过人家,去跟他拼命无异于去送人头。'刘邦想想也是,虽然巴蜀之地险恶,但当汉王总比当'鬼王'强呀!于是便强忍了下来。之后张良让刘邦以重金贿赂项羽的叔父项伯,由他出面请求项羽将汉中的那块地也一并封给他。项羽此时也不知道哪根筋出了岔,竟然爽快地答应了。"

范增:"汉中北依秦岭,南屏巴山,中部为汉中平原,是关中入蜀的门户,战略地位十分重要,当年的楚、秦相争,楚国就是在这一带吃了大亏。这个汉中如果在项羽的控制之下,那么他只需要用少量兵力驻守,就能将刘邦死死地钉在巴蜀之地,让其不得动弹;如果在刘邦的控制之下,便会使其拥有了进可攻、退可守的战略主导权。"

渔樵浪人插言道:"这里要再还原一下秦汉之间的'纪年'旧账。在陈胜首举义旗、定都陈郢、全国各地都打着'大楚'的旗号反秦的背景下，用的自然是'张楚'的纪年，不仅《五星占》中有这样的原始记录，还在另一处汉墓出土的花瓶上也记有'张楚之岁'的字样，此时怎么还会去奉天下的死敌'秦二世'的纪年呢？陈胜之后，楚怀王即义帝被诸侯奉为天下'共主'，有楚将项梁撑腰，之后又有项羽打着楚的旗号，期间用'大楚'的纪年不是理所当然的吗？怎么会冒出了一个'汉'的全国纪年呢？灭秦之后是'大楚'的天下，别说汉王的合法性来自于大楚，西楚霸王的合法性也来自于大楚，不用'大楚'的纪年而用'汉'的纪年，说得过去吗？即便是以后刘邦与项羽公开决裂，刘邦从项羽这里接过去的仍是'共主义帝'的旗号，直到自己登基为汉帝。如果刘邦在此期间打着楚共主的旗号却私下地用'汉'的纪年，祭祀义帝不就是'啪、啪'地打自己的脸了吗？这种事后只要'政治正确'的史家，包括鬭般的后裔班固等人在内，不是太罔顾历史事实了吗？"

庄生："第二个隐患是封章邯、司马欣、董翳为三秦之王。章邯等人原先是秦朝的降将，在反秦战争中仅仅是投降的贡献，却因项羽的一句话就身居新朝的高位，其他出生入死的反秦人士怎么想？章邯等三人降楚时所带的二十万秦军全部被项羽坑杀，三秦的黎民百姓便将这笔血海深仇记到了这三个叛将的身上，自然不会给他们好脸色，恨不得刘邦来灭了他们。"

范增："第三个隐患是有意忽略了几个重要人物。田荣是原齐国王室后裔，秦末复辟齐国后的主要首领之一。如此重要的人物按理说应该得到封赏。只是因其多次违抗过项羽的命令，便以此为由不予其封赏。"

庄生："陈馀、张耳都是反秦义军的重要首领，两人功绩不相上下，项羽封张耳为常山王，却只给陈馀封了一个十万户侯。

"彭越是当时山东一带游击武装的首领，在反秦斗争中出过不少力。贵族出身的项羽看不上盗匪出身的彭越，没有给其安排一个相应的位置。"

渔樵浪人："人说'做了好事有好事在'，可这项羽呢，将大楚的天下封了个干净，不但没有收买到人心，还得罪了一大批要人。什么叫作'作死的节奏'？这便是。"

项羽封完十八路诸侯，便带着自己的队伍，浩浩荡荡地回到了彭城。之后便带着虞姬到自己的封地上去巡视显摆了一番，先满足了自己的虚荣心，再转过来处理一些棘手的问题。

悠悠万事，最大的一件是义帝迁都的事。俗话说"天无二日，人无二主"，好不容易自己是主子了，这义帝还顶着个主子的名义天天在自己的眼皮子底下晃荡。项羽看着心烦，便想让其迁走。

这天的朝会上，楚义帝仍然端坐在皇位上，两边列满了朝臣。项羽及一班武将态度傲慢，两班朝臣意见不合，均闭口不言。

项羽："帝都关乎国运，古之帝者，地方千里，必居上游。今有长沙郡郴县，地处五岭北麓，位于湘江干流耒水的上游河谷，山清水秀，土地肥沃，物产丰饶，是天下之都的理想之所在。臣敢请皇上迁都到此地，以保我大楚国祚万年。"

吕青："郴县乃荒蛮之地，楚人称其为'蔌'，意为长满青蒿的地方。战国中期被吴起征服，为楚南部边陲。到先怀王时期才形成城邑，改名为'郴'。霸王是要流放我等吗？"

项羽："这——，不是这个意思啊！"

郴城怎比得上彭城的繁华，义帝在朝臣的怂恿下，也不肯移身迁都，仍居彭城。

大楚五年夏四月，项羽实难忍受与义帝共居一城，派遣将士逼迫义帝徙郴，义帝无奈只得出都就道。左右群臣依恋故乡，怨声载道，未肯速徙。项羽大怒，密令衡山王吴芮、临江王共敖乘义帝过江时，将其截杀于大江之中。衡山王、临江王认为以臣弑君不祥，会留下千古骂名，没有奉命。

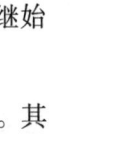

十一、复楚兴汉

直到这年的八月，项羽再次密令九江王英布派人追到郴县，将义帝弑杀于郴城的穷泉旁。郴人怜之，出资将义帝葬于城邑西南边的后山上。历史上继始皇帝之后有名有姓的第三颗帝星就此陨落。

再说刘邦回到封地后，便开始在巴蜀整顿兵马，招贤纳士，积蓄力量。其间最大的收获是得到了军事奇才韩信，拜韩信为统领兵马的大将军。

刘邦时刻关注天下局势，耐心地等待着机会的到来。

就在此时，机会真的来了。因着东北方的齐、赵、燕等国乱起来了，项羽忙着前去镇压，无暇西顾。就在这一年的冬天，刘邦率军明修栈道，暗度陈仓，以极其凌厉的攻势杀回了关中，打败了章邯、司马欣、董翳，扫灭了三秦势力，然后策兵东进，揭开了楚汉战争的序幕。

一一六

项羽办完了分封大事,又除掉了心头上的苍蝇,想干的干了,想办的办了,想抖的抖了,算得上是"百无禁忌,万事顺遂"了吧!可刚回到彭城,还没过上几天的安稳日子,就听说齐国的田荣带头作乱,赵、燕等国也乱了起来,项羽封的王被杀,擅自称王的人层出不穷。项羽大怒,这还了得,刚刚开过村民大会,就管不了你们这些编内编外的村民啦,太不把咱这个村干部当干部了吧!于是便兴兵伐齐。

打仗是项羽的强项,大队人马一出动,就把田荣的部队打了个稀里哗啦,田荣被乱军所杀。打完了还是老一套,项军所到之处,见人就杀,见房子就烧,见女人就抢,降兵也被活埋,齐国成了人间地狱。

项羽的暴行激起了人们的强烈反抗。田荣的弟弟田横收拢齐军散兵,得到几万人马,百姓们也纷纷参战。由于齐军报仇心切,人人拼命,在之后的战斗中,项羽没有占到多少便宜,双方僵持不下。

刘邦趁此机会,率领大军从关中东进洛阳,到达位于今河南伊川县西南的新城时,已是日薄西山、人困马乏。正在车上昏昏欲睡的刘邦忽然听得一声马叫,当地的乡官董公阻挡住了他的车驾,请求其为义帝发丧。

董公:"西楚霸王利令智昏,残忍无道,为了自己独霸天下,竟然秘密地派九江王英布击杀了楚义帝,将军知道吗?"

刘邦一下子清醒了过来:"有这样的事?楚灭秦后,天下诸侯共同拥戴的楚义帝,是他项羽一家的吗?竟敢神不知鬼不觉地将其弑杀?"

董公:"千真万确!霸王也怕因此失去道义,一直对此事保密。但雪地埋人终会现,等待他的只能是失败的命运。"

刘邦:"楚义帝是吾等共同推举拥戴的,不能就这样完事。"

董公:"老汉正是为着此事而来。将军举义军出关,如果师出无名,没有激励人心的名义,最终夺不了天下。"

刘邦:"请先生赐教!"

董公:"将军应当率领三军将士,为义帝穿戴丧服,大肆祭奠,以此来宣告各路诸侯:大王自此正式接过楚朝的旗号,承继楚朝'天下共主'的正统地位，讨伐项羽即是为义帝讨伐逆贼。"

刘邦："这个霸王以世代楚将自居，一直对我等进行打击压制。我等也是楚国的臣民，在反秦中因功被楚义帝封为汉王，有护卫天下共主的责任。项某以臣弑君，即为逆贼，凡天下人均可以共讨之、共诛之。"

董公："名正言顺，百战百胜。"

楚汉王此时显得十分悲痛，他已意识到项羽走了一着臭棋，此时仅就这一件事情，便可以将项羽全盘否定。如果否定了项羽仗着义帝占据的道义制高点，自己就可以爬上这个制高点。这样以后就能名正言顺地号召群雄，义伏天下了。

张良和陈平也觉得这是一个打出义师旗号的绝佳机会。本来他们之前鼓动刘邦灭三秦、出关中，后来又鼓动刘邦违背鸿沟和约追击项军，都是一种悖理的无义行为，不但得不到诸侯的正面评价，自己的脸上也没有光彩。这下可好啦！义帝的事件犹如一场及时雨，他们正好借助这场及时雨，将自己的种种不光明正大的行为洗白。

陈平："大王！这是可资利用的一个契机。这几年各路诸侯在反秦斗争中顺势而起，看起来架势挺大，其实大都是乱世英雄起四方，拉上一股势力便是草头王，成不了大气候。最终能成气候的只能是既有力量，又占据了道义的制高点，具有了一个合理合法身份的义军。"

张良："这次我们与项羽之争，是比军事行动更为重要的道义之争，实质上是道统之争，即谁是真正继承楚陈王、楚怀王的遗志，带领天下反秦义军统一全国的道统之争。前几年'伐无道，诛暴秦'的成功，是楚政权的功劳，可以说是胜利的果实。过去项某以世代楚将和拥立楚怀王的理由占据了这一果实，现在该是他吐出来的时候了。"

陈平："说白了，祭祀义帝的实质是不承认西楚政权是大楚的继承者，咱楚汉王自此之后才是大楚的真正继承者。"

刘邦："那好，我们就按照董公的主意办，为义帝发丧，公布项羽的十大罪状，谴责项羽的叛楚行径。为了表示我们是楚陈王、楚怀王的道统的承继者，仍将今后的纪年称为大楚四年、五年、六年……"

大楚四年冬月，即公元前204年的冬月，刘邦在洛阳命令全军上下披麻戴孝，缟素三日；同时与各路诸侯相约一并致哀三日。刘邦带头脱去戎衣，穿上

十一、复楚兴汉

孝服，袒胸露背，放声大哭，在葬礼上公布了项羽谋杀义帝、坑杀二十万秦卒、火烧咸阳、不让他当关中王等十大罪状。众士卒无不义愤填膺，一边哭义帝，一边骂项羽，在不知不觉中将项羽树成了公敌。

祭祀义帝只是一个开场锣鼓，之后便趁热打铁，以楚汉王的名义向全国发出了"讨伐项羽"的檄文："天下共立义帝，北面事之。今叛贼项羽放杀义帝于江南，大逆不道。寡人亲自为义帝发丧之余，尽起关中之兵，南浮江淮，愿与诸侯王一道讨伐逆贼，为义帝报仇雪恨，重整我大楚的朝纲。"

各路诸侯义愤填膺，群起响应。熊心之死让项羽彻底失去了统治天下的道义，刘邦把讨伐项羽说成是举义兵为义帝报仇，赢得了各路诸侯的尊重。后来萧何招降九江王英布，郦食其招降齐国七十多座城池，所说的理由均不外于此。

刘邦到此时才真正感受到了"一呼百应"的王者荣耀，项羽所封的诸侯王望风归顺刘邦，连彭越也带着三万游击队前来凑份子，短时间里就有五十六万兵马聚集在楚汉王的旗下。刘邦一声号令，五十六万兵马以泰山压顶之势，直扑项羽的老巢彭城，没费吹灰之力就大获全胜。

这一仗赢得太轻松了，刘邦认为项羽已势孤力单，甚至觉得全面的胜利就在眼前！非但不正经布防、巩固战果，反倒天天和部下在一起混吃混喝，肆意糟蹋项羽后宫里的美酒和美女，好不快活。

项羽听到老巢陷落的消息后，气得哇哇大叫，亲自率领三万精兵紧急回援。一到彭城外围，立即发动了攻城之战，轻车熟路，很快就攻破了城门，杀进了军营。汉联军猝不及防，四处逃窜，自相践踏及溺水而亡者高达二十万人，"睢水为之断流"。

项羽的后宫里更是乱作一团，刘邦趁着大风突围逃走，楚军在后面穷追不舍。为了逃命，他多次把儿女踢下马车，最后让老父和妻子儿女都成了项羽的俘虏。

刘邦狼狈不堪地逃回了荥阳，之后又付出了巨大的伤亡代价，才勉强挡住了项军的西进。

一一七

刘邦在彭城被项羽打得大败之后,赶紧将残兵败将带入荥阳城中,在此与项羽展开了躲猫猫式的游戏,数易其手也不放弃。先是用陈平的反间计逼走了项羽的谋圣范增。其实项羽一开始就知道刘邦想离间他与范增,连陈平的那点"厚此薄彼"的小儿科的心思都看不出,还算一代枭雄?只是他与范增在义帝的事情上隔阂已深,难以相容,正好借此由头支开他范增罢了。而后刘邦又让彭越用游击战术骚扰项羽的后方,破坏项羽的运粮通道,使其疲于奔命。愣是将项羽拖在了这里,两年多不能动弹,以让韩信放开手脚北伐。

韩信起手灭掉了魏国,在井陉"背水一战"灭掉了赵国、代国,迫使燕国投降;之后又把矛头对准了齐国。由于刘邦派郦食其用计劝降了齐国,齐国开始对汉军撤防,准备接受整编,韩信趁此机会一举打进了临淄,灭了齐国。

项羽直到此时才感到大事不妙,忙派手下的得力干将龙且带领二十万大军与韩信在潍水决战。韩信趁龙且在潍水半渡之时,决开上游的堤坝水淹项军,将龙且打得大败。

大楚七年二月,韩信在北地的威望日隆,自立为齐王,处在优哉游哉的高光时刻,迟迟不愿南下。汉、楚的荥阳战事处于胶着状态。正面决战不成,便接连上演了几场滑稽闹剧。

在一次攻城前,项羽令人牵出刘邦的父亲刘太公,将其放置在冒着热气的鼎镬上,对着刘邦说道:"你现在若不赶快投降,我马上就下令烹煮了你的父亲。"

刘邦不吃这一套:"吾与汝俱北面受命于怀王,约为兄弟,亲如手足,我的父亲即是你的父亲,你要烹煮我二人的父亲,那就请你分我一杯羹好了。"项羽见此法不奏效,只好作罢。

又有一次,项羽对着城楼下的刘邦喊话:"天下纷纷扰扰、相互厮杀数年,只是为了我俩之间的争霸;不如就让你、我在阵前帅对帅地大战几十个回合,痛痛快快地决一生死,免得天下的黎民百姓为了我俩的争斗而白白地赴死。怎么样?"

刘邦知道自己不是项羽的对手,笑着对项羽说道:"吾宁斗智,不愿斗力。

且汝身负十大罪状：第一，不遵守天下共主怀王的约定；第二，私下弑杀义帝；第三……"

"嗖"的一声，一支远程利箭射中了刘邦的胸膛。刘邦脱口一声"哎呀"之后，却俯身摸着自己的脚说道："小子哎！你射中了我的脚趾啦，有种你来打我呀！"项羽见奈何不了这个刘邦，只好退兵回营吃饭。

在荥阳对峙期间，刘邦的嫡系主力屡战屡败，精疲力竭，士气低落。项羽受彭越的骚扰，疲于奔命，严重缺粮，双方传出了议和的声音。但几次下来都谈不通。

有客自称侯生，五短身材，相貌平平，身着布衣，请求面见刘邦，说自己有说服项羽的妙计。刘邦命令将侯生带了进来。

侯生见了刘邦说："太公不幸被项王扣留，至今已有三年之久，是大王的一大忧患。"

刘邦答道："谁说不是呢！太公被项羽拘辱，是我日夜痛心疾首的事情，可有什么办法呢？"

侯生说："在下虽然不才，请借大王马车一辆、骑士数十人，清晨驰往楚营，傍晚与太公同车而还，不知可否？"

刘邦一听，当即火冒三丈，开口骂道："腐儒又来胡说八道。陆贾乃是名闻天下的辩士，奉命出使说和。结果呢，智穷辞塞，抱头鼠窜，好不容易保住了一条小命。看你这副模样，能巧得过陆贾？"

侯生平静地说道："大王轻浮地回绝一个请缨之人，想必是在以貌取人。陈平、张苍都是堂堂的伟丈夫，请问大王，你用将为何不用陈平而要用韩信？用谋为何不用张苍而要用张良呢？"

刘邦一时语塞，盯着侯生看了半天后，点头答应派他去出使楚营。

侯生受命整饬马车十乘，骑兵百余人，前往楚军大营。项羽不想接见，对着项伯发牢骚道："这些耍嘴皮子的太让人讨厌了！"

项伯劝道："人家既然来了，见见也无妨。"

侯生一见项王便单刀直入地说道："臣下听说汉王遣使请求大王归还他的太公，大王不但拒绝了，还扬言要烹了他，有这回事吗？"

项羽当即火起，瞋目怒斥道："吾与刘邦血战数年，怎样处置他的父亲都不为过。汝再要放言胡咧咧，便连你也一并烹了。"

侯生平静地回答道:"臣下是江湖上的过客,虽是以汉使的身份谒见大王,本意还是为楚汉双方着想,更是为天下着想。请大王静听臣一言,若无可取之处,再将臣下与太公一起烹了,怎么样?"

项羽:"有话快讲。"

侯生:"大王以为,汉王是想得到太公,还是不想得到太公?"

项羽:"此话怎讲?"

侯生:"大王曾经将太公置于刀俎之上,汉王无动于衷;汉王在彭城战败后与子女同车逃亡,几次将子女推于车下。由此说明汉王只在乎夺取天下,毫无亲情之念想。对于这样的人,大王以父母、妻子对其进行要挟,有用吗?而汉王呢,数次派使者前来找大王,并不是真的想得到太公,而是想以此置大王于不义之地,好纠集诸侯共同攻击大王。"

项羽的怒气稍稍平息,徐徐问道:"果真如此,那该如何?"

侯生:"臣下以为大王应当避开汉王设置的陷阱,释放太公等人质,积极参与和议。如此一来,汉王君臣内逼于亲,外逼于名,必定不敢再失信攻楚而构祸于天下;而大王则内有施仁义之情,外有和天下之义,于是遣使布告诸侯:'天下苦于楚汉相争久矣,致使苍生苦难,民不聊生。寡人曾经与汉王约为兄弟,如今眷念旧情归还他的亲人,以此晓示天下,为了天下黎民百姓,愿意划界休战,和平久安。'"

项羽如听故事一般,点头说道:"那好吧!请先生回去告知汉王,订约罢兵,待寡人回彭城之后,再送还太公。"

侯生:"这样怕不妥。智者贵在迅速决断,勇者贵在坚决实行;迅速决断就不会错失良机,坚决实行就不会留下遗憾。王陵本是楚国的骁将,归附了刘邦。大王为了召回王陵,曾经拘留了他的母亲,他的母亲在楚营伏剑自杀,让天下人哀伤她的死去,传颂她的节义,促使王陵从此死心塌地跟随刘邦。如今太公被拘已久,苦苦望归,若听说使者来了又去,而大王始终没有释放的心意,难免抑郁纠结,一旦仿效王陵的母亲引颈自杀,大王将会追悔莫及啊!"

一旁没有说话的项伯此时也插话道:"王陵的母亲自杀,至今我心里仍然不安。太公年事已高,难免有个三长两短,果真有事,于人不义,于国不祥,望大王考虑侯生的建议。"

侯生受到鼓励,进而说道:"如今大王粮食匮乏,将士疲惫,难以继续与汉军对峙。臣听说韩信的大军已经休整完毕，即将乘胜南下西进，到了那个时候，大王即使想解甲东归，恐怕也难了。臣下希望大王抓住这一时机，利用汉王求和的机会，马上释放太公，与汉王订立和约，以鸿沟为界，西为汉，东为楚，中分天下。"

项羽听到这里，心中的狐疑顿时消散，当即决定接受侯生的建议，释放太公，与刘邦议和。经过侯生的斡旋，项羽与刘邦订立了和约。按照和约的规定，项羽送还了刘太公、吕雉及其子女。当这一干人从楚营走向汉营时，两军将士都情不自禁地欢呼万岁。

刘邦当即宣布封侯生为平国侯，牵着他的手对群臣称赞道："先生真是天下无双的辩士，言辞足以摇动君主，安定国家。"

项王已如约，刘邦也要引兵西归。张良、陈平劝阻道："汉有天下大半，而诸侯皆附之。项军兵疲食尽，正是灭楚之时，应该马上出击；若任其西去，乃是养虎遗患。"汉王本是无信之徒，欣然听之。

西楚霸王正率领十万项军向固陵方向撤退。刘邦撕毁鸿沟和议，趁项军疲师东返之际，向项军突然发起了战略追击作战。

刘邦大军追至今河南太康的夏南时，刘邦约集韩信、彭越南下，共同合围项军。由于韩信与彭越未如约出兵，刘邦在固陵被项羽打败。

刘邦慌忙率军退入今淮阳陈郢，并筑起堡垒坚守不出，项军再次将其合围。刘邦向张良问计："诸侯不服从调遣，如何是好？"

张良回道："时下项军以处劣势，韩信、彭越没有得到封地，即是其不南下的原因之所在。大王若能与其共天下，他们立马就到。如若不能这样，结果难料。请大王将陈郢以东至于大海的地盘划与韩信；将睢阳以北至于谷城的地盘划与彭越，使其为各自的利益而战，则项军易败。"

刘邦采纳张良的意见。在刘邦以加封土地为报酬的利诱下，终于搬动了韩、彭二人，使他们尽数挥军南下；刘邦同时还命令其堂兄刘贾率军南下寿春，五路大军共同发动对项羽的最后合围。垓下之战随之爆发。

韩信统一指挥六十万汉军对项军实施山埋伏、地埋伏、水埋伏的"十面埋伏"的战法。即自己亲领三十万大军居中，为前锋主力；令将军孔熙率军数万为左翼、陈贺率军数万为右翼；刘邦率本部主力尾随韩信大军跟进，大将周勃率军断后。并会同彭越的六万兵马、英布的三万兵马一起行动，将十万项军合围于垓下。

此时被困在垓下的项军势孤食尽、人困马乏,忽闻四面传来了熟悉的楚歌声,声音由小到大,由远及近:"菜花黄,芦花白,谷米香,远方的亲人啊,何时归来?娘在望,妻在盼,儿在喊,受难的亲人啊,快快归来!"之后便是一阵妇女儿童的喊叫声:"回家吧!快回家吧……"

喊声凄厉,歌声忧伤,听得项军的肝肠都断裂了。

项羽听罢大惊失色:"难道汉军已经全部占据了楚地吗?为何楚人如此之多呢!"

楚地包含大半个中国的版图,百里不同风,千里不同俗,各地的语声语调也不会同一。项羽当时被困在垓下,应该清楚地知道长江以北、以西的楚地已经失去,最后的退路只能是江东地区。如果汉军唱的是长江以北、以西的楚歌,恐怕很难让项羽吃惊。只有他们唱的是江东吴地的楚歌,也就是四面吴歌,才会让项羽感到自己待了多年的第二故乡吴中也丢了,并由此发出了绝望的呼号声。

人困愁事多,项羽睡不着,干脆半夜起来坐在帐中饮酒。美人虞姬也起来帮他温酒倒酒,弹琴唱歌。项羽起兵征战八年,她一直伴随在他的身边,经历过了多少的血雨腥风啊!女人的敏感,使她预感到今夜的坎是过不去了。她不在乎自己的生死,人生自古谁无死,只是心疼自己的丈夫,没有人比她更清楚自己丈夫的胸襟、人格和至死不渝的奋斗,只是老天爷对他太不公平了。她的心在流血,脸上却装出安详的笑容。

项羽一杯又一杯地喝着美人倒来的美酒,看着美人娇弱的身姿,他的心碎了,都是自己的时运不济啊,连累她也要遭受到如此的劫难!想到此处,不禁悲从中来,从胸腔里喷发出了一记冲天的怒吼声:"力拔山兮气盖世,时不利兮骓不逝;骓不逝兮可奈何,虞兮虞兮奈若何!"力能拔山、气吞山河,时运不济啊,乌骓宝马也不肯离我而去;你不离去可我怎么保护你呢?还有我那心爱的虞姬啊虞姬,我的心在滴血呀,能有什么办法来照顾你呢?

歌数阕,美人和之。项羽不禁悲从中来,数行眼泪顺流而下,左右侍者都哭成一团,美人的眼泪似断线的珍珠,打湿了胸襟,闻声赶来的众亲兵皆莫能仰视。

壮士血、美人泪,美人血、壮士泪的水乳交融,才是人间的至情至性。项羽传令众将上马，这是一场没有前途的血战，虞姬知道项郎此去，只能是有去无回的最后一搏，唯此才能显出他最后的英雄本色。为了不拖累于他，虞姬迅疾地拔下了他腰中的宝剑，然后倒在了他的怀中。

项羽对着上苍声嘶力竭地怒吼："天哪！天哪！天哪！"然后上马随着麾下的八百壮士，如同旋风骤雨一般，溃围南出，消失在了苍茫的夜色之中。

直到天亮，汉军才发现是项羽的精骑突围而出，乃令骑将灌婴以五千骑兵追赶。项羽渡过淮河时，只剩骑者百余人。项羽带着他们来到阴陵，在这水雾迷茫中竟迷失了道路。向一田父问路，田父给其指示道："左，往左！"项军信其往左，结果深陷于大泽之中，以致被汉军追上。

项羽引兵再往东行，来到东城，只剩下了二十八骑。汉骑追击者数千人。项羽自度不能脱险，乃对着二十八骑说道："吾起兵至今已有八载，身经七十余战，所当者破，所击者服，未尝败北，遂霸有天下。今被困于此地，是天要亡我，并非战之罪也。诸君如若不信，愿为诸君快战，必三胜之，为诸君破围、斩将、刈旗，让诸君知道是天要亡我，并非战之罪过。"

人说"既知今日，何必当初"；项羽则不然，自己诛义帝、闹分封造下的恶果，却至死不认，统统推给虚无缥缈的"天命"。

项羽说罢乃分其二十八骑为四队，朝着四个方向。汉军围之数重。项羽对其骑兵说道："看吾为诸君斩杀汉军一将。"于是大呼出击，令四队骑兵一起朝山东的三个指定的地点冲去。所到之处，汉军皆披靡，只见项羽手起刀落，斩了汉军一将。

这时，汉赤泉侯驰马来追赶项羽，项羽瞋目叱之，赤泉侯人马俱惊，跌落马下，汉军退避数里。项羽的骑兵分为三处，汉军不知道项羽在哪一处，一起包围了过来。项羽乃纵横驰骋，趁机又斩了一都尉，杀数十人，再清点自己的骑兵，只伤亡两骑。乃对自己的骑兵说道："怎么样？我说不是战之罪吧！"

众骑兵皆佩服地说道："正如大王所言！"

项羽杀够了之后，只剩下数骑来到乌江边。乌江亭长知道项羽的战事紧急，早已撑船在江边等候，见项羽一骑过来，对他说道："江东虽小，地方千里，人口百万，足可以称王。请大王急渡过江，今日只有臣的一只船在此，就是汉军到来，也无法渡江追赶。"

项羽笑道："天要亡我，我还渡江干什么？楚帅兵败，向来有自裁以谢罪的传统,且项某与江东子弟八千人渡江而西,今无一人归还,纵然江东父兄怜而举我为王,我有何面目与他们相见?"

乌江亭长:"大王不必过责,胜败乃兵家常事。"

项羽:"吾知道你是一位忠厚长者。吾所骑的乌骓马已有五岁,乃是一日千里的宝马,所当无敌,不忍杀之,今赐予你吧!"乌江亭长只得载马而去。

这时汉军已经追到,项羽乃令骑者皆下马步行,持短兵器与之接战。仅项羽一人便击杀了汉军数百人。

此时项羽的身上亦被刺伤十余处创,看见了汉司马吕马童,对他说道:"汝不是吾的故人吗?"

吕马童看过之后,对王翳说道:"此人便是项王。"

项羽:"吾闻汉王求购我的头颅,赏千金,邑万户,吾就把这个好处送给你吧。"说罢乃自刎而死。王翳取其头,余骑相互蹂践争抢,自相残杀了数十人。

楚汉王刘邦大获全胜,大军凯旋,四海归一。

大楚八年二月,即公元前202年2月,新受封的楚王韩信和梁王彭越,联合燕王臧荼、赵王张敖以及长沙王吴芮等,共同上书刘邦,请刘邦即位称帝。

刘邦开始假意推辞,说自己出身寒微,大德未修,不宜占据九五至尊的高位。

韩信说:"大王虽然出身贫寒,但能率领众人扫灭暴秦,诛杀不义,安定天下,功劳超过诸王,称帝是众望所归。"

众王齐声道:"天下臣民都有此愿,大王就不要推辞了!"

刘邦见盛情难却,顺水推舟地说道:"既然你们大家都这样看,觉得这样做有利于天下吏民,那就按你们的意见办吧!"

大楚八年二月二十八日,刘邦在山东定陶的汜水之阳举行了登基大典,取楚封汉王的"汉"字为朝代名,改"大楚"纪年为汉朝纪年,规定大楚八年为大汉元年,史称汉高祖元年。至此复楚兴汉的历史使命已经完成。追封陈胜为楚"隐王",恢复项羽楚封的"鲁公"爵号,派安国侯王陵、绛侯周勃和舞阳侯樊哙前往郴州义帝陵凭吊义帝,表示汉诞生于楚以及汉对楚的道统的传承。

汉政权体制承袭故楚"以郡县制为主体,以分封制作补充"的政权体制,不看好异姓封王,相信同姓封王。先后消灭了臧荼、韩王信、韩信、彭越、英布等异姓诸侯王，分封了九个刘姓诸侯王。

汉朝吸取了秦朝灭亡的教训，实行轻徭薄赋、休养生息、重农抑商的政策，命士卒归家团聚，恢复社会经济，安抚人民情绪，稳定社会生活。宣布定都洛阳。

汉朝吸取了西楚霸王的"马上得天下，马上治天下"的失败教训，注重吸纳先进的制度文化，开国之初便起手不凡，陆贾造新语，萧何次律令，韩信申军法，张苍作章程，叔孙通定礼仪，朝廷气象焕然一新。在思想取向上，汉初奉行黄老之学，即冠以黄帝名号的老庄哲学，崇尚"无为而治"，以与其"与民休息"的国策相适应；之后又推崇儒学，其思想取向为王霸杂糅，外儒内法，将道义与法制、官治与宗族自治、思想教化与律令制裁结合起来，使皇权政治走上了正统的轨道，成为历代封建王朝效法的圭臬。

这些全新的政策措施，给饱受战乱之苦的人民带来了和平的阳光，在受到广泛赞扬的同时，也出现了不同意见的呼声。其中定都洛阳的决定便遭到了质疑。

有一个叫娄敬的齐国故地的戍卒正被发往陇西戍边，路过洛阳时，说他有重大的不同意见要上达朝廷，得到同乡虞将军的引荐。

娄敬一踏进洛阳南宫，就单刀直入地向刘邦发问："陛下建都洛阳，是要建立一个西周式的朝廷吗？"

刘邦很干脆地回答一个字："然。"

娄敬："周朝力图以德致人，而汉朝力图以力致人。今陛下起丰沛，收卒三千，卷蜀汉，定三秦，与项羽战荥阳，争成皋，大战七十，小战四十，使天下之民肝脑涂地，父子暴骨于野者，不可胜数。哭泣之声未绝，伤痍者未起，而欲比隆于成、康之际，臣窃以为不可得也。"

刘邦："你的意见？"

娄敬："迁出洛阳，定都关中。"

刘邦："这么说，寡人还得考虑一下。你将你的想法写成一个方案给寡人吧。"

次日早朝，刘邦把娄敬的方案公布出来给群臣讨论，大家虽然七嘴八舌地说个不停，但意见却出奇地一致，全都支持定都洛阳，反对娄敬的方案。

刘邦没有急着表态，下朝之后，找到了即将归隐山林的张良，征求他的意见。

刘邦："现有一小卒提出要定都关中，寡人倒是认为，洛阳东阻成皋，西据崤山，北依黄河，南临伊水、洛水，也是四面险固、进退自如之地，足以为恃呀！"

张良："洛阳虽有此固，然都城周边的地域狭小，不过数百里地，田薄收成有限，且四面受敌，非用武之地。关中则不然，左有崤函，右有陇蜀；南有巴蜀之饶，北有草原之利，三面山川阻隔，独以一面东出中原。黄河、渭河的漕运通天下，向西可以供给京师的物资兵员，向东可顺流而下制服不安分的诸侯。此可谓是'金城千里，天府之国'。吾赞成娄敬之说。"

刘邦："那好，寡人就照此意见办理吧！"

之后刘邦为奖励直言进谏，特赐娄敬姓刘，拜为郎中，称其为刘敬本家，封号为奉春君，算是最早的"国姓爷"。

秦时明月汉时关，秦初国力充盈，始皇帝是有条件、有能力一揽子解决匈奴问题的，却将海量的人力物力和宝贵的时间耗在了筑陵墓、建宫殿、修长城上。长城的确能将一些散骑游勇挡在城外，杜绝其骚扰；但面对有组织的大部队时，仅靠修的墙很难派上用场，汉初的匈奴便数次越墙而入。在抗击匈奴的战争中，刘邦多次派使者出使到匈奴朝廷，试图了解其军政动向。直到临战前，还派娄敬最后一次去打探。娄敬通过细心的观察，意识到匈奴是在示敌以弱，劝说刘邦不要孤身犯险。因之前刘邦派去的人回来都说匈奴不堪一击，娄敬却要显示出自己的与众不同，简直是岂有此理。刘邦不但不听从娄敬的劝说，还将他关了禁闭，最终仍旧孤军深入，致使被匈奴围困在了白登山上。

刘邦用陈平之计逃出包围圈后，明白娄敬说得没错，亲自向娄敬道歉，并再次对他进行嘉奖，封其为建信侯。

娄敬此时便趁机提出了闻名后世的"和亲"政策，这一政策不仅帮助汉朝稳定了局面，由此还开放了汉匈的边境关市，缓和了汉朝与匈奴的关系。

一一八

高皇帝自即位伊始，与西楚霸王一样，就面临着一个很令人头疼的问题，即异姓王不停地叛乱，直到他寿终正寝时还没有完。这些异姓王大都是项羽所封，在项羽不得志时反水投奔刘邦的；韩信的王爵虽然不是项羽封的，却是他自己找刘邦要的。这些人怎么会跟刘邦一条心呢？为搏上位可以跟他一起打天下，上位之后则会算计着他的天下。这不，高皇帝登基七年，先后分封的八个异姓诸侯王中便有七个王背叛了他，背叛的各王不仅以自己的兵力对付他，还勾结匈奴的兵力对付他，连儿时的光屁股伙伴卢绾也不例外。其中他最为倚重也是对他威胁最大的便是军神韩信。

韩信攻下齐国、威服燕赵之后，已经形成了事实上的与楚、汉鼎立的一方势力。这种态势不仅刘邦心中有数，项羽和韩信的手下也看到了。项羽自骁将龙且战败之后，就知道了韩信的厉害，便想拉拢他，特派盱眙策士武涉游说韩信："当今二王之事，权在足下，足下投汉则汉胜，投项则项胜，何不脱离刘邦，与项王一起平分天下咧？如若足下信不过项王，也可以自行独立出来，让楚汉互撕，最后你得好处，怎么样？"无独有偶，韩信的谋士蒯彻也要他独立称王，与刘邦、项羽三分天下，将自己置于项、刘之间调停的位置，既保存实力，保全自己的身家性命，又可以赢得关怀天下苍生的好名声。

当时只有三十郎当岁的韩信还没有像刘邦、张良、陈平那样厚黑到底，一个起自寒微、长期被边缘化的人，是很难背弃对自己有知遇之恩的恩人的，这些提议都遭到韩信的断然拒绝。其拒绝的理由对武涉说得最为直白："看看当年项羽是怎么对我的，刘邦又是怎么对我的，你相信我会弃刘从项吗？"这番话也是他的心灵写照，没有经过怀才不遇煎熬的人，是很难理解韩信的抉择的。他若像刘邦那样，一封王马上就想着闹独立，汉朝统一后也会出现一个新一轮的汉楚相争。待到这一轮的争锋落地，韩信不一定能当上皇帝，但历史上还有没有一个汉朝，那就难说了。

刘邦是不幸的，这些叛乱的烟尘虽然被他一一平定，避免了重蹈项羽的覆辙，但也给他的身心健康造成了极大的损害，不仅身受箭伤，"白登之围"还险些要了他的命；刘邦又是万幸的，提拔了一个还算有点道德良知的韩信，让他完成了创建汉朝和稳固汉朝的伟业。

高皇帝老了，身体也不行了。

露从今夜白，月是故乡明。即便再多的磨难，再糟糕的健康状况，也挡不住楚人的一泓乡思乡情。就在这年的初秋时节，即高皇帝登基的第六个年头，挟着平定英布叛乱的余兴，远方的游子终于回到了自己魂牵梦萦的沛县故乡。

故乡是人们生于斯长于斯的地方，无论是贫富荣辱，都有一份属于自己的永恒的记忆。那里有熟悉的房屋田垄，有沾满露水的小路，有一起长大的伙伴，有慈祥的父老乡亲。离家在外的游子，任凭走到天涯海角，最难忘的仍然是故乡的一草一木，最亲切的仍然是故乡的乡音乡情，最美好的仍然是儿时的梦想。

沛县官吏听说高皇帝要荣归故里，早早地预备了行宫，盛设供帐，准备美食、美酒，等待高祖一行的到来。

高皇帝带着一份厚重的乡情回到了自己的故乡，仍把自己当作是故乡的一员，要求与往常一样，不清街，不闭户，礼貌待人，与民同乐，共叙乡土情怀。

父母官出城跪迎，高祖对他们也另眼相看，当即在马上答礼道："贵县不必多礼，请一同到城中叙话。"

城中的黎民百姓扶老携幼，站在街道两旁欢迎高祖的到来，沿途香花载道，彩灯高挂，喜气盈盈。高祖越看越高兴，一入行宫就传集父老子弟前来相见，嘱咐他们不必多礼。进入宫内的乡亲分两旁坐下，宫外的乡亲分多排坐下，高皇帝坐在上面。沛县官吏摆上酒菜，高皇帝请父老子弟共同饮酒，欢声笑语地叙旧。言谈中也不自称"朕"和"寡人"，父老们不懂，也显得生分，恢复了往日在乡的称谓，讲起当初赊酒喝、吃白食、太公骂自己"好吃懒做"、"懒而无用"、不如二哥刘喜"会做家"的往事，引得众乡亲哄堂大笑。

十一、复楚兴汉

想当初，自己以戴罪之身起事于草莽，斩白蛇，抗暴秦，经历八年的腥风血雨，才打下了汉朝的基业，又经过六年的东征西讨，算是基本平定了内乱，直到现在还有隐忧在心头。这不，就在自己打败了曾经并肩战斗的好兄弟项羽，又先后除掉了军事天才韩信和能征惯战的猛将臧荼、韩王信、彭越、陈豨、英布之际，新的问题又来了：内患是扫除了，可也将能打能拼的猛人都搞完了，现在匈奴之患已兴，今后靠谁来御边守国呢？

自陈平用计解开"白登之围"后，北方的匈奴一直对汉虎视眈眈，狮子大开口。无奈之下，只得对其实行和亲政策，以柔弱娇嫩的公主换取和平。得天下之初，即深藏外患于心腹，是汉与前朝的不尽相同之处，真乃是悲喜交加啊！酒酣耳热之际，高皇帝的脑细胞急剧膨胀，随即拔剑起舞，击筑高歌其口占的一首《大风歌》："大风起兮云飞扬，威加海内兮归故乡，安得猛士兮守四方。"大风渐起云彩飞扬，天下纷争纵横沙场，威服海内回到故乡，思得良将镇守四方。

诗风清新自然,诗境雄浑凝练,层层递进,豪情万丈。"莫言马上得天下,自古英雄皆解诗",天才其实都是通才。

高皇帝一生喜听楚语,喜唱楚歌,当下让县令在本地学宫中选得少儿一百二十人,排列齐整,由其亲自教他唱歌佐酒。少儿们伶俐得很,一经教授,便能轻易上口,抑扬顿挫,宛转可听。

听着少儿们咿咿呀呀的满口乡音,高皇帝笑逐颜开,自己也仿佛回到了童真时代,放弃了一切成人的矜持,走下座来,扭动着身子,回旋放舞,恢复了当年酒徒的真面目。

高皇帝舞着舞着,不由自主地又想起了自己九死一生的战斗经历,这打天下的八年时光,失去的东西真是太多太多了。身体好时不能好好地享受,总有人跑过来用"天下未定"的话题进行道德绑架;现在好不容易能享受了,想吃什么有什么,想要谁就是谁,可身体却又不争气,吃不得也玩不得,看着那些诱人的美食、美酒、美貌和美体,心里头馋得慌,却又无福消受,只能干瞪眼。特别是新旧两次箭伤的后遗症,一直在折磨着他,痛苦还在其次,说不定哪天就两腿一蹬撒手人寰。男儿有泪不轻弹,只因未到伤心处呀!想着,想着,高皇帝不由自主地流下了两行热泪。在座的父老子弟们看到高皇帝的泪容,都禁不住目瞪口呆,面面相觑。

高皇帝也意识到自己的失态,便对众乡亲说道:"游子悲故乡,乃是人之常情,我也只是到了家乡,才能敞露自己的赤子情怀。吾现在虽然已经定都关中,住在都城,万岁之后,吾的魂魄依然会留恋故土,会飞越千山万水,魂归故里,与众位乡亲们在一起。

"吾起自沛公,带走了三千子弟兵,才得以除暴逆,安天下。作为回报,现在我宣布将沛县作为我的汤沐邑,免除沛县人民的赋税徭役,让父老乡亲们世世代代安居乐业。"众乡亲听了,全都拜倒在地,山呼万岁!

高祖又要众乡亲起身归座,续饮数巡,至晚始散。

到了次日,再让人召入左邻右舍的陈妇、李婶、王媪、郑嫂、张婆,以及亲旧各家的老妇人都来赴宴。妇女们只会料理家务,不知道朝廷礼节,高皇帝传令一概免礼,大家不过是敛衽作揖,便算是觐见的礼仪。草草拜毕,依次入座。高祖与她们谈旧事,叙往情,且笑且饮。之后仍是男出女入,皆各赐宴言欢。

沛县的父老兄弟及同宗婶子大娘亲戚们天天似这样地快活饮酒，尽情欢宴，畅谈往事，取笑作乐。一连喝了十几天后，高皇帝要走了。父老乡亲们都要高皇帝多留几日。高皇帝对他们说道："我此次来时人马众多，每日里需要供应的数量极大，若再流连不去，岂不是要累我父兄？我只好与众位乡亲们告辞了！"乃下令起程回京。

父老子弟们不忍相别，统一置办牛肉和美酒，百姓们都赶到城西来敬献礼物，在这里来为高皇帝饯行。等到御驾出来时，全城的人都欢声雷动地拥到了郊外。在百姓们的盛情挽留下，高祖又停了下来，命在沛西暂设行营，在郊外搭起的巨大"品"字形的帐篷中，置备酒席，在此再畅饮三天。

酒过三巡，菜过五味，父老子弟们再次顿首请命道："沛中幸免赋役，丰邑犹未沐浴殊恩，还乞陛下格外开恩！"

高祖道："丰邑是我的生长之地，更让人难以忘怀呀！只是因为从前雍齿背叛我时，丰人亦甘心协助雍齿，累吾三打丰邑，负我太甚。"

一父老："雍齿是丰邑的富豪，在丰邑有号召力，是他不义在先，丰邑乡亲只是顺势而为。今陛下宽宏大量，不计前嫌，只念同乡情谊，已给雍齿封侯了，这是多大的荣耀啊！丰邑乡亲与陛下血浓于水，论过小于雍齿，请陛下重放海量，再开宏恩，将丰邑也作为陛下的汤沐邑。"

高祖："既然是父老们一再固请，吾就将其与沛县一视同仁，答应免其赋役罢了。"

父老子弟们再为丰人叩拜道："谢主隆恩！"

众乡亲齐声欢呼："万岁！万岁！万万岁！"

眨眼又是三日，最后一天下午，宴享千人，盛况空前。穷识人心富悟德，对酒当歌，人生几何，忆往昔岁月，伤功臣之死，慨思猛士，自觉寂寥。仍然召集上次聚会的一百二十名少年，让他们在左右两边排列整齐，趁酒酣耳热之际，自己击筑，背景音乐伴奏，又慷慨激昂地唱起了《大风歌》，少年们跟在后面齐声和唱，连唱三遍，乡亲们击节助兴，欢乐的气氛达到了顶点。

"大风起兮云飞扬，威加海内兮归故乡，安得猛士兮守四方！"

歌声在历史的天空上久远地回荡，回荡。

十二、尾声

楚国八百年及后楚国时代的八年，算上未君的鬻熊祖孙三代和楚王负刍之后的昌平君，以及后楚国时代的楚陈王（汉谥楚隐王）、楚怀王（楚义帝）、西楚霸王和楚汉王，共历五十位楚君；灭诸侯国七十余；封邑君近百，委任县尹、县公上千；楚公族共得氏二百五十余家，其中著名的有熊、鬭、成、屈、蓬、景、昭、庄、叶、白等。

在楚国历代的君主中，除灵王贪图享乐荒政、平王心术不正祸楚、怀王昏愦乱政、顷襄王纨绔败楚之外，大都不是无能之辈。熊渠、武文、成庄、昭惠、宣威，都算有为之君。其间特别是楚悼王，任用吴起变法，肃清内政，整军经武，励精图治，成效显著，是战国动乱时代的一声春雷。

楚国朝堂和地方的要职以公族成员为主体，兼蓄他才，经过一代又一代的磨炼和累积，可谓人才辈出。助秦、晋、吴、越称霸的百里奚、甘茂、魏冉、析公、雍子、白起、苗贲皇、巫臣、巫狐庸、伍员、范蠡、文种都是楚才，《尚书》中"惟楚有材"的赞誉并非空穴来风。然兴楚的是楚才，如鬭伯比、鬭廉、鬭穀於菟、成大心、孙叔敖、屈建、芳掩、伍举、沈诸梁、公孙朝、昭奚恤、景舍、景翠、昭阳、黄歇、陈胜、项羽、刘邦，以及吸纳的楚才如观丁父、彭仲爽、吴起；灭楚的也是楚才，如苗贲皇、巫臣、伍员、白公胜、芈月、芈戎、白起、李斯。

楚国的遗憾主要是政治上的遗憾。楚国虽然在攻城略地不嗜杀、止戈为武不屠城、抚有蛮夷、以属诸夏等方面优于秦，但没有产生出自己的进步的政治思想，因而没有宽阔的政治胸怀和长远的政治眼光，表现为随心随性，不知道干什么好和为什么要这样干。如楚怀王的乱作为便是其中的显著代表。

楚公室雄起之后的最大愿望是重新被华夏接纳,在诸侯中称霸。自楚武王以后皆是如此,从表象上看是以蛮夷自况,要另搞一套,实则是对周廷"不把人当人待"的一种过激的反应。有人说楚庄王的"问鼎中原"是有天下之志的表现。否!是向中原诸侯示威的一种方式:连天子都能挑衅一下,还在乎你们这一众诸侯!

楚国因其"邦蛮爵微"的心理负担,一贯的政策取向是向天子争待遇,与诸侯争地位。巴蜀之地沃野千里,是王霸之基,取荆、益,出秦川,进可攻,退可守,草庐中的诸葛亮都能想到,身在宜城、荆州的楚国君臣会想不到?轻视吴越之地,放弃西出巴蜀,丢掉商於之地、丢掉汉中,时机未到一味地在中原空耗国力兵力,原因即在于此。

春秋时期与楚对决的是周、齐、晋、吴、越、魏,彼消此长,一直处于胶着状态;战国之后与楚对决的是秦。秦国也没有自己的进步的政治思想。两国的政策行动都是源于人类本能性的"趋利避害",以及在这一基点上形成的功利主义,继而因利导势,以势导术。那为什么会在统一六国上,一个失败,一个成功呢?其间除政治思想的原因之外,还在于对待各自公族利益集团制约上的取向和效用的不同。

两周时期各诸侯国的公族势力,因其都有自身的利益诉求,向来是朝廷政策的干扰因素。楚有三闾大夫、秦有驷车庶长管理公族事务,然楚不能自制而秦能自制。其结果是,楚奉行的是利益集团的功利主义,是为扩大公族的生存空间而斗;秦奉行的是国家功利主义,是为一统天下而战。虽然两国都逃脱不了丛林法则的驱使,但秦国在丛林中完成了由自在向自为的蜕变,即确立了吞并六国的宏远目标,能广纳天下英才为其所用,而楚一直在自在的"小时代"中率性而为。

没有进步的政治思想和长远的政治目标,要么不能成功地夺取天下,要么成功地夺取了天下之后立即垮掉。楚和秦都是在否定周朝礼制及儒家思想的基础上进行军政活动的,但都没有能以更好的东西去替代它。

楚国八百年直到后楚的楚陈王、楚霸王、楚汉王,都是从血拼中一路走来,冥冥之中形成了"只有不要性命,才能活出性命"的生存竞争理念。楚君"三年不征,死不从礼"的传统,就是这一理念的具体体现。所谓的"运筹帷

十二、尾声

锃",所谓"天下大势"的谋划,也就是一个战场的谋划,一个后方稳定和军需的谋划;政治上则是机会主义,跟着感觉走,能不能成事由天命(运气)决定。

秦国自孝公之后一直推崇法家的治民治军理念,最大限度地调动了耕种资源和战争资源,在一统天下的战场上,"南取汉中,西举巴蜀,东割膏腴之地",都是挖了楚国的心,要了楚国的命。但它也只是找到了一条统一天下的路径,还没有找到一个有效治理天下的办法。譬如虽然有了车同轨、书同文和统一的度量衡,以及秦法、军队、官吏这样一些统一的工具,但治理的问题是思想、是生活、是安定、是民生、是人心、是有奔头。老子天下第一,天下不能予言,为了避免所谓的子议父、臣议君,甚至取消了大臣评议先王谥号的权利,一味用服务于内涵的工具去窒息其服务的内涵,只拖到二世时就稀里糊涂地被灭了。

西楚霸王也就这个格局,甚至在"以暴制暴"上更加疯狂。在反秦义军基本统一全国的大好形势下,全然不顾三四百年来的兼并战争给社会发展和世道人心带来的深刻变化,开历史倒车,大封十八路诸侯,却不能容留名义上的共主楚义帝。没有天下之理想,只有称霸之野心,最后连死都不知道是怎么死的。

物腐而后虫生,不少人认为扶苏上位秦就不会亡,项羽杀了刘邦就不会自刎乌江,即是对这种腐和虫的关系的倒置。身体内脏的疾病不解决,扶苏也会变成胡亥;杀了刘邦,还会出现张邦、李邦。

汉初也一样,因"马上得天下"的惯性作用,不由自主地走上了秦朝和项羽的"马上治天下"的老路,轻视礼教,轻贱儒生,朝堂上乱成一锅粥。直到听取了陆贾、叔孙通的建议,以楚制的实践经验为基础,采用古礼并参照秦法,制成了简便易行的新礼,推行礼制,提倡上下同欲,以德化民,与民休息;再到董仲舒对以"礼制"为核心的思想内容进行"君权神授"的固化,宣扬替天行道,布仁义于天下,实则是外儒内法,王霸道杂之。这样才算找到了一条与封建生产关系相适应的治理天下之路。

在一个没有向前看的政治理想和道德追求的上层社会,有了一个相对安定的社会环境和一定的物质条件,就会千方百计地去追求物欲的占有和肉欲的享受。但人的这种欲望的无限性与资源匹配的有限性又是矛盾着的,你多吃多占就意味着别人的忍饥挨饿。比如皇上一人后宫佳丽三千的万种风情，便意味着社会上三千光棍汉的百年孤独。

当年的楚国社会自灵王以后就是这样，公族士大夫阶层因社会条件的改善，由过去的"廉其爵，贫其身"，变成了"崇其爵，丰其禄"，田地越占越多，屋宇、服饰、宝玩愈来愈华贵，章华高台舞细腰，腐化风气愈演愈烈，形成了腐朽的利益集团。这样不仅剥夺了广大平民的利益，同时也给国家造成了财政的困难。

贵族集团似这样侵占的利益愈大，腐化堕落愈严重，政治上便愈趋保守，便愈不能容忍任何触犯其利益的变革。走到了这一步的利益集团，已经是心如铁石，毫无理智可言，明知这个样子持续下去会大家一起完蛋，也要坐看国家的衰败。

没有进步的政治追求的另一个重要表现是没有杰出的政治人物和政治学说。先秦时期有作为的政治家和军事家，在其大功告成之际，大都写下了自己在实践中总结、探索出来的军政经验和规律的著作。如周公的制礼作乐、孔子的儒家学说、管仲的《管子》、晏婴的《晏子春秋》、李悝的《法经》、商鞅的《商君书》、吕不韦的《吕氏春秋》、吕尚的《太公兵法》、孙武的《孙子兵法》……

楚国没有著书立说的政治家和军事家。吴起的《吴子兵法》是例外，那也是他早年在他国的著述；荀卿的《荀子》，类同于韩非的《韩非子》，以独立学者的身份著述，与楚国政治无涉。所谓的"楚才"，都是在实践中成长起来的因时度势、以势驭术的干才，即后世所谓的统帅、智囊、骁将和循吏。

不仅如此，楚还多次白白地错失了把自己建成为与其一流的物质、技术和艺术水平相匹配的政治文化强国的契机。春秋晚期，周廷为了王位的继承发生内讧，晋国干预其政，周景王之子王子朝争位失利，一怒之下，携带自黄帝至春秋的历代典籍和青铜礼器及工匠，前来投奔与晋为敌的楚国。适逢楚平王当政和新丧，楚国也是多事之秋，顾不上什么典籍的事儿。王子朝苦苦地在楚国挨了九年，直至周敬王派人将其杀害，珍贵的典籍也从此下落不明。

还有孔子在陈、蔡遭难，楚昭王派兵解救并予以赠地挽留，令尹子西竟以"不好驾驭"为由，断然沮封。儒法道多修的大学问家荀子居楚多年，当一般干部使用。老将廉颇、法家代表人物慎到、智囊人物田忌，到楚地均予以闲置……

设若楚国能以这样的一些"偶然事件"为契机，像齐国举办稷下学宫那样，

十二、尾声

将兰台学宫扩充到占地几十里的章华学宫，兴起一股文教学术风气，各种学派异彩纷呈，楚人兼收并蓄，择其善者而从之；而不是像田齐那样，只为以田代齐的道统服务，将其中进步的政治理想、政治目标束之高阁。由此便可望形成一种感召天下的主流社会思潮，楚公族的思想面貌也会焕然一新，楚公室成员的气质也会更加雍容大度，至少不致在国家的意识形态上除了巫道等原生思想文化之外一片空白。

一个没有形成国家层面的意识形态，不能反映时代精神、不能以理服人、没有思想共识的社会，是走不远的；像李斯那样，一味使用极端强制性的手段使人们的思想顺从，以让当局恣意妄为的做法，是行不通的。

周朝统治八百年，至少在西周乃至春秋早期的二三百年间是成功的。地盘那么大，分封那么多诸侯，交通、通信上又有诸多不便，靠什么来制约它们？从周朝兴起到衰落的整个过程来分析，可以归结出三条主要的成功经验：

第一条是制礼作乐并坚持不懈地推行，形成以"礼制"为导向的思想道德机制和天下共主的"正统"观念，进行制度约束和思想钳制。这种机制和观念的制约作用是很厉害的。最典型的事例是楚国君主率先称王近三百年，中原诸侯还不敢逾越雷池一步。后来还是魏、齐两强相互利用，相互垫背后，才扭扭捏捏地互尊为王。是它们都没有这个力量？抑或是周朝奈何得了它们？都不是。春秋之后的战国七雄早已各霸一方，周廷早已日薄西山。"礼崩乐坏"之时，也就是它的衰落和灭亡之时。

第二条是平衡诸侯之间的力量和利益关系，让其相互制衡。如周廷让熊绎辟（避）在荆山，利用汉阳诸姬对楚子进行钳制等。

第三条是在平衡打破时，组织对肇事者的武力平叛，杀鸡儆猴。如周廷对东夷的讨伐，对鄂侯的平叛等。

相对而言，第一条的统治是内在的，长效的，用来"治未病"，统治成本也最低廉；第二条的作用主要靠中枢力量的外向辐射，随着中枢力量的减弱，其效用也会随之降低；第三条的作用是外在的，短效的，统治成本也最高，只能用来"治已病"，没有不行，过了也不行，不到万不得已不能用，用了还不一定管用。

孔子之所以由衷地发出"郁郁乎文哉，吾从周"的感叹，正是看到了这几点。这种礼制不仅对现实社会有制约作用，还对未来社会有引导作用；加之儒家再从"小康之治"到"大同之治"之类的注释和发挥，便能给予人们一个甜蜜的奔头。

相形之下，道家的"道法自然"，对人们的家园建设、处世、养生等有借鉴作用；与此相关联的"小国寡民"的社会理想，则是回避矛盾，要人们从国家形态退回到"离居"的状态，显然不符合社会发展的规律和人们向前看的愿望；法家也只是给出了一种有利于耕战的统治手段，在促成国家统一的过程中发挥了重大作用，但同时也泯灭了人的良知、道德、信仰、忠诚、爱国热忱和生命的尊严，养成了就事论事、唯利是图和见异思迁。作为一种统治思想，它给出的国家和社会的前途在哪里呢？

由政治思想到一个社会的意识形态，是经过历史的长河不断地冲刷和淘汰形成的，一个社会形态匹配一种最切合其需要的意识形态。若一个社会中出现两到三种不同的政治思想和社会思潮，只能在优胜劣汰的基础上由新的统治集团正确抉择。如巫道让位于法家，法家让位于儒家，儒家又杂糅法家、道家（如阴阳五行，包括后来的释家），都不是仅凭人君的主观能动性就能办到的。

一个社会中不可能长期让两种以上的不相兼容的思想意识形态并存；也不可能与另一个社会类型的意识形态互换。如不可能将封建社会的儒家意识形态转换为奴隶社会的巫道意识形态，孔子就不语怪力乱神；墨子的"非命""非攻""兼爱""尚贤""尚同""节用""节葬"等进步主张，与孔子的"天命""伐无道""爱有等差""孝道"的体系不同，思想交叉，其体系被封建统治者边缘化，但不排除吸收其需要的某些思想内容。

荆楚文化也是中华文化的正源，不仅对后世有着重大的影响，在当时就有过普遍的认同和正面的导向，如著名的"筚路蓝缕""楚材晋用""郢书燕说"等。楚公族将中原文化带到了南方的楚蛮之地，提升了南乡地域文化的品位；南乡地域文化的丰富和发展，也开阔了中原文化的内容和视野。

楚国公族起自草莱，长期面临生存的压力，拓展生存空间是其解压的不二法门；大局当前，一段时间内的文化建设的滞后是势所必然。楚公室乐于以蛮夷自况，既是在炫耀其有与周廷抗衡的南国地域资本，也是掩饰其礼法不健全的一块遮羞布。譬如熊渠，自己都没有公开称王，却给自己的三个儿子封王；熊通生前就把自己想要的身后的谥号加到了自己的头上……可见其蛮风十足。这种生存压倒一切的观念和目无君上的冲动不断地固化，既是敢想敢干，敢作敢当的底气,也是君位交替中频生骨肉相残的重要原因。

到楚文王之后,这种状况有所改观,有师傅化育文武之道了。到楚庄王时,文质已显,有"止戈为武"的惊世之论。但在其听到王孙满的"在德不在鼎""周德虽衰,天命未改,鼎之大小,未可问也"的一番不卑不亢、软中带硬的应答之后,顿觉耳目一新,非常佩服,欣然撤兵。

到昭、惠之后,楚王及宗室的文化、见识和胸襟有了显著的提升,除了七十二家贵族作死之外,骨肉相残的事件基本消失;但利字当头的劣根还未根除。

到楚怀王时,随着张仪的到访,本土学士与鬼谷子研究班毕业的文化差异立现。相形之下,学士的一方显得特别缺心眼、特别好耍弄。一听到张仪说要白给商於之地六百里,这个鱼饵太诱人了,楚怀王马上就昏了头,硬是油盐不进,断然与齐绝交;上当之后又急火攻心:这流氓不可怕,可怕的是流氓有文化呀!立马就要到秦地去找这个"文化流氓"拼命。这是楚人的做派吗?芈月的智商是这样的吗?屈原的情怀是这样的吗?为什么偏偏要摊上一个熊槐?说到底,还是狭隘的小集团利益蒙蔽了自己的心智,还是狭隘的思想境界挡住了自己的视线。

楚国公室作为对楚地黎庶进行统治的领导阶层,若把自己所在的公族利益当成神圣的国家利益,一味以公族利益当先,趋利避害,脚踩西瓜皮,滑到哪算哪,缺乏进步的政治思想和人文情怀,这些短视行为的出现,乃至国家被吴践踏、被秦灭亡,物质文化被吴、秦摧毁,都是情理之中的事情……

公元前223年,秦军以摧枯拉朽的态势,横扫江淮大地,楚国的精英纷纷渡江向鄱阳湖、赣南山区和闽浙两广逃窜。

直到明洪武初年,经红巾军和元军拉锯战后的江、汉、淮流域两岸赤地千里,明朝当局开始从苏州阊门、鄱阳瓦屑坝、南昌筷子巷大规模向江淮、江汉移民。战国末年由江淮、江汉南逃的大批楚国先民的后裔,不少又随着这次的移民大潮,迁回到了先祖的故地。在他们的身上,仍然保留着很多先祖流传下来的历史信息:

一是秉持华夏正统的思想观念。现在有不少人将楚地流行的"不服周"的说法,理解为楚人对周廷统治的不服气,或者说是对周廷的反叛。事实不是这样的。这点可以从楚地流传下来的若干历史信息中予以直观地说明。

俗话说：小孩的脸，天上的云，说变就变。在笔者老家鄂东南地区，一群小孩在一起玩着玩着，就打起来了：或两人相互抱着摔跤；或东头与西头、这村与那村打群架；或两人一组弯腰互搭对方的肩膀，组成一头"抬牯牛"，与另一头"抬牯牛"背对背地对撞，叫角抵。待到一方将另一方干倒之后，赢了的一方就要问输了的一方："你服不服周？"对方说"服了"，就不继续打；对方说"不服周"，继续打到喊"服了"为止。

楚国君臣当年没有完成大一统，观念上的原因是拥天子、制诸侯、服夷越，即史料所载的"抚有蛮夷，以属诸夏"，与齐桓公、晋文公的"尊王攘夷"的主旨一样，只是在对"夷"的政策上有所区别。说白了，就是满足于当一个"霸主"。这一点，可以从楚对陈、郑、邓、蔡、宋等国多次打了摸、摸了打，灭了兴、兴了灭的做派上看出来；如进一步查验，还可以从项羽平秦后大封十八路诸侯，自己当"霸王"的做派上看出来。

二是注重营造人才养成的社会环境。楚国地大物博，水泽连天，山高林密，出产丰富。楚公族为了发展自己的事业，必须要创导开发土地，搭建房屋，修造农具、兵器，制作盔甲、盾牌，打造渔船、战船、兵车，动员和管理蛮民，研究排兵布阵和带兵打仗。为此就需要不断地累积和创新生产技术、作战经验、管理办法和指挥艺术。

正因为广泛的社会需求和需要解决太多的实际问题，由此就特别注意养成那些重实干、讲实效的实用型人才；自然而然地就特别讨厌那些虚头巴脑、夸夸其谈式的中看不中用的绣花枕头。楚地乡民中流行太多讽刺这类人的辛辣例句："你看你，就只有一张白嗑籽嘴。""硬是个保正，天上晓得一半，地上全知。""茅缸里的石头，又臭又硬。""狗子进茅厕，闻（文）进闻（文）出。"但并不因此就排斥有真本事的人。如村中有人进学中举登进士，全村村民都要聚在一起摆酒庆贺；村中但凡有学问者，即被尊称为"先生"；大人爱给小孩讲励志故事和智慧故事，其中讲得最多的是《十八国临潼斗宝》。

说的是春秋时期的十八国王子，拿着本国的夜明珠、绿祖母、红宝石、蓝宝石、和田玉、红珊瑚之类的绝世珍宝，到秦地的临潼去斗宝。楚国王子不稀罕这些没有灵魂的宝物，只带去了人称"活宝"，也称"现世宝"的小伙子伍子胥，让其在斗宝大会上展示自己的文韬武略，并力举千斤鼎，以此震住了各国王子，拔得了斗宝的头筹。笔者老家的乡民中至今还流传着"耍活宝"之类的口头语,每当看到自家的男孩在外面淘气时,母亲就爱抱怨地喊道:"你这个现世宝喂,还不快跟我回来!"

按照人之常情,伍子胥背楚投吴,扶持阖闾,献"疲楚"之计,充当以吴灭楚的"带路党",最后反遭谗被逼自刎身亡,楚人应该记恨和嘲讽他才是;事实上不但不记恨和嘲讽他,还编故事和戏文歌颂他。只有楚人最了解楚人的心性,至死忠于吴能不忠于楚?是邪恶的楚平王和费无极,无端地把他和他的一家逼上绝路;没有渗入到骨子内的人才观念和正义感,是不会有这样的认识的。

反之,对同样流落于吴地被子西迎回来封以县公的太子建之子白公胜,及其后代白起的态度,则不可同日而语。虽然同情太子建被平王夺妻和被平王追杀的不幸遭遇,但对白公胜的恩将仇报和白起的疯狂屠楚、火烧公族先祖陵地的行径,就只有痛恨了。

史料有载,楚国真正"宝之的"不是美玉白珩,不是随侯之珠,不是和氏之璧,而是经世致用的人才,是物产丰饶的云连徒洲。

三是"可死不可侮"的君子气概。楚地民风彪悍,楚国贵族人格自重的流风千年不息,旧时的乡民们非常看重人格的尊严。这些也可以从笔者老家的世情中见其一斑。

鄂东南地区小孩子玩的游戏好多是抗衡和锻炼勇气的游戏,除摔跤、角抵之外,还有撞"麻绳"、拳头互殴、互掷土块、打水仗等,闹得不成样子回家还得挨揍;但有一条,打人不打脸,小伙子不欺小孩,从不打女孩,让男孩从小养成男子汉的气性。长大以后如果受到无端的侵犯和侮辱,定要报复;碰到强梁和仗势欺人的,也不退让,"要死也是屌朝天","打不赢你老子咬也要咬你一口"。是真正的不惹事,但绝不怕事。

抗战时期,笔者老家山前庙岭街的一名屠户叫谢定高,平时待人和气,乡民们愿意到他的摊点上买肉。这天他外出办事,遇上了查良民证的日本鬼子。变态的鬼子故意对他进行刁难,还打了他一耳光。谢定高非常气愤,半夜孤身一人怀揣尖刀,摸到鬼子临时驻扎的方家榨房,手刃一名鬼子,划伤一名鬼子,自己也被鬼子杀死。至于日常生活中"死要面子活受罪"的事情,就更多了。

今天的现实有昨天的影子。譬如当年楚国贵族满载亲人的热望带兵出征,打了败仗的主帅难以面对亲人的失望和忧伤，只好以自裁谢罪，用生命守护自己最后的尊严，并以此形成了传统。这在列国中是少见的。如秦孟明视等兵败被俘放归，李信、蒙武打了败仗回归，都跑到朝堂上去"请罪"；楚国没有这样的，就连楚文王带兵出去打了败仗，守城门的大阍鬻拳也照样闭门不纳，致使文王同其父武王一样，死在了出征的路上。

史载，楚怀王熊槐虽然是楚君中少有的糊涂蛋，但在秦王要他答应用楚国的土地换取自己的生命和自由时，他宁愿被关押、宁愿被折磨致死，也坚决不肯干。楚霸王项羽也是誓死不受辱的典型：江东故地是他带领八千子弟起兵的圣地，失败的男儿不忍心让他魂牵梦绕的圣地因自己的无能为力而蒙羞。"生当作人杰，死亦为鬼雄。至今思项羽，不肯过江东！"

四是服德不服压的"顺毛"心性。楚地的地形复杂，大江大湖大山，环境险恶，灾害频仍。这里的人们须长年累月地与地斗、与天斗、与人斗、与毒蛇猛兽斗，才能获得一个活下来的生存空间。由此养成了人们坚韧不屈的心性，吃软不吃硬。一事当前，若讲理讲德，心悦诚服；若赌力讲狠，"老子不信这个邪"，"你就是红头发，老子也要镝（扯）一根下来"。这便是笔者小时候在家乡经常听到的老话。

《左传》中生动地记述了楚成王的大夫屈完，面对一代霸主齐桓公领头的"八国联军"咄咄逼人的进攻态势，义正词严地阐明了楚人可以接受"德绥"，反对"以力"威胁的观点。既有理、有利、有节，又凛然不可侵犯。有话好好说，想动粗，谁怕谁呀！楚地流传至今的"顺毛"心性与之一脉相承。"任侠使气""目无君父""另辟蹊径""敢为天下先"的做派，俱从此出。

五是"抱打不平"的义士风范。旧时强梁横行，弱小受欺，是社会的惯常现象。楚公族住在淅川丹阳时，因没有自己的封号和封地，没少受前朝地头蛇及周朝新贵的排挤和欺负。因之养成了疾恶如仇的心性和做派，在楚地留下了较深的印记。

笔者少时在老家乡居生活时，深受此风的熏染，看不惯邪乎事，爱管闲事。不少乡民虽然文化不高，但是非分明，嫉恶如仇，爱主持正义，好打抱不平，其口头禅是"大路不平旁人踩"，是真格的"该出手时就出手"。

也是抗战时期，乡痞汉奸李光因带领葛店日军小队的几个鬼子，到笔者老家黄陂岭，即现在的左岭新城一带强拉民夫、抓鸡抢粮还不算，还到几户人家去强奸妇女。村民们怒火中烧,乡绅吴起熊敲响了铜锣,立马聚集了数百人,各举锄头、铁棍,分路对鬼子进行围杀。鬼子猝不及防,夺路逃命。

一路村民将鬼子追至三仙庙,村民秦利伢手起一刀,将敌伍长小田砍死;另一路村民将鬼子追至熊双湾祠堂左侧,村民王水伢奋起一剑,将鬼子兵尾原菊山刺死。事后这里的村民全都"跑反",鬼子大队人马赶来时烧光了这里好几个村庄的房子。之后鬼子再也不敢分散下乡胡作非为。

六是以身许国的家国情怀。在笔者老家,爱国主义从来不是空洞的说教,而是生存的自觉,亦即底蕴深厚的自觉行动。"在家为家,在国为国",是乡民们的口头禅;家国有难,男将女将一齐上阵,轻死重义,保家卫国。笔者老家的祖屋和新屋隔壁的三户人家,过去几十年四次失火,烈焰冲天。火光就是命令,村里的男将挑的挑水、上的上屋"打火";女将则冒着烟火冲进屋内与火神搏斗,抢柜子、抢衣服、抢被子,跟男将一样勇敢顽强。

抗美援朝时期,政府动员翻身农民赴朝参战。笔者的村庄当时不到三百口人,就有十多名青年踊跃报名。其中除了独子不征,以及有的兄弟两人去一个之外,村里的这一茬青年大都去了朝鲜,有的立功受奖,有的血洒沙场。

伟大的爱国主义诗人屈原,一生忧国忧民,为挽救楚国的危亡奔走呼号,直到郢都陷落时悲愤地高蹈汨罗江水而去。孤忠劲节,九死不悔,楚地的儿女都敬仰他、祭祀他,推崇他的情怀和辞赋的风气遍及全国乃至全世界。

七是不屈不挠的精神气质。荆楚先贤筚路蓝缕、奋起于草莽间的进取精神,经过千百年来的文化传承,已经铸成为子孙后代不屈不挠的精神气质。

在笔者老家的武鄂交会之处,虽然有广大的湖面,打鱼的却不多,认为"捞鱼摸虾,失误庄稼";然湖田的收成又不很稳定,遇上落发水的年份,庄稼就得淹。湖区的鱼不值钱,大人小孩都会抓鱼,一落发水到处都是鱼儿上水;湖面上搅水草的船常见,笔者只见过很少的打鱼船和一个放鱼鹰的船。要想过得好一点,种田之外,还得寻找新的出路。

旧时乡民们能做的也就是读书、耍手艺和到湖边摆渡、搞运输;有人帮带和有见识的进城到江边扛码头,或帮人砌墙修房,或到装裱、酱园、糖坊、酒坊等作坊打工;也有个别的跑单帮做小生意。

这些活都是"硬活",没有磨出真本事,是出不来、站不住的。譬如读书,没有"三更灯火五更鸡",进学中举、弄个教职,想都不要想;码头都是打出来的，抱团、豁命，还得有功夫；旧时作坊都有技术含量，踏实肯干，还要有手艺。不谈出人头地，仅是活着，就得战斗到最后一刻，再难也得往前走，除非不想活了。楚人的不屈不挠的秉性，就是在这样的生活中逼出来的。

楚地留下了许多总结人生经验的格言："皇天不负苦心人。""只要功夫深，铁杵磨成针。""没有过不去的坎。""赚钱朝前看，蚀本朝后看。""不到黄河心不死。""死马当活马医。""跌倒了自己爬起来。""大不了重新再来一次。"其中最为典型的莫过于"楚虽三户，亡秦必楚"。

楚地民间向有尚武之风，村村有刀矛，家家出棍子，农忙种田，农闲习武。不仅能陆战，还善水战，甚至还讲战法。笔者老家从清末到民国时期，不仅发生过方、赵两大宗族在陆地上的械斗，还发生过姜、胡两大姓驾船在湖面上的械斗。陆地上的战场谋划是一方佯败让另一方中了埋伏，死伤十几人；湖面上的战场谋划是甲家人驾船送乙家人上阵，乙家人驾船送甲家人上阵，逼得你非奋勇争先不可，厮杀异常惨烈，死伤几十人。

在冷兵器时代，尚武的楚地乡民，拉出去就是一支支的战斗队伍。自陈胜、吴广扯起"张楚"的大旗起义，以楚王和项燕尚在人世为号召，兵锋所至，楚地儿女纷纷响应，一拨又一拨尚武的乡民参加义军，出生入死，所向披靡。

复楚、亡秦、兴汉，楚地楚人付出了沉重的代价，留下了至今仍被人们津津乐道的宝贵精神财富。

故楚之地，是英雄辈出之地，"遍地英雄下夕烟"；故楚之地，是中华文化的正源之地，楚辞、汉赋、老庄哲学光耀千古；故楚之地，也是去腐生新的滥觞之地，"复楚兴汉"只是其上演的历史活剧的第一幕，秦以后的腐朽王朝，一再上演被楚地楚人团灭的一幕幕：

新莽政权亡于湖北大洪山的绿林军及依附于绿林军的刘秀军；元朝亡于故楚之地的江淮、江汉的红巾军，朱元璋率先提出"驱除胡虏，恢复中华"的反元宗旨；清朝亡于武昌首义，当时激励湖北新军向敌冲锋的口号便是"楚虽三户，灭清必楚"；动摇蒋家王朝统治的黄麻起义、秋收起义、南昌起义、鄂豫皖、湘鄂赣、湘鄂西，也在故楚之地……

"莫道楚乡风物陋，文章屈宋到如今。"

走遍秦山楚水的渔樵浪人，有感于楚地儿女生生不息的奋斗精神，献一首拼凑楚地古今仁人佳句的小诗，为本书作结：

十二、尾声

浪迹江湖忆旧游,
故人生涯各千秋。
历史风云随烟散,
秦楼楚阁空悠悠。
梦里依稀慈母泪,
汨罗江水径自流。
今逢四海为家日,
故垒萧萧芦荻啾!

后　记

我生长在楚乡，自幼耳濡目染，不知不觉地滋生出了一些楚人的"二愣子"个性，爱较真，喜欢刨根究底。

我的老家古名楚鄂邑、秦汉鄂县、三国之后的武昌县神山乡，即在今之武汉、鄂州的交会之地。这里曾经有一片广大的湖区叫灵湖，也叫严家湖。湖的东西两岸是严姓乡民的聚居之地，早年就有"七大庄，八小庄，三十六个末蒂庄"之谓。其中的"庄"，既有庄田、庄主之意，也有"姓严本姓庄"之义。这里的严姓村民在劳作之余，有习武、习文、吟诗作赋和说古论今的传统。

灵湖严家在历史上遭遇过两次大的劫难：一次是明朝宣德年间，湖广省城内的朱氏楚藩王与严家争夺灵湖，严家不畏强权，奋起与之打官司护湖，牺牲了一条族人的性命才保住了湖产；另一次是抗日战争时期，湖东严家出了一个与日寇勾搭的内奸二溜子，要把灵湖卖给鄂城城关的一个投靠日伪的大恶霸。湖西周庄严的乡绅"鳜鱼脑壳"挺身而出，以商议卖湖为由，将二溜子诱至今庙岭地面的栈嘴，等到二溜子的船将要靠近湖岸时，埋伏在湖边芦苇丛中的严氏族人一拥而上，将其击杀沉湖，保住了湖产。新中国成立后灵湖终于回到了人民的怀抱。

我们小时候的印记，大人们最爱说"细伢从小看"，最爱关注各家男孩的优缺点，哪家小孩做事勤快、爱读书、武靶子好，就会受到普遍的夸赞，无形之中将孩子们的行为往积极向上的路上引。

这里的大人们都很"讲礼性"，爱打招呼，爱谈家常，爱相互帮忙，救火、救人最勇敢，有点好吃的都要送给左邻右舍尝鲜。

这里的闹新房也与众不同,在新房里喝过新娘端来的香茶之后,都要一一地以今夜的喜事为题,现编"四言八句"表示祝贺,即使是文盲也不例外。

这里的"男将"都喜欢讲古,尤其喜欢讲三国,讲封神榜,讲庄王问鼎,讲十八国临潼斗宝,讲东周列国故事,讲《三字经》中的故事,讲公案故事。印象较深的一则,说包公和狄青一个是天上的文曲星,一个是天上的武曲星,这天二人相约到天河洗澡,把脑袋端下来放在岸上,光着身子在河里正洗得高兴,玉帝的圣旨到,要二人立即下凡到人间去辅佐宋天子。二人上岸后一阵慌乱,竟戴错了脑袋,文曲星变成了黑头大花脸,武曲星变成了玉面郎君。之外还爱讲接地气的故事,如讲朱元璋小时候放牛的故事和"八月十五杀鞑子"的传说,讲民间笑话,讲家族往事,讲村名"周庄"的来历。还爱唱戏、玩灯、划采莲船,有时也喜欢跟妇女打情骂俏、讲荤段子。

这里的"女将"喜欢讲鬼的故事,讲庄子试妻的故事,讲《梁祝相会》《翠花女捡过》之类的戏剧故事,喜欢算命,喜欢招魂(俗名叫嚇)和贴招贴(上写着天皇皇,地皇皇),最关心人,同情人的苦难。

这里的族人热心公众事务,爱劝和,爱打抱不平,爱相互帮工;在生活拮据的情景下,隔壁左右相互借用生活用具,一人有难,大家承担。其间印象特深的是,凡有藏书的人家,再吝啬的人,也乐意将自家的古典小说、唐诗、宋词、《千字文》、《增广贤文》等,借给爱学习的人看。

小时候听大人讲的三国故事,好多是《三国演义》中没有的。印象较深的一则故事是:当罗贯中写到"千里走单骑"时,想到这个关二爷天天跟两位嫂子在一起,会不会晚上去找她们行苟且之事呢?因为民间有个戏谑的说法,叫作"叔不搞嫂,树不结枣"呀!关羽的神灵感知到了罗贯中的这个想法,就托梦给他,叫他不要这样写,要写他晚上读《春秋》。罗贯中说:"这样写了以后,你怎么谢我?"关羽说:"送你一车金。"罗贯中很高兴,就按这个意思写。写成以后却被朝廷判了"斩"刑。这时罗贯中才明白关羽答应送给他的是这样的"一车斤",即一个"斩"字。

诸葛孔明的《隆中对》也有故事。孔明住在襄河边,一脚踏两郡,头上顶着州,爱摇鹅毛扇,口念"躬耕南阳",其实并不想干农活。荆沔名士黄承彦是荆州刺史刘表的连襟、南郡太守蔡瑁的姐夫,孔明想攀上这个高枝。黄承彦说:"这个不难,但要不怕人笑话,娶黄发黑肤龅牙的小女阿丑为妻才成。"孔明是什么人,只要能入龙门,何患无美妾,何况家里也需要一个持家做饭的,立马就答应下来。黄承彦大喜,让书童拿出舆图,说:"刘备已经把自己炒成了今上的皇叔,是个潜力股,刘表、刘璋之辈昏庸无能,自身难保,良禽要择木而栖。我设计把你炒成'卧龙',让刘备请你出山,你保他取荆益,连吴会,待天下有变,一路出秦川,一路取宛洛,江山可定矣,大业可成也!怎么样?"孔明茅塞顿开。这才是真正的"隆中对"。

在这个"隆中对"中,是不是看出了"南阳"和"宛"的区别?"南阳"是汉时横跨今河南南阳、湖北襄北、随枣的行政区划;"宛"是楚时的宛邑,即现在的南阳市。

做学问既不能死板,也不能孟浪,其真谛是要去伪存真。真理首先要是"真"的,在一个市侩的环境下,包容真理比维护先入为主的错讹要难得多,要有星辰大海一样的胸怀。

后记

中学毕业后回乡务农,担任了生产队会计,较深切地了解了我生于斯、长于斯的这个刚到三百人的村庄中的一些不寻常的人物。他们都似一茬茬的庄稼,在传统社会的环境影响和相互之间的传帮带下,自然而然地成长起来的。比我父辈大四五岁的那一茬人中,不仅有黄埔军校的学生,还有教官;在乡的还有出类拔萃的"四大爷"之类的人物,个个高大帅气,人人都有绝活:有的博古通今,有的书法高妙,有的精于医道,有的善于经营;被尊称为"先生"的人就更多了。我父辈一茬的人,唱戏、操琴、敲锣打鼓的一应俱全,不仅能演老戏,还能自导自演《小二黑结婚》之类的新戏。我兄长这一茬的,考大学、上师范的较多,有的是丹青妙手,有的会吹拉弹唱。我们新中国成立前后两年出生的这一茬,个个都是劳动能手,业余打篮球、唱楚戏,都不含糊,八个样板戏排了三个;排第四个时,因修水利太忙,人员分散,顾不过来。惟楚有材,诀窍就在于它的基础厚实。

在华中师院上学期间,虽然学的是数学专业,但因自小耳濡目染的缘故,对文史也很爱好,课余熟读了不少古代典籍,如《史记》《左传》《国语》《战国策》等。对其中的《楚世家》《秦本纪》等内容尤感兴趣,还自编了一段《商鞅变法》的湖北评书,先后在系、校两级文艺晚会的舞台上表演。

二十世纪八十年代的第一个春天,我与张正明同届考入湖北省社会科学院。当年我刚到而立,张已年届五旬。张早年毕业于清华大学社会学系,偏重民族史的研究，写过《契丹史》，当过乌兰夫的秘书，到历史研究所做楚史研究工作；我考的是社会学专业实习研究员，专业方向是社会发展研究，考试科目除马克思主义基本理论、历史唯物主义与社会学、社会发展史、外语之外，还有高等数学和社会统计学。到《江汉论坛》编辑部做哲学、社会学编辑工作。

当时我国的社会学还处在刚刚恢复重建的草创时期，不可能一下子就深入到社会发展的研究之中。我的计划是先从社会学方法入手，一步一步地构建社会学的理论体系，在继续加深对社会各个领域的专门理论研究的基础上，再切入到社会发展的研究之中。

经过始于1979年的二十年的努力，我在社会主义社会学方法、原理的总论及相关分论的研究上基本成型。虽然之后由于工作的转换，有的分论没有最终完成，但通过对关联到政府各部门、社会各领域的社会团体的管理和研究，弥补了一些专门理论研究的不足。在此基础上，早在距今二十二年前，就已转入到社会发展的研究之中。

在我早年研究建立社会学理论体系的过程中，为了与之后的社会发展的研究相贯通，始终抓住了"社会主义"的大前提和"社会结构与社会过程"的研究对象这两个东西不放松。其中的"社会主义"是我们的国情，也是人类进步的方向，自不待言；"社会结构"另作别论；"社会过程"其实就是一个人类社会历史发展的过程和规律的问题。为此，我们在研究中外通史的基础上，结合湖北历史的特殊性，重点关注和研究了楚国历史的问题。

当年湖北社科院对地方史志研究的思路是明晰的，在湖北简史、武汉大革命史、楚国历史的研究上，是开创性的，也是卓有成效的。

社科院的院刊《江汉论坛》自1979年复刊后，就开设了"楚文化研究"专栏，编辑水平也高，有一位专门做"楚灭国研究"的何浩先生，有两位华师毕业的楚学博士程涛平和张君。程涛平的代表作是《先楚史》，张君很早就同张正明一道写作了一本《楚国风俗志》。早期《江汉论坛》的一篇篇破土而出的研究文章，引起了我的格外关注。张正明经常到《江汉论坛》投稿和讲述他的研究写作情况，与我照面时爱提"姓严本姓庄"的话题。

与我们参加全国统考录取进院的不同，张正明是以其著作和经中国社科院专家组面试进社科院的，起点较高，是副研究员，有资格带研究生，之后不久还担任了全国人大代表和社科院副院长。因为他的缘故，历史研究所一分为二，新成立了楚史研究所，涌现出了刘玉堂、蔡靖泉、顾玖幸、郭德维等一批杰出的楚学人才。我也在1985年进入了由密院长亲自布置我起草报告成立的社会学研究所。

当年我在社会学所担任的是"社会管理"课题组负责人，是以前没有过的跨学科研究，经常组织院内外多学科的研讨活动。张因学的是社会学，分管社会学研究所，也经常过问我们的研究情况；我也对楚史感兴趣，有时也与他交流一些学术上的问题。他有一个得意之作是"河文化，江文化""龙文化，凤文化""儒文化，道文化"的北、南分界论。我不同意他的这种形而上学的分划方法，与之发生争论，认为这种分法有违历史的真实，会产生不良的后果；但还是赞成他对楚史、楚文化研究中的一些基本判断的，如对楚都迁徙路线的基本认定，对楚国君臣确立的政策走向及若干战略、战役的得失判断等。张的从政和与高层互动的经历，有利于他摆脱某些细枝末节的纠缠，能看到一些事件的本来面目。在行文风格上，张有一些才气，比较欣赏李斯之类的汪洋恣意的写作手法，但有时在字里行间会透出一些戾气。

后记

笔者的这本《荆楚帝国》的研究与写作，吸收了包括我国著名历史地理学家石泉、楚学先驱张正明及后学罗运环在内的一些同仁的研究成果。正是站在他们的肩膀上，我认为我的这个研究脉络是经得起人们的推敲和诘难的，如果有人想做大做强荆楚帝国的影视文化事业，这里探索的是一条可行的路径。

我一生的研究，包括社会发展的研究也好，楚国历史的研究也好，也就是一个前瞻、一个路径的问题。我自信能够经得起历史的检验，不论是正面的检验还是负面的检验。但限于客观条件，我没有能力介入它，甚至没有福分看到它。

做学问最忌见风就是雨和学术功利主义。不知何时起，在一些人中发生了爱争所谓的"地望"问题。一个历史上的名人名地，都去争去抢，没抢到手就"气愤"，抢到手就"流出了热泪"！为了什么？有什么用？韩国人把我们的活字印刷术、端午节乃至孔子、屈原都给抢去了，就上天了不成？

还有不可思议的是菜名也来蹭热度，说"鄂"的读音同"恶"、同"饿"，不好听，不体面，要把"鄂菜"改成"楚菜"，那"楚"的湖北方言读"丑"又怎讲？你这"楚菜"含不含湘菜、徽菜、淮扬菜？豫菜、江浙菜、渝菜、鲁

629

菜、云贵菜也与楚沾边，含不含？一个概念的内涵和外延都没有弄清楚，能随便用？

鄂的本义同"鳄"。鳄鱼是恐龙的近亲，是中华龙的艺术原形，浑身是宝，有软体黄金之谓。其肉质嫩滑鲜甜，食医兼具；其皮质柔韧坚实，是制作楚师甲胄的重要战略资源。江汉流域尤其是浩瀚无垠的鄂渚，是扬子鳄的原生栖息地；鄂人是有史记载的华夏族、东夷族最早融合于楚蛮族的族群，是最早开发鄂地的祖先之一，湖北简称"鄂"憋屈了谁啦？

地方菜肴本来就是饿了吃，有什么吃什么的产物，一方水土养一方人；逢年过节、婚寿喜宴上的佳肴是天天吃的家常菜的升华。不在这些"土"字号上做文章，尽去琢磨一些"肯德鸡""克林炖"之类的高大上，能有多大出息？

地望是地理上的一个大致的坐标点。同在一个坐标点上，人家能成事你不一定能成事，关键在于人的内因和社会的大舞台。一个最终失败的军师诸葛亮，凭《三国演义》小说走红，自明代朱氏襄阳王拆毁隆中诸葛草堂建藩王墓地起，就出现了躬耕南阳的"卧龙岗"碑牌。树碑时也没问问，"卧龙"未出山时的名气是谁炒起来的？当年荆襄士人集团，如黄承彦、崔州平、司马徽、徐庶、庞统等人的活动范围在哪里？

这里需要说明的是，明代的朱家藩王最喜欢干这事了，驻武昌城的楚藩王也曾挖掉江夏龙泉山上樊哙的衣冠冢，建朱氏楚昭王墓。

文人向有夸饰的毛病，荆襄士人集团极言"卧龙、凤雏两人中只要能得到一人，就足以定天下"，刘备两人都得到了，还不是出师未捷身先死？现在又故技重演，听说下寺挖出了春秋之后的楚遗物，又据说屈原在南阳"扣马谏王"，立马就在一个村头树起了一块"屈原岗"的高碑！看来屈原又得搬家。

楚昭王早就说过："江汉沮漳，楚之望也。"其语言再直白不过。真理是朴素的，弯弯绕绕太多就不是真理。秦人没争什么地望，干成了统一天下的大业，现在又拍出了为统一大业正名的《大秦帝国》《大秦赋》等多部电视连续剧。

南阳市在西周时是吕、申等诸侯国的地盘，鬻熊祖孙三代在丹淅受其挤压而"辟在荆山"。自楚文王伊始，为打通进抵秦塞和进兵中原的西北战略通道，先后吞灭吕、申等国，设置了楚申、息析等邑，在楚灵王时又将其改置为宛邑。游子悲故乡，春秋之后有楚国公室成员安葬在其先人的故地，再正常不过。秦以后在楚国故地设南阳郡,地域跨现在的河南、湖北两省。汉武帝在全国设置十三州刺史部,南阳属荆州。历史地名如此,诸葛亮自称躬耕南阳、荆州都无不妥,唯独不会自称躬耕宛邑。有些事说说可以,没人在乎什么,较真反而不美。

现在"楚国八百年"被人提起,丹淅说四百年在它的地面,纪南城说四百年在它的地面,正好八百年。其他的地方都是空白,单凭待在山沟里和水洼里不挪窝,就能地方五千里,带甲百万,车千乘,马万匹,粟支十年?

由于楚国史籍《梼杌》和楚国文献汇编《鸡次之典》的失落,加之又无《越绝书》《吴越春秋》那样的地方史志做补充,致使楚武王在位的前三十年的历史空白,以及自鬻熊到蚡冒之间两百多年极少量的零星记载;而这段时间正是楚国创业和为今后大发展奠基的最重要的时期。不解决这段时间的历史表述问题,楚国乃至整个南中国的历史面貌均无法整体地展现出来,所谓的"荆楚帝国"也就是一个泥足巨人,无法真正地站立起来。这不需要什么周密的论证,极简单明了的事理:没有这样两三百年来的创业和奠基,楚国巨量的兵员和役夫由何而来?森林般的战士的盔甲和戈矛由何而来?海量的粮草等一切生活给养由何而来?改进后的铜制乃至之后的铁制生产工具由何而来?庞大的国家机器的贡赋由何而来?

这个缺少资料的问题也不是完全无解。印第安人连文字都没有,哪有什么历史资料?美国民族社会学家摩尔根装扮成印第安人,融入易洛魁人的部落,被鹰氏族收为义子,通过对他们的部落社会的研究,还原了美国的"古代社会"。其研究成果甚至还丰富了马克思、恩格斯创立的唯物史观的内容。我们同样也能依靠一些遗留至今的历史信息及科学的研究方法,还原楚国前期的社会历史面貌。

与史料缺乏相对应的是史料畸轻畸重的问题。如冯梦龙的《东周列国志》中对楚成王、庄王、灵王、平王的生平事迹的描写,虽然不同于《三国演义》"七实三虚"式的历史演绎,基本上是对经典文献资料的形象化的展开,但也存着在一个对其科学的分析、剪裁、提炼和表述的问题,即与《荆楚帝国》各章内容融会贯通的问题。

这本《荆楚帝国》的主旨,就是试图在对楚国的来龙去脉及其发展轨迹的深度发掘和研究的基础上,将整个楚国发展的历史脉络,如从"大三角"战略到"欲观中国之政"的一根筋，从鬻拳的"刑身正国"到苗贲皇、巫臣、伍员、白公胜的致命叛离，从家国咸休的奋发图强到七十二家贵族射杀变法的自甘堕落，从向东向南向西发展的宣威鼎盛到怀王之后的拖一天算一天，从筚路蓝缕的艰苦奋斗到章华高台舞细腰的极尽奢华，从"民生在勤，勤则不匮"的富国强民到"丰其禄、厚其爵"的自食自肥，从"其兴也勃"到"其亡也忽"，从灭楚必秦到亡秦必楚等，合情合理地呈现出来。其主要的思路是运用历史与逻辑相统一的辩证方法，综合分析西周时期的历史地理环境和历史事件，将田野调查资料和收集到的历史资料有机地结合起来，形成有序的体系结构，使其既有着基本的历史依据，又符合一定社会的政治逻辑、军事逻辑、经济逻辑和生活逻辑。以经得起人们的咀嚼和推敲。只有这样，才能最大限度地还原楚国历史的真实。反之，若一味孤立、静止地死扣一些零星的资料，固守一己之见，只会步入缺东少西和顾头不顾尾的死胡同。如此这般，别说是一些没有现成资料的历史研究，就是有着丰富资料基础的《长恨歌》之类的研究和写作，也会被其认为没有经过"实证"而否定掉。譬如唐明皇的"重色思倾国，御宇多年求不得"的心思，白居易是怎么知道的？是唐明皇在大明宫向其倾诉过的？杨贵妃"正是新承恩泽时"的"娇无力"的媚态，是白居易在贵妃寝宫里见到过的？既无直接交流又没有亲眼所见，写成这样为什么还特别令人信服？靠的就是合情合理的推导。

这部《荆楚帝国》，既是一部力图还原周秦时期南国社会历史风貌的荆楚帝国史，也是一部力图向电视连续剧靠近的荆楚帝国历史小说。在其写作的过程中参阅了大量的历史著作和资料，主要有《史记》《尚书》《汉书》《左传》《国语》《战国策》《诗经》《楚辞》《禹贡》《诸子散文》《荆楚岁时记》《东周列国志》《前汉演义》，同时也参阅了大量的考古资料和众多网友的文章。吸收方式一是直接将一些表述历史事件的精彩片段融入写作的内容之中，二是经整理、翻译、加工乃至改编后，将其与本书内容融为一体。其中从《东周列国志》中吸取的内容较多，特别是其中的一些战场谋略和战斗过程的描写，不用不行，今人绝对写不出，写出来的也是换汤不换药，乃至画虎不成反类犬；用起来又极伤脑细胞，不谈内容的调整、风格的整合，仅是其中半文半白、半通不通的句式，将其理直并保持历史的韵味，就够喝一壶的了。

《荆楚帝国》不提倡冠之以"大"；虽然早在陈胜、吴广起事时，就明确地记载有"大楚兴,陈胜王"的口号,还是不以"大"冠之。楚以"蛮夷"自况,有与自己的物质文化相对应的思想、道德、情操、信仰、鸟书、官制、话语体系、生活习惯、风土人情和文学样式,形成了自己的一套精神文化体系,是中华文明的重要组成部分。把这些内在的东西揭示出来,才是真正的"大"。

《大秦帝国》《大秦赋》的要义是端正人们对大一统行为的认识,这个功劳是很大的。由此也体现了大秦帝国的一些成功的经验,如富国强兵、招揽人才、自商鞅变法后代代接力的大一统信念、有勇有谋的军事策略和行动、占领和经营后方的战略要地、远交近攻等。但没有揭示其骤然灭亡的内在原因:大一统的秦朝只是长期战争环境下的诸侯秦的地域扩大化,一味迷信武力、武器和严刑峻法,有大一统之志,却无天下之胸怀;只有一世到万世的良好愿望,没有形成自己的一套"怎样才能长远存在,要到哪儿去"的政治思想,没有加持脆弱的皇权继承机制,易被奸人乱政;只注重使用原有的人才,没有注重培养新的国家所需要的人才和建立起遴选人才的机制;只注重对统一后的内部矛盾的压制,没有把外线作战的方针贯彻到底,将内部的矛盾外化。如果能分化和利用各国旧贵族服兵役,利用修长城的人力物力,利用宏大的兵员兵器,拓展北方的广大地区,开发和屯戍边疆,不仅有利于当时的国泰民安,还可以免除后代的匈奴之患;如果在强化法治的基础上去掉一些不合时宜的战时苛法,对百姓施行思想教化……可历史上没有如果。

后记

《荆楚帝国》不存在像《大秦帝国》那样为谁正名的问题,但存在一个是不是"帝国"的问题。这就要求在写作内容中贯穿两条主线:一条是故事情节发展的逻辑红线,一条是历史规律发展的草蛇灰线。前者的起码要求是能自成体系、自圆其说,即依据事物内在联系的演化逻辑,将楚国的历史事件串联为系列的故事环链,以起伏跌宕的故事情节感染人;后者的起码要求是能将共性蕴含于个性之中,即依据事物内在联系中表现出来的必然性逻辑,将楚国发展的历史经验和失败教训,如"成由勤俭败由奢""堡垒最容易从内部攻破""压迫愈深,反抗愈烈",以及"战略统御策略""其兴也勃,其亡也忽"等,时隐时现地体现在全篇故事的演绎过程之中,以无懈可击的逻辑力量说服人,帮助人们认识"惟楚有材""灭楚必秦""亡秦必楚"的历史现象,确立楚人在周秦时期的历史地位。

在现代网络条件下的写作和创作,不在于你有多少知识点的展示,也不在于你搞怪式的另类思维，这些东西在网上俯拾皆是；甚至不在于你的局部就事论事的创新，譬如笔者今天提出"金口是武汉的祖城"这个东西，无人理会便是自说自话，明天被人采纳便成了常识。而在于你通篇的统御能力和创新能力，以及作品内容的精深和生动的程度，这样才能常读常新，无可替代。如中国的区划、地名、机构、职位、职能的知识，人人都能张口说上几个，专家能说上好多个，但要理清其历朝历代系统的演变情况及规律，并指导人们在写作等工作中得心应手的运用，还真没有几个人能做到。楚国的历史研究处在一个空白巨大与卷帙浩繁的矛盾点上，有的无从说道，无人说道；有的各执一端，众说纷纭；有的甚至成了相互抢夺的香饽饽，乱象迭出。为此，首先要花大气力理清楚国形成和发展的主要脉络，正本清源，消除纷乱现象；其次要花大气力订正记述楚国各个发展时期的资料中错讹的内容，包括地名、时间、人名、事件记述的错讹，以正视听；其三是要根据考古和调查掌握的零星资料，科学地推断和补充一些必要的历史事件和人物事迹，而不是像"梁祝武打"那样的随意演绎，使楚国的历史更加饱满和灵动。《荆楚帝国》的创作只有建立在这样的基础之上，才能立于不败之地。

《荆楚帝国》除了她的历史属性之外，还有她的文学艺术属性。因此，除要求她在反映楚国的历史事件上下功夫之外，还需要她在反映楚国的社会风情上下功夫；除要求她对写作的内容进行艺术性的构思和表述上下功夫之外，还需要她在内容的紧凑、情节的生动和文辞的贴切与传神上下功夫。只有这样，才有可能使之成为一部不朽的作品。

以上所述只是我们在写作《荆楚帝国》时的一些粗浅的体会，限于我们的理论水平、文学素养和写作能力，本书的构思与写作还有很多不尽如人意之处，敬请专家学者和各位读者不吝教正。

《大秦帝国》的故事是从商鞅变法开始的，虽然吴起变法比商鞅变法还要早几十年，《荆楚帝国》也不能从吴起变法开始。两国的国情不同，高光时刻不同。秦国自孝公时的商鞅变法到始皇帝，奋六世之余烈，振长策而御宇内，犹如自楚武王时兵出汉北到楚庄王问鼎中原，国势骤起，盛极而王霸天下；楚国自悼王时的吴起变法到怀王到负刍，则是盛极而衰而亡。直到后楚政权灭秦，楚封两王内争兴汉，才算咸鱼翻身。这个过程比大秦帝国的历史过程要艰难得多，复杂得多，曲折得多，用所谓的"三落三起"不足以形容，必须从头说起。

观今宜鉴古,无古不成今。站在历史的潮头,我们有太多的感慨和缅怀!

学贵得师,交贵益友,人生最难忘的是老师的教诲和领导的帮助。敬爱的周显、刘儒风、罗福祜、朱邵华、曾绍元、马志贤、陈琢、鄢自成、张咏梧、严仲陵、严少峰、严家永、严家湖、严喜道、吴开藻老师:此书写得不好,不及老师教诲之万一,但学生实在没有别的东西来感激恩师的教育、指导和提携之情,就此算是学生向你们再交一次作业吧!

严家明谨记
二○二一年五月十四日于武汉南湖遮雨斋

后记